Kelley Armstrong

Magie de pacotille

Femmes de l'Autremonde – 3

Traduit de l'anglais (Canada) par Mélanie Fazi

Bragelonne

Milady est un label des éditions Bragelonne

Cet ouvrage a été originellement publié en France par Bragelonne.

Titre original : *Dime Store Magic*

ISBN : 978-2-8112-0278-1

Bragelonne – Milady
35, rue de la Bienfaisance – 75008 Paris

E-mail : info@milady.fr
Site Internet : www.milady.fr

Remerciements

Je tiens à remercier :

Helen Heller, mon agent, sans qui cette série n'existerait pas.

Anne Collins, mon éditrice de Random House Canada, qui connaissait la solution à tous mes problèmes de manuscrit.

Antonia Hodgson, mon éditrice de Time Warner UK, pour son enthousiasme infaillible et ses formidables conseils.

Anne Groell, mon éditrice de Bantam US, pour s'être intéressée à ce livre et avoir permis que le passage à Bantam se fasse en douceur.

Et enfin, aux lecteurs qui m'ont écrit par e-mail tout le bien qu'ils pensaient de cette série. Vos messages égaient considérablement mes journées d'auteur, sans parler de faciliter mes journées d'écriture !

À mon père, pour son soutien et ses encouragements.

Prologue

Todd ajusta son siège électrique en cuir, le sourire aux lèvres. Ça, c'était la belle vie – rouler le long de la côte californienne tandis que la route vide s'étirait devant lui, le régulateur de vitesse programmé sur quatre-vingts, la climatisation sur vingt degrés, du café brésilien bien chaud dans son mug isotherme. Certains auraient envié le type qui se prélassait sur le siège arrière encore davantage que son chauffeur, mais Todd appréciait sa place. Mieux valait être un garde du corps que celui qui en avait besoin.

Russ, son prédécesseur, était d'un caractère plus ambitieux, ce qui expliquait peut-être sa disparition deux mois plus tôt. Au bureau, autour du distributeur d'eau réfrigérée, les paris se répartissaient à cinquante-cinquante entre ceux qui supposaient que Kristof Nast s'était lassé de l'insubordination de son garde du corps et ceux qui pensaient que Russ avait été victime de l'ambition de Todd. C'étaient des conneries, bien entendu. Pas que Todd soit incapable de tuer pour obtenir ce poste, mais Russ était un Ferratus. Todd n'aurait même pas *su* comment le tuer.

Lui-même attribuait aux Nast la soudaine disparition de Russ, mais ça ne le dérangeait pas. Quand on s'engageait auprès des Cabales, on savait à quoi s'attendre.

Si on leur accordait respect et loyauté, on y gagnait la meilleure planque de tout le monde surnaturel. Mais si on les doublait, elles faisaient de votre vie un enfer jusque dans l'au-delà. Au moins, les Nast n'étaient pas aussi terribles que les St. Cloud. Si les rumeurs disaient vrai quant à ce que les St. Cloud avaient fait à ce chaman… Todd frissonna. Franchement il était ravi de…

Dans le rétroviseur latéral, il vit une voiture lui faire un appel de phares. C'était un véhicule de la police d'État. Nom d'un chien, d'où venait-il ? Il vérifia le compteur. Quatre-vingts tout rond. Il parcourait ce trajet deux fois par mois et savait que la vitesse limite ne changeait jamais sur ce tronçon.

Il ralentit, croyant que la police allait le dépasser et continuer sa route. Au lieu de quoi elle resta derrière lui. Il secoua la tête. Combien de voitures roulant à plus de cent dix étaient passées là lors de la dernière heure ? Ah, mais ce n'étaient pas des limousines Mercedes sur mesure. Mieux valait interpeller quelqu'un qui paraissait à même de vous filer quelques billets de vingt pour éviter une prune. Si c'était le cas, ils avaient fait le mauvais choix. Kristof Nast ne soudoyait pas de vulgaires policiers de la route.

Tout en mettant le clignotant pour se garer, il abaissa l'écran le séparant de son passager. Nast était au téléphone. Il écarta le portable de son oreille.

— On nous demande de nous arrêter, monsieur. J'avais programmé le régulateur à la vitesse limite.

Nast hocha la tête.

— Ça arrive. On a largement le temps. Contentez-vous d'accepter le P.-V.

Todd releva l'écran puis baissa sa vitre. Il regarda approcher le flic dans le rétroviseur latéral. Non, la *fliquette*.

Et mignonne, en plus. Mince, la trentaine, avec des cheveux roux lui tombant aux épaules et un bronzage californien. Mais son uniforme aurait pu être mieux ajusté. Il paraissait trop grand de plusieurs tailles, sans doute récupéré parmi les affaires qu'un collègue masculin ne portait plus.

— Bonjour, madame, dit-il en ôtant ses lunettes de soleil.

— Votre permis et les papiers de la voiture.

Il les lui tendit en souriant. Elle demeura impassible, abritant son regard derrière ses lunettes de soleil.

— Veuillez sortir du véhicule.

Todd soupira et ouvrit la portière.

— Quel est le problème, madame ?

— Votre feu arrière est cassé.

— Ah, merde. Bon, très bien. Donnez-moi une contravention et on le fera réparer à San Francisco.

Lorsqu'il descendit sur la route vide, la femme se détourna et se dirigea vers l'arrière de la voiture.

— Vous pouvez m'expliquer ça ? demanda-t-elle.

— Quoi donc ?

Tandis qu'il s'approchait d'elle, son cœur se mit à battre un peu plus vite, mais il se rappela qu'il ne pouvait y avoir aucun problème sérieux. Les Nast n'utilisaient jamais leurs voitures familiales pour quoi que ce soit d'illégal. Mais juste au cas où, il serra les poings. Le bout de ses doigts lui brûla les paumes.

Il jeta un coup d'œil à la voiture de police, garée à soixante centimètres à peine de la sienne. Elle était vide. Parfait. Si les choses tournaient mal, il n'aurait à s'inquiéter que de cette femme.

Elle se faufila dans l'étroit espace séparant les voitures, se pencha et inspecta quelque chose à droite du feu arrière. Elle fronça les sourcils, se dégagea de l'interstice et désigna le pare-chocs.

— Veuillez m'expliquer ça, dit-elle.

— Quoi donc ?

Sa mâchoire se crispa et elle lui fit signe de regarder par lui-même. Il dut se tourner de côté pour se faufiler entre les voitures. N'aurait-elle pas pu reculer son véhicule ? Elle voyait bien qu'il était baraqué. Il se pencha au maximum pour inspecter le pare-chocs.

— Je ne vois rien.

— En dessous, répondit-elle d'un ton cassant.

La salope. Ça la tuerait de se montrer un peu plus polie ? Ce n'était pas comme s'il lui tenait tête.

Il se mit à genoux. La vache, l'espace était-il plus étroit qu'il le croyait ou avait-il pris du poids ? Le pare-chocs avant de la voiture de police lui appuyait contre le milieu du dos.

— Hum, vous croyez que vous pourriez reculer un peu votre voiture ? S'il vous plaît ?

— Oh, désolée. C'est mieux comme ça ?

La voiture de police s'avança brusquement en le coinçant contre la sienne. Il en eut le souffle coupé. Il ouvrit la bouche pour crier à la femme de reculer, mais comprit qu'elle se trouvait toujours à côté du véhicule… dont le moteur était éteint. Il agrippa le pare-chocs de la limousine et poussa. Une odeur de caoutchouc brûlé imprégna l'air.

— Oh, allez, dit la femme en se penchant vers lui. Vous pouvez faire mieux que ça. Mettez-y toute votre puissance.

Comme il essayait de la frapper, elle s'écarta puis éclata de rire. Il voulut parler mais il ne trouva que juste assez d'air pour émettre un grognement. Il poussa de nouveau contre le pare-chocs. Le caoutchouc fondit contre ses doigts mais la voiture ne bougea pas.

— Un Igneus ? C'est tout ? déclara-t-elle. Les Cabales doivent vraiment être à court de semi-démons. Y a peut-être un débouché pour moi, après tout. Maintenant, restez là, je reviens tout de suite.

Leah ouvrit la portière de la limousine et monta sur le siège avant. Elle inspecta les rangées de boutons ornant le tableau de bord. Parlez d'une boulimie de gadgets ! Voyons, lequel...

L'écran séparant les sièges s'abaissa en ronronnant. Voilà qui lui évitait de chercher.

— Est-ce que tout s'est bien..., commença Nast.

Puis il la vit et s'interrompit. Sa main s'éleva légèrement au-dessus de ses genoux, remuant les doigts tandis qu'il entrouvrait les lèvres.

— Allons, allons, lui dit Leah. Pas de sortilèges.

La ceinture de sécurité de Nast se resserra assez violemment pour lui couper le souffle.

— Posez les mains là où je peux les voir, lui ordonna-t-elle.

Les yeux de Nast lancèrent des éclairs. Lorsqu'il agita les doigts, Leah se retrouva projetée en arrière et alla heurter le tableau de bord.

— D'accord, je l'ai cherché, dit-elle avec un rictus tout en se redressant.

Elle regarda la ceinture de sécurité, qui se desserra.

— C'est mieux comme ça ?

— Je vous conseille de bien réfléchir à ce que vous êtes en train de faire, répliqua Nast, qui ajusta sa veste avant de se laisser aller contre son siège. Je doute que vous ayez envie d'emprunter cette voie-là.

— Hé, je ne suis ni débile ni suicidaire. Je ne suis pas venue ici pour vous faire du mal. Je n'en ai même pas fait à votre garde du corps. Enfin, rien que quelques semaines de repos au lit ne guériront pas. Je suis venue conclure un marché, Kristof – oups, désolée, je voulais dire monsieur Nast. Il s'agit de votre fille.

Il leva brusquement le menton et croisa son regard pour la première fois.

— Maintenant que j'ai retenu votre attention…

— Qu'est-ce que vous savez sur Savannah ?

— Vous êtes à sa recherche, hein ? Maintenant qu'Eve n'est plus là, personne ne sera en mesure de vous empêcher de prendre ce qui vous appartient. Et je peux vous y aider mieux que quiconque. Je sais où elle se trouve.

Nast releva sa manche et consulta l'heure, puis regarda Leah.

— Mon chauffeur est-il en état de se remettre au travail ?

Elle haussa les épaules.

— J'en doute.

— Alors espérons que vous sachiez conduire et parler en même temps.

Soucis, surprises et sortilèges

J'avais des ennuis avec les Aînées. Une fois de plus Je leur avais causé des soucis toute ma vie et, maintenant que j'avais vingt-trois ans et que je n'étais plus ni enfant précoce ni ado en rébellion, elles ne me cherchaient plus d'excuses.

— Il faut faire quelque chose pour Savannah.

Le téléphone ajoutait à la voix de Victoria Alden une nuance plaintive pas totalement inappropriée.

— Ouais.

Mes doigts volaient sur le clavier, martelant une nouvelle ligne de code.

— Je t'entends taper au clavier. Tu es en train de travailler, Paige ?

— J'ai un délai à respecter. Je dois apporter des améliorations au site du service juridique de la ville de Springfield. Et c'est pour après-demain. Écoutez, on pourrait en parler plus tard ? Je viendrai à la réunion du Convent la semaine prochaine et…

— La semaine prochaine ? Paige, je crois que tu ne prends pas tout ça très au sérieux. Décroche ton téléphone, arrête de travailler et parle-moi. Mais qui t'a donné de si mauvaises manières ? Certainement pas ta mère, paix à son âme.

Je calai le combiné entre mon oreille et mon épaule et m'efforçai de taper plus discrètement.

— Il s'agit de Savannah, déclara Victoria.

Comme d'habitude, non ? L'un des rares avantages que j'avais gagnés en acceptant la garde de Savannah Levine, treize ans, c'était que mes propres rébellions pâlissaient en comparaison.

— Qu'est-ce qu'elle a encore fait ? demandai-je.

Je basculai vers ma liste de fonctions JavaScript. J'étais persuadée d'avoir écrit l'année précédente une fonction ayant l'effet que je recherchais. Il ne manquerait plus que je ne la retrouve pas.

— Eh bien, j'ai parlé à Grace hier soir et elle s'inquiétait de quelque chose que Savannah avait dit à Brittany. Quoique Grace pense que Brittany a peut-être mal compris les détails, ce qui est fort possible. Comme nous n'exposons pas les néophytes du Convent à ces choses-là, je serais stupéfiée si Brittany comprenait bel et bien ce dont parlait Savannah. Il semblerait… (Victoria marqua une pause et inspira profondément, comme s'il lui coûtait de poursuivre.) Il semblerait que Brittany ait des ennuis avec des filles de sa classe et que Savannah lui ait proposé… de l'aider à préparer une potion qui empêcherait ces filles d'assister à la boum de l'école.

— OK. (Ah, la voilà, cette fonction. Une demi-journée de travail de gagnée.) Et après ?

— Comment ça, « et après » ? Savannah a proposé à Brittany de lui apprendre à rendre ces filles malades !

— Elle a treize ans. À son âge, il y a tout un tas de gens que j'aurais bien aimé rendre malades.

— Mais tu ne l'as pas fait, hein ?

— Seulement parce que je ne connaissais pas les sorts nécessaires. C'était sans doute une bonne chose, autrement il y aurait eu de belles épidémies à l'école.

— Tu vois ? répondit Victoria. C'est exactement ce que je disais. Ton attitude…

— Je croyais qu'on parlait de celle de Savannah.

— Voilà. C'est exactement ça. J'essaie d'attirer ton attention sur une question grave et tu t'en sors par des traits d'esprit. Ce n'est pas avec cette désinvolture que tu deviendras chef de Convent.

Je ravalai l'envie de lui répondre que j'étais *bel et bien* chef de Convent depuis la mort de ma mère. Si je le faisais, elle me rappellerait que je n'étais chef que de nom, et cette discussion qui n'était encore qu'exaspérante s'envenimerait en un clin d'œil.

— Savannah est sous ma responsabilité, lui dis-je. Vous avez très clairement insisté là-dessus, vous autres les Aînées.

— À juste titre.

— Parce que sa mère pratiquait la magie noire. Oooh. Comme c'est flippant. Eh bien vous savez quoi ? La seule chose qui m'effraie chez Savannah, c'est la vitesse à laquelle ses habits deviennent trop petits pour elle. C'est une gamine – une ado normale en rébellion –, pas une adepte de la magie noire. Elle a dit à Brit qu'elle pouvait lui préparer une potion ? La belle affaire. Je vous parie à dix contre un qu'elle n'en est pas capable. C'était soit pour frimer, soit pour nous provoquer. C'est ce que font les ados.

— Tu es en train de la défendre.

— Évidemment que je la défends. Personne d'autre ne va le faire à ma place. Cette pauvre gosse a vécu un enfer l'été dernier. Avant de mourir, ma mère m'a demandé de m'occuper d'elle…

— C'est du moins ce que t'a dit cette femme.

— *Cette femme*, comme vous dites, est mon amie. Vous ne croyez pas que ma mère m'ait demandé de m'occuper de Savannah ? Bien sûr que si. C'est notre boulot : protéger nos sœurs.

— Pas au risque de nous mettre nous-mêmes en danger.

— Depuis quand est-il plus important…

— Je n'ai pas le temps de me disputer avec toi, Paige. Si tu ne parles pas à Savannah, je le ferai moi-même.

« Clic. »

Je raccrochai violemment et quittai mon bureau d'un pas furieux, marmonnant toutes les réponses que j'aurais dû faire à Victoria. Je savais quand tenir ma langue, même si la mise en pratique était parfois une autre histoire. C'était ma mère, la diplomate. Elle travaillait des années pour essayer d'apporter un minuscule changement aux lois du Convent, lissant les plumes froissées et imposant ses idées avec le sourire.

Elle n'était plus là désormais. On l'avait assassinée neuf mois plus tôt. Neuf mois, trois semaines et deux jours. Mon esprit calculait malgré moi, soulevant brusquement le couvercle de ce puits de chagrin. Je le refermai d'un coup sec. Elle n'aurait pas voulu ça.

J'étais venue au monde dans un but précis. À cinquante-deux ans, après une vie trop remplie pour laisser la moindre place à des enfants, ma mère avait cherché parmi les rangs du Convent une sorcière digne de lui succéder, en vain, si bien qu'elle avait trouvé un « donneur génétique » convenable et m'avait conçue à l'aide de sa magie. J'étais née et avais été élevée afin de diriger le Convent. Maintenant qu'elle n'était plus là, je devais honorer sa mémoire en remplissant cette fonction et je comptais bien le faire, que les Aînées le veuillent ou non.

J'abandonnai mon ordinateur. Le coup de fil de Victoria avait chassé de mon cerveau tout l'intérêt que je portais à ce programme. Quand je me mettais dans cet état, j'avais besoin de faire quelque chose qui me rappelait qui j'étais et ce que je voulais accomplir. C'est-à-dire m'entraîner à lancer mes sorts – non pas ceux qu'autorisait le Convent mais ceux qu'il interdisait.

Dans ma chambre, je soulevai le tapis, ouvris la trappe du vide sanitaire et en tirai un sac à dos. Puis je me penchai pour tendre la main plus profond, soulevai un loquet caché et ouvris un deuxième compartiment dont je sortis deux livres. Mes grimoires secrets. Après les avoir glissés dans mon sac, je me dirigeai vers la porte du fond.

J'enfilais mes sandales quand le bouton de la porte d'entrée tourna. Je consultai ma montre : 15 heures. Savannah ne sortait de l'école qu'à 15 h 45, raison pour laquelle j'avais estimé pouvoir m'entraîner une heure avant de lui préparer son goûter. Oui, Savannah était trop vieille pour le rituel du lait et des biscuits, mais je m'y livrais chaque jour sans faute. Soyons honnêtes, à vingt-trois ans, je n'étais pas prête à jouer les mères pour une ado ; au moins, l'attendre au retour de l'école était à ma portée.

— Qu'est-ce qui se passe ? demandai-je en me précipitant dans le couloir. Tout va bien ?

Savannah recula comme si elle redoutait que je fasse une bêtise, par exemple la serrer dans mes bras.

— Y avait réunion de profs aujourd'hui. On finissait plus tôt. Tu te rappelles ?

— Tu me l'avais dit ?

Elle s'essuya le nez tout en se demandant si elle pouvait s'en tirer par un mensonge.

— J'ai oublié. Mais je t'aurais appelée si j'avais un téléphone portable.

— Tu en auras un quand tu pourras payer le forfait.

— Mais je suis trop jeune pour avoir un boulot !

— Alors tu l'es aussi pour avoir un portable.

Vieille dispute. Nous connaissions nos répliques par cœur et aucune de nous n'en déviait jamais. C'était l'un des avantages à n'avoir que dix ans de plus que Savannah : comme je me rappelais avoir joué à ce jeu-là avec ma mère, je savais aussi comment m'en tirer. Maintenir la routine. Ne jamais donner l'impression de céder. Elle finirait par renoncer… Cela dit, moi, je ne l'avais jamais fait.

Savannah jeta un coup d'œil au sac à dos par-dessus mon épaule, un exploit facile pour elle qui dépassait de cinq centimètres mon mètre cinquante-cinq. Cinq centimètres de plus pour quinze kilos de moins. Je pourrais expliquer cette différence de poids en rappelant que Savannah était très svelte mais, en réalité, je dépasse de sept ou huit kilos le poids que les magazines féminins considèrent comme idéal pour ma taille.

Savannah, en revanche, était grande pour son âge ; grande et mince, évoquant un poulain, toute en angles ingrats et en membres saillants. Je lui expliquais qu'elle se transformerait en grandissant, que ses immenses yeux bleus s'intégreraient plus harmonieusement à ses traits.

Elle ne me croyait pas. Elle ne m'avait pas crue non plus quand je lui avais déconseillé de couper ses longs cheveux noirs qui lui tombaient à la taille. Elle arborait à présent une coupe au carré raide qui ne faisait que souligner les angles de son visage. Naturellement, elle me reprochait de ne pas lui avoir interdit de se couper les cheveux.

— Tu sortais pratiquer tes sorts ? me demanda-t-elle en désignant mon sac à dos. Tu travailles sur quoi ?

— Je te prépare ton goûter. Tu veux du lait nature ou au chocolat ?

Soupir théâtral.

— Allez, Paige. Je sais à quel genre de trucs tu t'entraînes. Je ne vais pas te le reprocher. Les sorts du Convent, c'est bon pour les gosses de cinq ans.

— Les gosses de cinq ans ne jettent pas de sorts.

— Le Convent non plus. Pas des vrais. Oh, allez, on peut s'entraîner ensemble. Peut-être que je pourrais t'aider à faire marcher ce sortilège coupe-souffle.

Je la regardai fixement.

— T'as écrit dans ton journal que tu galérais avec celui-là, répondit-elle. Il a l'air cool. Ma mère n'a jamais fait ce genre de trucs. Tu sais quoi ? Si tu m'apprends celui-là, je vais te montrer de la vraie magie.

— Tu as lu mon journal ?

— Seulement celui qui parle de tes sorts. Pas le personnel.

— Et comment tu sais que j'en ai un personnel ?

— T'en as un ? Hé, tu sais ce qui s'est passé à l'école aujourd'hui ? M. Ellis m'a dit qu'il allait faire encadrer deux de mes peintures. Ils vont les afficher à la remise des diplômes la semaine prochaine.

Si Savannah lisait effectivement mon journal personnel, ça signifiait au moins que je l'intéressais. C'était une bonne chose. Enfin, à moins qu'elle fouine dans l'espoir d'y trouver de quoi me faire chanter pour que je lui achète un téléphone portable. Ce qui serait nettement moins positif. Et de toute façon, que contenait mon journal au juste… ?

Tandis que j'enfermais mon sac à dos, la sonnette retentit. Savannah s'écria « J'y vais » avant de se précipiter dans le couloir en faisant assez de bruit pour quelqu'un de trois fois sa taille. Quand j'entrai dans le salon quelques minutes plus tard, elle se tenait sur le pas de la porte donnant sur l'entrée, élevant à la lumière une lettre qu'elle regardait en plissant les yeux.

— Tu testes tes pouvoirs psychiques ? lui demandai-je. Ça va bien plus vite avec un coupe-papier.

Elle sursauta, baissa vivement la lettre, hésita puis me la tendit.

— Ah, c'est pour moi. Dans ce cas, je te conseillerais de l'ouvrir à la vapeur. (Je lui pris la lettre.) Une lettre recommandée ? Voilà qui nous fait passer de détournement de courrier à détournement plus contrefaçon. J'espère que tu n'utilises pas ce talent pour signer tes notes à l'école de mon nom.

— N'importe quoi, répondit-elle en regagnant la cuisine. Ça servirait à quoi de sécher les cours dans ce bled ? Y a pas de centre commercial, pas de Starbucks, même pas un McDo.

— Tu pourrais traîner devant la quincaillerie comme les autres gamins.

Elle ricana puis disparut dans la cuisine.

L'enveloppe était de taille standard pour une lettre et ne présentait aucun signe particulier, rien que mon nom et mon adresse rédigés d'une écriture précise et nette ainsi que l'adresse de l'expéditeur préimprimée dans le coin supérieur gauche. L'expéditeur ? Un cabinet d'avocats californien.

Je l'ouvris. Mes yeux filèrent droit vers la première ligne, qui demandait – non, exigeait – ma présence à une réunion le lendemain matin. Ma première pensée fut : *Oh, merde.* C'est sans doute la réaction normale lorsqu'on reçoit une assignation inattendue.

Je supposai qu'elle était liée à mon métier. Je créais et gérais des sites web professionnels pour des femmes lassées des concepteurs de sexe masculin qui croyaient qu'elles ne voulaient rien de plus complexe que du papier peint à fleurs. Dans le domaine d'Internet, la question de la propriété intellectuelle est aussi trouble et alambiquée que les contrats de mariage des vedettes, si bien que, lorsque je vis cette lettre remplie de jargon juridique, je crus avoir conçu une séquence Flash présentant par le plus grand des hasards quelques similitudes avec celle d'un site zaïrois, ou quelque chose du même genre.

Puis je lus la deuxième ligne.

« Le but de cette réunion est d'étudier la demande faite par notre cliente quant à la garde de la mineure Savannah Levine… »

Je fermai les yeux et inspirai profondément. D'accord, j'avais su que ça pouvait se produire. La seule parente de Savannah encore en vie était l'une des Aînées du Convent, mais j'avais toujours supposé que sa mère avait des amis qui se demanderaient ce que devenaient Eve et sa fille. En découvrant qu'une grand-tante avait obtenu la garde de Savannah puis me l'avait confiée, ils chercheraient à en savoir plus. Et ils voudraient peut-être récupérer Savannah.

Naturellement, j'allais me battre. Seul problème : Margaret, la tante de Savannah, était la plus faible des trois Aînées, elle obéirait donc à Victoria si celle-ci lui imposait de renoncer à la garde. Les Aînées détestaient les ennuis et la seule idée d'attirer l'attention sur le Convent leur filait un urticaire collectif. Pour m'assurer leur soutien, j'allais devoir les persuader qu'elles courraient un risque bien plus grand en renonçant à Savannah qu'en la gardant. Avec les Aînées, tout se ramenait toujours à ça – ce qui était mieux pour *elles*, plus sûr pour *elles*.

Je parcourus le reste de la lettre, filtrant tout ce jargon, en quête du nom du requérant. Quand je le trouvai, ma mâchoire se décrocha. Je n'arrivais pas à y croire. Non, rayez ça – en fait, je n'y croyais que trop bien. Et je me maudis de n'avoir rien vu venir.

Vous ai-je raconté comment ma mère était morte ? L'année dernière, un petit groupe d'humains, ayant appris l'existence du monde surnaturel et souhaitant exploiter nos pouvoirs, avait enlevé un échantillon de puissants spécimens d'espèces surnaturelles. Parmi lesquels se trouvait Eve, la mère de Savannah. Comme la gamine avait eu la malchance de se trouver chez elle plutôt qu'à l'école ce jour-là, on l'avait enlevée elle aussi.

Toutefois, Eve s'était vite révélée bien plus dangereuse que ses ravisseurs ne s'y attendaient, au point qu'ils avaient décidé de la tuer. Pour la remplacer, ils avaient choisi ma mère, la plus âgée des dirigeantes du Convent. Elle avait été capturée en même temps qu'Elena Michaels, un loup-garou. Elles avaient rencontré une autre captive, une semi-démone qui allait plus tard tuer ma mère et accuser

Savannah dans le cadre d'un plan complexe visant à prendre le contrôle de celle-ci pour disposer d'une jeune sorcière néophyte, malléable et extrêmement puissante.

Le nom de cette semi-démone ? Leah O'Donnell. Celui-là même qui me sautait aux yeux en plein milieu de la demande de garde.

Mesures de sécurité

Leah était une semi-démone de l'ordre le plus élevé, douée de télékinésie. Les semi-démons naissent de l'accouplement d'un démon et d'une humaine. Ils ont toujours apparence humaine, ce qu'ils tiennent de leur mère. Ce qu'ils héritent de leur père dépend de la nature du démon. Pour Leah, c'était le pouvoir de télékinésie. Ce qui signifie qu'elle pouvait déplacer les objets par la force de l'esprit. Mais n'imaginez pas l'équivalent de ces gens qui tordent des cuillers à la télé. Imaginez plutôt une femme capable de projeter mentalement un bureau d'acier contre un mur – enfin *dans* un mur, avec une telle force que le bureau s'encastre dans le plâtre en démolissant tout sur son passage.

Rien d'étonnant donc à ce que ma première réaction, en lisant cette lettre, ait été de m'empresser de protéger la maison. Après avoir verrouillé les portes et baissé les stores, je passai à des systèmes de sécurité moins conventionnels. Sur chaque porte, je lançai un sort de verrouillage qui la maintiendrait fermée même si les verrous cédaient. Ensuite, je lançai des sorts de périmètre sur toutes les portes et fenêtres. Imaginez-les comme des systèmes de sécurité surnaturels ; personne ne pouvait pénétrer chez moi à mon insu.

Tous ces sorts étaient approuvés par le Convent, bien qu'une sorcière se soit, quelques mois plus tôt, sentie obligée de signaler qu'on pouvait employer les sorts de verrouillage à des fins maléfiques, si l'on décidait par exemple d'enfermer quelqu'un dans une pièce plutôt qu'à l'extérieur. Me croirez-vous si je vous dis que le Convent avait organisé une réunion spéciale des Aînées pour en débattre ? Pire encore, elles avaient voté à deux contre une pour interdire ce sort de niveau deux, ne nous laissant que celui de niveau un qu'on pouvait rompre en tournant brusquement le bouton de la porte. Heureusement, comme mon vote comptait double, la motion avait été rejetée.

Savannah entra alors que je jetais le sort de périmètre tout autour de notre cheminée inutilisée.

— Qui tu veux empêcher d'entrer ? demanda-t-elle. Le Père Noël ?

— La lettre… Elle vient de Leah.

Elle cligna des yeux, surprise mais pas inquiète. Je l'enviais.

— Bon, répondit-elle. Fallait s'y attendre. On est prêtes à la recevoir, hein ?

— Évidemment. (Avais-je rêvé ou ma voix venait-elle de trembler ? Inspiration, expiration… On reprend sur un ton plus confiant.) Absolument.

Oh oui, j'avais l'air aussi sûre de moi qu'un chaton acculé dans un coin avec trois pattes cassées. Je m'affairai à jeter des sorts de périmètre aux fenêtres du salon.

— Alors, qu'est-ce qu'il y avait dans cette lettre ? demanda Savannah. Des menaces ?

J'hésitai. Je ne savais pas mentir. Enfin si, mais très mal. Mes mensonges étaient aussi flagrants que si mon nez s'allongeait.

— Leah… veut obtenir ta garde.

— Et ?

— Il n'y a pas de « et ». Elle veut obtenir ta garde légale.

— Ouais, et moi, je veux un téléphone portable. C'est une salope. T'as qu'à lui répéter ça de ma part. Et dis-lui d'aller se faire f…

— Savannah.

— Hé, tu m'as laissé passer « salope ». Tu ne peux pas me reprocher de tester les limites. (Elle enfourna un biscuit Oreo.) Wa-gueu-meu-nire.

— Dans le bon ordre : on mâche, on avale, on parle.

Elle roula des yeux et engloutit sa bouchée.

— J'ai dit : tu vois ce que je veux dire. Je n'ai pas choisi « sorcière-esclave » pendant la journée d'orientation la semaine dernière. Dis-lui que ce qu'elle veut me vendre ne m'intéresse pas.

— C'est bien joli tout ça, mais je doute que ça suffise à la faire changer d'avis.

— Et puis tu peux t'occuper d'elle, hein ? Tu l'as déjà envoyée bouler une fois. T'as qu'à recommencer.

J'aurais dû lui signaler que je l'avais « envoyée bouler » avec l'aide de pas mal de gens, mais mon ego résista. Si Savannah croyait que j'avais joué un rôle central lorsqu'on avait vaincu Leah, inutile de la détromper. Elle avait besoin de se sentir en sécurité. Dans l'intérêt de maintenir cette sécurité, je retournai donc à mes sortilèges.

— Je vais m'occuper de la fenêtre de ma chambre, dit-elle.

Je hochai la tête, sachant très bien que je repasserais derrière elle quand elle aurait le dos tourné. Non que Savannah manque de compétence pour les sorts de niveau deux. Je détestais me l'avouer, mais elle me surpassait déjà dans tous les niveaux de magie du Convent. Je repasserais derrière elle pour avoir l'esprit tranquille. Autrement, je m'inquiéterais qu'elle ait oublié une fenêtre ou encore récité l'incantation trop vite, ce genre de chose. Rien de personnel vis-à-vis de Savannah ; j'aurais fait de même pour toute autre sorcière. Je me sentirais mieux si je savais l'avoir fait moi-même.

À 19 heures, Savannah se trouvait dans sa chambre, ce qui aurait pu m'inquiéter, si ce n'est qu'elle disparaissait presque chaque soir après dîner – avant que je puisse lui demander de débarrasser la table – et passait ensuite quelques heures dans sa chambre, soi-disant pour faire ses devoirs, qui impliquaient curieusement des coups de fil de une heure et demie à des camarades de classe. Des devoirs en groupe – que pouvais-je y trouver à redire ?

Une fois Savannah dans sa chambre, je reportai mon attention sur la lettre. Elle exigeait que je participe à une réunion à 10 heures le lendemain matin. D'ici là, je ne pouvais guère qu'attendre. J'avais horreur de ça. À 19 h 30, je résolus de faire quelque chose, n'importe quoi.

J'avais une piste à suivre. La lettre provenait d'un avocat nommé Gabriel Sandford qui travaillait pour Jacobs, Sandford et Schwab à Los Angeles. Curieux. Très curieux, à la réflexion. Engager un avocat à L.A. serait logique pour quelqu'un vivant en Californie, mais Leah venait du Wisconsin.

Je savais qu'elle n'avait pas déménagé ; j'effectuais deux fois par semaine de discrètes enquêtes au poste. J'entends par là « poste de police ». Non, Leah n'était pas en prison

– même si elle avait plus que quiconque sa place derrière de solides barreaux. Mais Leah était shérif adjoint. Ce détail influerait-il sur sa demande de tutelle ? Inutile de m'attarder là-dessus avant d'en savoir plus.

Retour à l'avocat. Pouvait-il s'agir d'une ruse ? Peut-être n'y avait-il même pas de véritable demande de garde. Peut-être Leah avait-elle inventé cet avocat, le situant dans une grande ville très éloignée du Massachusetts en supposant que je n'essaierais pas de me renseigner.

Bien que le numéro de téléphone figure dans l'en-tête, j'appelai les renseignements pour le vérifier. On me fournit une adresse et un numéro identiques pour Jacobs, Sandford et Schwab. Comme il n'était que 16 h 30 sur la côte Ouest, j'appelai le cabinet. Quand je demandai Gabriel Sandford, son secrétaire m'informa qu'il était en voyage d'affaires.

Je fis ensuite quelques recherches sur Jacobs, Sandford et Schwab sur le Net. Je trouvai plusieurs références sur des sites qui recensaient les cabinets d'avocats de L.A. Toutes ces mentions étaient discrètes et aucune n'encourageait de nouveaux clients à prendre contact. Ça ne semblait pas le genre de cabinet dont une femme policier du Wisconsin verrait la publicité le soir à la télé. Très étrange, mais j'allais devoir attendre le lendemain pour en savoir plus.

Le matin souleva un nouveau dilemme : que faire de Savannah ? Avec Leah dans les parages, hors de question que je la laisse aller en classe. Pas question non plus que je l'emmène avec moi. Je choisis de la laisser chez Abigail Alden. Abby était l'une des rares sorcières du Convent à qui je confierais Savannah, car je savais qu'elle la protégerait sans poser de questions et sans avertir les Aînées.

East Falls ne se trouvait qu'à soixante-cinq kilomètres de Boston. Malgré cette proximité, les gens d'ici ne travaillaient pas à Boston, n'y faisaient pas leurs courses, n'y fréquentaient même pas les salles de concert ou de théâtre. Les habitants d'East Falls aimaient leur mode de vie provincial et luttaient farouchement contre tout empiétement de la grande méchante ville sur le sud.

Ils luttaient aussi contre des incursions d'un autre genre. Cette région du Massachusetts est peuplée de superbes petites villes qui offrent de magnifiques exemples d'architecture de la Nouvelle-Angleterre. East Falls faisait partie des plus belles. Chaque bâtiment du centre-ville datait d'au moins deux siècles et on le conservait en parfait état, en accord avec les lois municipales. Pourtant, les touristes se faisaient rares. Non contente de ne pas promouvoir le tourisme, la municipalité travaillait activement à l'empêcher. Personne n'avait le droit d'ouvrir d'hôtel, d'auberge ou de *bed and breakfast* en ville, ni de boutiques susceptibles d'attirer les touristes. East Falls était réservé à ses résidents. Ils y habitaient, travaillaient, jouaient et personne d'autre n'y était le bienvenu.

Quatre siècles plus tôt, quand le Convent s'était installé à East Falls, c'était une petite ville du Massachusetts imprégnée de préjugés religieux, de moralité bien-pensante et doté d'une grande étroitesse d'esprit. C'est aujourd'hui une petite ville du Massachusetts imprégnée de préjugés religieux, de moralité bien-pensante et dotée d'une grande étroitesse d'esprit. On y a tué des sorcières lors des procès de la Nouvelle-Angleterre – cinq innocentes et trois membres du Convent, dont une de mes ancêtres. Alors pourquoi le Convent demeure-t-il ici ? Mystère.

Toutes les sorcières du Convent n'habitaient pas là. La plupart, comme ma mère, s'étaient rapprochées de Boston. À ma naissance, elle avait acheté une petite maison victorienne à deux étages faisant partie d'un immense lotissement dans une vieille banlieue de Boston, une formidable petite communauté très soudée. Après sa mort, les Aînées avaient insisté pour que je déménage à East Falls. Elles n'accepteraient de me confier la garde de Savannah que si je m'installais là où elles pourraient me garder à l'œil. À l'époque, aveuglée par le chagrin, j'y avais vu une excuse pour fuir de pénibles souvenirs. Ma mère et moi avions partagé cette maison pendant vingt-deux ans. Après sa mort, chaque fois que j'entendais un bruit de pas, une voix, une porte qui se refermait, je me disais « C'est seulement maman » avant de comprendre que non, que ce ne serait plus jamais elle. Quand on m'avait poussée à vendre, j'avais donc obéi. Je regrettais à présent la faiblesse qui m'avait fait céder à leur demande et renoncer à une maison qui comptait tant pour moi.

L'avocat de Leah tenait cette réunion au cabinet Cary d'East Falls. Ce qui n'avait rien d'inhabituel. Les Cary étaient les seuls avocats de la ville et ils prêtaient leur salle de réunion à tous les avocats de passage pour une somme raisonnable – mélange d'hospitalité provinciale et de sens des affaires propre aux grandes villes, typique des Cary.

Les Cary d'East Falls étaient avocats d'aussi loin qu'on se souvienne. La rumeur les disait même présents lors des procès en sorcellerie d'East Falls, bien que les commères ne s'accordent pas sur le camp qu'ils avaient choisi.

Le bureau comptait actuellement deux avocats, Grantham Cary et Grantham Cary Jr. C'était Grant Jr. qui s'était occupé de mon unique transaction légale à ce jour, le transfert du titre de propriété de ma maison. Il m'avait invitée à prendre un verre après notre première réunion, ce qui n'aurait pas été si terrible si sa femme ne s'était alors trouvée en bas, à la réception.

Depuis que les Cary étaient avocats, ils exerçaient dans une monstrueuse maison coloniale à trois étages au milieu de la grand-rue. Je m'y présentai à 9 h 50. Une fois entrée, je notai l'emplacement de chaque employé. La femme de Grant Jr., Lacey, se trouvait à son bureau du rez-de-chaussée et me confirma, quand je lui posai poliment la question, que les deux Grantham étaient dans leurs bureaux respectifs. Parfait. Je doutais que Leah tente quoi que ce soit de surnaturel avec des humains à proximité.

Après m'être engagée dans les deux minutes requises de conversation avec Lacey, je m'installai près de la fenêtre de devant. Dix minutes plus tard, la porte de la salle de réunion s'ouvrit et un homme vêtu d'un trois-pièces sur mesure sortit. Grand, cheveux sombres, la quarantaine. Séduisant comme peut l'être une poupée Ken en plastique dont il partageait le côté lisse et brillant. Un avocat, aucun doute là-dessus.

— Mademoiselle Winterbourne ? demanda-t-il en s'approchant, la main tendue. Je m'appelle Gabriel Sandford.

Alors que je me levais, je croisai son regard et compris pourquoi il avait accepté de représenter Leah. Gabriel Sandford n'était pas n'importe quel avocat de L.A. Non, c'était bien pire.

Une brillante stratégie, quatre siècles trop tard

Gabriel Sandford était un mage.

Je le compris dès l'instant où je croisai son regard, reconnaissance viscérale qui me saisit avant même que je puisse déterminer la couleur de ses yeux. C'est une particularité spécifique à nos espèces. Il nous suffit de nous regarder droit dans les yeux pour qu'une sorcière reconnaisse un mage et un mage une sorcière.

Les sorcières sont toujours de sexe féminin, les mages de sexe masculin, mais ils ne sont pas notre équivalent pour autant. Nous sommes deux espèces distinctes aux pouvoirs différents, quoiqu'ils se recoupent en partie. Les mages peuvent lancer des sortilèges de sorcières, mais avec une puissance réduite et nous ne pouvons, de la même manière, recourir aux sorts des mages qu'avec un… handicap.

Personne ne sait quand les sorcières et les mages sont apparus, ni qui était là en premier. Comme pour la plupart des espèces surnaturelles, on trouve des traces de leur existence dans les plus anciens documents historiques, à commencer par une poignée d'individus « doués » qui ont donné naissance à une espèce à part entière, toujours assez rare pour devoir se cacher des humains mais assez nombreuse pour former sa propre microsociété.

Les références les plus anciennes aux sorcières véritables montrent qu'elles étaient appréciées pour leurs talents curatifs et magiques mais, dans l'Europe médiévale, on considérait avec une méfiance croissante les femmes dotées de ces pouvoirs. En parallèle, les mages gagnaient en valeur, car les aristocrates rivalisaient pour posséder leur propre « magicien » privé. Les sorcières n'avaient pas besoin d'être extralucides pour voir d'où venait le vent, si bien qu'elles s'attribuèrent un rôle tout neuf dans ce nouvel ordre mondial.

Jusqu'alors, les mages ne pouvaient jeter que des sorts très simples à base de gestes des mains. Les sorcières leur apprirent à accroître leur puissance en recourant à d'autres éléments : incantations, potions, objets magiques, et cætera. En échange de ces enseignements, elles demandèrent aux mages de conclure avec elles une alliance aux avantages mutuels. Si un noble voulait qu'on l'aide à vaincre ses ennemis, il consultait un mage qui transmettait cette demande aux sorcières, lesquelles jetaient alors les sorts adéquats. Puis le mage retournait voir le noble et recevait la récompense. En retour, le mage protégeait les sorcières et subvenait à leurs besoins grâce à sa fortune et à son statut social. Ce système avait fonctionné des siècles durant. Les mages gagnaient en puissance, dans le monde humain aussi bien que surnaturel, tandis que les sorcières gagnaient en sécurité à travers leur protection et un revenu garanti.

Puis survint l'Inquisition.

Les mages firent partie de ses premières cibles en Europe. Comment réagirent-ils ? En se retournant contre nous. Les Inquisiteurs voulaient des hérétiques ? Les mages leur livrèrent des sorcières. Libérés des restrictions morales imposées par les Convents, les mages se tournèrent vers une magie plus puissante et plus noire. Tandis qu'on brûlait les sorcières, ils firent ce qu'ils faisaient mieux que personne : devenir riches et puissants.

Aujourd'hui, les mages occupent certains des postes les plus importants du monde. Hommes politiques, avocats, P.-D.G. – cherchez parmi les rangs de toute profession connue pour son ambition, sa cupidité et sa très nette absence de scrupules, vous y trouverez une flopée de mages. Et les sorcières ? Des femmes ordinaires menant des vies ordinaires, dont la plupart redoutent tellement la persécution qu'elles n'ont jamais osé apprendre de sortilèges capables de tuer quoi que ce soit de plus gros qu'un puceron.

— Pourquoi ne suis-je pas surprise ? marmonnai-je assez fort pour que Sandford m'entende.

S'il comprit ce que je voulais dire, il n'en montra rien et se contenta de m'offrir une main tendue et un large sourire. Je refusai les deux d'un regard égal puis le contournai pour rejoindre la salle de réunion. J'y trouvai une femme aux cheveux roux, de taille moyenne, la trentaine, bronzage naissant et sourire apprêté. Leah O'Donnell.

Sandford me désigna d'un grand geste.

— Puis-je vous présenter la très estimée dirigeante du Convent américain ?

— Paige, dit Leah en se levant. Comme vous avez l'air… (son regard nota chacun de mes kilos en trop)… bien portante.

— Vous avez d'autres insultes du même genre ? demandai-je. Déballez-les tout de suite, je détesterais que vous passiez une nuit d'insomnie à regretter tous les bons mots que vous auriez ratés.

Leah se laissa tomber sur son siège.

— Oh, allez, poursuivis-je. Faites-vous plaisir. Je ne me vengerai même pas. Les répliques à deux balles, ça n'a jamais été mon genre.

— Alors c'est quoi, votre genre, Paige ? demanda Leah en désignant ma robe. Laura Ashley, on dirait. Très… approprié pour une sorcière.

— En fait, intervint Sandford, j'ai cru comprendre que la plupart des sorcières du Convent préféraient les pantalons en polyester. Bleus, assortis à leur rinçage.

— Vous voulez prendre quelques minutes pour trouver plus spirituel ? Je peux patienter.

— Oh, finissons-en, répondit Leah. J'ai des choses à faire, des visites à rendre, des vies à détruire.

Avec un rictus dévoilant ses dents, elle s'appuya contre le dossier de son siège.

Je roulai des yeux, m'assis à mon tour et me tournai vers Sandford.

— Elle a raison, venons-en au vif du sujet. C'est très simple. Vous n'obtiendrez pas la garde de Savannah. En organisant cette réunion absurde, vous n'avez réussi qu'à me mettre sur mes gardes. Si vous pensiez pouvoir m'agiter de faux papiers sous le nez et me faire peur pour que je vous la cède, vous vous trompez de sorcière.

— Ah, mais ils ne sont pas faux, répondit Sandford.

— Tiens donc. Sur quelle base est-ce que vous pourriez bien vouloir m'attaquer ? Mon âge ? Leah n'est pas beaucoup plus vieille. L'absence de lien de parenté avec Savannah ? Elle n'en a pas non plus. J'ai une affaire prospère, une maison sans emprunt immobilier, je suis bien connue pour avoir souvent rendu service à la communauté, et, plus important, j'ai la bénédiction de la seule parente encore en vie de Savannah.

Les lèvres de Sandford s'étirèrent en un sourire.

— Vous en êtes sûre ?

— Évidemment. C'est ça, votre plan ? Convaincre Margaret Levine de céder la garde à quelqu'un d'autre ?

— Non, je voulais dire : êtes-vous sûre que Mlle Levine soit la seule parente encore en vie de Savannah ? Ce n'est pas parce que sa mère est morte que cette enfant est orpheline.

Il me fallut quelques secondes pour comprendre.

— Son père ? Savannah ne le connaît même pas. Oh, laissez-moi deviner. Vous vous êtes débrouillé pour retrouver sa trace et vous l'avez convaincu de soutenir Leah. Ça vous a coûté combien ? (Je secouai la tête.) Peu importe. Empruntez cette voie-là si ça vous chante. Ce seront toujours mes qualités contre celles de Leah, une bataille que je suis prête à engager quand vous voulez.

— Qui vous dit que c'est moi qui veux la garde ? demanda Leah depuis son bout de table. Vous lui avez dit ça, Gabe ?

— Bien sûr que non. De toute évidence, Paige tire des conclusions hâtives. Il est écrit ici…

Il souleva sa copie de la lettre que j'avais reçue et feignit un froncement de sourcils appuyé – à peu près aussi crédible que s'il s'était frappé le front.

— Je n'en reviens pas. Ma nouvelle secrétaire… Je lui ai demandé de vous citer comme témoin. Et qu'a-t-elle fait ? Elle vous a indiquée comme la plaignante.

Tous deux secouèrent la tête puis me laissèrent mijoter en silence.

— Qui est le plaignant ? demandai-je.

— Le père de Savannah, bien sûr, répondit Sandford. Kristof Nast.

Comme je ne réagissais pas, Leah se pencha pour lui dire en aparté :

— Je crois qu'elle ne le connaît pas.

Sandford ouvrit de grands yeux.

— Est-ce possible ? La dirigeante du tout-puissant Convent américain ne connaît pas Kristof Nast ?

Sous la table, je plantai les ongles dans mes cuisses, m'efforçant de tenir ma langue.

— C'est l'héritier de la Cabale Nast, reprit Sandford. Vous savez ce qu'est une Cabale, n'est-ce pas, sorcière ?

— J'en ai entendu parler.

— Entendu parler ? répéta-t-il avant d'éclater de rire. Les Cabales sont des sociétés ayant des intérêts internationaux et dont le chiffre d'affaires se calcule en milliards de dollars. Le plus grand triomphe des mages, et elle en a « entendu parler ».

— Ce Nast, c'est un mage ?

— Naturellement.

— Alors il ne peut pas être le père de Savannah, hein ?

Sandford hocha la tête.

— Je reconnais qu'il est difficile de comprendre comment un mage, surtout du statut de M. Nast, a pu s'abaisser à coucher avec une sorcière. Toutefois, nous devons nous rappeler qu'Eve était une jeune femme très séduisante et d'une féroce ambition, je conçois donc qu'elle ait pu séduire M. Nast, malgré la répugnance qu'inspire une telle union.

— N'oubliez pas, ajouta Leah, qu'Eve n'était pas qu'une sorcière. Elle était aussi semi-démone – une véritable créature surnaturelle.

— Ah oui ? répliquai-je. Une créature surnaturelle incapable de transmettre ses pouvoirs à ses enfants ? C'est plus une aberration qu'une espèce, vous ne trouvez pas ? (Avant qu'elle puisse répondre, je me tournai vers Sandford.) Je reconnais que j'ai du mal à imaginer une sorcière faisant des folies de son corps avec un mage quand on sait combien d'autres personnes sur cette planète sont équipées d'un pénis en état de marche mais, au-delà de cet aspect, il y a un problème d'ordre biologique. Les mages n'engendrent que des fils. Les sorcières n'enfantent que des filles. Comment auraient-ils pu se reproduire ? C'est impossible.

— C'est un fait ? demanda Sandford.

— Évidemment, répondit Leah. Paige sait tout sur tout. Elle a fait ses études à Harvard.

Sandford ricana.

— L'école la plus surestimée de tout le pays, et maintenant, elle accepte même les sorcières. Comme les puissants sont tombés bas.

— Vous n'avez pas réussi à y entrer, hein ? demandai-je. Désolée de l'apprendre. Enfin bref, si vous avez la preuve qu'une sorcière et un mage peuvent avoir des enfants, faxez-la-moi. Dans le cas contraire, je supposerai que c'est *moi* qui ai raison.

— M. Nast est le père de Savannah, répondit Sandford. Et maintenant que sa mère a disparu, il veut s'assurer qu'elle bénéficie de toute la puissance qu'elle mérite, comme Eve l'aurait voulu.

— En voilà un argument de poids, commentai-je. J'aimerais bien vous voir le présenter devant un tribunal.

— Ce ne sera pas nécessaire, répondit Sandford. Vous renoncerez à sa garde bien avant que nous atteignions ce stade.

— Et comment comptez-vous m'y forcer ?

— Méthode de sorcières, répondit Leah avec un rictus.

— Soit vous nous donnez Savannah, soit nous révélons votre nature au reste du monde.

— Vous voulez dire… (Je m'étranglai de rire.) Vous comptez m'accuser de pratiquer la sorcellerie ? Ça, c'est un plan génial. Enfin ça l'aurait été il y a quatre siècles. La sorcellerie ? Tout le monde s'en fout. C'est du réchauffé.

— Vous en êtes bien sûre ? demanda Sandford.

— La pratique de la sorcellerie est une religion reconnue par l'État. Vous ne pouvez pas exercer de discrimination contre moi sur la base de mes croyances religieuses. Vous auriez dû faire vos devoirs, monsieur l'avocat.

— Ah, mais c'est ce que j'ai fait.

Il sourit et, sur ces mots, tous deux quittèrent la pièce.

La descente des furies

En tant qu'êtres surnaturels dans un monde humain, nous respectons un équilibre délicat. Les règles et lois humaines ont généralement peu d'importance dans nos vies. Prenez le cas de Savannah : une jeune sorcière aux pouvoirs immenses poursuivie par des factions obscures prêtes à tuer pour l'attirer chacune de son côté tant qu'elle était encore jeune et malléable. À présent que sa mère était morte, qui la protégerait ? Qui *devait* la protéger ? Le Convent, bien entendu – ses sœurs sorcières capables de l'aider à exploiter et contrôler ses pouvoirs.

Maintenant, considérez les choses selon la perspective de la loi humaine et des services sociaux : une enfant de treize ans dont la mère a disparu, confiée à une grand-tante qu'elle n'avait jamais rencontrée et qui, à son tour, la refile à une femme à peine sortie de la fac, sans lien de parenté avec elle. Essayez d'expliquer cette situation à un juge.

Aux yeux du reste du monde, Eve n'était que disparue et le resterait, car personne ne découvrirait jamais son corps. Ce qui m'avait permis plus facilement d'obtenir de facto la garde de Savannah car, techniquement, je m'occupais simplement d'elle en attendant le retour de sa mère. Tant que je lui fournissais un bon foyer, personne n'allait protester qu'on devait la remettre aux services sociaux et la soumettre au système d'adoption. Cela dit, pour être honnête, je ne savais pas trop dans quelle mesure ma demande tiendrait face à un juge.

Bien qu'intimidante, l'idée de lutter contre une semi-démone douée de télékinésie demeurait dans ma sphère de compréhension. Mais affronter un procès ? Mon éducation ne m'y avait pas préparée. Si bien que, face à cette situation, je choisis naturellement de faire des recherches, sur l'aspect non pas juridique mais surnaturel, et commençai par en apprendre un peu plus sur les Cabales.

J'en avais entendu parler, mais ma mère avait toujours minimisé leur importance. D'après elle, les Cabales étaient l'équivalent dans le monde surnaturel du croque-mitaine, un embryon de vérité qu'on avait déformé et grossi démesurément. Elles étaient insignifiantes, affirmait-elle. Insignifiantes pour les sorcières et le conseil interracial surnaturel.

En tant que chef du Convent, ma mère dirigeait également le conseil interracial et, en tant qu'héritière, j'assistais aux réunions depuis l'âge de douze ans. Certains l'assimilent aux Nations unies du surnaturel. La comparaison n'est pas mauvaise. Comme les Nations unies, nous sommes censés maintenir la paix et mettre fin aux injustices de notre monde. Malheureusement, comme pour notre contrepartie humaine là encore, nos pouvoirs tiennent davantage de la réputation semi-mythique que de la réalité.

Peu de temps auparavant, j'avais entendu ma mère et un autre membre du conseil, Robert Vasic, se disputer au sujet de l'importance des Cabales. Ces jours-ci, Robert jouait davantage le rôle d'informateur pour le conseil, déléguant ses responsabilités à son beau-fils Adam, semi-démon comme lui. Bien que Robert affirme prendre du recul à cause de sa santé déclinante, je le soupçonnais d'être frustré par les limites de la sphère d'influence du conseil et par son incapacité à lutter contre les véritables fléaux de ce monde. Lors de la dispute que j'avais entendue, il cherchait à convaincre ma mère que nous devions nous intéresser de plus près aux Cabales. À présent, j'étais soudain prête à lui donner raison.

J'appelai Robert une fois rentrée. Pas de réponse. Comme il était aussi professeur de démonologie à l'université de Stanford, j'appelai son bureau et laissai un message sur son répondeur. Puis je faillis composer l'ancien numéro d'Adam mais me rappelai ensuite qu'il était rentré chez lui le mois précédent, après s'être inscrit à Stanford pour tenter une deuxième fois d'obtenir sa licence.

Adam, mon aîné d'un an, assistait lui aussi aux réunions du conseil depuis l'adolescence afin de se préparer à son rôle de délégué. Nous étions amis depuis presque aussi longtemps – si l'on exclut notre première rencontre au cours de laquelle je l'avais traité de gros bœuf débile tandis que lui m'avait déclaré sa flamme, si j'ose dire, en me causant des brûlures qui avaient mis des semaines à guérir, ce qui devrait vous donner une idée de la catégorie de semi-démon à laquelle il appartient.

Je me préparai ensuite à passer un coup de fil autrement plus difficile : à Margaret Levine. Si Leah et Sandford étaient sérieux au sujet de cette histoire de garde, ils allaient devoir la contacter. J'aurais dû y penser la veille mais ma réaction instinctive avait consisté à ne *pas* en parler aux Aînées.

J'étais toujours en train de composer le numéro quand Savannah émergea de sa chambre, téléphone sans fil en main.

— T'as appelé Adam ? me demanda-t-elle.

— Non, Robert. Comment tu sais ça ?

— Grâce à la touche *bis*.

— Pourquoi tu vérifiais qui je venais d'appeler ?

— T'as parlé de Leah à Adam ? Je suis sûre qu'il aimerait bien l'avoir en face une nouvelle fois. Oh, et puis Elena et Clay ? Ils viendraient aussi, si tu leur demandais. Enfin, pas Clay. Pas si *toi*, tu lui demandais. Mais Elena viendrait, et il la suivrait. (Elle s'affala près de moi sur le canapé.) Si on rassemble tout le monde, vous pourrez la démolir comme l'autre fois, au centre. Tu te rappelles ?

Effectivement. Ce dont je me souvenais le mieux, c'était l'odeur – la puanteur omniprésente de la mort. La multitude de corps jonchant le sol. Je n'avais tué personne, mais j'avais participé. J'avais admis que c'était nécessaire, que tout humain impliqué dans l'enlèvement de ces spécimens d'espèces surnaturelles devait mourir pour garantir que notre secret ne quitte pas ces murs. Pourtant, je me réveillais en sursaut au minimum une fois par mois, en nage, avec l'odeur de la mort dans les narines.

— Pour l'instant, voyons déjà si on peut s'en occuper nous-mêmes, répondis-je.

— T'en as pas encore parlé aux Aînées, hein ?

— Je vais le faire. C'est juste…

— Par pitié, ne leur dis rien. Elles vont tout faire foirer. T'as raison, on peut s'en occuper nous-mêmes. Tout ce qu'on a à faire, c'est trouver Leah. Ensuite, on pourra la tuer.

Savannah avait prononcé ces mots avec une nonchalance qui me stupéfia. Avant que je puisse répondre, la sonnette retentit.

C'étaient les Aînées. Toutes les trois, sur le pas de ma porte, affichant des expressions qui allaient de l'hébétude (Margaret) à l'inquiétude (Therese) et à une rage mal contenue (Victoria).

Margaret Levine, Therese Moss et Victoria Alden étaient les Aînées du Convent depuis aussi loin que remontaient mes souvenirs. Elles avaient été les amies de ma mère et, en tant que telles, partie intégrante de ma vie.

Therese collait à la description que faisait Gabriel Sandford des sorcières, jusqu'au rinçage bleu et au pantalon de polyester – le stéréotype de la grand-mère aux genoux accueillants et au sac rempli d'assez de fournitures pour tenir trois jours de siège. Margaret, la grand-tante de Savannah, était à soixante-huit ans la plus jeune des Aînées. Elle avait été splendide dans sa jeunesse et conservait un charme incroyable mais collait malheureusement à un autre stéréotype, celui de la beauté sans cervelle. Et Victoria Alden ? Elle était la retraitée modèle du XXIe siècle, une femme énergique, toujours pomponnée, qui portait des tailleurs à l'église, des pantalons de coton sur un terrain de golf et méprisait les femmes âgées moins actives comme si elle attribuait à la négligence toutes leurs déficiences physiques ou mentales.

Je défis les sorts de périmètre et de verrouillage et ouvris la porte. Victoria déboula dans la pièce et fonça vers le salon sans prendre la peine d'ôter ses chaussures. Mauvais signe. Les règles de l'étiquette du Convent – qui ressemblaient étonnamment à celles fixées par les manuels de savoir-vivre des années cinquante – imposaient de se déchausser à la porte en signe de politesse vis-à-vis de la maîtresse de maison. Entrer avec ses chaussures était à la limite de l'insulte. Heureusement, je vis Therese et Margaret ôter leurs chaussures orthopédiques sans lacets et en déduisis que la situation n'était pas critique.

— Il faut qu'on parle, dit Victoria.

— Vous voulez du thé pour commencer ? demandai-je. Il doit me rester des muffins, si Savannah ne les a pas finis.

— Nous ne sommes pas venues manger, Paige, lança Victoria depuis le salon.

— Du thé, alors ?

— Non.

Qu'elles disent non à des pâtisseries, c'était déjà stupéfiant, mais qu'elles refusent une boisson chaude ? C'était quasiment une première dans les annales de l'histoire du Convent.

— Comment as-tu pu nous cacher ça ? demanda Victoria tandis que je les rejoignais au salon. Une contestation de tes droits de garde, c'est déjà bien assez terrible. Surtout si ça débouche sur un procès. Mais…

— N'importe quoi, commenta Savannah qui se glissa dans la pièce. Elle serait plutôt du genre à entrer ici par effraction à minuit et à m'embarquer contre mon gré.

Victoria se tourna vers moi.

— Mais de quoi parle-t-elle ?

— Savannah, si tu emmenais ta grand-tante en bas pour lui montrer tes dessins ?

— Non.

— Savannah, s'il te plaît. Il faut qu'on parle.

— Et alors ? Ça concerne ma vie, non ?

— Vous voyez ? déclara Victoria qui se tourna vers Therese et Margaret tout en nous désignant, Savannah et moi. C'est ça, le problème. La gamine n'a aucun respect pour Paige.

— La gamine a un nom, intervins-je.

— Ne m'interromps pas. Tu n'es pas prête, Paige. Je le dis depuis le début. Nous n'aurions jamais dû te la laisser. Tu es trop jeune et elle est trop…

— Tout se passe très bien, répondis-je en serrant les dents assez fort pour me faire mal.

— Tu veux voir mes dessins, tante Margaret ? demanda Savannah. Mon prof me dit que je suis très douée. Viens voir.

Elle s'éloigna d'un pas dynamique, arborant un sourire crispé de « gentille petite fille ».

— Viens, tante Maggie, l'appela-t-elle d'une voix chantante et haut perchée. Je vais te montrer mes dessins humoristiques.

— Non ! lui hurlai-je tandis que Margaret la suivait. Tes peintures, s'il te plaît. Tes peintures.

Je doutais que Margaret perçoive l'humour noir des dessins de Savannah. Ils lui donneraient sans doute une crise cardiaque – on avait bien besoin de ça.

Après leur départ, Victoria se tourna vers moi.

— Tu aurais dû nous en parler.

— Je n'ai reçu l'assignation qu'hier, après notre conversation au téléphone. Comme je ne la prenais pas au sérieux, je n'ai pas voulu vous inquiéter. Ensuite, quand je les ai rencontrés ce matin, j'ai compris que c'était *vraiment* sérieux, et j'étais sur le point d'appeler Margaret…

— Tiens donc.

— Allons, Victoria, murmura Therese.

— Sais-tu ce qu'ils menacent de faire ? reprit Victoria. Dévoiler ta nature. Notre nature. Ils prétendent que tu n'es pas en mesure de t'occuper d'un enfant parce que tu es une sorcière pratiquante.

— Tout comme des milliers de mères dans ce pays, répondis-je. Ça s'appelle la wicca et c'est une religion reconnue.

— Ce n'est pas ce que nous sommes, Paige. Ne complique pas les choses.

— Je ne complique rien. Toute personne qui entendra cette accusation tirera la conclusion que « sorcière » signifie « wiccan », c'est-à-dire « adepte de la wicca ».

— Je me moque bien de ce qu'ils vont conclure. Ce qui m'intéresse, c'est la protection du Convent. Je refuse de courir le risque que tu dévoiles notre existence…

— Alors c'est donc ça ! Évidemment. Je comprends mieux maintenant. C'est pour *ça* qu'elle m'accuse de sorcellerie. Pas parce qu'elle pense gagner le procès. Elle veut nous faire peur. La plus grande peur d'une sorcière, c'est qu'on dévoile sa nature. Elle menace de le faire pour que vous m'obligiez à céder Savannah.

— Un petit prix à payer.

— Mais on ne peut pas la laisser gagner. Si cette ruse aboutit, ils l'utiliseront de nouveau. Chaque fois qu'un être surnaturel voudra obtenir quelque chose du Convent, il se livrera au même petit jeu.

Victoria hésita. Je m'empressai de poursuivre :

— Donnez-moi trois jours. Après quoi je vous promets que vous n'entendrez plus parler de cette histoire.

Après une pause, Victoria acquiesça d'un bref signe de tête.

— Trois jours.

— Il y a juste un truc. Et je ne vous dis pas ça parce que j'y crois, mais parce que je ne veux pas que vous l'appreniez par quelqu'un d'autre. Ils prétendent que le père de Savannah est un mage.

— Ça ne m'étonnerait pas. Il y a vraiment quelque chose qui cloche chez cette enfant.

— Il n'y a rien qui…, commençai-je avant de m'interrompre. Mais c'est impossible, hein ? Qu'une sorcière et un mage aient un enfant ?

— Comment veux-tu que je le sache ? demanda Victoria.

En l'entendant parler sur ce ton cassant, je songeai à la réaction qu'aurait eue ma mère. Je pouvais poser autant de questions que je voulais, et les plus idiotes qui soient, elle prenait toujours le temps de répondre ou d'y réfléchir. Étouffant un pincement douloureux, je poursuivis :

— Vous avez déjà *entendu dire* que ça se soit produit ?

— Bien sûr que non. Les sorcières du Convent ne feraient jamais rien de pareil. Mais ça ne m'étonnerait pas de la part d'Eve Levine. Tu te souviens d'Eve, Therese. Elle aurait fait ce genre de chose *justement* parce que c'était contre nature.

— Qu'en dit Savannah ? demanda Therese.

— Elle ignore totalement qui est son père. Je n'ai pas mentionné l'action en recherche de paternité. Elle croit que c'est Leah qui fait cette demande de garde.

— Parfait, répondit Victoria. Que les choses restent ainsi. J'exige qu'aucun membre du Convent n'en entende parler. Je ne veux pas que les autres croient que nous avons laissé une sorcière ayant du sang de mage rejoindre notre Convent ou qu'on s'inquiète de la venue d'un mage à East Falls.

— Un mage ? En ville ? glapit une Therese horrifiée.

— Il n'est pas déjà là, hein ? demanda Victoria en plissant les yeux.

— Pour autant que je sache, Kristof Nast se trouve encore à Los Angeles, répondis-je, décidant de ne pas mentionner Sandford pour ne pas compliquer les choses. Je vais m'occuper de cette accusation de sorcellerie et de cette demande de garde.

Therese hocha la tête.

— Il faut que tu t'en occupes dans les règles, ma chère. Prends un avocat. Les Cary sont très bons.

Impliquer un avocat humain dans cette pagaille ? Pas question. Quoique... Ce n'était peut-être pas si absurde, après tout. Ça me donnait une idée.

La beauté de la science

Quand la porte d'entrée se fut refermée derrière les Aînées, je lançai de nouveaux sorts de verrouillage et de périmètre, puis m'emparai de l'annuaire. Ce fut alors que Savannah entra.

— C'est vraiment une contestation de tes droits de garde, hein ? demanda-t-elle en s'installant sur le canapé.

— Je croyais que tu le savais.

— Quand t'as dit que Leah voulait ma garde, je pensais qu'elle voulait juste que tu me livres à elle.

— Peu importe. Ils n'ont pas les éléments nécessaires…

— Alors elle a carrément un avocat ? Il est quoi, lui ? Je suis sûre que c'est un mage.

— Oui, mais il n'y a pas de raisons de nous en faire.

— Oh, j'ai pas peur des mages. Ni des avocats. Tu sais, on devrait en prendre un.

— J'allais justement appeler M. Cary.

— Je voulais dire un avocat *mage*. Ils sont très doués. Tous les meilleurs mages sont avocats. Enfin, jusqu'à ce qu'ils vieillissent et se lancent dans la politique. C'est ce que ma mère disait toujours.

Je tenais là une parfaite occasion de lui tendre une perche qui m'aiderait peut-être à répondre à la question de son père. Du style : *Au fait, ta mère, comment dire, elle connaissait beaucoup de mages ?* Mais bien sûr, je n'en fis rien. Je ne posais jamais de questions sur Eve. Si Savannah voulait m'en parler, elle le ferait.

— Les sorcières ne travaillent pas avec les mages, répondis-je.

— Oh, arrête, ça, c'est pour les sorcières du Convent. Une vraie sorcière travaille avec tous les gens qui peuvent l'aider. Un avocat mage, ça pourrait nous être très utile, si on le choisit bien. La plupart sont de vrais connards – ils refusent de traiter avec des sorcières –, mais maman en connaissait quelques-uns qui acceptaient de s'occuper de ce genre de cas si on les payait bien.

— Pas question que j'embauche un mage. Je vais prendre un avocat humain.

— Ne sois pas débile, Paige. Tu ne peux pas…

— Pourquoi pas ? Ils ne s'y attendront pas. Si je prends un avocat humain, Leah va devoir s'en tenir aux règles. Aux règles humaines. Pas de réunions secrètes pour parler de mages et de Cabales…

— Comment ça, de Cabales ?

— J'essaie juste de te dire qu'ils ne pourront pas parler de ces choses-là devant un avocat humain. S'ils veulent jouer selon les lois humaines, qu'ils le fassent. Je jouerai le jeu.

Elle se laissa aller contre les oreillers du canapé.

— C'est peut-être pas une idée si débile, après tout.

— Contente que ça te plaise.

Le vendredi matin commença d'une manière très familière. Une fois de plus, je décidai de garder Savannah à la maison plutôt que de l'envoyer à l'école, récupérai ses devoirs, la conduisis chez Abby puis regagnai le cabinet des Cary pour une nouvelle réunion à 10 heures.

Cette fois, j'avais rendez-vous avec Grant Cary Jr. Oui, j'avais choisi Grant Jr. Malgré mes doutes quant à sa droiture morale, c'était un bon avocat. Il me connaissait… eh bien, pas autant qu'il l'aurait voulu, mais plutôt bien. Quand je lui avais téléphoné la veille, il avait semblé intéressé par l'affaire. Nous nous étions donné rendez-vous à 10 heures, puis j'avais organisé une conférence avec Leah et Sandford à 11 heures.

J'étais assise dans le bureau de Cary depuis vingt minutes à présent, regardant par l'immense fenêtre située derrière son bureau tandis qu'il parcourait mes papiers. Jusqu'ici, tout se passait bien. En dehors d'un coup d'œil prolongé à mes seins quand j'étais entrée, il n'avait rien fait de fâcheux. J'avais sans doute été trop dure avec lui. J'avais l'impression d'attirer beaucoup de types dans le genre de Cary, des hommes mariés d'une quarantaine d'années qui me voyaient, sinon comme une jolie blonde qui ferait bel effet à leur bras, du moins comme une jeune femme susceptible d'apprécier les attentions d'un homme plus âgé et d'y prendre plaisir.

D'après mon expérience, Grantham Cary II devait faire du gringue à toutes les femmes qu'il croisait. Vous voyez le tableau : l'athlète le plus populaire du lycée en 1975, la fierté de toute la ville, toutes les filles mouillaient leur culotte s'il leur accordait ne serait-ce qu'un regard. Avance rapide jusqu'en 2001. Sa partie de golf hebdomadaire ne suffit plus à lui éviter les poignées d'amour, il rabat depuis peu une mèche sur le côté pour cacher sa calvitie naissante, plisse les yeux pour éviter de porter les lunettes à verres progressifs qu'il cache dans un tiroir et passe ses journées dans un bureau rempli de trophées sportifs datant de plus d'une décennie. Toujours séduisant, mais davantage convoité ces jours-ci pour son compte en banque que pour ses biceps.

— Eh bien, dit Cary en replaçant la dernière page sur la pile. C'est franchement inhabituel.

— Je… peux tout vous expliquer, répondis-je.

Ah oui ?

— Laissez-moi deviner, répondit-il. Vous n'êtes pas vraiment une sorcière et tout ça n'est qu'un stratagème pour obtenir la garde de Savannah en déterrant un élément gênant du passé d'East Falls et en jouant sur la paranoïa historique de cette région de la Nouvelle-Angleterre.

— Heu, oui, répondis-je. Un truc dans le genre.

Cary éclata de rire.

— Ne vous en faites pas, Paige. C'est un plan extrêmement transparent, manifestement conçu par des gens qui connaissent mal le Massachusetts moderne. Vous me dites que ce Kristof Nast ne peut pas prouver qu'il est le père de Savannah. Mais je suppose qu'il acceptera de se soumettre à des tests d'A.D.N. ?

— Des tests d'A.D.N. ?

— On ne peut pas se contenter de sa parole sur cette question.

Évidemment. C'était un tribunal humain qui jouait selon les règles humaines. Toutes les espèces surnaturelles savaient que nous ne pouvions pas courir le risque que les humains étudient notre A.D.N., mais pour un juge, c'était une preuve si facile à fournir que la refuser revenait à avouer un mensonge.

— Il ne donnera pas son A.D.N., répondis-je.

Cary haussa les sourcils.

— Vous en êtes certaine ?

— Absolument, répondis-je avec un sourire naissant. C'est une bonne chose ?

Cary se laissa aller sur son siège et éclata de rire.

— Et même mieux que ça. C'est formidable, Paige. Si le client de Sandford refuse de se soumettre au test, alors il n'y a pas de procès. Je vais m'en assurer.

— Merci.

— Ne me remerciez pas encore, dit-il. Vous n'avez pas vu ma note.

Il éclata d'un rire sonore, comme s'il n'avait pas conscience que la blague était éculée et, comme j'étais d'humeur généreuse, je l'imitai. On passa la demi-heure suivante à discuter de l'affaire. Puis on se prépara pour la réunion avec Leah et Sandford. Je ne leur avais pas dit que Cary me représentait. Ils croyaient me voir en privé.

J'adore les surprises.

Je patientais dans la salle d'attente quand Lacey fit entrer Sandford et Leah à 11 heures pile. Cary avait accepté d'attendre quelques minutes avant de nous rejoindre.

Leah entra d'un pas bondissant, comme une gamine le matin de Noël. Sandford la suivit, s'efforçant – vaguement – de masquer un petit sourire satisfait.

— Vous avez les papiers ? demandai-je avec un tremblement forcé dans la voix.

— Bien entendu, répondit Sandford avant de les faire glisser sur la table.

Je passai quelques minutes à fixer les pages qui annuleraient mes droits de garde. J'inspirai profondément, puis déclarai :

— Je ne peux pas faire ça.

— Mais si, répondit Sandford.

— Non, je ne peux vraiment pas. (Je lui rendis les papiers avec un rictus calqué sur le sien.) Hors de question que je l'abandonne.

— Quoi ? dit Leah.

— Oh, c'était un plan rusé, je vous l'accorde. Me menacer de dévoiler l'existence des sorcières et vous assurer que les Aînées en entendent parler. Comme ça, si je ne cédais pas, elles m'y obligeraient. Eh bien, vous avez sous-estimé le Convent. Avec leur soutien, je vais contester cette demande.

Ils affichèrent une expression dont je chérirais longtemps le souvenir.

— Qu'en dit Margaret Levine ? demanda Leah.

— Vous voulez le savoir ? répondis-je en lui montrant le téléphone. Appelez-la. Je suis sûre que vous connaissez son numéro. Appelez toutes les Aînées. Demandez-leur si elles me soutiennent.

— Elle nous baratine, dit Leah en fusillant Sandford du regard comme s'il était en faute.

— Non, répondis-je, je ne vous baratine pas. Je vous assure que je comprends à quel point toute cette affaire est sérieuse et je la traite comme telle. C'est pourquoi j'ai engagé un représentant.

Je me dirigeai vers la porte et fis signe à Cary, qui attendait dans le couloir, d'entrer dans la pièce.

— Je crois que vous connaissez déjà M. Cary, leur dis-je.

Leur mâchoire se décrocha. Bon d'accord, pas exactement, comme dans les dessins animés, mais vous voyez le tableau.

— Mais c'est un…, commença Leah avant de s'interrompre.

— Un sacré bon avocat, complétai-je. Et je suis ravie qu'il ait accepté de me représenter.

— Merci, Paige. (Le sourire de Cary paraissait un peu plus chaleureux que nécessaire, mais j'étais trop euphorique pour m'en soucier.) Maintenant, venons-en au cœur du sujet. Pour ce test d'A.D.N., puis-je partir du principe que votre client accepte de s'y soumettre sur-le-champ ?

Sandford blêmit.

— Notre… mon client est un… un homme très occupé. Ses impératifs professionnels ne lui permettent pas de quitter Los Angeles pour l'instant.

— Autrement, il serait ici, répondis-je. Hmmm, vous ne trouvez pas ça curieux ? Qu'il tienne tellement à obtenir la garde de sa fille mais qu'il n'arrive pas à se dégager deux ou trois jours pour venir la voir ?

— Il pourrait fournir cet échantillon en Californie, répondit Cary. Notre cabinet est petit, mais nous avons des contacts à San Francisco. Je suis sûr qu'ils seraient ravis de se charger des tests.

— Mon client ne souhaite pas se soumettre à des tests d'A.D.N.

— Pas d'A.D.N., pas de procès, répondit Cary.

Sandford me fusilla du regard.

— Échec et mat, lui lançai-je.

Avec le sourire.

Après le départ de Sandford et de Leah, Cary se tourna vers moi en souriant.

— Tout s'est bien passé, vous ne trouvez pas ?

Je souris.

— Mieux que ça. C'était parfait. Merci beaucoup.

— Avec un peu de chance, ils vont en rester là. Je ne vois pas comment ils pourraient poursuivre sans A.D.N. (Il consulta sa montre.) Vous avez le temps de prendre un café ? Nous pourrons parler des derniers détails avant mon rendez-vous.

— Des détails ? Mais si c'est terminé… ?

— Nous l'espérons, Paige, mais nous devons parer à toute éventualité. Je vais prévenir Lacey que nous partons.

Rebuffade

On se dirigea, Cary et moi, vers la pâtisserie *Chez Melinda* sur State Street. Même d'après mes critères de citadine blasée habituée aux grandes villes, c'était une pâtisserie de premier choix. Le café, à lui seul, rendait presque la vie à East Falls supportable. Et les scones ? Si je parvenais un jour à convaincre les Aînées de nous laisser déménager, je repasserais en ville chaque semaine pour les scones aux raisins de Melinda.

J'aurais préféré qu'on s'installe près de la fenêtre, mais Cary choisit une table au fond. Il est vrai que même la grand-rue d'East Falls n'a pas grand-chose à offrir aux regards curieux, donc, puisque nous parlions d'affaires juridiques confidentielles, je comprenais pourquoi Cary avait choisi une place plus discrète.

Lorsqu'on fut installés, il désigna mon scone.

—Je suis ravi de constater que vous ne faites pas partie de ces filles toujours au régime. J'aime les femmes qui n'ont pas peur d'être féminines.

—Ah.

—De nos jours, les filles font des régimes qui les amaigrissent tellement qu'on ne les différencie plus des garçons. Mais vous êtes différente. Vous paraissez toujours si… (son regard descendit vers ma poitrine)… bien portante. C'est si agréable de voir une jeune femme qui porte encore des jupes et des robes.

— Donc, vous croyez qu'ils vont laisser tomber l'affaire ?

Avant de me répondre, Cary versa trois sachets de lait en poudre dans son café puis remua.

— À peu près certain, déclara-t-il. Mais il me reste quelques petites choses à faire.

— Comme ?

— De la paperasse. Même dans les affaires les plus simples, il y en a toujours. (Il but une gorgée de café.) Bon, je suppose que vous voulez savoir combien ça va vous coûter.

Je souris.

— Je ne peux pas dire que j'en aie envie, mais il va bien falloir. Vous pouvez m'en donner une idée ?

Il sortit son bloc-notes, arracha la page du dessus et se mit à aligner des chiffres sur une page vierge. À mesure que la liste s'allongeait, mes yeux s'écarquillaient. Quand il inscrivit un total tout en bas, je m'étranglai sur ma bouchée de scone.

— Est-ce que… Par pitié, dites-moi qu'il manque une virgule, déclarai-je.

— L'expertise juridique n'est jamais bon marché, Paige.

— Je le sais bien. J'en demande régulièrement dans le cadre de mon travail, mais les notes ne ressemblent jamais à celle-ci. (J'attirai le bloc-notes vers moi et le retournai.) C'est quoi, ça ? Neuf heures facturables ? On ne s'est vus qu'aujourd'hui, de 10 heures à… (je consultai ma montre)… 11 h 40.

— J'ai dû passer la soirée d'hier à étudier votre dossier, Paige.

— Vous l'avez fait ce matin. Devant moi. Vous vous rappelez ?

— Oui, mais hier soir, j'ai fait des recherches sur des cas similaires.

— Pendant sept heures ?

— La notion d'heures facturables est complexe et ne correspond pas nécessairement au temps de travail effectif.

— Sans blague. Et ça, c'est quoi ? Trois cents dollars de photocopies ? Vous avez fait quoi ? Embauché des moines franciscains pour qu'ils transcrivent mon dossier à la main ? Je peux faire des photocopies à la supérette du coin pour dix cents la page.

— Nous ne parlons pas exactement du coût des copies elles-mêmes. Vous devez tenir compte de celui de la main-d'œuvre.

— C'est votre femme qui fait tout votre boulot de secrétariat. Vous ne la payez même pas.

— Je comprends qu'il ne soit pas facile pour vous de payer cette somme, Paige. C'est l'un des problèmes fondamentaux que soulève l'exercice du droit : ceux qui méritent le plus nos services ne peuvent souvent pas se le permettre.

— Ce n'est pas que je ne puisse pas…

Il m'interrompit d'un geste de la main.

— Je comprends. Vraiment. C'est un fardeau pénible à imposer à quelqu'un qui cherche simplement à agir dans le bien d'une enfant. Ce ne serait pas juste de vous facturer cette somme. Je voulais simplement vous montrer combien ces choses-là peuvent vous coûter.

Je me laissai de nouveau aller sur mon siège.

— D'accord. Donc…

— Malheureusement, c'est la somme que mon père et Lacey attendront que je vous demande. Ce que nous devons faire, c'est en discuter pour voir dans quelle mesure nous pouvons la réduire. (Il consulta sa montre.) J'ai un client dans vingt minutes, donc je ne peux pas faire ça tout de suite. Et si j'en finissais avec ce dossier afin que nous puissions déjeuner ensemble pour parler de la facture ? (Il sortit son agenda.) Disons lundi ?

— Ça devrait aller.

— Parfait. Nous irons dans un endroit agréable – à Boston. Vous avez toujours cette robe que vous portiez le jour du pique-nique du Memorial Day [1] ? Portez-la.

— Porter… ?

— Et trouvez une baby-sitter pour Savannah après l'école. Nous ne rentrerons sans doute pas avant le soir.

— Le soir… ?

Il sourit.

— J'aime les longues séances de négociations. Très longues. Très intenses. (Il se pencha de sorte que sa jambe frôle la mienne.) Je sais à quel point ça doit être dur pour vous, Paige. Vivre à East Falls. Vous occuper d'une enfant. Pas beaucoup de jeunes hommes potables en ville, et je doute que vous ayez beaucoup d'occasions de faire des rencontres. Vous êtes une jeune femme très séduisante. Il vous faut quelqu'un qui soit conscient de vos… besoins spécifiques. Ce genre d'alliance pourrait vous être très profitable, et je ne parle pas seulement de vous apporter une aide juridique gratuite.

1. Jour férié aux États-Unis, le dernier lundi de mai, qui célèbre les morts au champ d'honneur. (*NdT*)

— Ah, je vois : vous êtes en train de me dire que vous baisserez vos tarifs si je couche avec vous.

La moitié des clients de la pâtisserie se retournèrent. Cary se pencha pour me faire taire.

— Mais la note dépasse à peine les deux mille dollars, repris-je. À ce tarif, vous aurez déjà bien de la chance d'obtenir une branlette.

Il me fit signe de me taire, balayant la pièce du regard pour tenter de déterminer qui avait pu m'entendre.

— Lacey est au courant de cet arrangement financier original ? repris-je. Et si je l'appelais pour vérifier ? Histoire de savoir si elle accepte de renoncer à une somme pareille pour que son mari s'envoie en l'air ?

Je tirai mon téléphone portable de mon sac. Cary voulut s'en emparer mais je l'agitai hors de sa portée. J'enfonçai plusieurs touches. Il tendit les mains par-dessus la table, plongeant comme un joueur de foot américain recevant une passe cruciale. Je repoussai ma chaise pour m'éloigner, puis me penchai pour laisser tomber mon téléphone dans mon sac. Cary resta quelques secondes affalé sur la table puis se redressa lentement, ajusta sa cravate et regarda autour de lui comme pour se convaincre que tous les clients de la pâtisserie n'étaient pas en train de le regarder.

— Je déteste filer juste après avoir mangé, dis-je en me levant, mais je dois aller chercher Savannah. Au cas où vous ne l'auriez pas deviné, la réponse est non. Ne le prenez pas mal. Ce n'est pas simplement parce que vous êtes marié. C'est parce que votre mariage est plus vieux que moi.

Un ricanement retentit derrière nous, suivi par un gloussement de rire mal étouffé. Lorsque je passai devant le comptoir, Nellie, la caissière, leva discrètement le pouce en signe d'encouragement.

Savannah alla se coucher à 21 h 30 sans protester après m'avoir aidée toute la soirée à travailler sur le graphisme d'un site pour le boulot. Oui, non seulement on passait un peu de temps ensemble mais elle me donnait des conseils artistiques sans même demander compensation sur le ton de la blague. C'était l'un de ces rarissimes jours parfaits, récompense karmique pour tout ce que j'avais subi.

À 22 heures, j'emportai une tasse de thé dans le salon, prête à me blottir avec un livre pour prendre une pause bien méritée. Alors que je m'installais sur le canapé, je remarquai une lumière vacillante sur le porche. Je reposai ma tasse puis me penchai, tirai les rideaux et scrutai la pénombre. Quelqu'un avait placé une bougie allumée au coin de la rambarde du porche. Des sorcières, des bougies – vous voyez le tableau ? Encore un peu et je trouverais des licornes de cristal pendues à ma boîte aux lettres. Les gamins…

J'étais tentée d'ignorer cette bougie jusqu'à ce que j'aie fini mon thé, mais si Mlle Harris, ma voisine d'en face, la voyait, elle appellerait sans doute les pompiers et m'accuserait de vouloir faire cramer le quartier.

Arrivée sur le porche, je vis plus nettement la bougie et en eus le souffle coupé. Elle avait la forme d'une main humaine dont chaque doigt luisait d'un éclat minuscule à son extrémité. Une main de gloire. Voilà qui allait bien plus loin qu'une innocente farce d'enfants. Le ou la responsable s'y connaissait en sciences occultes et avait l'esprit particulièrement mal tourné.

Je m'avançai vers la bougie. Quand je m'en emparai, mes doigts se refermèrent non pas sur de la cire dure mais sur de la chair froide. Je reculai avec un cri aigu et la jetai par terre. Une flamme redoubla d'intensité et des volutes de fumée s'élevèrent. Je descendis les marches à toute allure et m'emparai de la main mais, cette fois encore, mon cerveau regimba quand je touchai la chair glacée, si bien que je la laissai tomber.

Les lumières s'allumèrent chez Mlle Harris. Je m'agenouillai vivement pour cacher la main et tentai d'éteindre à grands coups de paume l'herbe morte que Savannah avait fourrée sous le porche et qui venait de prendre feu. Les flammes me brûlèrent. J'étouffai un petit cri et continuai jusqu'à extinction totale.

Je fermai les yeux, retins mon souffle et me retournai pour regarder l'objet abandonné dans l'herbe. C'était une main coupée, à la peau brun grisâtre, à la base de laquelle dépassait un bout d'os scié, et dont la chair ridée empestait les conservateurs. On avait enduit chaque doigt de cire avant d'y fixer une mèche.

— Une main de gloire.

Je sursautai et vis Savannah penchée sur la rambarde.

— Est-ce que Mlle Harris nous regarde ? chuchotai-je.

Savannah jeta un œil de l'autre côté de la route.

— Elle regarde à travers le store, mais tout ce qu'elle voit, ce sont tes fesses en l'air.

— Va me chercher de quoi l'envelopper.

Quelques instants plus tard, Savannah me jeta une serviette de table. Une de mes préférées. J'hésitai avant d'en envelopper la main. Mais le moment était mal choisi pour me soucier de mon linge. D'une minute à l'autre, Mlle Harris pouvait sortir sur son porche pour mieux y voir.

— Ça doit être le mage, dit Savannah. Leah ne doit pas savoir faire ces trucs-là. Elle est conservée ou momifiée ?

Je ne répondis pas. Je me levai, serrant le paquet dans mes doigts tremblants. Savannah tendit la main par-dessus la rambarde pour s'en saisir. Je lui fis signe de rentrer puis remontai les marches à toute allure.

Une fois à l'intérieur, je fourrai la main enveloppée sous l'évier de la cuisine puis me ruai dans la salle de bains où je fis couler l'eau chaude à fond. Savannah entra alors que je me récurais les mains.

— Je l'enterrerai plus tard, lui dis-je.

— Peut-être qu'on devrait la garder, répondit-elle. Ces trucs-là sont durs à faire, tu sais.

— Non, je ne sais pas, aboyai-je.

Silence. Dans le miroir, je vis Savannah derrière moi, l'expression indéchiffrable.

— Je ne voulais pas…, commençai-je.

— Je sais très bien ce que tu voulais dire, répondit-elle avant de se détourner, de regagner sa chambre et d'en fermer la porte, sans la claquer, en la tirant doucement derrière elle.

La main de gloire est un outil de voleur. D'après la légende, elle est censée empêcher les occupants d'une maison de se réveiller. C'est criminel, aucun doute là-dessus, mais ce n'est ni nocif ni dangereux. Leah comptait-elle donc entrer chez moi par effraction cette nuit-là ? Si c'était le cas, pourquoi laisser la main sur la rambarde de mon porche en milieu de soirée ? À moins qu'elle y ait placé cette bougie macabre que pour attirer l'attention et me causer de nouveaux ennuis ? Ça aussi, c'était absurde. En la plaçant devant ma fenêtre, elle prenait le risque que je la voie et que je m'en débarrasse avant que d'autres la remarquent.

Réfléchissant dans mon lit aux motivations de Leah, je n'arrivais à penser qu'à la main elle-même, enveloppée sous mon évier. Sa puanteur semblait imprégner toute la maison. Je n'arrivais pas à chasser le souvenir de son contact, à oublier qu'elle était toujours chez moi, à cesser de réfléchir aux moyens de m'en débarrasser. J'étais secouée. Peut-être était-ce là l'intention de Leah.

J'avais programmé mon réveil à 2 heures du matin mais cette précaution se révéla inutile. Je ne trouvai pas le sommeil et restai étendue dans mon lit à compter les minutes. À une heure et demie, je décidai qu'il était assez tard.

Phase deux initiée

J'enfilai par-dessus ma nuisette de soie le kimono assorti avant de quitter ma chambre. Curieusement, ça me paraissait plus approprié que de m'habiller. Dans le placard du couloir, je choisis les vieilles bottes de caoutchouc que portait ma mère pour jardiner. Je les avais gardées dans le vague espoir de me découvrir un jour la main verte.

Je me faufilai par la porte de derrière, jetant un sort de périmètre dans mon sillage. J'avais laissé la main sous l'évier ; si quelqu'un me surprenait à creuser, au moins ne verrait-il pas ce que j'enterrais. Ouais, comme si ça allait arranger les choses qu'on me voie dans la forêt après minuit, occupée à creuser un trou en kimono de soie rouge et en bottes de caoutchouc noires.

Une fois dehors, je flairai une odeur de fumée. Lorsque mon estomac se crispa, je maudis ma peur. En première année de psycho, j'avais lu une théorie selon laquelle toutes les principales phobies résultent d'une mémoire héréditaire. Comme nos lointains ancêtres avaient de bonnes raisons de craindre les serpents et l'altitude, l'évolution avait transmis ces peurs aux générations futures. Ce qui explique peut-être la peur du feu chez les sorcières. Je la combats sans jamais parvenir à la vaincre totalement.

Luttant contre mon instinct, je reniflai l'air pour localiser la source de cette odeur. Était-ce la fumée d'une cheminée éteinte quelques heures plus tôt ? Les braises encore chaudes d'ordures brûlées dans la soirée ? Tandis que je scrutais la pénombre, je remarquai une lueur orange à l'est dans la forêt située derrière ma clôture. Une fête en plein air. Comme le temps radoucissait, les ados du coin avaient dû trouver mieux à faire un samedi soir que de traîner sur le parking de la quincaillerie. Génial. Maintenant, la main allait devoir rester chez moi jusqu'au lendemain soir. Je n'oserais pas l'enterrer sous les yeux d'un public potentiel.

Tandis que je me retournais pour rentrer dans la maison, je remarquai le silence. Un silence total. Depuis quand les ados restaient-ils tranquillement assis autour d'un feu de camp lorsqu'ils faisaient la fête ? Je réfléchis à tout ce qui pouvait expliquer la présence d'un feu nocturne. East Falls était trop petit pour accueillir des SDF. La chute d'une allumette ou d'une cigarette avait-elle pu enflammer les broussailles ? Quelqu'un pouvait-il brûler en secret des matériaux dangereux ? Dans un cas comme dans l'autre, il fallait agir.

Je traversai l'herbe sur la pointe des pieds en me demandant si j'allais devoir éteindre un autre feu. Deux le même soir – coïncidence ? Par pitié, pas une deuxième main de gloire. J'inspirai profondément et chassai ma révulsion. Si c'était le cas, au moins l'avais-je vue avant tout le monde.

Quand j'atteignis la barrière, je me réjouis de n'avoir rien fait d'aussi stupide qu'appeler les pompiers. Au milieu de l'herbe, je vis un cercle de bougies noires allumées tout autour d'un bout de tissu rouge sur lequel était brodée une tête de bouc. Un autel sataniste.

Avec un juron, je me précipitai pour éteindre les bougies. Puis je vis qu'elles entouraient une masse ensanglantée. L'espace d'un instant atroce et infini, je crus que c'était un corps d'enfant. Puis je le vis plus en détail et reconnus un chat. Un chat écorché, masse inerte de muscles et de sang dont la bouche sans lèvres dévoilait toutes les dents.

Je me détournai de ce spectacle. Quelque chose de froid et d'humide me cingla le visage. Je le repoussai d'un geste paniqué et reculai en trébuchant, mais ma main était prisonnière d'une boucle de matière élastique et spongieuse. J'étouffai un cri. Je levai les yeux et vis ce que j'avais heurté : un autre chat écorché, cette fois suspendu à un arbre, et dont le ventre ouvert laissait échapper ses boyaux. Un morceau d'intestin s'enroulait autour de ma main.

Je me dégageai juste à temps pour plaquer la paume sur ma bouche afin d'étouffer mon cri. Je tombai à genoux, luttant pour retrouver mon souffle. Mes mains étaient couvertes de sang. Mon estomac se souleva et je répandis mon dîner dans l'herbe. L'espace de quelques minutes, je restai accroupie sur place, incapable de bouger.

— Paige ? demanda Savannah dans un murmure depuis le jardin.

— Non ! sifflai-je en me levant d'un bond. Reste là !

Je me précipitai pour la retenir lorsqu'elle tourna au coin. Ses yeux s'écarquillèrent et je compris qu'elle avait tout vu, mais je la repoussai malgré tout.

— Re… retourne dans la maison, lui dis-je. Je… je dois nettoyer tout ça.

— Je vais t'aider.

— Non !

Silence.

— Désolée. Je ne voulais pas... (Je compris que j'étais en train de couvrir son peignoir de sang et de vomi et reculai.) Désolée. Rentre te nettoyer. Non, attends. Mets ton peignoir dans un sac. Je vais le brûler...

— Paige...

— Va... va prendre une douche, balbutiai-je. Mais laisse la lumière éteinte. N'allume ni la radio ni la lumière, rien. N'ouvre pas les volets et...

— Paige ! répéta Savannah en me saisissant par les épaules. Je peux t'aider, dit-elle en articulant chaque mot comme si je risquais de ne pas la comprendre. Pas de souci. J'ai déjà vu ce genre de chose.

— Mais non. Rentre...

— Je te dis que si. Et merde, Paige...

— Pas de gros mots.

Savannah cligna des yeux et parut un instant sur le point de pleurer.

— Je connais ces trucs-là, Paige. Et je sais ce qu'est une main de gloire. Pourquoi tu fais toujours comme si je n'y connaissais rien ?

Lorsqu'elle s'éloigna en trombe, je voulus la poursuivre mais la lumière s'alluma chez les voisins et je me figeai. Je regardai tour à tour le dos de Savannah en train de s'éloigner et la lueur des bougies derrière moi. Je n'avais pas le temps de la suivre – pas maintenant. Leah avait conçu cet horrible spectacle dans une intention, et je doutais qu'elle se soit donné tant de mal rien que pour me filer la trouille. La police recevrait un coup de fil anonyme disant : *Allez regarder derrière la maison de Paige Winterbourne*. Je devais tout évacuer avant que quiconque suive ce conseil.

À gauche de l'autel, de la fumée s'élevait d'un monticule noirci, charriant une odeur de viande brûlée. Je fermai les yeux pour me calmer, puis approchai de ce tas fumant et me penchai pour l'inspecter. Au premier coup d'œil, je ne compris pas ce que c'était, ou ce que ç'avait été. Pour l'heure, je voulais seulement m'éloigner, prendre une pelle et l'enfouir sous terre sans jamais le savoir. Mais il fallait que je le découvre. Sinon, je resterais éveillée toute la nuit à me demander ce que j'avais enterré.

Je m'emparai d'un bâton et tâtai cette masse à l'aide d'une extrémité. Elle se désintégra au premier coup, dévoilant une cage thoracique ouverte à la scie. J'appuyai le dos de ma main contre mes yeux et inspirai profondément. Un goût atroce remplit ma bouche et je me pliai en deux pour répandre ce qui me restait encore dans l'estomac.

Oh mon Dieu, je ne pouvais pas – je ne pouvais vraiment pas. Mais il le fallait bien. C'était mon problème, ma responsabilité.

Je m'obligeai à inspecter de nouveau les os calcinés, m'efforçant de les observer avec un œil scientifique. Mes quelques années de biologie m'avaient appris à différencier la cage thoracique d'un bipède de celle d'un quadrupède. C'était là un quadrupède. Pour m'en assurer, je tâtai de mon bâton l'extrémité de la colonne vertébrale et découvris une queue. Oui, un animal, sans doute possible. Probablement un autre chat. D'accord, je pouvais m'en occuper. Observer sans voir réellement, l'astuce était là.

Je me levai pour balayer le site du regard. Mon cerveau enregistra les détails sans formuler de jugements, sans autoriser de réactions. Près du chat mort de l'autel, il y avait un calice rempli de sang. Logique. Les messes noires étaient une inversion et une perversion des messes catholiques. Dans le cadre d'un cours sur le folklore à l'université, j'avais consacré mon projet de fin de trimestre aux cultes satanistes, cherchant à déterminer s'ils correspondaient à la définition de légende contemporaine, si bien que je savais ce que je devais trouver et évacuer.

Il devait y avoir un crucifix inversé… Oui, le voilà, suspendu à l'arbre. Je m'en approchai pour le décrocher. Des pentagrammes ? Non, ils semblaient avoir oublié… Ah si, ils étaient là, dessinés dans la terre. J'allais les effacer du bout de ma botte mais préférai m'emparer d'une poignée de broussailles pour ne pas laisser d'empreintes. Les bougies noires se trouvaient sur l'autel. Bon, rien d'autre apparemment.

Ensuite, enterrer les corps. Je me détournai pour regarder le chat éviscéré dans l'arbre. J'obligeai mes yeux à ignorer la pauvre bête pour étudier la méthode avec laquelle on l'avait suspendue afin de déterminer comment le libérer, mais je ne pouvais m'empêcher de voir son corps osciller au vent.

Quel genre de personnes étaient capables non seulement de tuer un chat mais carrément de… Mon cœur se souleva et je me pliai en deux, prise de haut-le-cœur. Cette fois, il ne sortit rien d'autre qu'un mince filet d'acide. Je crachai pour chasser ce goût de ma bouche puis, toujours penchée, je m'essuyai le visage et inspirai profondément cet air infect. Je me dirigeai ensuite vers la remise en quête d'une pelle.

Vingt minutes plus tard, j'avais enterré les chats et commencé à démonter l'autel.

— Paige ?

Le murmure de Savannah faillit me faire décoller de un mètre. Je me retournai pour la voir trottiner dans l'herbe.

— Y a une voiture qui fait le tour du pâté de maisons, dit-elle. Je l'observais depuis la fenêtre.

Elle avait les yeux rouges. Avait-elle pleuré ? Pourquoi fallait-il toujours que je gâche tout ? Avant que je puisse m'excuser, elle me saisit par le bras et m'entraîna vers la maison.

Alors que nous franchissions la porte de derrière, je m'entrevis dans le miroir du couloir. J'avais le visage, les mains et le kimono maculés de sang, de vomi et de terre. Ce fut alors que des lumières apparurent à travers le store. Un moteur de voiture s'arrêta.

— Oh mon Dieu, dis-je en regardant fixement le miroir. Je ne peux pas…

— Moi, je suis propre, dit Savannah. Je vais leur répondre. Va te nettoyer.

— Mais…

La sonnette retentit. Savannah me poussa dans le salon. Je m'abaissai au-dessous du niveau de la fenêtre et me précipitai à l'autre bout de la maison.

Ce fut le shérif du coin, Ted Fowler, qui se présenta à ma porte. Leah ne s'était pas contentée de passer un coup de fil anonyme au poste de police. Non, elle avait appelé Fowler chez lui, débitant d'une voix hystérique une histoire de lumières étranges et de hurlements provenant de la forêt derrière ma maison.

Fowler avait enfilé des habits qu'il semblait avoir ramassés sur le sol de sa chambre avant de foncer tout droit chez moi. En récompense de son zèle, il découvrit les vestiges d'un autel satanique à trois mètres à peine derrière mon jardin.

À l'aube, ma maison et mon jardin grouillaient de flics. Je n'avais fait qu'aggraver les choses en me débarrassant des chats morts. Quand Fowler vit des traces de sang mais aucun corps, son imagination tira les pires conclusions possibles : un meurtre.

Comme East Falls n'était pas équipé pour s'occuper d'homicides, on appela la police d'État. En chemin, les flics réveillèrent un juge pour lui faire signer un mandat de perquisition. Ils arrivèrent peu avant 5 heures et je passai les heures suivantes avec Savannah dans ma chambre, à répondre à des questions et à écouter des étrangers retourner notre maison sens dessus dessous.

Quand j'entendis s'ouvrir la porte du four, je me rappelai la main de gloire sous l'évier. Je fonçai vers le couloir, puis ralentis l'allure et entrai dans la cuisine d'un pas vif. Un policier fouillait minutieusement mes placards tandis qu'un autre agitait une sorte de baguette en fibre optique au-dessus du contenu de mon frigo. Ils me jetèrent un coup d'œil mais, comme je ne disais rien, ils reprirent leur tâche.

Le cœur battant à tout rompre, j'attendis que le fouilleur de placards passe aux compartiments situés sous le bar. Quand il tendit la main pour ouvrir le placard sous l'évier, je chuchotai un sort à mi-voix. C'était une forme de sort de camouflage qui déformerait l'apparence de l'objet. Il n'aurait jamais pu cacher l'autel satanique en entier mais ferait l'affaire pour le paquet caché sous l'évier.

Lorsqu'il ouvrit le placard, je prononçai les derniers mots et orientai le sortilège vers l'objet à cacher. Sauf qu'il n'y avait pas d'objet. La main et la serviette avaient disparu. Le policier inspecta brièvement le placard, puis le referma. Je m'empressai de regagner ma chambre.

— Qu'est-ce que tu en as fait ? chuchotai-je.

Savannah leva les yeux de sa revue.

— De quoi ?

Je baissai encore ma voix d'un cran.

— La main de gloire.

— Je l'ai déplacée.

— Parfait. Merci. Je l'avais complètement oubliée. Où est-ce que tu l'as cachée ?

Elle se retourna sur le ventre et se replongea dans sa lecture.

— En lieu sûr.

— Mademoiselle Winterbourne ?

Je pivotai pour voir l'inspecteur principal de la police d'État à la porte de ma chambre.

— On a trouvé des chats, dit-il.

— Des chats ?

— Trois chats morts enterrés pas très loin de l'autel.

Je désignai Savannah et levai un doigt vers mes lèvres pour signifier que je ne voulais pas qu'on aborde le sujet en sa présence. Le policier se dirigea vers le salon où plusieurs autres se prélassaient sur mes fauteuils et mon canapé, leurs chaussures boueuses posées sur ma table basse ancienne. Je ravalai mon indignation et me tournai vers le policier.

— Donc, c'était du sang de chat ? demandai-je.

— Apparemment, mais nous allons devoir procéder à des tests pour nous en assurer.

— Parfait.

— Tuer des chats n'est peut-être pas sur la même échelle qu'un meurtre, mais ça n'en reste pas moins un grave délit. Très grave.

— Normal. Quand des gens sont capables de choses pareilles… (Je n'eus pas à faire semblant de frissonner quand je me rappelai ces corps mutilés.) Je n'arrive pas à croire que des gens soient capables de faire ça – mettre en scène un faux autel satanique derrière mon jardin.

— Un faux ? dit le policier. Qu'est-ce qui vous fait penser qu'il était faux ?

— Il m'a semblé très réel, dit l'un des policiers en agitant un biscuit qui ressemblait curieusement à ceux que je rangeais dans mon placard.

Il avait éparpillé des miettes sur ma moquette ivoire. Je regardai ces miettes entourées d'empreintes de semelles boueuses, la bibliothèque où mes livres, mes photos et mes souvenirs étaient entassés n'importe comment, et je sentis quelque chose céder en moi. Très légèrement.

— Et vous affirmez ça après avoir vu combien d'autels satanistes au juste ? demandai-je.

— On a vu des photos, marmonna-t-il.

— Ah oui, des photos. Il doit bien y avoir une photo authentique qui circule sans fin dans tout le pays. Message à toutes les unités : méfiez-vous des cultes satanistes. Vous voulez savoir ce que sont ces cultes ? Le plus gros canular jamais créé par les médias d'Amérique. Vous savez qui fabrique tous ces prétendus autels satanistes dont vous entendez parler ? Des gamins. Des ados en colère et désœuvrés. Et de temps en temps, un crétin de meurtrier qui prépare déjà sa défense : « C'est le diable qui m'a poussé à le faire. » Autels sataniques, mon cul. Ce que vous avez vu dehors, c'est une farce – et de très mauvais goût.

Silence.

— Vous avez l'air d'en connaître un rayon sur le sujet, dit un policier.

— Ça s'appelle des études universitaires. (Je me retournai vers le policier.) Vous allez m'accuser de quoi que ce soit ?

— Pas pour l'instant.

— Alors foutez le camp de chez moi pour que je puisse nettoyer votre bordel.

Après m'avoir interdit en termes laconiques de quitter la ville et suggéré de prendre un avocat, la police se retira.

Pizza de messe noire

À peine la police avait-elle franchi la porte que Savannah sortait de sa chambre pour venir se laisser tomber près de moi sur le canapé.

— Une messe noire, dit-elle. Je n'arrive pas à croire qu'on fasse encore ces trucs-là. Les humains sont débiles.

— Tu ne devrais pas dire ça, répliquai-je sans grande conviction.

— Mais c'est vrai. Enfin, pour cette histoire de satanisme. Ils en font tout un flan. Quand on essaie de leur dire la vérité, comme quoi Satan est juste un démon parmi des tas d'autres qui n'en a rien à foutre de nous, ils continuent à croire qu'ils peuvent l'invoquer et qu'il leur donnera tout ce qu'ils veulent. Et puis quoi encore. (Elle se laissa aller sur les coussins.) Ma mère avait un ami, un nécromancien, qui se faisait des tonnes de blé en vendant des messes noires.

— En vendant des messes noires ?

— Tu sais, en les mettant en scène pour des gens. Il avait une boîte, « Les rituels sataniques de Jorge ». En fait il s'appelle Bill, mais il s'est dit qu'il se ferait plus de fric avec « Jorge ». Il leur fournissait tout un tas de faux trucs, un scénario à suivre, la totale. Quand il faisait une messe noire complète, qui coûtait un max de fric, il nous offrait une pizza. On appelait ça les « pizzas de messe noire ». On avait essayé de la manger à l'envers mais la garniture tombait, donc on a décidé de l'attaquer plutôt en commençant par la croûte. (Elle se redressa.) Il reste de la pizza d'hier soir, non ? C'est ce que je vais prendre au petit déj. Une pizza de messe noire. Tu en veux ?

Je fis signe que non.

Savannah trottina jusqu'à la cuisine sans cesser de jacasser. Je m'affalai de nouveau sur le canapé.

Je m'y trouvais toujours deux heures plus tard, ayant ignoré huit coups de fil et trois messages sur mon répondeur, provenant tous de journalistes qui rêvaient d'un scoop sur ces « incidents satanistes dans une petite ville ». Comme la police, ces gens ne connaissaient rien au véritable satanisme – pas que j'adhère moi-même à ce système de croyances, mais au moins, il n'a rien à voir avec des chats mutilés et des pentacles sanglants.

La peur des cultes satanistes qui réapparaît régulièrement n'est qu'une nouvelle forme de chasse aux sorcières. Les gens cherchent toujours à expliquer le mal, à trouver des raisons qui en situent les causes hors du champ de la nature humaine. Les boucs émissaires se succèdent avec une remarquable aisance. Hérétiques, sorcières, possession démoniaque, Illuminati – tous ont été désignés comme sources cachées du mal dans notre monde.

Depuis les années soixante, les cultes satanistes sont la cible privilégiée. Ces saletés de journaux à scandale publient tellement de conneries sur le sujet que le cycle se perpétue spontanément. Ils impriment un article, un taré le lit et imite la méthode décrite, suite à quoi ils lui consacrent un autre article. Et ainsi de suite. En 1996, le gouvernement a dépensé 750 000 dollars pour rassurer la population américaine en lui garantissant que les cultes satanistes n'opéraient pas dans les garderies. C'est sûr que je dormais vachement mieux en sachant qu'ils avaient tiré ça au clair.

Suite à ce nouvel incident, j'aurais dû hésiter à envoyer Savannah à l'école. Heureusement, la question ne se posait pas car on était samedi. Après déjeuner, elle descendit à la cave travailler à ses dessins. Oui, je sais que la plupart des artistes aiment les grands studios clairs et spacieux remplis de lumière naturelle et d'un silence apaisant. Pas Savannah. Elle aimait la pénombre de la cave et la musique assourdissante.

Quand la sonnette retentit, je crus qu'il s'agissait d'un journaliste adoptant une méthode plus directe que les coups de fil. Je l'ignorai et continuai à vider le lave-vaisselle. Nouveau coup de sonnette. Je compris alors que la police venait peut-être reprendre ses recherches. La dernière chose dont j'avais besoin, c'était bien que des flics défoncent ma porte ; ils avaient déjà causé assez de dégâts.

Je me précipitai vers l'entrée, défis les sortilèges et ouvris grand la porte pour me trouver face à un jeune homme. Il était mince, mesurait environ un mètre quatre-vingts et possédait un visage si ordinaire que je doutais qu'on puisse se le rappeler cinq minutes après l'avoir rencontré. Courts cheveux noirs, rasé de près, type hispanique. Sans doute avait-il aussi les yeux sombres derrière ses lunettes, mais il refusait de croiser mon regard. Il resta planté là, yeux baissés, serrant une brassée de papiers, un cartable éraflé sur l'épaule. Ah, ai-je précisé qu'il portait un costume ? Un samedi ? Génial. J'avais bien besoin de ça – un témoin de Jéhovah.

—Lucas Cortez, dit-il en changeant ses papiers de main pour me tendre la gauche. Votre nouveau conseiller juridique.

—Écoutez, je ne suis pas intéressée… (Je m'interrompis.) Vous avez bien dit « conseiller juridique » ?

—Je reprends votre affaire à compter de cet instant, mademoiselle Winterbourne. (Malgré son regard baissé, il parlait d'une voix assurée.) Nous ferions mieux de rentrer.

Il me contourna sans attendre que je l'y invite. Comme je restais interdite, Cortez ôta ses chaussures, entra dans le salon et balaya le décor du regard comme pour jauger ma capacité à rémunérer ses services.

—Je suppose que c'est la police qui a causé ces dégâts, déclara-t-il. C'est inadmissible. Je leur en parlerai. J'imagine qu'ils avaient un mandat ? Ah, le voici.

Il le ramassa sur la table basse, l'ajouta à ses papiers puis se dirigea vers la cuisine.

—Attendez une seconde, lui lançai-je en me précipitant à sa suite. Vous ne pouvez pas me le prendre comme ça.

—Vous avez une photocopieuse ?

J'entrai dans la cuisine. Il s'était déjà installé à table, déplaçant mes affaires pour étaler sa paperasse.

—Je prends mon café noir.

—Vous pouvez aller l'acheter à la boutique de beignets, à moins de me dire qui vous envoie.

—Vous avez besoin d'une aide juridique, non ?

J'hésitai.

—Ah, je vois – personne ne vous envoie. Comment on surnomme les gens comme vous, déjà ? Les traqueurs d'ambulances[1] ? Ça ne m'intéresse pas. Et si vous essayez de me facturer cette visite…

— Je ne ferai rien de tel. Elle est entièrement gratuite, en tant qu'échantillon de mes services. J'ai pris la liberté de me familiariser avec votre affaire et mis au point une stratégie pour vous défendre. (Il déplaça deux pages sur la table et les retourna face à moi.) Comme vous le voyez, il s'agit d'un simple contrat qui précise qu'en acceptant de me parler aujourd'hui, vous ne vous engagez nullement à faire appel à mes services et ne devrez rien me verser pour cet entretien.

Je parcourus le contrat. Pour un document juridique, il était d'une étonnante sobriété, simple déclaration qui me dégageait de toute obligation suite à cette première consultation. J'inspectai Cortez tandis qu'il s'affairait à lire le mandat. Il devait avoir moins de trente ans et sortir tout juste de l'école de droit. Pour avoir eu un avocat à peine diplômé comme petit ami, je savais à quel point ils ramaient pour trouver du travail. Étant moi-même une jeune entrepreneuse, pouvais-je vraiment lui reprocher de vendre ses services de manière agressive ? Si, comme le suggérait la police, j'avais bel et bien besoin d'un avocat, je ne le prendrais certainement pas aussi jeune – mais ça ne pouvait pas faire de mal de l'écouter jusqu'au bout.

Je signai le contrat. Il fit de même puis m'en tendit un exemplaire.

— Parlons d'abord de vos qualifications, repris-je.

Sans lever les yeux de ses papiers, il répondit :

---

1. En anglais, l'expression « ambulance chasers » décrit les avocats qui recherchent les victimes d'accidents pour les convaincre d'engager des poursuites judiciaires. (*NdT*)

— Permettez-moi de vous assurer, mademoiselle Winterbourne, que personne n'est plus qualifié que moi pour traiter votre cas.

— Alors dites-moi donc. À quelle école êtes-vous allé ? Où exercez-vous ? Combien d'affaires de garde d'enfants avez-vous déjà traitées ? Combien en avez-vous gagné ? Vous avez la moindre expérience en matière de diffamation ? Parce qu'il se pourrait que ce soit le cas ici.

Nouvelle inspection de papiers. Nouveau bruissement de pages. J'étais à deux doigts de lui montrer la porte quand il se tourna vers moi, les yeux toujours baissés.

— Alors finissons-en, d'accord ? dit-il.

Puis il leva les yeux vers moi. Je laissai tomber le contrat. Lucas Cortez était un mage.

Le jeune homme et les sortilèges

— Sortez de chez moi, lui ordonnai-je.

— Comme vous le voyez, je suis tout à fait qualifié pour traiter votre affaire, Paige.

— Alors maintenant vous me donnez du « Paige » ? C'est Savannah qui vous a engagé ?

— Non.

Il m'avait répondu sans la moindre surprise, comme si l'idée d'une jeune sorcière engageant un avocat mage n'avait rien d'extravagant.

— Alors qui vous envoie ?

— Comme vous l'avez déjà compris, personne. Quand vous m'avez traité de traqueur d'ambulances, je ne vous ai pas contredite. Bien que j'avoue ne guère apprécier l'expression, les motivations qu'elle suppose peuvent s'appliquer à moi. Il existe deux moyens pour un mage de s'élever dans le monde surnaturel : rejoindre une Cabale ou se faire une réputation en les combattant avec succès. J'ai choisi la deuxième option. (Il marqua une pause.) Puis-je avoir ce café ?

— Ouais. Vous sortez d'ici, vous tournez à gauche au bout de la rue et vous cherchez la grosse enseigne au néon en forme de beignet. Vous ne pouvez pas la rater.

— Comme je vous le disais, en tant que jeune avocat cherchant à me faire un nom hors des Cabales, je dois malheureusement trouver moi-même mes clients. J'ai appris que M. Nast comptait obtenir la garde de Savannah et j'y ai vu une occasion à saisir. J'ai cru comprendre que M. Nast n'avait pas encore abandonné sa demande ?

— Il refuse de se soumettre à des tests d'A.D.N., ce qui signifie qu'il ne peut pas prouver qu'il est son père, qu'il n'y a donc pas de procès, et que je n'ai donc pas besoin d'avocat. Maintenant, si vous voulez que je vous répète les indications…

— Bien que son refus de procurer un échantillon d'A.D.N. paraisse vous donner l'avantage, permettez-moi de vous assurer qu'il n'élimine pas le problème. Gabriel Sandford est un excellent avocat. Il trouvera un moyen de contourner ce point de détail, sans doute en subornant un laboratoire médical pour qu'il lui fournisse des résultats factices.

— Et la volonté de suborner les fonctionnaires fait de lui un excellent avocat ?

— Oui.

J'ouvris la bouche, mais rien n'en sortit.

— S'il tente bel et bien ce genre de manœuvre, poursuivit Cortez, j'insisterai pour que la cour supervise les tests. (Il se replongea dans ses papiers.) Donc, j'ai dressé la liste des manœuvres à entreprendre afin de…

Savannah entra dans la cuisine et s'arrêta net, jaugeant du regard Cortez et son attirail.

— Qu'est-ce qu'il fout là, ce représentant ? demanda-t-elle. (Puis elle regarda Cortez bien en face. Elle ne cilla même pas, se contentant de pincer les lèvres.) Qu'est-ce que vous voulez, le mage ?

— Je préfère Lucas, dit-il en lui tendant la main. Lucas Cortez. Je représente Paige.

— Vous repré… (Savannah se tourna vers moi.) Tu l'as trouvé où ?

— Dans les Pages jaunes, répondis-je. À la lettre « I » comme intrus, indésirable et importun. Ce n'est pas mon avocat.

Elle le jaugea une nouvelle fois de la tête aux pieds.

— Tant mieux, parce que si tu veux d'un mage comme avocat, tu peux trouver beaucoup mieux que ça.

— J'en suis persuadé, répondit Cortez. Cela dit, dans la mesure où je suis le seul présent ici, peut-être puis-je vous apporter mon aide.

— Hors de question, répliquai-je. Maintenant, si vous avez oublié où est la porte…

— Attends, dit Savannah. Vu son âge, il ne doit pas être trop cher. Peut-être qu'il fera l'affaire en attendant qu'on trouve mieux.

— Mes tarifs sont extrêmement raisonnables et seront fixés par avance, déclara Cortez. Bien qu'il semble, à l'heure actuelle, que Nast ne soit pas en mesure d'intenter un procès…

— C'est qui, Nast ? demanda Savannah.

— Il veut dire Leah, répondis-je en lançant à Cortez un regard lui ordonnant de ne pas me contredire. Elle s'appelle O'Donnell, pas Nast.

— Je me suis trompé, dit Cortez sans se laisser démonter. Comme je vous le disais, Leah n'a pas retiré sa demande de garde et ne semble guère disposée à le faire. Par conséquent, nous devons supposer qu'elle compte poursuivre dans cette voie. Notre priorité doit être de contrarier ses efforts. À cette fin, j'ai dressé une liste d'étapes.

— Le programme en douze étapes pour me garantir une vie sans démons ?

— Non, il n'y en a que sept, mais si vous estimez que d'autres sont nécessaires, nous pouvons envisager d'en rajouter.

— Ha.

— Pas besoin de liste, intervint Savannah. Tout ce qu'on a à faire, c'est tuer Leah.

— Je suis ravi de te voir porter un tel intérêt à toute cette affaire, Savannah. Toutefois, nous devons procéder avec logique et méthode – ce qui, malheureusement, exclut d'aller commettre un meurtre sur une soudaine impulsion. Nous devrions peut-être dans un premier temps parcourir la liste que je vous ai préparée. Première étape : Nous arranger pour qu'un professeur ou un élève que vous connaissez toutes les deux t'apporte tes devoirs ici. Deuxième étape…

— Il blague, j'espère ? demanda Savannah.

— Aucune importance, répondis-je. Je n'ai pas l'intention de vous engager, Cortez.

— Je préfère vraiment Lucas.

— Et moi, je préférerais que vous trouviez le chemin jusqu'à ma porte. *Tout de suite*. Je ne vous connais pas et je n'ai pas confiance en vous. Il est tout à fait possible que vous soyez bien ce que vous dites, mais comment puis-je m'en assurer ? Comment puis-je être sûre que ce n'est pas Sandford qui vous envoie ? « Tiens, l'avocat de Paige a jeté l'éponge, on n'a qu'à lui envoyer un des nôtres et on verra si elle s'en rend compte. »

— Je ne travaille ni pour Gabriel Sandford ni pour qui que ce soit d'autre.

Je secouai la tête.

— Désolée, mais rien à faire. Vous êtes un mage. Même en admettant que vous cherchiez désespérément du boulot, j'ai du mal à croire que vous offririez vos services à une sorcière.

— Je n'ai rien contre les sorcières. Les limites de vos pouvoirs sont héréditaires. Je suis persuadé que vous vous efforcez de les employer au maximum de leur potentiel.

Je me raidis.

— Sortez de chez moi ou je vais vous les montrer, les limites de mes pouvoirs.

— Vous avez besoin d'aide, de mon aide, aussi bien sur un plan juridique que pour assurer votre protection et celle de Savannah. Mes pouvoirs n'ont rien d'exceptionnel, mais je suis très compétent.

— Moi aussi. Je n'ai pas besoin de votre protection, monsieur le mage. Si j'ai besoin d'aide, je peux obtenir celle de mon Convent.

— Ah, oui, le Convent.

Quelque chose dans sa voix, une nuance ou une inflexion, fit céder mes derniers vestiges de maîtrise.

— Foutez le camp d'ici, le mage.

Il ramassa ses papiers.

— Je comprends, vous avez eu une journée difficile. Même s'il est nécessaire que nous passions très vite cette liste en revue, nous ne sommes pas obligés de le faire dans l'immédiat. Je vous conseille de vous reposer. Si vous m'autorisez à écouter les messages, je peux répondre aux appels des médias, après quoi nous pourrons étudier cette liste…

Je lui arrachai la feuille des mains et la déchirai.

— Si ça vous aide à vous sentir mieux, n'hésitez pas, je vous en prie, dit-il. J'en ai d'autres exemplaires. Je vais vous en laisser un nouveau. N'hésitez pas à ajouter tout point de détail qui aurait échappé à…

— Je ne vais étudier aucune liste. Vous n'êtes pas mon avocat. Vous voulez savoir quand j'embaucherai un mage pour me représenter ? Dix minutes après m'être fait renverser par un camion et être tombée dans le coma. En attendant, décanillez.

— Décanillez ? demanda-t-il, haussant les sourcils de trois millimètres.

— Dégagez. Cassez-vous. Prenez la porte. Foutez-moi le camp. Et très loin.

Il hocha la tête et se remit à écrire.

— Écoutez, lui dis-je, je me fais peut-être mal comprendre…

— Pas du tout. (Il termina de griffonner, rangea les papiers dans son cartable et posa une carte sur la table.) Dans l'hypothèse où vous changeriez d'avis… ou feriez une rencontre malheureuse avec un véhicule de grande taille, je suis joignable sur mon portable.

Après son départ, je verrouillai toutes les portes à l'aide de sorts et me jurai de ne plus jamais répondre quand on sonnerait. Du moins pendant quelques jours.

Après le départ de Cortez, Savannah décida de regarder la télé, je descendis donc m'exercer à lancer des sorts. Après les événements de la nuit précédente, je ne pouvais pas franchement risquer que mes voisins me surprennent à me faufiler dans les bois pour y jeter des sorts. En plus d'offrir paix et solitude, la nature, de par son caractère primordial, semble fournir une énergie qui lui est propre. De tout temps, les chamans et lanceurs de sorts se sont aventurés dans la forêt, le désert ou la toundra pour rétablir un lien avec leurs pouvoirs. Ça nous est nécessaire. Je ne peux pas l'expliquer mieux.

Ma mère m'avait appris à m'exercer en extérieur. Pourtant, malgré sa conviction quant à l'importance de cette pratique, elle n'avait jamais réussi à l'imposer au Convent. Depuis plusieurs générations, on apprenait aux enfants à s'entraîner en intérieur, de préférence dans une pièce verrouillée et dépourvue de fenêtres. En obligeant les jeunes à s'enfermer, il me semble qu'on valide l'idée qu'on fait quelque chose de honteux et de mal, une idée que le Convent ne fait que renforcer chez ses néophytes à travers la façon dont il gère la cérémonie des premières règles. Celles-ci marquent le passage au statut de sorcière véritable car c'est alors que les jeunes filles reçoivent leurs pleins pouvoirs. Leur puissance augmente automatiquement à cette occasion, mais elles doivent, le huitième jour, passer par une cérémonie qui la libère pleinement ; si l'on manque cette cérémonie, on renonce à jamais à ce supplément de pouvoir. La position du Convent en la matière consistait à déclarer que si une mère voulait que sa fille bénéficie de cette cérémonie, elle devait trouver les ingrédients, étudier les rituels et les pratiquer elle-même. Peu le faisaient, ce qui se comprend. Ma mère l'avait toutefois fait pour moi et, le moment venu, je ferais de même pour Savannah.

Je descendis au sous-sol. C'est une grande pièce inachevée qui s'étire sur la longueur du pavillon. Savannah s'était réservé le coin du fond, situé sous sa chambre, pour y établir son studio. Pour l'instant, je m'étais contentée de lui délimiter cette zone à l'aide d'un tapis, mais je comptais plus tard en faire une pièce isolée pour elle.

Je n'affirmerai pas que je comprenais son art. Ses peintures et dessins humoristiques à dominante très sombre tendaient vers le macabre. L'automne précédent, comme le choix des thèmes commençait à m'inquiéter, j'avais parlé à Jeremy Danvers, l'Alpha de la Meute des loups-garous, le seul artiste que je connaisse. Il avait examiné ses œuvres et m'avait dit de ne pas m'inquiéter. Je me fiais à son jugement en la matière et lui étais reconnaissante de l'aide et des encouragements qu'il avait prodigués à Savannah.

L'année écoulée avait dû être un vrai cauchemar pour elle, et elle s'était montrée si forte que ça m'inquiétait parfois. Peut-être était-ce là, sur des toiles couvertes de furieuses taches d'écarlate et de noir, qu'elle extériorisait sa douleur. Si c'était le cas, je ne devais pas m'en mêler malgré la tentation.

Quand je pratiquais mes sorts au sous-sol, je le faisais dans le coin buanderie, tout près du bas des marches. Je m'installai donc à terre, posai le grimoire devant moi et en feuilletai les pages jaunies. Je possédais deux livres de sorts comme celui-ci, très anciens, qui dégageaient une odeur fétide de vieux, curieusement aussi attrayante que repoussante. Ils ne contenaient pas de sorts approuvés par le Convent, bien qu'ils lui appartiennent. On aurait pu croire qu'il cherchait les ennuis en gardant ces livres à portée de la première jeune sorcière rebelle venue. Mais il ne semblait pas s'en soucier. Pourquoi ? Parce que, selon lui, ces sorts ne marchaient pas. Et au bout de trois années passées à tâtonner, je craignais qu'il n'ait raison.

Sur les soixante-six sorts contenus dans ces volumes, je n'avais réussi à en lancer que quatre avec succès, dont celui qui permettait de créer une boule de feu. En raison de ma phobie du feu, celui-là me rendait nerveuse, mais ça ne le rendait que plus séduisant, d'où ma grande fierté quand je l'avais maîtrisé. Ce qui avait renforcé ma détermination d'apprendre les autres et m'avait convaincue qu'il suffisait de trouver la bonne technique.

Pourtant, lors des deux années suivantes, un seul autre sortilège avait fait mine de vouloir fonctionner. Je me demandais parfois si le Convent n'avait pas raison, s'il ne s'agissait pas de grimoires factices qu'on ne se transmettait qu'à titre de curiosités historiques. Malgré tout, je n'arrivais pas à les délaisser. Il y avait là une telle magie, une puissance si authentique – sorts élémentaires, d'invocation, d'autres dont je n'arrivais même pas à déchiffrer le sens. C'était là ce que devait être la magie des sorcières, ce que je voulais qu'elle soit.

Je m'entraînai au sort « coupe-souffle » dont Savannah avait appris l'existence dans mon journal. C'était le sortilège qui avait paru susceptible de marcher. Il servait en réalité à asphyxier quelqu'un, à le priver d'oxygène. Un sort mortel, oui, mais mon expérience au centre l'année précédente m'avait appris que mon répertoire devait compter au moins un sort mortel, un sort de dernier recours. Avec Leah en ville, il m'était plus nécessaire que jamais.

Je renonçai au bout d'une demi-heure sans avoir réussi à le faire marcher. Savoir Savannah seule à l'étage, même protégée par des sorts de sécurité, perturbait ma concentration.

Elle regardait la télé dans le salon. Je m'arrêtai sur le pas de la porte en me demandant ce qu'elle avait pu trouver à voir un samedi après-midi. Je crus d'abord que c'était un feuilleton. La femme qui occupait l'écran avait en tout cas des allures d'actrice de feuilleton à l'eau de rose – une rouquine sensuelle proche de la quarantaine, qu'on avait équipée de lunettes et à qui on avait relevé les cheveux sur la tête en une tentative comique pour lui donner l'air érudit. Quand la caméra recula, je vis qu'elle marchait au milieu du public avec un micro fixé à sa chemise et je révisai mon jugement : une présentatrice de téléachat. Personne ne sourit autant à moins d'avoir quelque chose à vendre. À la voir interagir avec le public, on aurait cru assister à l'un de ces rassemblements religieux destinés à ranimer la foi. Je saisis quelques phrases et compris qu'elle vendait un tout autre genre de réconfort spirituel.

— J'ai un homme plus âgé, disait-elle. Une sorte de figure paternelle, mais pas votre père. Un oncle ou peut-être un ami de la famille.

— Oh, par pitié, dis-je. Comment tu peux regarder des conneries pareilles ?

— C'est pas des conneries, répondit Savannah. C'est Jaime Vegas. Elle est géniale.

— C'est une arnaqueuse, Savannah. Elle fait semblant.

— Mais non. Elle parle vraiment avec les morts. Y a un autre type qui le fait aussi, mais Jaime est nettement meilleure.

Suivit la coupure de pub. Savannah s'empara de la télécommande pour avancer en accéléré.

— Tu l'as enregistré ? demandai-je.

— Ben oui. Jaime n'a pas sa propre émission. Elle dit qu'elle préfère voyager, rencontrer les gens, mais elle passe tous les mois dans le *Keni Bales Show*, alors je l'enregistre.

— Depuis combien de temps ?

Elle haussa les épaules.

— Oh, ma puce, lui dis-je en entrant dans la pièce. C'est de l'arnaque, tu ne vois pas ? Écoute-la. Elle tire des conclusions si vite que personne ne remarque quand elle se trompe. Les questions sont tellement vagues – tu as entendu la dernière ? Elle a dit qu'elle avait un message de la part de quelqu'un qui avait perdu un frère au cours des dernières années. Quelles sont les chances pour que personne n'ait perdu de frère dans le public ?

— Tu n'y comprends rien.

— Seuls les nécromanciens peuvent contacter l'au-delà, Savannah.

— Je suis sûre qu'on y arriverait, *nous*, si on essayait. (Elle se tourna vers moi.) Tu n'y as jamais pensé ? À contacter ta mère ?

— La nécromancie ne marche pas comme ça. On ne peut pas appeler les morts sur commande.

J'allai dans la cuisine décrocher le téléphone. La visite de Lucas Cortez avait eu un effet positif dans le sens où elle m'avait rappelé mes questions concernant les Cabales – ce qui m'avait également rappelé que Robert ne m'avait pas recontactée. Comme ça ne lui ressemblait pas, je commençai à m'inquiéter lorsque je l'appelai d'abord chez lui, ensuite au bureau, puis vérifiai mes e-mails sans obtenir davantage de réponse. Comme il était déjà près de 16 heures, je rappelai Adam au travail, même si je doutais que le bar du campus soit ouvert à 13 heures. Mais quelle idiote – bien sûr que si.

L'un des serveurs m'apprit qu'Adam était parti toute la semaine assister à une conférence. Un souvenir me revint alors en mémoire et je me distribuai mentalement des baffes. Je retournai vérifier mes derniers e-mails et en trouvai un reçu deux semaines plus tôt, dans lequel Adam parlait d'accompagner ses parents à une conférence sur le rôle de la glossolalie dans le mouvement charismatique. Adam se moquait bien des charismatiques et de la glossolalie (c'est-à-dire le « parler en langues ») mais la conférence se tenait à Maui, qui offrait quantité d'attractions pour un jeune homme de vingt-quatre ans. Dates de la conférence : 12 au 18 juin. On était le 16.

J'envisageai de les contacter à Maui. Ni Robert ni Adam ne possédaient de téléphone portable ; Robert ne les aimait pas et la ligne d'Adam avait été coupée depuis qu'il avait oublié, une fois de trop, de régler une facture astronomique. Pour les contacter, j'allais devoir joindre la conférence à Hawaï et leur laisser un message. Plus j'y songeais, plus je me sentais bête. Robert rentrerait deux jours plus tard. Je ne voulais pas donner l'impression de paniquer. Ce n'étaient pas des informations primordiales, juste un contexte. Ça pouvait attendre.

La visite de Lucas Cortez m'avait, en fait, rappelé deux tâches en attente. En plus de contacter Robert, je devais trouver un avocat. Bien que n'ayant pas de nouvelles de la police, et doutant d'en recevoir, il fallait vraiment que j'aie un nom d'avocat sous la main, en cas de besoin.

J'appelai l'avocate de Boston qui était chargée des questions juridiques pour mon entreprise. Bien qu'elle ne s'occupe que de droit commercial, elle devait être en mesure de me fournir le nom d'autres avocats capables de prendre en main une affaire de demande de garde ou une affaire criminelle. Comme on était samedi, il n'y avait personne au bureau, je laissai donc un message détaillé lui demandant de me rappeler lundi pour me conseiller quelqu'un.

Puis je regagnai la cuisine, me munis d'un livre de recettes et cherchai une idée pour le dîner. Tandis que je passais en revue différentes possibilités, Savannah entra dans la pièce, prit un verre dans le placard et se versa du lait. Le placard grinça. J'entendis un bruit d'emballage.

— Pas de biscuits à cette heure-ci, lui dis-je. On dîne dans une demi-heure.

— Une demi-heure ? Je ne peux pas attendre… (Elle s'interrompit.) Hum, Paige ?

— Hmmm ?

Levant les yeux de mon livre, je la vis regarder par la porte de la cuisine en direction de la fenêtre du salon.

— C'est normal qu'il y ait des gens qui campent sur la pelouse ?

Je me penchai pour jeter un coup d'œil par la fenêtre puis refermai le livre de cuisine et me dirigeai vivement vers la porte d'entrée.

Terrible est la fureur du quadra outragé

J'ouvris la porte à toute volée et m'avançai sur le porche. L'objectif d'un caméscope pivota pour m'accueillir.

— Qu'est-ce qui se passe ? demandai-je.

L'homme au caméscope recula pour me cadrer dans son viseur. Enfin, plutôt qu'un homme, c'était un gosse de dix-sept ou dix-huit ans grand maximum. Près de lui se tenait un autre jeune homme du même âge qui buvait du Gatorade. Tous deux portaient des habits trop grands, uniformément noirs, du tee-shirt ample aux casquettes de base-ball portées à l'envers, des bottes de combat au pantalon qui menaçait de glisser sur leurs chaussures d'une minute à l'autre.

De l'autre côté de la pelouse, le plus loin possible des deux cinéastes en herbe, se tenaient deux femmes d'âge moyen vêtues comme des institutrices de robes peu flatteuses au motif hideux qui les couvraient entièrement du cou à mi-mollet. Malgré la douceur de cette journée de juin, toutes deux portaient des gilets un peu trop souvent passés à la machine. Quand je me retournai vers elles, deux hommes d'âge moyen sortirent d'un monospace tout proche, vêtus de costumes gris sombre aussi usés et mal ajustés que les robes des deux femmes.

Ils approchèrent d'elles et vinrent se placer à leurs côtés comme à titre de renforts.

— La voilà, chuchota l'une d'entre elles à ses compagnons. La pauvre.

— Écoutez, leur dis-je, ce n'est rien du tout. Votre soutien me touche mais…

Je m'arrêtai lorsque je compris qu'ils ne me regardaient pas. Quand je me retournai, je vis Savannah sur le pas de la porte.

— Ne t'en fais pas, ma chérie, lui cria l'un des hommes. On ne va pas te faire de mal. On est venus t'aider.

— M'aider ? demanda-t-elle entre deux bouchées. À faire quoi ?

— Sauver ton âme immortelle.

— Hein ?

— N'aie pas peur, lui dit la deuxième femme. Il n'est pas trop tard. Dieu sait que tu es innocente et qu'on t'a entraînée dans le péché contre ton gré.

Savannah roula des yeux.

— Oh, pitié. Mêlez-vous de vos affaires.

Je repoussai Savannah dans la maison, claquai la porte et la maintins fermée.

— Écoutez, dis-je, ce n'est pas que je veuille brider votre liberté d'expression, mais vous ne pouvez pas…

— On a entendu parler de la messe noire, dit le jeune homme sans caméra. On peut voir ?

— Il n'y a rien à voir. On a tout déblayé. C'était une farce de très mauvais goût, rien de plus.

— Vous avez vraiment tué des chats ? Vous les avez écorchés avant de les découper en morceaux ?

— *Quelqu'un* a tué trois chats, répondis-je. Et j'espère bien qu'on va retrouver le responsable.

— Et le bébé ? demanda son ami à la caméra.

— Le... le bébé ?

— Ouais, j'ai entendu dire qu'on avait retrouvé des morceaux de cadavre non identifiés et qu'on pensait qu'il pouvait s'agir d'un bébé disparu à Boston et...

— Non ! m'écriai-je d'une voix qui résonna nettement dans le silence de la rue. On a trouvé des chats, rien d'autre. Si vous voulez plus d'informations, je vous suggère de contacter la police d'East Falls ou la police d'État, parce que je n'ai rien à ajouter. Ou encore mieux, si je les appelais moi-même ? Pour vous inculper de violation de propriété privée ? C'est ce que vous êtes en train de faire, vous savez.

— Nous devons agir comme notre conscience nous le dicte, dit le deuxième homme d'une voix grave d'orateur. Nous représentons l'Église de la Sainte Miséricorde du Christ et nous nous consacrons à combattre le mal sous toutes ses formes.

— Ah oui ? répondis-je. Alors vous avez dû vous tromper d'adresse. Il n'y a rien de tel ici. Essayez un peu plus loin. Je suis sûre que vous trouverez quelque chose qui mérite d'être dénoncé.

— Nous l'avons trouvé, dit l'une des femmes. La messe noire. Une perversion du rite le plus sacré de la chrétienté. Nous savons ce que ça signifie. D'autres l'apprendront. Ils viendront nous rejoindre.

— Ah oui ? Ah la vache, et moi qui suis à court de café et de beignets. Je déteste mal accueillir les gens. S'ils n'ont rien contre le thé, je vais lancer la bouilloire. J'ai une tisane d'enfer.

Le garçon laissa tomber son caméscope. Je crus un instant que c'était à cause de ma remarque sur le thé.

Puis, le voyant trébucher vers l'avant, je levai les yeux pour voir Savannah regarder à travers les rideaux. Elle me sourit, puis leva la main, et le jeune homme bascula alors en arrière dans l'herbe.

— Ce n'est pas drôle, dis-je au jeune homme en le fusillant du regard tandis qu'il s'efforçait de se relever. Je refuse de rester ici pendant que vous vous moquez de moi en faisant le bouffon. Si vous avez quelque chose à me dire, contactez mon avocat.

Je me précipitai dans la maison et claquai la porte.

Affalée sur le canapé, Savannah pouffait de rire.

— C'était génial, Paige.

Je traversai la pièce d'un pas vif pour aller fermer les rideaux.

— Je peux savoir ce qui t'a pris ?

— Oh, personne ne saura que c'était moi. Hé, détends-toi un peu. (Elle jeta un coup d'œil par-dessous le rideau.) Il est en train de vérifier ses lacets, comme s'il avait trébuché ou un truc dans le genre. Qu'est-ce qu'ils sont débiles, ces humains.

— Arrête de dire ça. Et puis écarte-toi de cette fenêtre. Je vais me contenter de les ignorer et de préparer le dîner.

— On peut aller manger dehors ?

— Non !

On finit par aller manger dehors.

Ce n'était pas Savannah qui m'y avait forcée. Pendant que je décongelais un poulet pour le dîner, je pensais à ces gens qui campaient sur ma pelouse et ma colère allait croissant. Plus j'étais furieuse, plus j'étais résolue à ne pas les laisser me contrarier… ou du moins, à ce qu'ils ne sachent pas qu'ils m'avaient contrariée. Si je voulais sortir dîner, jamais je ne les laisserais m'en empêcher. En réalité, je n'avais pas envie de sortir, mais après avoir pris cette décision, je décidai de la mettre à exécution, ne serait-ce que pour enfoncer le clou.

Personne ne nous empêcha de partir. Les ados filmèrent notre sortie, comme s'ils espéraient voir ma voiture se changer en balai et s'envoler. Les gens de la Sainte Miséricorde s'étaient retirés dans leur monospace avant que nous ayons tourné au coin de la rue, appréciant sans doute que je leur fournisse une excuse pour s'asseoir.

Savannah décida qu'elle voulait qu'on achète des plats à emporter au *Dragon d'or*. Le restaurant chinois local était tenu par Mabel Higgins qui n'avait jamais de sa vie mis les pieds hors du Massachusetts et qui n'avait, à en juger par sa cuisine, jamais ouvert un livre de recettes asiatiques. Sa version de la cuisine chinoise, c'était le chop suey américain : macaronis et bœuf haché. Malheureusement, en dehors de la pâtisserie, le *Dragon d'or* était le seul restaurant d'East Falls. Comme la pâtisserie fermait à 17 heures, je dus acheter mon repas au *Dragon d'or* moi aussi. Je choisis du riz blanc. Même Mabel n'était pas capable de rater ça.

Je me garai dans la rue. À East Falls, la plupart des places de parking sont situées le long des trottoirs, surtout dans le vieux village dont tous les bâtiments datent d'avant l'ère automobile. Comme je n'ai jamais réussi à maîtriser les créneaux – je préfère marcher un peu plus que de tenter le coup –, je me garai dans le parking vide devant l'épicerie, qui avait également fermé à 17 heures.

— Non mais tu ne peux pas te garer un peu plus près ? demanda Savannah. On est à des bornes du restau.

— À trois cents mètres, tu veux dire. Allez, sors de la voiture.

Elle commença à se plaindre bruyamment, comme si je lui demandais d'avancer de trente kilomètres avec de la neige jusqu'à la taille.

— Alors attends ici, lui dis-je. Qu'est-ce que tu veux ?

Elle me donna sa commande. Puis je l'avertis que j'allais l'enfermer, ce que je fis à la fois en verrouillant la voiture et à l'aide de sortilèges.

Alors que je regagnais la voiture, je remarquai un véhicule utilitaire garé derrière ma Honda Accord et pressai le pas. Oui, je devenais parano. Mais dans la mesure où il n'y avait pas d'autres voitures à moins de six places de la mienne, ça paraissait curieux, voire inquiétant. Tandis que je trottinais en direction de ma voiture, j'aperçus le visage du chauffeur du véhicule. Ce n'était pas Leah. Ni Sandford.

C'était Grantham Cary Jr.

— Génial, marmonnai-je.

Je ralentis et tirai mes clés de mon sac. Je défis les sorts à mi-voix puis déverrouillai les portières à distance afin de grimper dans ma voiture sans m'arrêter assez longtemps pour qu'il m'approche. Alors que j'arrivais tout près, j'entendis le grondement sourd de son moteur tournant au ralenti. Je gardai le regard braqué sur la voiture, guettant le moment où sa portière s'ouvrirait. Au lieu de quoi j'entendis le déclic du changement de vitesse.

— Parfait, dis-je. Continue comme ça.

Du coin de l'œil, je le vis reculer. Puis il repassa en marche avant et fonça droit devant lui – tout droit, heurtant ma voiture à grand fracas. Savannah se retrouva projetée contre le tableau de bord.

— Fils de pute ! m'écriai-je en laissant tomber mes achats et en me précipitant vers la voiture.

Cary vira puis s'éloigna en trombe.

Je me ruai vers la portière côté passager et l'ouvris d'un coup. À l'intérieur, Savannah pressait la paume contre son nez ensanglanté.

— C'est rien, me dit-elle. Je me suis juste cogné le nez.

Je saisis une poignée de mouchoirs en papier dans la boîte placée derrière son siège et les lui tendis, puis inspectai l'arête de son nez. Pas de fracture apparente.

— Ça va, Paige. Je t'assure. (Elle baissa les yeux vers son tee-shirt maculé de sang.) Et merde ! Mon nouveau tee-shirt Gap ! T'as relevé son numéro ? Il va me le rembourser, celui-là.

— Il va payer bien plus que ça. Et pas la peine de noter son numéro, je sais qui c'était.

Je sortis mon téléphone portable, appelai les renseignements et demandai qu'on me passe la police.

— Je ne doute pas qu'il se soit agi de Cary, répondit Willard. Je demande juste si vous pouvez le prouver.

Des trois shérifs adjoints d'East Falls, Travis Willard était celui que j'avais espéré qu'on m'envoie. C'était le plus jeune adjoint – mon aîné de quelques années – et le plus gentil du lot. Son épouse Janey et moi avions participé ensemble à plusieurs événements caritatifs et elle était l'une des rares personnes en ville qui paraissaient m'apprécier. Mais je me demandais à présent s'il avait été très judicieux d'appeler la police.

Bien que Willard ait eu la prévenance de s'asseoir dans ma voiture plutôt que de nous obliger à rester sur le trottoir, tous les passants nous jetaient des coups d'œil. Il ne s'était écoulé que douze heures depuis que la police avait découvert un autel satanique chez moi et la nouvelle avait dû se répandre dans toute la ville avant midi. À présent qu'on me voyait parler au shérif adjoint dans ma voiture, les langues iraient bon train pour échafauder de nouvelles hypothèses. Comme si ça ne suffisait pas, je commençais à comprendre qu'il était difficile de faire admettre qu'un habitant respecté de la ville ait pu percuter délibérément ma voiture et prendre la fuite.

— Quelqu'un a dû le voir, dit Savannah. Y avait des gens dans le coin.

— Dont aucun n'est resté accomplir son devoir civique, ajoutai-je. Mais il doit y avoir des preuves. Il n'a pas causé beaucoup de dégâts, mais la peinture est éraflée. Vous ne pouvez pas inspecter son véhicule ?

— Je pourrais, répondit Willard. Et si je trouve de la peinture argentée sur son pare-chocs, je pourrai demander au shérif Fowler de faire procéder à des tests en laboratoire et il me rira au nez. Je n'essaie pas de vous compliquer les choses, Paige, je vous fais simplement remarquer que vous n'avez peut-être pas intérêt à poursuivre sur cette voie. J'ai entendu dire que vous aviez eu une prise de bec avec Cary hier à la pâtisserie.

— Ah bon ? demanda Savannah. Qu'est-ce qui s'est passé ?

Willard se tourna vers le siège arrière et demanda à Savannah de sortir un instant de la voiture. Une fois qu'elle fut dehors, il se retourna vers moi.

— Je sais qu'il vous a fait des avances. Ce type est un… (Willard s'interrompit net et secoua la tête.) Il en fait à toutes les jolies filles de la ville. Il a même dragué Janey une fois, alors que nous étions déjà mariés. J'ai eu envie de… (Il secoua de nouveau la tête.) Mais je n'ai rien fait. Rien du tout. Certaines choses attirent plus d'ennuis qu'elles ne le méritent.

— Je le comprends très bien, mais…

— Ne vous en faites pas pour la voiture. Je vais le déclarer comme un accident avec délit de fuite pour votre assurance. Et peut-être que je rendrai visite à Cary pour lui faire comprendre qu'il doit payer les frais déductibles.

— Je me fiche des dégâts – ce n'est qu'une voiture. Je suis en rogne parce que Savannah était dedans. Elle aurait pu passer à travers le pare-brise.

— Vous pensez que Cary savait qu'elle s'y trouvait ?

J'hésitai, puis fis signe que non.

— C'est ce que je me disais aussi, reprit-il. Il n'a pas dû la voir, à cause de l'appui-tête. Il passait par là, il a vu votre voiture, il s'est placé derrière en la croyant vide. Quand il vous a vue arriver, il l'a emboutie par-derrière. C'est un connard, comme je vous le disais. Mais pas assez pour blesser une gamine intentionnellement.

— Alors vous n'allez rien faire.

— Si vous insistez, je vais devoir faire un rapport, mais je vous préviens…

— C'est bon, j'ai compris.

— Je suis désolé, Paige.

Je bouclai ma ceinture et fis signe à Savannah de rentrer dans la voiture.

Étape suivante : 52 Spruce Lane, chez M. et Mme Grantham Cary Jr.

Les Cary habitaient l'une des plus belles maisons de tout East Falls. C'était l'un des cinq arrêts de la promenade des jardins annuelle. Celui des Cary n'avait rien de spectaculaire en soi – il était en fait très banal, rempli d'arbustes trop élagués et de roses au nom sophistiqué mais dépourvues de parfum. Pourtant, chaque année, la maison se retrouvait incluse dans la promenade, et chaque année, les habitants d'East Falls payaient pour visiter en groupe la maison et les jardins. Pourquoi ? Parce que, chaque année, Lacey embauchait un décorateur de premier ordre pour refaire une pièce de la maison, qui définissait alors les critères d'East Falls en matière de décoration d'intérieur pour toute la saison à venir.

— Tu crois que c'est une bonne idée ? demanda Savannah tandis que je remontais l'allée d'un pas énergique.

— Personne ne va le faire à notre place.

— Hé, je suis totalement d'accord pour lui rentrer dans le chou, mais y a d'autres méthodes, tu sais. Plus efficaces. Je pourrais jeter un sort qui…

— Pas de sorts. Je ne veux pas de vengeance. Rien que la justice.

— Une bonne invasion de puces, ce serait de la justice.

— Je veux qu'il comprenne ce qu'il a fait.

— Alors on n'a qu'à lui envoyer une carte : « Paige et Savannah vous souhaitent de joyeux morpions. »

Je montai les marches quatre à quatre et claquai violemment le heurtoir en forme de chérubin contre la porte de bois. J'entendis à l'intérieur des pas traînants. Un rideau remua. Des murmures. Puis Lacey ouvrit la porte.

— J'aimerais parler à Grantham, s'il vous plaît, lui dis-je avec toute la courtoisie dont j'étais capable.

— Il n'est pas là.

— Ah bon ? C'est curieux. Je vois sa Mercedes dans l'allée. On dirait qu'il a éraflé le pare-chocs avant.

Le visage de Lacey demeura rigoureusement immobile, comme si ses traits étaient fixés par des sutures.

— Je n'en ai aucune idée.

— Écoutez, je peux lui parler, s'il vous plaît ? Ça ne vous concerne pas, Lacey. Je sais qu'il est là. C'est son problème. À lui de le régler.

— Je vais devoir vous demander de partir.

— Il a embouti ma voiture. Volontairement. Savannah était dedans.

Pas la moindre esquisse de réaction.

— Je vais devoir vous demander de partir, tout de suite.

— Vous m'avez entendue ? Grantham a embouti ma voiture.

— Vous vous trompez. Si vous essayez de nous faire payer les dégâts…

— Mais je m'en fous de la voiture ! m'exclamai-je en attirant Savannah vers moi pour désigner son nez et son tee-shirt ensanglantés. C'est ça qui me pose problème ! Elle a treize ans.

— Les enfants saignent du nez tout le temps. Si vous espérez nous poursuivre…

— Je ne veux pas vous poursuivre en justice ! Je veux qu'il sorte voir ce qu'il a fait. C'est tout. Faites-le simplement sortir pour que je puisse lui parler.

— Je vais devoir vous demander de partir.

— Arrêtez de le couvrir, Lacey. Il ne le mérite pas. Ce type est un…

Je m'interrompis. C'était à Grantham que j'en voulais, pas à Lacey, et malgré le plaisir que j'aurais pris à lui dire ce que son mari faisait d'autre, ça n'aurait pas été juste. Sans compter qu'elle le savait sans doute déjà. Je ne ferais que m'abaisser à des coups mesquins.

— Dites-lui que ce n'est pas fini, lui lançai-je avant de me détourner pour dévaler les marches.

Tandis que je m'approchais de ma voiture, je constatai que Savannah ne se trouvait pas derrière moi. Je me retournai et la vis devant la maison. À l'intérieur, les lumières s'allumaient puis s'éteignaient. Le bruit de la télévision s'élevait à un volume assourdissant, puis se taisait, et ainsi de suite.

— Savannah ! sifflai-je.

Les rideaux s'écartèrent au rez-de-chaussée. Lacey jeta un œil à l'extérieur. Savannah leva les yeux et agita les doigts. Puis elle me rejoignit en trottinant.

— Mais à quoi tu joues ? lui demandai-je.

— C'est juste un avertissement, répondit-elle. Un avertissement amical.

Quand on rentra chez nous, les ados étaient en train de filmer le chat noir du voisin. Je les ignorai et rentrai dans le garage.

Pendant que Savannah réchauffait son dîner, j'écoutai

mes messages et rappelai plusieurs amis bostoniens qui avaient appris mes ennuis à la télé. On avait parlé de mon autel satanique aux infos de Boston ? Tous m'assurèrent que la chaîne ne l'avait évoqué qu'en passant, mais ça ne me rassura pas pour autant.

Les ados partirent à 21 h 45, sans doute à cause du couvre-feu. Le quatuor de la Sainte Miséricorde resta sur place, se relayant pour s'asseoir devant le monospace et surveiller ma pelouse. Je n'appelai pas la police ; ça n'aurait qu'attiré davantage l'attention sur moi. Si je ne réagissais pas, ils se lasseraient vite et rentreraient chez eux, où que ça puisse bien être.

J'allai me coucher à 23 heures. Oui, c'était la triste vérité. J'étais jeune, célibataire et j'allais me coucher à 23 heures un samedi soir, comme presque tous les soirs depuis neuf mois. Depuis l'arrivée de Savannah, j'avais dû me battre ne serait-ce que pour conserver mes amis. Et les rendez-vous amoureux étaient hors de question. Savannah s'accrochait jalousement au temps et à l'attention que je lui accordais. Ou, pour dire les choses de manière plus juste, elle détestait ne pas m'avoir tout le temps à sa disposition. Comme je l'ai déjà dit, la stabilité était l'une des rares choses que je puisse lui offrir, alors je jouais le jeu.

Avant d'aller me coucher, je risquai un œil à travers les rideaux de la fenêtre de devant. Deux hommes occupaient toujours ma pelouse et je vis deux femmes dans une voiture toute proche, mais les visages et le véhicule n'étaient plus les mêmes. Changement d'équipe ? Génial.

Je passai beaucoup trop de temps cette nuit-là à ruminer au sujet de Cary. Comme si une affaire de demande de garde et un autel sataniste ne suffisaient pas, je me retrouvais harcelée par un avocat à la maturité plus qu'incertaine. Comment me débrouillais-je pour me fourrer dans des situations pareilles ? Peut-être qu'humilier publiquement Cary n'avait pas été la meilleure idée qui soit, mais comment aurais-je pu savoir que ce type se vengerait comme un ado de seize ans qu'on refuse d'accompagner au bal de fin d'année ?

Et puis il y avait Travis Willard. Je l'appréciais, ce qui ne me rendait que plus pénible sa façon de se défiler. Si lui ne me soutenait pas contre Cary, qui d'autre le ferait ? Je pourrais dire qu'East Falls était une petite ville typique, coupée du monde extérieur et qui protégeait farouchement ses intérêts, mais j'avais grandi dans une petite communauté où les choses ne se passaient pas du tout comme ça. Si seulement les Aînées me laissaient déménager… Mais cette question débouchait sur une tout autre réserve d'idées noires, et j'en avais déjà assez pour m'occuper toute la nuit.

Tout était calme le lendemain matin – pas étonnant, pour un dimanche matin à East Falls. À 9 heures, le téléphone sonna. Je regardai le nom de la personne qui m'appelait : appel masqué. Quand quelqu'un ne veut pas que vous sachiez qui il est, il y a de grandes chances pour que vous n'ayez aucune envie de lui parler.

Je laissai déclencher le répondeur et fis chauffer la bouilloire. On raccrocha.

Dix minutes plus tard, nouvelle sonnerie. Nouvel appel mystère. Sirotant mon thé, j'attendis qu'on raccroche. Au lieu de quoi mon interlocuteur laissa un message saturé de parasites, indiquant qu'il appelait depuis un portable.

— Paige, c'est Grant. Je veux vous parler d'hier soir. Je serai au bureau à 10 heures.

Je m'emparai du combiné mais il avait déjà raccroché. J'appuyai sur la touche étoile suivie du 69 mais en vain. Je réfléchis aux possibilités qui s'offraient à moi, puis vidai mon thé dans l'évier et traversai le couloir jusqu'à la chambre de Savannah.

— Savannah ? l'appelai-je en frappant à la porte. C'est l'heure de se lever. J'ai une course à faire.

Le plus gracieux des vols planés

Quand on atteignit le bureau de Cary, la réception était déserte. Rien d'étonnant à ça ; Cary ne voulait sans doute pas que Lacey entende cette conversation. Nos pas résonnèrent dans le vide tandis que nous marchions sur le plancher de bois dur.

— Bonjour ! nous lança la voix de Cary depuis son bureau situé à l'étage. Je vous rejoins tout de suite !

Je montai l'escalier, suivie de Savannah. Un bruissement de papier nous parvint du bureau de Cary, puis le grincement de son siège.

— Désolé, nous dit-il, toujours invisible. Personne à la réception le dimanche, malheureusement. Ma femme ne… (Il sortit de son bureau et cligna des yeux.) Paige ? Savannah ?

— Vous attendiez qui d'autre ?

Il disparut de nouveau dans son bureau. Je le suivis et fis signe à Savannah de m'imiter.

— Un nouveau client, répondit Cary. Mais pas avant dix heures et demie, donc je peux sans doute vous accorder quelques minutes. Lacey m'a dit que vous étiez passées chez moi hier soir. Il semblerait que j'aie percuté votre voiture sur State Street. Je suis effectivement allé en ville récupérer des vêtements au pressing. Je ne me rappelle pas avoir heurté quoi que ce soit mais j'ai remarqué que le pare-chocs était éraflé. Bien entendu, je suis vraiment désolé…

— Arrêtez vos conneries. Vous savez très bien ce que vous avez fait. Si vous m'avez appelée ici pour me présenter des excuses, je ne veux pas les entendre.

— Appelée ici ?

Il s'enfonça dans son fauteuil en fronçant les sourcils. J'inspectai son visage en y guettant des signes indiquant qu'il mentait mais n'en vis aucun.

— Vous ne m'avez pas appelée, hein ? demandai-je.

— Non, je… En fait, bien entendu, je *comptais* vous appeler…

— Où est Lacey ?

Son froncement de sourcils s'accentua.

— À l'église. C'est son tour d'aider le révérend Meacham cette semaine.

— C'est un piège, murmurai-je en me tournant vers Savannah. On doit filer d'ici. Tout de suite.

— Que se passe-t-il ? demanda Cary en se levant de son bureau.

Je poussai Savannah vers la porte, puis me ravisai et la traînai derrière moi avant de me mettre en marche. Elle me saisit par le bras.

— Attention, articula-t-elle en silence.

Elle avait raison. Foncer vers la porte n'était sans doute pas une idée géniale. J'avais trop peu d'expérience en matière de fuite et de bagarres. Savannah n'en avait déjà que trop.

Après lui avoir fait signe de reculer, je contournai très lentement le chambranle, m'appuyai contre le mur et jetai un coup d'œil dans le couloir. Personne.

— Un problème ? demanda Cary.

Je tendis la main vers Savannah. L'entraînant derrière moi, je m'aventurai dans le couloir. On longea le mur en marchant de biais vers l'escalier. À mi-chemin, je m'arrêtai et tendis l'oreille. Pas un bruit.

— Vous avez des ennuis ? nous demanda Cary dont la voix s'échappa de son bureau et résonna dans le couloir.

Je revins furtivement en arrière, fermai la porte puis jetai un sort de verrouillage pour l'enfermer à l'intérieur. Ce n'était pas nécessaire. Cary n'avait manifestement aucune intention de risquer sa peau, préférant rester assis derrière son grand bureau en jouant les idiots.

Le couloir était fermé des deux côtés, flanqué de rangées de portes fermées, avec les escaliers sur la gauche. Je fis signe à Savannah de me suivre puis pivotai afin de tourner le dos à l'autre mur. Je me faufilai de nouveau en biais, m'arrêtant cette fois à soixante centimètres de l'escalier.

— Attends, murmura Savannah.

Je la fis taire d'un geste et me penchai vers l'ouverture de l'escalier. Elle me saisit par la manche et me tira en arrière, puis me fit signe de m'agenouiller ou de me pencher avant de jeter un œil. D'accord, c'était plus logique que de passer la tête là où quelqu'un s'attendrait à la voir. Je m'accroupis et risquai un œil au bas de l'escalier. Personne. Je balayai du regard la pièce du bas. Vide elle aussi. À un mètre cinquante du bas des marches se trouvait mon but : la porte d'entrée.

Tandis que je reculais, j'entrevis un reflet de lumière du soleil, me figeai puis regardai de nouveau. La porte d'entrée était entrebâillée de quelques centimètres. Savannah l'avait-elle laissée ouverte quand nous étions entrées ?

Je me tournai vers elle.

— Camouflage, articulai-je sans un bruit.

Ses lèvres se pincèrent. Un éclat de défi brilla dans ses yeux. Avant qu'elle puisse ouvrir la bouche, je soutins fermement son regard.

— Tout de suite, sifflai-je.

Nouvelle expression furieuse, puis elle baissa les paupières. Ses lèvres remuèrent et, quand elle en eut fini, elle avait disparu. Elle était invisible. Tant qu'elle ne bougeait pas, personne ne la verrait. J'attendis une seconde, m'assurant qu'elle reste camouflée, puis me faufilai dans l'escalier.

Je mis une éternité à descendre. Une marche, pause, tendre l'oreille, me baisser pour regarder, marche suivante. Descendre un escalier est bien plus dangereux qu'on ne l'imagine. S'il est fermé des deux côtés, comme celui-là, alors toute personne qui se tient en bas vous verra bien avant que vous puissiez la voir. D'où cette technique rassurante consistant à m'arrêter, à me pencher et à jeter un œil, bien que je doute qu'elle puisse me sauver si quelqu'un m'attendait en bas avec un flingue.

En réalité, ce n'étaient pas tellement les armes qui m'inquiétaient ; en règle générale, les espèces surnaturelles ne s'en servent pas. Si Leah se trouvait bel et bien en bas, elle recourrait plus probablement à la télékinésie pour me faire tomber au bas des marches en me brisant la colonne vertébrale afin que je sois toujours en vie, paralysée, quand elle m'écraserait à l'aide d'un meuble. C'était nettement mieux que de se faire tirer dessus. Si si, je vous assure.

Quand j'atteignis enfin le bas, je me jetai vers la poignée de porte. Je la saisis, tirai dessus d'un coup sec – et faillis m'écraser le visage contre le mur vu que la porte ne bougeait pas. Quand j'eus retrouvé mon équilibre, je regardai autour de moi et tirai de nouveau. Toujours rien. La porte était entrebâillée de deux centimètres mais refusait de s'ouvrir ou de se fermer. Un sort de barrage ? Ça n'y ressemblait pas, mais je prononçai malgré tout une incantation destinée à briser ce genre de sort. Rien ne se produisit. Je saisis le bord de la porte. Mes doigts passèrent dans l'entrebâillement sans rencontrer de résistance, mais je ne parvins pas à l'ouvrir. Je lançai un sort de déverrouillage. Sans aucun effet.

J'avais une conscience aiguë du temps qui passait, de la cible facile que je représentais, ainsi exposée et en train de tirer sur la porte, tandis que Savannah se cachait dans le couloir d'en haut et qu'elle devait s'impatienter. Après une dernière salve de sorts, je me jetai dos au mur et retins mon souffle.

Nous étions prisonnières. Pour de bon. D'un instant à l'autre, Leah, Sandford et Dieu sait quels autres êtres surnaturels pouvaient arriver...

Au nom du ciel, Paige, reprends-toi ! La porte d'entrée est bloquée, et alors ? Si tu en essayais une autre ? Ou alors les fenêtres ?

J'apercevais la lumière du soleil à travers la porte située derrière le bureau de Lacey à la réception. Rasant toujours le mur, je me déplaçai d'un peu plus de un mètre sur la gauche afin d'y jeter un coup d'œil. Elle donnait sur une grande salle de réunion au fond de laquelle se trouvaient d'immenses portes-fenêtres.

Je m'accroupis et traversai la pièce à toute allure. Puis je longeai très lentement le mur opposé en direction de la sortie. Tandis que je me glissais dans l'autre pièce, une ombre apparut sur le sol éclairé par le soleil. Je me réfugiai derrière un fauteuil, osant à peine respirer, sachant que le fauteuil me cachait à peine. Je jetai un sort de camouflage.

L'ombre dansa de nouveau sur le sol. M'avait-on déjà repérée ? Je risquai un œil sur la gauche, prenant soin de ne bouger que les yeux. L'ombre réapparut, glissant sur le sol. Quand je compris qu'elle était trop petite pour appartenir à une personne, je levai les yeux et vis des feuilles agitées par le vent juste devant les portes-fenêtres.

Alors que je quittais prudemment l'abri du fauteuil, j'entendis des pas dans l'entrée. Je reculai brusquement et jetai un nouveau sort de camouflage. Les pas tournèrent à gauche, s'éloignèrent puis revinrent vers moi, avancèrent trop loin sur la droite, s'estompèrent jusqu'à presque disparaître, puis revinrent de nouveau. On fouillait les pièces. Venait-on maintenant dans ma direction ? Oui... non... les pas s'arrêtèrent. Craquement de chaussures qui tournaient brusquement. Puis d'autres pas. De plus en plus proches.

Je fermai les yeux et préparai un sort permettant de lancer une boule de feu. Quand une silhouette franchit la porte, je lançai la boule. Une sphère flamboyante tomba du plafond. Je me contractai, prête à m'enfuir. Lorsque la boule tomba, l'intrus poussa un cri aigu et leva les bras pour s'en protéger. Quand j'aperçus son visage, je bondis hors de ma cachette et me jetai sur elle pour l'éloigner du trajet de la boule de feu. On roula ensemble à terre.

— T'avais promis de me l'apprendre, celui-là, dit Savannah en se dégageant de mon étreinte.

Je lui plaquai une main sur la bouche mais elle l'écarta.

— Y a personne ici, dit-elle. J'ai jeté un sort de détection.

— Où tu as appris ça ?

— C'est ta mère qui me l'a appris. C'est du niveau quatre – toi, tu ne peux pas le lancer. (Après une pause, elle ajouta, afin d'épargner mon ego :) Pour l'instant.

J'inspirai profondément.

— Bon, donc, comme la porte d'entrée est bloquée je ne sais comment, j'allais essayer par là, expliquai-je en désignant les portes-fenêtres. C'est probablement coincé, mais peut-être qu'on peut briser les vitres.

Cette fois encore, on rasa le mur au cas où quelqu'un regarderait depuis l'extérieur. Quand j'atteignis les portes, je jetai un œil de l'autre côté. Elles s'ouvraient sur une cour minuscule, à peine entretenue, dépourvue d'herbe, couverte de briques emboîtées et de lits de plantes vivaces surélevés. Alors que je tendais la main vers la poignée de porte, une ombre frôla la haie d'ifs au fond de la cour. Supposant qu'il s'agissait d'une autre branche en mouvement, je m'avançai.

Leah se tenait contre les buissons. Elle nous adressa un signe de la main.

Lorsque je me retournai vers Savannah, le temps s'étira et je vis la scène non pas dans un flou dû au mouvement mais distinctement, au ralenti. Leah leva les deux mains et se désigna d'un geste comme pour nous faire signe d'avancer, mais son regard fixait autre chose, au-dessus de nos têtes. Puis un bruit de verre brisé retentit. Accompagné d'un hurlement.

Je plongeai vers Savannah pour la plaquer à terre. Tandis qu'on roulait sur le sol, une forme sombre chuta en direction du sol. Je vis d'abord le fauteuil – celui de Cary – tomber comme une pierre. Non, plus vite qu'une pierre, si vite que je l'entendis heurter les briques avant que mon cerveau enregistre l'image de sa chute. Je voyais toujours mentalement le fauteuil suspendu dans les airs, incliné vers l'arrière, avec Cary assis dedans, bras et jambes projetés en avant par la vitesse, bouche ouverte sur un hurlement. J'entendais toujours ce cri suspendu dans les airs quand le fauteuil heurta la brique et que jaillit une gerbe de gouttelettes de sang rouge vif.

Lorsque je levai la tête, Leah croisa mon regard, sourit, me fit signe puis s'éloigna.

Je me relevai tant bien que mal et m'empressai de franchir les portes-fenêtres qui s'ouvrirent sans résister. Alors même que je fonçais vers Cary, je savais qu'il était trop tard. La force de l'impact, cet affreux déluge de sang. Je m'arrêtai à cinquante centimètres et me pliai en deux, prise de haut-le-cœur.

Grantham Cary Jr. bascula de son fauteuil et s'affala par terre, bras et jambes écartés, la tête écrasée comme un fruit trop mûr dans une mare de sang et de cervelle. Sous l'impact, un énorme éclat de verre lui avait transpercé le ventre, et son bras avait été tranché en heurtant le coin d'un lit de plantes, si bien que sa main amputée serrait toujours le bras du fauteuil. Face à ce spectacle, je me rappelai une Leah souriante en train de me faire signe et je me demandais ce qui était le pire.

— Paige ? chuchota Savannah.

Je levai les yeux pour la voir blanche comme un linge, regardant fixement Cary comme si elle ne pouvait en détacher les yeux.

— Je… je crois qu'on devrait s'en aller, dit-elle.

— Non, dit une voix derrière nous. Je ne crois pas.

Le shérif Fowler franchit les portes-fenêtres ouvertes.

Bras de fer

Leah avait tant manigancé pour me faire accuser du meurtre de Grantham Cary Jr.

Prenez une femme accusée de sorcellerie et de satanisme, qu'on a vue publiquement se disputer avec l'homme assassiné et qui l'a ensuite accusé d'avoir volontairement embouti sa voiture en blessant l'enfant placée sous sa garde. Cette femme complote pour obtenir sous un quelconque prétexte un rendez-vous avec son ancien avocat dans son bureau, un dimanche matin, sachant que son épouse sera très tôt à l'église. La police reçoit un appel – une voisine qui s'inquiète des cris furieux provenant de la maison de l'avocat. La police arrive. L'avocat est mort. La maison est vide, exception faite de cette femme et de sa pupille. Qui est le coupable ? Pas besoin d'être Sherlock Holmes pour le deviner.

Là encore, la police d'East Falls n'étant pas habilitée à traiter ce genre de cas, elle fit appel à la police d'État qui me conduisit au poste. Les policiers m'interrogèrent pendant trois heures – répétant en boucle les mêmes questions, me brusquant et me harcelant au point que j'entendais encore leurs voix résonner dans ma tête quand ils partirent en pause cigarette ou café.

Ils avaient recensé mes faits et gestes de ces deux derniers jours et les avaient déformés afin qu'ils collent à leur théorie. Ma tirade sur le satanisme ? La preuve que j'avais un sale caractère et qu'on me provoquait facilement. Ma scène à la pâtisserie ? La preuve que j'étais parano et que j'avais confondu une simple invitation à prendre un café avec des avances de nature sexuelle. Mon accusation au sujet de la voiture ? La preuve que j'avais une dent contre Cary.

Tous mes arguments contre la messe noire étaient à présent perçus comme des protestations excessives, une manière de nier l'existence même des cultes satanistes afin de masquer ma participation à ce genre de pratiques. Peut-être Cary avait-il appris la vérité et refusé de continuer à me défendre. À moins que je lui aie fait des avances et que j'aie pété un plomb quand il les avait repoussées. Peut-être m'avait-il effectivement draguée – mais pouvais-je vraiment m'attendre à ce qu'on le croie assez contrarié par mon refus pour emboutir ma Honda de six ans avec sa Mercedes toute neuve ? Les adultes ne faisaient pas ces choses-là. Pas les hommes comme Grantham Cary Jr. J'étais paranoïaque. Ou sujette aux crises de délire. Voire carrément cinglée. Ne m'étais-je pas ruée chez lui comme une démente en hurlant des accusations insensées et en jurant de me venger ? Et que dire des défaillances d'appareils électriques signalées par Lacey après mon départ ? La police ne m'accusait pas de sorcellerie – les gens sensés ne croyaient pas à ces choses-là – mais j'avais bien fait *quelque chose*. Au minimum, j'étais coupable du meurtre de Grantham Cary Jr.

Au bout de la troisième heure, les policiers partirent en pause. Quelques instants plus tard, la porte s'ouvrit pour laisser entrer une trentenaire qui se présenta comme l'officier Flynn.

Je faisais les cent pas dans la pièce, l'estomac noué par ces trois heures passées à m'inquiéter pour Savannah. Se trouvait-elle ici, au poste? Ou la police avait-elle appelé Margaret? Et si le plan de Leah consistait justement à me faire enfermer pendant qu'elle s'emparerait de Savannah?

— Je peux vous apporter quelque chose? demanda Flynn en entrant. Un café? Une boisson fraîche? Un sandwich?

— Je ne répondrai à aucune autre question tant qu'on ne m'aura pas dit où est Savannah. Je passe mon temps à le demander et tout ce qu'on me répond, c'est : « En lieu sûr. » Ça ne me suffit pas. Il faut que je sache…

— Elle est ici.

— Où au juste? Je fais actuellement l'objet d'une contestation de mes droits de garde de Savannah. Vous ne semblez pas comprendre…

— Mais si, Paige, nous comprenons. En ce moment même, Savannah joue aux cartes avec deux policiers dans la pièce voisine. Ils sont armés. Il ne lui arrivera rien. On lui a donné un hamburger pour le déjeuner et elle va très bien. Vous pourrez la voir dès que nous en aurons fini.

Enfin, quelqu'un qui ne me traitait pas comme une meurtrière avérée. Je hochai la tête et repris ma place à table.

— Alors finissons-en, lui dis-je.

— Parfait. Vous êtes ne voulez vraiment pas que je vous apporte quelque chose?

Je fis signe que non. Elle prit place sur le siège face au mien et se pencha par-dessus la table, les mains touchant presque les miennes.

—Je sais que vous n'avez pas agi toute seule, dit-elle. J'ai appris ce qui est arrivé à Grantham Cary. Je doute que Monsieur Univers soit capable de faire ça à quelqu'un, sans parler d'une jeune femme de votre taille.

C'était donc là le gentil flic, une femme plus âgée, maternelle, compréhensive, censée me faire cracher le morceau. Je compris pourquoi cette routine éculée fonctionnait si bien. Parce que après des heures passées à me faire hurler dessus et traiter comme une dégénérée, j'avais désespérément besoin qu'on m'approuve, qu'on me dise : « Tu n'es pas une tueuse sans pitié et tu ne mérites pas qu'on te traite comme ça. »

Je savais que cette femme se moquait royalement de mon sort. Je savais qu'elle ne voulait qu'une confession pour pouvoir taper dans la main des collègues qui nous observaient par la vitre sans tain. Pourtant, je ne pouvais m'empêcher de vouloir me confier pour obtenir un sourire, une expression de sympathie. Mais j'eus le bon sens de la regarder froidement et de déclarer : « Je veux un avocat. »

La porte s'ouvrit avant qu'elle puisse répondre.

—Elle comprend parfaitement la gravité de la situation, déclara Lucas Cortez en entrant dans la pièce. C'est pourquoi elle demande son avocat. Je suppose, madame, que vous vous apprêtiez à honorer cette demande.

Flynn repoussa sa chaise.

—Qui êtes-vous ?

—Son avocat, bien entendu.

Je tentai d'ouvrir la bouche mais n'y parvins pas. Elle était scellée, non par le désespoir ou la peur mais par un sortilège. Un sort d'entrave.

—Et quand Paige vous a-t-elle engagé ? demanda Flynn.

— C'est « Mlle Winterbourne », et elle m'a engagé hier à 14 heures, après avoir viré M. Cary pour harcèlement sexuel.

Cortez laissa tomber un dossier sur la table. Tandis que Flynn lisait la première page, fronçant davantage les sourcils à chaque ligne, je parvins à bouger suffisamment les yeux sur la gauche pour voir Cortez. Il feignit d'inspecter l'affiche située derrière ma tête mais ses yeux restaient braqués sur moi, comme l'exigeait le maintien d'un sort d'entrave.

Donc, l'apprenti ensorceleur s'y connaissait un peu en magie des sorcières. Étonnant, mais pas renversant. Je connaissais de meilleurs sorts, dont plusieurs que je brûlais de lui lancer en ce moment même, mais l'impossibilité de parler refrénait cette impulsion. C'était aussi un peu déconcertant de le voir parvenir à jeter un sort d'entrave, ce que je n'avais jamais réussi à la perfection. Quoique – intuition soudaine : si je n'arrivais pas à jeter de sort d'entrave parfait, Cortez en était-il capable ? Hmmm.

— Bon, donc, vous êtes son avocat, déclara Flynn en repoussant les papiers de Cortez. Vous pouvez vous asseoir et prendre des notes.

— Avant d'avoir pu parler quelques minutes en privé à ma cliente ? Franchement, madame. Je n'ai pas passé l'examen du barreau hier. Maintenant, si vous voulez bien nous trouver une pièce isolée…

— Celle-ci fera l'affaire.

Cortez afficha un demi-sourire dépourvu d'humour.

— Certainement, avec sa vitre sans tain et sa caméra. Je vous le répète, madame, je demande quelques minutes seul à seule avec ma cliente dans une pièce isolée.

Cortez continuait à parler, mais je ne l'entendais pas. Je concentrai toute ma puissance mentale sur une dernière poussée. « Pop ! » Ma jambe s'agita d'une secousse. Cortez parlait toujours, ignorant que j'avais rompu son sort.

Je restai immobile à attendre sans rien dire. L'instant d'après, Flynn quitta la pièce à grands pas pour aller nous en trouver une où nous serions seuls.

— Alors, le mage, on imite ma signature sur des documents officiels ? marmonnai-je à mi-voix.

À ma grande déception, il ne sursauta pas. Il ne broncha même pas. Je crus lire un éclat consterné dans ses yeux quand il comprit que j'avais brisé son sort, mais c'était peut-être seulement l'éclairage. Avant que Cortez puisse répondre, Flynn revint nous escorter dans une autre pièce. J'attendis qu'elle eut fermé la porte derrière elle avant de m'asseoir.

— Très pratique, lui dis-je. Le fait que vous tombiez à pic chaque fois que j'ai besoin d'un avocat.

— Si vous sous-entendez que je suis allié à Gabriel Sandford ou à la Cabale Nast, je peux vous assurer que jamais je ne ternirais ma réputation par une telle association.

J'éclatai de rire.

— Vous êtes trop jeune pour faire preuve d'un tel cynisme, me dit-il en se replongeant dans ses papiers.

— En parlant de jeunesse, si vous travaillez pour Sandford, dites-lui que je me sens vraiment insultée qu'il n'ait même pas pris la peine de m'envoyer un mage en pleine possession de ses pouvoirs. Vous avez quoi ? Vingt-sept ? Vingt-huit ans ?

Il parcourut sa liasse de papiers.

— Vingt-cinq.

— Quoi ?! Alors c'est vrai que vous n'avez passé l'examen du barreau qu'hier. Là, je me sens *réellement* insultée.

Il ne leva pas les yeux de son dossier, pas plus qu'il ne changea d'expression. Merde, il n'en affichait déjà aucune à la base.

— Logiquement, si je travaillais pour les Nast, ils enverraient quelqu'un de plus âgé et de plus compétent, n'est-ce pas ?

— Possible, mais il doit y avoir des avantages à envoyer un type plus proche de mon âge, non ?

— Par exemple ?

J'ouvris la bouche pour répondre, puis inspectai de nouveau Cortez – son costume bon marché, ses lunettes à monture métallique, son expression constamment lugubre – et je compris que personne ne jouait la carte de la séduction dans cette partie.

— Eh bien, vous savez, lui dis-je, le courant passerait peut-être mieux, j'éprouverais peut-être plus de sympathie…

— Les inconvénients liés à mon jeune âge dépasseraient de loin les avantages liés au fait que nous ayons pratiquement le même. Quant au fait que j'apparaisse comme par miracle chaque fois que vous avez besoin d'un avocat, je peux vous assurer que ça ne nécessite ni informateur ni pouvoirs psychiques. Les meurtres et les autels sataniques ne sont pas chose courante à East Falls. Un avocat doté d'un minimum d'initiative n'a qu'à trouver sur place un contact tout aussi dynamique et le persuader de le tenir au courant de toutes les nouvelles rumeurs concernant votre situation.

— Vous soudoyez quelqu'un en ville pour qu'il vous informe sur moi ?

—Malheureusement, c'est plus facile – et moins cher – qu'on ne pourrait le croire. (Cortez repoussa ses papiers et croisa mon regard.) En temps ordinaire, il y aurait une compétition farouche, mais dans la mesure où vous êtes sorcière, je doute que d'autres mages se disputent la place.

—Mais vous acceptez de faire une exception. Comme c'est… généreux de votre part.

Cortez ajusta ses lunettes et y consacra plus de quelques secondes, comme s'il profitait de cette pause pour décider comment poursuivre.

—C'est de l'ambition, pas de l'altruisme. Je ne vais pas prétendre le contraire. J'ai besoin de cette affaire, et vous d'un avocat. C'est aussi simple que ça.

—Non, ça ne l'est pas. Je n'ai pas encore épuisé toutes les solutions. Je suis sûre que je peux encore trouver un avocat.

—Si vous choisissez de me remplacer plus tard, pas de problème, dit-il. Mais pour l'heure, je suis la seule personne présente ici. De toute évidence, votre Convent ne cherche pas à vous aider, sinon il vous aurait déjà trouvé un avocat. Au minimum, quelqu'un serait là pour vous soutenir moralement. Mais il n'y a personne, hein ?

Il y était presque parvenu, il avait presque gagné ma confiance, avant de gâcher tous ses efforts par ce dernier commentaire. Je me levai, me dirigeai vers la porte et testai la poignée. Verrouillée de l'extérieur, bien entendu. Pas question de recourir à un sort de déverrouillage – j'avais déjà assez d'ennuis comme ça. Alors que j'élevais le poing pour cogner à la porte, Cortez le retint par-derrière. Il ne le saisit pas vraiment, mais se contenta de le retenir et de le garder ouvert.

—Laissez-moi me charger de vous faire sortir, dit-il.

Acceptez mes services pour ce problème-ci, sans le moindre frais, et ensuite, si vous n'êtes pas satisfaite de mes résultats, vous pourrez me renvoyer.

— Waouh – une période d'essai gratuite. Comment pourrais-je refuser ? Facilement. Pas de marché qui tienne. Je ne veux pas de votre aide.

Je dégageai ma main de la sienne et levai le poing pour appeler l'officier de police. Cortez posa la main contre la porte, doigts écartés, sur le chemin de mon poing.

— Je vous propose de vous faire sortir d'ici, Paige. (Toute solennité avait déserté sa voix et il me sembla, une seconde à peine, y entendre une certaine anxiété.) Pourquoi est-ce que je ferais ça si je travaillais pour la Cabale Nast ? Elle veut vous garder ici, où vous ne pouvez pas protéger Savannah.

— Je vais sortir. Ils vont fixer une caution et je vais me débrouiller.

— Je ne parle pas de caution, je parle de vous faire sortir. De manière permanente. Sans aucun frais. Ni traces dans votre casier judiciaire.

— Je ne…

— Et s'ils ne fixent pas de caution ? Combien de temps comptez-vous rester en prison ? En laissant d'autres personnes s'occuper de Savannah ? (Il croisa mon regard.) Sans être là pour la protéger ?

La flèche atteignit sa cible. Mon talon d'Achille. L'espace d'un bref instant, ma résolution faiblit. Je jetai un coup d'œil à Cortez. Il attendait mon accord. Et même s'il n'affichait aucune suffisance dans son expression, je savais qu'il pensait que j'accepterais.

J'abattis le poing contre la porte, ce qui le prit au dépourvu. Flynn ouvrit au deuxième coup.

— Cet homme n'est pas mon avocat, lui dis-je.

Je tournai le dos à Cortez et m'avançai dans le couloir.

Après le départ de Cortez, on me fit réintégrer la salle d'interrogatoire. Une autre heure s'écoula. Flynn ne revint pas me questionner. Ni personne d'autre. On me laissa simplement là. D'abord à mijoter, puis à faire les cent pas, ensuite à cogner à la porte en espérant attirer l'attention de quelqu'un.

Savannah se trouvait là quelque part, sans protection, avec des étrangers qui ignoraient quel danger elle affrontait. Mais une fois encore, j'étais limitée par les lois humaines. Selon ces lois, ils pouvaient me détenir ici pendant n'importe quel « délai raisonnable » avant de m'inculper. Qu'est-ce qui était raisonnable ? Ça dépendait de qui venait la définition. Pour l'heure, je me moquais bien qu'on m'accuse de meurtre tant que je pouvais régler la caution et ramener Savannah à la maison.

Il s'écoula près de deux heures avant que la porte s'ouvre de nouveau.

— Votre nouvel avocat, dit un policier que je ne connaissais pas encore.

L'espace d'un instant fugace, un instant désespéré d'espoir naïf, je crus que les Aînées avaient trouvé quelqu'un pour me représenter. Au lieu de quoi je vis entrer… Lucas Cortez.

PROGRAMME EN DOUZE ÉTAPES

— Mais c'est pas vrai ! m'exclamai-je. Je vous ai dit que ce type n'était pas mon…

Avant de conclure, je me retrouvai de nouveau sous l'emprise d'un sort d'entrave. Le policier, qui ne m'avait prêté aucune attention, me laissa seule avec Cortez. Quand la porte se referma, celui-ci dénoua le sortilège. Je voulus m'emparer de la poignée de porte mais il retint ma main.

— Sale fils de pute manipulateur ! Je n'en reviens pas que vous leur ayez dit… j'ai dit à ce flic… personne ne m'écoute ! Eh bien, ils vont m'écouter maintenant. Je n'ai rien signé, donc si vous avez des papiers portant ma signature, je prouverai qu'ils sont faux. Quelle que soit la pénalité pour se faire passer pour l'avocat d'un client…

— Ils ne vont pas déposer de plainte.

Une pause.

— Quoi ?

— Ils n'ont pas assez de preuves pour déposer de plainte à l'heure actuelle, et je doute qu'ils trouvent jamais celles dont ils ont besoin. En raison de la nature des blessures infligées à M. Cary, il est impossible d'affirmer que vous l'avez poussé par la fenêtre. Par ailleurs, j'ai démontré qu'il n'y a aucune preuve que vous soyez entrée en contact physique avec lui à l'heure de son décès. Son bureau avait été nettoyé samedi soir. Les seules empreintes digitales qu'on y ait trouvées appartenaient à M. Cary et à sa femme de ménage, tout comme les seules empreintes de pas sur la moquette proche de son bureau, où elle avait passé l'aspirateur. Les lieux ne comportent aucune trace de lutte. Son corps non plus. Il semblerait que le siège de M. Cary ait été soulevé du sol sans intervention humaine avant d'être propulsé par la fenêtre avec une grande force.

— Comment l'expliquent-ils ?

— Ils ne l'expliquent pas. Ils pensent peut-être que vous l'avez tué, mais ils ne peuvent pas le prouver.

— Comment…, dis-je avant de m'interrompre. Ils croient que j'ai fait appel à la sorcellerie ?

— C'est le consensus général, bien qu'ils aient le bon sens de ne pas le mentionner dans les papiers officiels. Comme ce genre d'accusation ne tiendra jamais devant un jury d'accusation, vous êtes libre. (Cortez consulta sa montre.) Nous ferions mieux de partir. Je crois que Savannah commence à s'impatienter. Nous avons de la paperasse à remplir avant qu'on puisse vous laisser partir. J'insiste pour que vous évitiez de parler à tout représentant des forces de l'ordre que nous croiserons lors de notre départ. En tant qu'avocat, je m'occuperai de toutes les communications externes en ces lieux.

— En tant qu'avocat… ?

— Je crois vous avoir prouvé que mes intentions sont…

— Irréprochables ? (Je croisai son regard et n'élevai pas la voix.) Mais ce n'est pas le cas, hein ?

— Je ne travaille pas pour…

— Non, probablement pas. J'accepte votre histoire selon laquelle vous êtes ici pour m'offrir vos services afin de servir votre carrière... à mes frais.

— Je ne...

— Est-ce que je vous le reproche ? Non. Je suis chef d'entreprise. Je sais ce que doivent faire les gens de notre âge pour monter en grade. Je suis obligée de me vendre moins cher que mes concurrents. Vous devez accepter des affaires dont les vôtres ne voudront jamais. Si vous voulez me facturer cette journée, allez-y, je vous paierai. Vous l'avez mérité. Mais je ne peux pas – je ne *veux* pas – travailler avec vous. Vous êtes un étranger. Doublé d'un mage. Je ne peux pas vous faire confiance. Tout se réduit à ça.

Je me détournai puis m'éloignai.

Terminer la paperasse se révéla une véritable épreuve. L'employé à la mine sévère remplissait les formulaires si lentement qu'on aurait cru son poignet cassé. Pire encore, Flynn et les autres policiers, sur le côté, me lançaient des regards noirs qui me disaient que je ne les avais pas dupés, que je n'étais qu'une criminelle de plus qui leur filait entre les doigts.

Cortez, comme je m'y attendais, n'accepta pas si facilement sa défaite. Il resta dans les parages pour m'aider à remplir les papiers et je le laissai faire. Pourquoi ? Parce que six heures de captivité m'avaient suffi. Si la police savait que ma libération avait été arrangée par un homme qui se faisait passer pour mon avocat, pouvait-on me remettre en taule ? M'accuser d'escroquerie ? Sans doute pas, mais je ne connaissais pas les lois à ce sujet et, maintenant que j'étais libre, je ne comptais pas poser de questions hypothétiques qui risquaient de me faire jeter en prison. Je ne révélai pas que Cortez n'était pas mon avocat, mais je n'affirmai pas non plus le contraire. Je me contentai de l'ignorer et laissai la police tirer ses propres conclusions.

Quand j'allai chercher Savannah, Cortez se retira. Il se contenta de marmonner un au revoir. En toute franchise, j'avais un peu pitié de lui. Mage ou pas, il m'avait aidée et ça ne lui avait rien apporté. J'espérais qu'il prendrait au mot ma proposition de paiement. Au moins ses efforts seraient-ils quelque peu récompensés.

Je trouvai Savannah dans la salle d'attente – la salle d'attente publique – parmi une demi-douzaine d'étrangers, dont aucun ne correspondait aux policiers armés mentionnés par l'officier Flynn. N'importe qui aurait pu entrer dans cette pièce, y compris Leah. Dans le sillage de ma colère, je remerciai de nouveau Lucas Cortez mentalement pour m'avoir fait sortir. S'il ne m'envoyait pas de facture, je me promis de retrouver sa trace pour le payer quand même.

La salle d'attente ressemblait à toutes celles que je connaissais avec ses meubles bon marché, ses affiches jaunissantes et ses piles de revues de l'année précédente. Savannah monopolisait trois chaises sur lesquelles elle s'était étendue pour dormir.

Je m'agenouillai près d'elle et la secouai doucement par l'épaule. Elle marmonna quelque chose puis repoussa ma main.

— Savannah, ma puce, il est l'heure de rentrer.

Elle ouvrit les yeux. Elle cligna des paupières puis chercha à faire le point.

— De rentrer ? demanda-t-elle en se redressant sur un coude, un sourire aux lèvres. On t'a libérée ?

Je hochai la tête.

— Je suis libre de partir. Ils ne déposent pas de plainte.

À ces mots, une dame âgée se retourna pour me dévisager puis marmonna quelque chose à son voisin. Je fus envahie par une envie débordante de me justifier, de me tourner vers ces étrangers pour leur dire que je n'avais rien fait de mal et que ma présence ici était une erreur. Je ravalai cette impulsion et aidai Savannah à se relever.

— Tu es restée ici pendant tout ce temps ? lui demandai-je.

Elle hocha la tête d'un air somnolent.

— Je suis vraiment désolée, ma puce.

— C'est pas ta faute, répondit-elle en étouffant un bâillement. Et puis c'était pas si terrible. Y avait des flics dans les parages. Leah n'aurait jamais rien tenté ici. (Elle se tourna vers moi.) Qu'est-ce qui s'est passé là-dedans ? Ils ont pris tes empreintes et tout ? Tu vas avoir un casier judiciaire ?

— Mon Dieu, j'espère que non. Sortons d'ici et je vais t'expliquer tout ce que je pourrai.

Une petite foule s'amassait devant l'entrée. Enfin, « petite » comparée, disons, à celle qui remplit le stade de Fenway Park un soir de match de base-ball. Je vis des gens des médias, d'autres qui brandissaient des pancartes, des goules déguisées en touristes et décidai que j'en avais assez vu. Ils étaient sans doute là pour couvrir un « véritable » événement, sans aucun rapport avec moi, mais je choisis malgré tout de sortir par-derrière afin de ne pas déranger leur veille.

La police avait remorqué ma voiture jusqu'au poste, ce qui nous évitait de devoir trouver un moyen de transport mais signifiait aussi qu'elle l'avait fouillée. Bien que ma voiture soit bien rangée, ils avaient réussi à déplacer tout ce qui n'était pas fixé et ils avaient laissé des traces de poudre partout. Pour les empreintes digitales, supposai-je, bien que n'ayant aucune idée des raisons qui avaient pu les y pousser. Compte tenu du faible taux d'homicides dans le coin, ils profitaient sans doute de la moindre occasion pour s'entraîner à toutes les techniques apprises à l'école de police.

Comme j'avais une réunion de Convent à 19 h 30 à Belham, on dîna sur le pouce, Savannah et moi, avant de nous rendre tout droit là-bas sans passer par chez nous.

Il était 19 h 27 quand on atteignit la salle communale de Belham. Oui, j'ai bien dit *salle communale*. Nous avions une réservation permanente pour le troisième dimanche de chaque mois, jour où notre « club du livre » se réunissait dans le local principal. Nous nous faisions même livrer à manger par la pâtisserie locale. Quand des femmes de la ville demandaient à rejoindre notre club, nous leur répondions à grand regret que nous étions déjà au complet, mais inscrivions leur nom sur liste d'attente.

Notre Convent comptait quatorze sorcières initiées et cinq néophytes. Ce terme désigne les jeunes filles de dix à quinze ans. Les sorcières atteignent leurs pleins pouvoirs lors de leurs premières règles, et les néophytes sont donc les filles qui viennent à peine d'entrer dans cette phase. Lors de leur seizième anniversaire, à supposer qu'elles aient eu leurs premières règles, les sorcières sont initiées, c'est-à-dire qu'elles reçoivent le droit de vote et commencent à apprendre les sorts de niveau deux. À vingt et un ans, elles passent au niveau trois, et à vingt-cinq ans au quatrième et dernier. On peut faire quelques exceptions. Ma mère m'a fait passer au troisième niveau à dix-neuf ans et au quatrième à vingt et un. J'en aurais été très fière si Savannah ne m'avait pas surpassée – avant même d'atteindre ses pleins pouvoirs.

Tandis que Savannah et moi traversions le parking, un monospace se gara. Je m'arrêtai pour voir descendre Grace, la sœur aînée d'Abby, accompagnée de ses deux filles. Brittany, quatorze ans, nous salua puis nous rejoignit en trottinant.

— Tiens, Savannah et Paige, dit-elle. Maman nous a dit que vous n'alliez pas…

— Je croyais que vous ne veniez pas, dit Grace qui s'approchait de nous en fronçant les sourcils.

— C'est sûr que j'ai bien failli ne pas pouvoir, répondis-je. Tu n'imagines pas la journée que j'ai eue.

— J'en ai entendu parler.

— Ah oui ? J'imagine que la nouvelle circule.

Grace se détourna pour enguirlander Kylie, sa fille de dix-sept ans, qui se trouvait toujours dans le monospace à bavarder sur son téléphone portable.

Donc, le Convent avait déjà appris la mort de Cary ? J'avais… espéré qu'il n'en savait rien. Si la nouvelle ne lui était pas encore parvenue, ça expliquerait pourquoi personne ne m'était venu en aide.

Les commentaires de Cortez sur le Convent me blessaient encore. Je comprenais pourquoi elles n'étaient pas venues m'aider au commissariat : elles ne pouvaient pas risquer d'être associées à moi. Mais elles auraient pu me trouver discrètement un avocat, non ? Ou au minimum envoyer Margaret s'assurer que Savannah allait bien ?

Grace m'accompagna en silence jusqu'à la porte, puis se rappela soudain avoir oublié quelque chose dans le monospace. Je proposai d'y aller avec elle mais elle m'indiqua d'un signe que ce n'était pas la peine. Quand Brittany essaya de suivre Savannah à l'intérieur, sa mère la rappela. Je les entendis murmurer entre elles tandis que j'ouvrais la porte de la salle communale.

Lorsque j'entrai, tous les bavardages cessèrent et les têtes se tournèrent. Victoria parlait avec Margaret. Therese m'aperçut et fit signe à Victoria. Celle-ci leva les yeux et afficha brièvement une expression stupéfaite. Puis elle dit quelque chose à Margaret d'un ton cassant et s'avança vers moi à grands pas.

— Qu'est-ce que tu fais ici ? siffla-t-elle quand elle fut assez proche pour que personne n'entende. Personne ne t'a suivie ? Personne ne t'a vue entrer ? Je n'en reviens pas que tu…

— Paige ! m'appela quelqu'un depuis l'autre côté de la pièce.

C'était Abby qui se précipitait vers moi, les bras ouverts aussi largement que son sourire. Elle m'accueillit dans son étreinte.

— Tu t'en es sortie, dit-elle. Dieu merci. Quelle affreuse journée tu as dû passer. Comment tu te sens, ma grande ?

J'étais tellement reconnaissante que j'aurais pu me laisser absorber par son étreinte.

— Ils ont retiré l'inculpation, dit Savannah.

— Il n'y en avait aucune, m'empressai-je de rectifier. La police n'a pas déposé de plainte.

— C'est formidable, dit Abby. Nous sommes tellement soulagées de voir que tu vas bien. (Elle se tourna vers les autres.) N'est-ce pas ?

J'entendis quelques murmures approbateurs. Ça n'avait rien d'une démonstration de soutien assourdissante, mais pour l'heure, ça me suffisait.

Abby m'étreignit de nouveau et en profita pour me chuchoter à l'oreille :

— Va t'asseoir, Paige. Ta place est ici. Ne les laisse pas dire le contraire.

Victoria me fusilla du regard puis rejoignit d'un pas majestueux sa place initiale. Je la suivis pour m'installer dans le fauteuil de ma mère. Et la réunion commença.

Après avoir parlé de la grossesse de Tina Moss et de la méchante varicelle d'Emma Alden, huit ans, Victoria daigna enfin mentionner mon problème. Et elle me fit très bien comprendre que c'était en effet le *mien*. Elles m'avaient déconseillé depuis le début d'accepter la garde de Savannah et cet incident ne faisait que confirmer leurs craintes. Ce qui les inquiétait le plus à présent, ce n'était pas que je perde Savannah mais que je révèle l'existence du Convent. Tout se ramenait à la peur. Donc, je devais régler seule cette histoire. Et je ne devais pas y impliquer d'autres sorcières du Convent. On m'interdisait même de demander à Abby de jouer les baby-sitters pour Savannah, car ça créait un lien public entre nous.

Quand Victoria en eut fini, je me ruai hors du bâtiment, défis le sort de verrouillage des portes, puis traversai le sort de périmètre en espérant que le signal d'alarme mental filerait aux Aînées une bonne migraine collective. Comment osaient-elles ! Le Convent existait pour deux raisons : réguler les affaires des sorcières et les aider. Elles avaient quasiment renoncé au premier de ces deux rôles en faveur du conseil interracial. À présent, elles rejetaient la responsabilité du deuxième. Mais qu'étions-nous donc en train de devenir ? Un club de loisirs pour sorcières ? Peut-être aurions-nous dû devenir un vrai club du livre. Au moins, nous aurions pu espérer quelques conversations intelligentes.

Furieuse, je traversai d'un pas vif le terrain de base-ball vide, mais je savais que je ne pouvais pas partir. Savannah était toujours à l'intérieur. Les Aînées ne la laisseraient pas me rejoindre, ni elle ni les autres. Comme une petite fille qui pique une crise, j'étais censée revenir une fois calmée.

— Puis-je supposer que les choses ne se passent pas très bien ?

Je pivotai pour trouver Cortez derrière moi. Avant que je puisse l'enguirlander, il poursuivit :

— Hier, j'ai remarqué une réunion de club du livre à 19 h 30 sur votre calendrier et je craignais que vous soyez assez obstinée pour y assister, malgré le danger inhérent au fait de conserver des activités régulières…

— Parlez français, aboyai-je.

Il continua sans se laisser démonter :

— Quoi qu'il en soit, je comprends maintenant que vous ne commettiez pas d'imprudence en assistant à une simple réunion de club du livre, mais que vous vous entreteniez avec votre Convent et obteniez son aide pour mettre notre plan à exécution. À présent, vous vous rappelez sans doute que la troisième étape de la liste initiale consistait à recruter les membres de votre Convent pour qu'il vous soutienne discrètement…

— Laissez tomber, monsieur le conseiller. Ils ne vont pas me soutenir, ni discrètement ni de quelque manière que ce soit. On vient de m'interdire d'imposer mon problème – *mon* problème – aux autres membres du Convent.

Je regrettai ces mots sitôt qu'ils eurent franchi mes lèvres. Avant que je puisse faire marche arrière, Cortez murmura « Je m'en occupe » et s'éloigna, me laissant une fraction de seconde en proie à une panique aveugle quand je compris ce qu'il comptait faire. Le temps que je m'élance à sa suite, il avait atteint les portes de la salle communale. D'un geste vif, il dénoua tous les sorts actifs, puis entra d'un pas décidé.

Un renard dans le poulailler

J'atteignis la porte de la salle de réunion alors que Cortez prenait la parole.

— Mesdames, dit-il. Veuillez me pardonner d'interrompre votre séance.

Un hoquet collectif noya sa voix lorsque dix-huit sorcières comprirent qu'un mage se trouvait parmi elles. Et que firent-elles à votre avis ? L'accueillirent-elles à coups de maléfices ? Ou de sorts répulsifs ? À ma grande gêne – à ma grande honte – elles reculèrent en jacassant comme des volailles qui aperçoivent un renard dans leur poulailler. Des sorcières dans la fleur de l'âge, possédant cinquante ans d'expérience en matière de sortilèges, reculaient devant un mage de vingt-cinq ans. Seule Savannah ne bougea pas, juchée sur la table des pâtisseries.

— Encore vous ? lui lança-t-elle. Vous ne comprenez jamais les allusions discrètes, hein ?

— C'est un…, balbutia Therese. C'est un…

— Un mage, dit Savannah. C'est bon, on a compris.

— Lucas Cortez, déclara-t-il en s'avançant. Comme vous le savez, Paige est l'objet d'une contestation de ses droits de garde et s'est, par conséquent, retrouvée impliquée dans une enquête sur un meurtre. Afin d'empêcher d'autres poursuites et de protéger sa réputation, je vais demander à chacune d'entre vous d'entreprendre plusieurs actions.

À ce stade, j'aurais pu m'empresser d'expliquer qu'il n'était pas mon avocat. Mais je n'en fis rien. Le rejet du Convent m'avait blessée. Peut-être changeraient-elles d'avis si elles croyaient que j'avais été contrainte d'accepter une aide extérieure – de la part d'un mage, rien que ça. Et peut-être, oui, peut-être qu'une petite partie de moi se réjouissait de voir les Aînées si mal à l'aise.

Cortez laissa son cartable sur l'une des tables.

— J'imagine que vous ne disposez pas d'un rétroprojecteur ?

Pas de réponse. Personne ne bougea. Savannah bondit au bas de la table, traversa la pièce, lui tendit un marqueur et désigna le tableau de conférence. Puis elle regagna la table des pâtisseries d'un pas nonchalant, un sourire aux lèvres, et m'adressa un clin d'œil avant de s'y jucher de nouveau.

Il allait falloir que je parle avec elle du plaisir qu'elle prenait à mettre les autres mal à l'aise. Cela dit, c'était plutôt amusant de voir Cortez rédiger sa liste et expliquer chaque point de détail avec un tel sérieux, une telle concentration, tandis que les membres du Convent le regardaient bouche bée et que chacune n'entendait qu'une voix interne qui répétait en boucle : « Un mage ? C'est vraiment un mage ? »

— Y a-t-il des questions ? demanda Cortez après sa présentation.

Silence.

Megan, la cadette des néophytes du haut de ses onze ans, leva la main.

— Vous êtes un mauvais mage ?

— Je manque quelque peu de compétence pour les sorts des niveaux les plus élevés, mais au risque de paraître trop sûr de moi, je dois dire qu'il en existe de pires.

Je pouffai de rire et le camouflai derrière une quinte de toux.

— M. Cortez a raison, dit Abby. Nous devons faire front pour aider Paige par tous les moyens possibles.

Silence. Un silence de mort.

— D'ailleurs à ce propos…, marmonnai-je à mi-voix.

— Cortez, murmura Sophie Moss qui était, à quatre-vingt-dix ans, la sorcière la plus âgée du Convent, atteinte d'un Alzheimer galopant. J'ai connu un Cortez. Benicio Cortez. En 1972, non, en 1979. L'affaire de Miami. C'était affreux…

Elle s'interrompit, cligna des yeux, fronça les sourcils puis regarda Cortez.

— Qui êtes-vous, jeune homme ? C'est une réunion privée.

Sur cette remarque d'une acuité mentale fort à propos, la réunion prit fin.

Une fois la séance levée, Savannah se dirigea vers Cortez tandis que toutes les autres sorcières manquaient de trébucher en cherchant à s'éloigner au maximum de lui. Je m'apprêtais à rejoindre Savannah et Cortez quand les Aînées m'arrêtèrent au passage.

— On aura tout vu, déclara Victoria. Ta mère doit se retourner dans sa tombe. Engager un mage…

— Je ne l'ai pas engagé, répondis-je. Mais je dois avouer que j'y songe. Enfin quelqu'un qui propose de m'aider.

— Un mage, Paige ? dit Margaret. Franchement, je me demande si tu ne fais pas ça pour nous contrarier. Le simple fait de parler à un mage est contraire à la politique du Convent, et de toute évidence, c'est ce que tu as fait. (Elle jeta un œil en direction du coin de la pièce où Savannah bavardait avec Cortez.) Et tu as laissé ma petite-nièce en faire autant.

— Uniquement parce qu'elle ne reçoit aucune aide de sa grand-tante, répliquai-je.

Therese me fit signe de baisser la voix. Je l'ignorai.

— Oui, je lui ai parlé. Pourquoi ? Parce qu'il est la seule personne qui ait proposé de m'aider. Il m'a fait sortir de prison aujourd'hui. Vous trois, vous n'avez même pas pris la peine d'envoyer Margaret au poste pour s'assurer de la sécurité de Savannah. Vous savez que je ne suis pas du genre à demander de l'aide, mais je vous en demande à présent.

— Tu n'as pas besoin d'un mage.

— Non, j'ai besoin de mon Convent.

— Débarrasse-toi de ce mage, dit Victoria.

— Et ensuite vous m'aiderez ?

— Ce n'est pas un marché, répondit-elle. C'est un ordre. Débarrasse-toi de lui – tout de suite.

Sur ce, elle se détourna et s'éloigna avec les deux autres dans son sillage.

Cortez se matérialisa derrière moi.

— Peut-être allez-vous envisager de réfléchir à mon offre ? murmura-t-il.

Je vis les Aînées nous regarder. Le regard furieux de Victoria m'ordonnait de me débarrasser de lui. Un besoin presque irrésistible de lui adresser un bras d'honneur m'envahit. Au lieu de quoi j'en choisis l'équivalent symbolique.

— Vous avez raison, dis-je à Cortez en élevant la voix. Il faut qu'on parle. Viens, Savannah, on s'en va.

Je fis signe à Cortez d'ouvrir la marche.

On roula jusqu'au Starbucks de Belham – dans des voitures séparées, bien entendu. Quand je me fus garée, Cortez prit la place située devant la mienne et parvint malgré tout à se trouver près de ma portière avant que je retire ma clé du contact. Il n'essaya pas d'ouvrir la portière pour moi, mais quand je le fis moi-même, il la maintint en place pendant que je sortais de voiture.

Je commandai pour Savannah un chocolat chaud petit format. Elle le remplaça par un mocha grand format. Je le réduisis à un petit mocha décaféiné. Elle négocia un brownie aux pépites de chocolat et on régla l'ensemble. Les choses devenaient enfin plus faciles pour moi et Kristof Nast voulait tout me gâcher. Quelle injustice.

Bien que l'endroit ne soit pas franchement bondé en ce dimanche soir, Cortez choisit une salle latérale où le personnel avait déjà retourné les chaises sur les tables. Alors qu'on s'y dirigeait, la caissière se pencha par-dessus le comptoir, faisant cliqueter deux cents grammes de colliers et d'amulettes contre le mélaminé.

— Cette zone-là est fermée, dit-elle.

— Nous nettoierons tout quand nous en aurons terminé, répliqua Cortez avant de nous désigner la table du fond.

Quand on fut installés, il dit à Savannah :

— Je crains que ce ne soit encore une conversation assommante. Il y a un présentoir de revues là-bas. (Il sortit son portefeuille.) Je peux t'acheter de la lecture ?

— Bien essayé, dit-elle avant d'aspirer une bouchée de crème fouettée.

— Bon, très bien. Passons en revue la liste que je vous ai remise.

— Je ne l'ai pas apportée.

— Aucun souci, répondit-il en hissant son cartable sur la table. J'en ai d'autres exemplaires.

— D'accord, dit Savannah en acceptant le billet de cinq dollars qu'il lui tendait. Je ne sais pas pourquoi vous vous cassez la tête, on ne va pas vous engager. Si on voulait d'un mage comme avocat, j'aurais pu trouver quelqu'un de vachement plus âgé et expérimenté.

— Je m'en souviendrai.

Tandis que je regardais Savannah acheter sa revue, Cortez farfouillait parmi sa paperasse. Ce ne fut qu'une fois qu'elle eut pris place à l'autre bout de la pièce que je reportai mon attention sur lui.

— Donc, repris-je, vous cherchez à me convaincre que vous êtes de mon côté ? Laissez tomber vos listes. Dites-moi tout ce que vous savez au sujet des Cabales. Absolument *tout*.

— Tout ? (Il consulta sa montre.) Je crois que cet endroit ferme dans deux heures.

— Vous avez une demi-heure, lui dis-je. Remplissez-la bien.

Il s'exécuta – sans gaspiller une seconde de ces trente minutes. J'avais cru qu'il se contenterait de me livrer quelques détails croustillants en espérant que ça suffirait pour me faire taire. Au lieu de quoi il déballa tout, littéralement, traçant cartes et schémas, détaillant les figures clés, et ainsi de suite.

Voici la version condensée. Quasiment tout ce que

j'avais entendu sur le sujet était vrai. Les Cabales, dont les origines remontaient à très loin, étaient des groupes constitués autour d'une famille centrale de mages, comme une entreprise familiale – plutôt dans le style de la Mafia que de votre épicerie de quartier. Cette comparaison est de moi, pas de lui ; jamais il ne mentionna la Mafia mais les parallèles sautaient aux yeux. Il s'agissait dans les deux cas d'organisations familiales et ultrasecrètes. Toutes deux exigeaient une loyauté totale de la part de leurs employés, qu'elles poussaient à obéir au moyen de menaces de violence. Toutes deux mélangeaient activités criminelles et entreprises légales. Cortez ne chercha pas à enjoliver les aspects les plus déplaisants mais se contenta de les présenter comme des faits avant de passer à autre chose.

Toutefois, dans leur structure, les Cabales évoquaient davantage Donald Trump qu'Al Capone. Au sommet se situait le P.-D.G., le chef de cette famille de mages. Ensuite le conseil d'administration, composé de membres de la famille du P.-D.G., dont le pouvoir était dégressif depuis les frères jusqu'aux neveux puis aux cousins. Les rangs les plus bas rassemblaient les mages sans lien de parenté, les semi-démons, les nécromanciens, les chamans – tout ce que la Cabale parvenait à embaucher. Mais ni loups-garous ni vampires. D'après Cortez, la politique des Cabales interdisait formellement d'employer toute créature surnaturelle susceptible de les confondre avec son déjeuner.

Tous les membres des Cabales, quel que soit leur rang, poursuivaient les mêmes buts : gagner de l'argent et du pouvoir pour la Cabale. Plus ils apportaient d'affaires, plus vite ils montaient en grade. Plus la société était rentable, plus les employés recevaient de stock-options et de primes de fin d'année. Oui, les Cabales étaient cotées à la Bourse de New York. Un chouette investissement, à condition de ne pas se formaliser de voir les dividendes entachés de quelques traces de sang.

En surface, les Cabales semblaient moins dangereuses que la Mafia – pas de voitures piégées ni de fusillades. Les mages n'étaient pas de vulgaires truands. Oh non, c'étaient des hommes d'affaires sérieux. Quand on doublait un membre de la Cabale, il ne faisait pas sauter votre maison avec votre famille à l'intérieur. Il demandait plutôt à un semi-démon aux pouvoirs incendiaires de faire flamber le bâtiment en faisant croire à un court-circuit. Ensuite, un nécromancien torturait l'âme des membres de votre famille jusqu'à ce que vous donniez à la Cabale ce qu'elle voulait. Bien sûr, Cortez ne m'en parla pas, mais il m'en révéla assez pour que je puisse lire entre les lignes.

Si tout ça était vrai, pourquoi le conseil interracial n'intervenait-il pas ? Je comprenais maintenant l'inquiétude de Robert Vasic.

— Quel rôle joue Leah dans tout ça ? lui demandai-je.

— Seul un membre de la Cabale Nast pourrait vous répondre avec certitude. Les quelques informations que je pourrais vous transmettre ne se fonderaient que sur des rumeurs, et je préfère vous livrer des faits.

— Va pour les rumeurs. Qu'avez-vous entendu dire ?

— Je ne suis pas très à l'aise…

— Alors laissez-moi commencer. L'an dernier, Leah et un mage du nom d'Isaac Katzen ont infiltré un projet mené par des humains qui consistait à enlever des spécimens d'espèces surnaturelles, Katzen en tant qu'informateur et Leah en tant que captive. L'idée était que Katzen désigne de puissants spécimens, laisse les humains risquer leur peau en les capturant, puis que Leah gagne leur confiance pendant leur captivité. Une manière très simple de recruter des êtres surnaturels pour la Cabale Nast…

— Ils ne travaillaient pour aucune Cabale, c'est ma seule certitude. On suppose qu'ils cherchaient à bâtir leur propre organisation, un équivalent des Cabales à plus petite échelle.

— Continuez.

Après une hésitation, il déclara :

— On raconte que Leah a contacté la Cabale Nast après que vous avez tué Katzen.

Je ravalai mon envie de protester. Je n'avais pas tué Katzen – simplement provoqué les circonstances qui avaient conduit à sa mort – mais ça ne pouvait pas faire de mal que ce mage me croie capable de tuer ses semblables.

Cortez poursuivit :

— Il y a des rumeurs quant au père de Savannah depuis des années, mais Kristof ne parvenait pas à la localiser et ne souhaitait pas s'attirer les foudres d'Eve en se mêlant de leur vie. Après la mort d'Eve, Leah lui a proposé de l'aider à récupérer Savannah.

— Alors vous pensez que c'est vraiment son père ?

— Je n'en sais rien et je crois que ça n'a quasiment aucune importance dans cette affaire. Les Nast veulent Savannah, c'est tout ce qui compte.

Je bus une gorgée de mon *chai tea*.

— Et c'est vraiment une mauvaise graine, ce Kristof ? Enfin j'imagine que vous ne devez pas le considérer comme « mauvais », mais il est vraiment… criminel ?

— Je comprends le concept de bien et de mal, Paige. Comme la plupart des mages, si ce n'est que certains choisissent le mauvais côté. Parmi les mages, la réputation de Kristof Nast est dans la moyenne, ce qui signifie que vous devez le considérer comme dangereux. En tant qu'héritier de la Cabale Nast, il bénéficie du soutien de puissantes ressources.

Je m'appuyai au dossier de mon siège et secouai la tête.

— Au moins, je comprends d'où vient le mythe des Illuminati.

— S'il provient des Cabales, les liens sont pour le moins ténus. On tenait les Illuminati pour une société secrète d'hommes puissants qui recouraient à des moyens d'ordre surnaturel pour renverser le gouvernement. L'intérêt que portent les Cabales à la politique est très réduit et bien plus terre à terre. Oui, il y a des membres des Cabales dans le gouvernement, mais uniquement pour soutenir les politiques fiscales qui profitent à la Cabale. Tout se rapporte à l'argent. Gardez bien ça en tête, Paige : la Cabale ne fait rien qui contrarie ses propres intérêts financiers. Rien à voir avec les Illuminati, une Mafia surnaturelle ou un culte sataniste. Ils ne commettent pas de meurtres rituels. Ils n'enlèvent pas, ne violent pas, ne tuent pas d'enfants…

— Ouais, c'est ça. Savannah a treize ans, donc techniquement ce n'est plus une enfant.

Il poursuivit de la même voix calme :

— Ce que je voulais dire, c'était qu'ils ne correspondent pas à la description classique d'un culte sataniste dans le sens où ils n'enlèvent pas d'enfants dans le cadre de rituels. Aux yeux de la Cabale, Savannah représente un profit.

Si vous pensez toujours en termes de résultats financiers, vous serez mieux préparée à affronter les Cabales.

Je consultai ma montre.

— Oui, je sais, dit Cortez. Mon temps est écoulé.

Je bus une gorgée de mon *chai tea* presque froid et inspectai les schémas tracés par Cortez. Qu'allais-je faire à présent ? L'envoyer bouler une fois de plus ? Ça ne servirait à rien, il reviendrait malgré tout. Mais pour être franche, il n'y avait pas que ça. Ce type m'avait aidée. Il m'avait réellement aidée.

La vie était bien triste quand les sorcières devaient s'appuyer sur des mages en recherche désespérée d'emploi, mais je ne pouvais pas perdre mon temps à pleurnicher sur ce qu'auraient dû être les choses. Cortez m'offrait son aide alors que personne d'autre ne le faisait et j'aurais été idiote de refuser. Je n'avais strictement rien vu qui le désigne comme autre chose que ce qu'il affirmait : un jeune avocat prêt à accepter les affaires les plus minables pour lancer sa carrière.

— Quels seraient vos tarifs ? lui demandai-je.

Il tira un papier de son cartable et passa quelques minutes à m'expliquer le barème. Ses tarifs étaient raisonnables et justes, et il garantissait par écrit que tous les frais seraient expliqués à l'avance et qu'il n'accomplirait aucune tâche sans mon accord préalable.

— Dès que vous aurez l'impression que mes services ne répondent plus à vos attentes, vous pourrez me renvoyer, dit-il. Tout ceci sera clairement détaillé dans un contrat, que je vous recommande vivement de faire étudier par un autre professionnel juridique avant signature.

Comme j'hésitais, il replia le barème en deux et me le tendit, puis posa sa carte de visite par-dessus.

— Prenez la soirée pour y réfléchir. Si, entre-temps, vous avez des questions, appelez-moi quelle que soit l'heure.

Je voulus m'emparer du papier mais il y posa le bout des doigts, l'appuyant légèrement contre la table, et croisa mon regard.

— Rappelez-vous, Paige, je peux vous offrir bien plus qu'une aide juridique ordinaire. Aucun avocat humain que vous pourrez engager ne comprendra la situation comme moi. Par ailleurs, dans l'hypothèse où vous auriez besoin d'une aide supplémentaire, je serai là. Comme je vous le disais, je ne suis pas le mage le plus compétent qui soit, mais je peux vous aider et je suis tout à fait disposé à le faire. Il faudra peut-être en arriver là.

— Je sais.

Il hocha la tête.

— Alors à demain matin.

Sur ce, il rassembla ses papiers et s'en alla.

Aloha !

Sur le chemin du retour, Savannah me demanda ce qu'avait dit Cortez. Je m'apprêtais à esquiver mais me ravisai et lui répétai ce qu'il m'avait appris sur les Cabales.

— Y a un truc qui m'échappe, dit-elle quand j'en eus terminé. D'accord, peut-être que Leah me veut pour sa Cabale. Ça se tient. Les Cabales passent leur temps à recruter. Maman m'avait dit que si quelqu'un essayait un jour de m'engager, je devais… (Elle marqua une pause.) Enfin bref, elle me disait que ça n'attire que des ennuis. C'est comme rejoindre un gang des rues. Quand on le fait, c'est pour la vie.

— Et ta mère t'a dit… autre chose au sujet des Cabales ?

— Pas vraiment. Elle m'a dit qu'elles viendraient me chercher, donc je vois bien ce que la Cabale de Leah cherche à faire. Mais si elle me veut, pourquoi elle ne se contente pas de me prendre ? C'est une Volo. Elle pourrait dévier notre voiture de la route et m'embarquer avant qu'on comprenne ce qui se passe. Alors pourquoi elle ne le fait pas ?

Savannah me scruta à travers la pénombre de l'intérieur de la voiture. Je jetai un œil dans le rétroviseur, évitant son regard. D'accord, les choses étaient allées trop loin. Il fallait que je dise quelque chose.

— Cortez pense que Leah travaille pour la Cabale Nast.

— Hein ?

— Tu en as déjà entendu parler ?

Elle fit signe que non.

— Maman ne citait jamais de noms.

— Mais elle t'a dit qu'une Cabale viendrait te chercher. Est-ce qu'elle en a mentionné une en particulier ? Ou précisé ce qu'elle te voudrait ?

— Oh, je le sais bien, ce qu'elle me voudrait.

Je retins mon souffle et attendis qu'elle poursuive.

— Les Cabales n'engagent qu'une seule sorcière, tu sais ? Ils préféreraient ne pas en embaucher du tout, mais on a les meilleurs sorts protecteurs et curatifs, donc ils ignorent cette vieille querelle entre mages et sorcières juste assez pour embaucher l'une d'entre nous. Enfin bref, quitte à faire bosser une sorcière, ils considèrent qu'il vaut mieux en prendre une bonne. Ma mère était très douée, mais elle leur a dit de se coller leur offre où je pense. Elle m'a dit qu'on viendrait me chercher et que je ne devrais pas croire leurs mensonges.

— Leurs mensonges ? répétai-je en me tournant vers elle. Elle pensait à quelque chose en particulier ?

Savannah secoua la tête. J'hésitai puis m'obligeai à continuer.

— Ça peut être tentant, une place au sein d'une Cabale. L'argent, le pouvoir... Ils ont sans doute beaucoup à offrir.

— Pas à une sorcière. Les sorcières des Cabales ne sont que des employées. On touche un salaire, mais on n'a pas droit aux à-côtés.

— Mais si tu recevais ces avantages ? S'ils t'offraient plus que les conditions normales ?

— Je ne suis pas débile, Paige. Quoi qu'ils puissent m'offrir, je saurai qu'ils mentent. Je suis peut-être très douée, mais pour eux, je ne reste qu'une sorcière.

Quelle effrayante lucidité, quelle absence d'hésitation dans cette réponse. Qu'éprouvait-on quand on était si jeune et pourtant tellement consciente de sa place dans le monde ?

— Tu sais, reprit-elle, c'est marrant. Toutes les fois où ma mère me mettait en garde, je l'écoutais à peine. Je me demandais : *Pourquoi elle me raconte tout ça ? Si on vient me chercher, elle sera là. Elle sera toujours là.* Ça paraît logique. On ne se dit jamais… que ce ne sera peut-être plus le cas. Tu t'étais déjà dit, par rapport à ta mère, qu'il pouvait se passer quelque chose comme ça ? Qu'un jour elle serait là, et plus le lendemain ?

Je secouai la tête. Savannah poursuivit :

— Des fois… des fois, je fais des rêves. Maman me secoue, je me réveille, je lui raconte ce qui s'est passé et elle éclate de rire et me dit que je viens juste de faire un cauchemar et que tout va bien, mais ensuite je me réveille pour de bon et elle n'est pas là.

— J'ai fait les mêmes.

— Ça fait mal, hein ?

— Plus que je n'aurais cru.

On roula quelques kilomètres en silence. Puis Savannah remua sur son siège et s'éclaircit la voix.

— Donc, tu engages Lucas ?

Je parvins à me forcer à rire.

— Alors c'est « Lucas » maintenant ?

— Ça lui va bien. Donc, tu l'engages ou pas ?

Mon penchant naturel me dictait, comme d'habitude, de lui fournir une réponse toute prête, mais il me semblait ces derniers jours avoir entrouvert la porte qui nous séparait et je ne voulais pas la claquer de nouveau. Je l'ouvris donc de quelques centimètres supplémentaires en lui expliquant comment Cortez justifiait son intérêt pour cette affaire, puis j'avançai encore d'un pas en lui demandant son opinion sur le sujet.

— Ça se tient, répondit-elle. Il a raison. Du point de vue des Cabales, on est soit avec elles, soit contre elles. Surtout quand on est mage. Les avocats que ma mère connaissait, ceux dont je disais qu'ils pourraient t'aider, ils font la même chose que Lucas. Ils s'engagent dans des procès contre les Cabales.

— Ce n'est pas dangereux ?

— Pas vraiment. C'est assez bizarre. Si un être surnaturel se dresse contre les Cabales, elles vont l'écraser comme un insecte. Mais un avocat dont le client s'est opposé à elles, ou un médecin qui a soigné un être surnaturel qu'elles ont attaqué… elles n'ont rien contre eux. D'après maman, les Cabales appliquent cette forme de justice. Tant qu'on ne les ennuie pas, elles nous laissent tranquilles.

— Cela dit, je ne leur ai rien fait mais elles m'ennuient quand même.

— Mais toi, t'es qu'une sorcière. Lucas est un mage. Tu sais, ça fait une différence. Alors, tu l'embauches ?

— Peut-être. Sans doute. (Je lui jetai un coup d'œil.) Qu'est-ce que tu en penses ?

— Je crois que tu devrais. Il a l'air très bien. Pour un mage.

Il y avait des gens devant chez moi. Et bien plus que deux ou trois. Quand j'approchai de la maison, personne ne se retourna. Ils n'avaient sans doute pas reconnu ma voiture – pas encore. À six mètres de distance, j'actionnai la télécommande ouvrant le garage et m'y engouffrai avant qu'on puisse m'en empêcher. On passa par la porte rarement utilisée qui reliait le garage à l'entrée, pour éviter toute confrontation.

Après avoir envoyé Savannah se coucher, j'affrontai le répondeur tant redouté. L'écran affichait « 34 ». Trente-quatre messages ? Mon Dieu, combien cet engin pouvait-il en contenir ?

Heureusement, je pus me dispenser d'écouter en entier la plupart des appels. « Bonjour, Chris Walters de KZET » – effacé. « Marcia Lu de *World Weekly News* » – effacé. « Jessie Lake de Channel 7 » – effacé. Sur les douze premiers appels, sept provenaient des médias, dont trois de la même station de radio qui cherchait sans doute à obtenir une interview à l'arrache.

Parmi les appels hors médias, l'un provenait d'un de mes ex et un autre d'une amie que je n'avais pas revue depuis qu'elle était partie s'installer dans le Maine en cinquième. Ils appelaient tous deux pour prendre de mes nouvelles. C'était gentil. Très gentil. Mieux que les deux autres appels. Le premier commençait (en omettant les grossièretés) par « Espèce de sale *bip* de menteuse, sale *bip* de meurtrière. Attendez un peu, espèce de *bip* de *bip*. Vous allez voir. Peut-être que ces *bip* de flics n'ont pas… » Mon doigt tremblait quand j'effaçai le message. Je baissai le son avant de passer au suivant. Pas la peine que Savannah entende ces conneries. *Moi*, je n'avais déjà pas besoin de les entendre, mais je songeai que j'allais devoir m'y faire et m'endurcir.

L'appel suivant étant du même genre, je l'effaçai avant le premier juron. Suivit un message que j'écoutai en entier, qui commençait par « Mademoiselle Winterbourne, vous ne me connaissez pas mais je suis désolé d'apprendre ce qui vous arrive » et continuait en m'offrant d'autres paroles de sympathie et en promettant de prier pour moi. J'en avais bien besoin, vraiment.

En parcourant rapidement les neuf messages suivants, je tombai sur sept représentants des médias, une femme furibarde qui vouait mon âme aux flammes éternelles, et une très gentille wiccan de Salem qui m'offrait son soutien moral. Vous voyez ? Rien de si terrible. Seuls soixante pour cent des inconnus réclamaient mon corps sur un bûcher.

Je passai en accéléré quatre autres appels des médias puis en entendis un qui me mit du baume au cœur.

« Paige ? Paige ? Allez, décroche ! braillait une voix familière sur fond de rock strident et de bavardages bruyants. Je sais que t'es là ! Il est 20 heures. Où est-ce que tu pourrais être ? En rendez-vous galant ? (Éclat de rire suivi d'un sifflement assourdissant pour attirer mon attention depuis le recoin de la maison où je devais me cacher.) C'est Adam ! Décroche ! (Pause.) Bon, d'accord, peut-être que tu n'es vraiment pas là. Je suis toujours à Maui. J'ai appelé à la maison et trouvé ton message. Papa est à une conférence en ce moment. J'étais sorti prendre un verre mais tu avais l'air bouleversée, donc je vais rentrer à l'hôtel lui donner le message. Aloha ! »

Quel hôtel ? Il aurait pu laisser un nom ? Peut-être un numéro de téléphone ? C'était tout lui. Je passai rapidement les derniers messages en revue, en priant pour ne pas avoir manqué l'appel de Robert, mais c'était bien entendu ce qui s'était produit.

« Paige ? C'est Robert. J'ai appelé chez moi et j'ai reçu tes messages – on ne peut jamais compter sur Adam pour prendre les messages comme il faut. Impatient comme il est, on dirait qu'il n'a écouté que le premier. Je ne vais pas lui parler de celui qui concerne Leah, sinon il va bondir dans le prochain avion pour voler à ton secours et je suis sûr que tu n'as pas besoin de ça. Je suppose qu'il te faut les informations que tu m'as demandé de rassembler sur les semi-démons volos. Comme par hasard, je les ai ici avec moi. Tu sais comment je fais mes bagages : un sac de fringues et deux valises remplies de livres et de notes dont je n'ai pas besoin. Je te faxe les notes sur les Volos tout de suite. On part prendre notre avion dans une heure, mais si tu rentres avant, appelle-moi au (808) 555-3573. Autrement, je te rappelle demain. »

J'avais demandé à Robert ces informations sur les Volos quelques mois plus tôt, dans un accès de prévoyance auquel j'avais oublié de donner suite. J'allais devoir attendre le lendemain pour découvrir ce que Robert pensait des Cabales. D'ici là, ça ne me ferait pas de mal d'en apprendre un maximum sur Leah.

Le B.A.BA
DE LA DÉMONOLOGIE

Le fax reposait à terre, là où la machine l'avait craché. Dieu merci, la police n'était pas revenue fouiller la maison. Imaginez ce qu'elle aurait pensé en découvrant tout ça. « Non, monsieur le policier, je ne suis pas vraiment sataniste. Pourquoi je reçois des fax sur la démonologie ? Eh bien, hum, je travaille sur un nouveau design de site web… » Dorénavant, je ferais beaucoup plus attention à ce que je laisserais traîner.

Pour comprendre ce que Robert m'a appris sur les Volos, il faut connaître quelques informations de base sur les démons. Le B.A.BA de la démonologie, en quelque sorte.

Les démons existent dans le monde physique aussi bien que spirituel. Ils sont classés par hiérarchie selon leur degré de pouvoir. Il doit sans doute y avoir un démon dominant, quelqu'un qu'on n'a vraiment *aucune* envie d'invoquer, mais je soupçonne le pouvoir de changer de mains, un peu comme les rôles des dirigeants de notre monde.

Parmi tous ces niveaux, des courtisans aux archiducs, on rencontre de bons et de mauvais démons ou, pour employer la terminologie exacte, les eudémons et les cacodémons. Quand je parle de « bons » démons, ou eudémons, je ne veux pas dire qu'ils passent leur temps à aider les gens de notre monde. La plupart se soucient de nous comme d'une guigne. Par eudémons, je désigne ceux qui ne cherchent pas activement à foutre notre monde en l'air.

Il serait sans doute plus juste de parler de démons chaotiques et non chaotiques. Les démons du chaos, ou cacodémons, sont presque exclusivement ceux qui entrent en contact avec nous autres sorcières. Un mage ou une sorcière pourrait invoquer un eudémon, mais la plupart d'entre nous s'y connaissent si peu en démonologie que nous aurions le plus grand mal à distinguer un eudémon d'un cacodémon. Même si un démon affirmait faire partie de la première catégorie, il mentirait sans doute. De toute manière, les lanceurs de sorts doués d'un minimum de bon sens évitent les invocations.

Passons maintenant aux semi-démons. L'une des méthodes par lesquelles les cacodémons sèment la pagaille dans notre monde consiste à engendrer des bébés. (Sans compter qu'ils adorent la partie sexe.) Pour ce faire, ils prennent forme humaine, car ils ont découvert que toute femme ayant moins d'une bouteille de whisky dans le sang ne réagit pas très bien aux tentatives de séduction de grosses bêtes écailleuses aux pieds fourchus.

Pour être honnête, on ne connaît pas la forme véritable des démons, qui ne ressemble sans doute en rien au monstre à sabots fourchus des mythes. Quand ils entrent dans le monde physique, ils prennent la forme qui les aidera le mieux à atteindre leur but. Ils veulent séduire une jeune femme ? Ils sortent le vieux déguisement du « beau gosse de vingt ans à tomber par terre ». Mon conseil aux jeunes femmes qui aiment ramasser des mecs dans les bars pour célibataires ? Les capotes ne protègent pas que des maladies vénériennes.

Les semi-démons héritent du pouvoir principal de leur père. Pour Adam, c'est le feu. Robert est un Tempestras, ce qui signifie qu'il a été engendré par un démon de l'orage et peut donc contrôler certains éléments climatiques comme le vent et la pluie. Le degré de pouvoir dépend du rang hiérarchique du démon. Prenez ceux qu'on appelle les démons du feu. Les Igneus ne peuvent provoquer que des brûlures au premier degré. Les Aduros peuvent faire de même mais aussi faire brûler des objets inflammables. Les Exustios, comme Adam, peuvent non seulement brûler et enflammer mais aussi incinérer. Le nombre de démons est décroissant par niveau. Il doit y avoir une douzaine de démons Igneus en vadrouille en train de faire des enfants. Il n'y a qu'un Exustio, ce qui signifie qu'Adam n'a sans doute que deux ou trois « frères et sœurs » de par le monde.

Passons donc à Leah. C'est une Volo, la catégorie supérieure des démons doués de télékinésie. Comme Adam, elle est un cas très rare, engendré par un démon de rang singulièrement élevé. À la différence près qu'Adam, à vingt-quatre ans, vient seulement d'apprendre à utiliser pleinement ses pouvoirs. Comme chez les lanceurs de sorts, cette progression prend du temps. Bien qu'il soit capable d'infliger des brûlures depuis l'âge de douze ans, il lui a fallu douze autres années avant de pouvoir incinérer quoi que ce soit. Leah, à trente et un ans, possède sans doute ses pleins pouvoirs depuis cinq ans au moins, ce qui lui a laissé largement le temps de s'entraîner.

La mort de Cary donnait une bonne idée des capacités de Leah, et c'était la seule manifestation indiscutable de ses pouvoirs que j'aie vue de mes yeux. Oui, nous l'avions rencontrée l'année précédente, et pas mal d'objets avaient alors volé dans les airs, mais il y avait eu un problème. Non seulement je n'avais pas vu grand-chose moi-même, mais un mage avait été impliqué, si bien qu'il était difficile de déterminer où s'arrêtait sa contribution à ces événements chaotiques et où commençait celle de Leah.

Les recherches de Robert indiquaient que les Volos pouvaient propulser des objets aussi gros qu'une voiture, bien que la précision, la distance et la vitesse diminuent à mesure que le poids augmente. Sans doute pouvaient-ils soulever de un ou deux mètres une voiture arrêtée. Ils pouvaient jeter un petit objet comme un livre à travers une pièce assez fort pour décapiter quelqu'un. Ils n'avaient pas besoin de voir l'objet ciblé. S'ils pouvaient se représenter une pièce voisine de mémoire, alors ils pouvaient y déplacer des objets.

Pourquoi Leah ne m'avait-elle pas tuée ? Je l'ignorais. Peut-être que la Cabale la retenait. D'après Cortez, ils préféraient recourir à des méthodes juridiques pour régler les querelles, ce qui réduisait le risque d'être dévoilé au grand jour. Ils espéraient donc sans doute obtenir la garde de Savannah dans le cadre d'un procès, ce qui ne signifiait pas pour autant qu'ils n'allaient pas lâcher la bride à Leah s'ils échouaient.

Aussi dérangeant que puisse être le rapport de Robert, ce n'était guère plus que ce que mes interactions avec Leah m'avaient laissé attendre jusqu'à présent. Mais il avait découvert deux détails intéressants qui me remontèrent le moral, deux méthodes possibles pour contrecarrer les projets de Leah. Non, pas de croix ni d'eau bénite, ces choses-là ne marchent que dans les contes de fées.

Premièrement, selon Robert, contrairement à ceux des semi-démons exustios comme Adam, les pouvoirs des Volos diminuaient en flèche lorsqu'ils se mettaient en colère. Si on les énervait suffisamment, ils devenaient trop agités pour se concentrer. De la psychologie très basique, en fait.

Deuxièmement, tous les Volos possédaient un signe annonciateur, un tic qui précédait leurs attaques. Il pouvait être aussi discret qu'un clin d'œil ou aussi voyant qu'un saignement de nez, mais ils faisaient tous quelque chose avant de se déchaîner. Bien sûr, ça signifiait qu'il fallait les provoquer un certain nombre de fois avant de découvrir leur signe annonciateur.

En me réveillant, je m'obligeai à regarder à travers les rideaux tirés. La rue était vide. Ouf. Je me douchai et m'habillai, puis réveillai Savannah pour le petit déjeuner. Après avoir mangé, j'appelai son école et laissai un message prévenant qu'elle ne viendrait pas aujourd'hui non plus mais que nous passerions plus tard chercher ses devoirs.

Puis je donnai un autre coup de fil. On décrocha à la troisième sonnerie.

— Lucas Cortez.

— C'est moi, Paige. Je crois… (J'avalai ma salive et repris.) J'aimerais tenter le coup. Je veux bien vous engager.

— Je suis ravi de l'apprendre. (Son téléphone portable bourdonnait comme s'il se déplaçait.) Puis-je suggérer que nous nous voyions ce matin ? J'aimerais formuler un plan d'action concret le plus tôt possible.

— Bien sûr. Vous voulez venir ici ?

— Si ça ne vous dérange pas, c'est sans doute ce qui nous fournirait la plus grande intimité.

— Ça me convient très bien.

— Alors disons… 10 h 30 ?

J'acquiesçai puis raccrochai. Le soulagement m'envahit alors. Tout allait bien se passer. J'avais fait ce qu'il fallait. J'en étais persuadée.

À 9 h 30, Savannah et moi étions toutes deux au travail, moi dans mon bureau et elle à la table de la cuisine. À 9 h 45, je renonçai à tout espoir d'arriver à faire quelque chose et reportai mon attention sur mes e-mails.

Ma boîte de réception s'était remplie pendant le week-end de messages dont 95 % provenaient d'adresses inconnues. Voilà ce que je gagnais à diriger ma propre boîte et à laisser apparaître mon adresse mail, mon numéro de téléphone personnel et mon numéro de fax dans les Pages jaunes. Je créai un dossier nommé « Enfer : première semaine », parcourus rapidement la liste des expéditeurs et, quand je ne reconnaissais pas le nom, je déplaçais le mail non lu dans ce dossier. J'aurais préféré les effacer mais le bon sens me dictait de ne pas le faire. Si un cinglé entrait chez moi par effraction pour poignarder cette « salope d'adoratrice de Satan » dans son sommeil, peut-être la police trouverait-elle le nom de mon assassin enfoui dans cette masse de déchets électroniques.

Je réservai le même traitement aux fax : je balayais la première page du regard et, s'ils contenaient les mots « interview » ou « brûlez en enfer », je les balançais dans un dossier puis classais le tout à la lettre « E ». Lorsque j'eus fini de tout trier, j'étais très fière d'avoir géré tout ça si calmement et si efficacement. Plus d'une vingtaine de fax et d'e-mails me condamnaient à la damnation éternelle mais mes mains tremblaient à peine.

Ensuite, je commis l'erreur incroyablement stupide de chercher sur le Net des références à ce qui m'était arrivé. J'estimais que je devais savoir ce qui s'y trouvait, ce qu'on racontait. J'aurais vraiment mieux fait de laisser tomber après avoir vu le premier gros titre : « Un culte de sorcières satanistes découvert près de Salem. » Mais il fallait que je continue. Sur les trois articles que je lus en diagonale, deux mentionnaient la rumeur sur le « bébé disparu à Boston », un précisait qu'on m'avait vue rôder derrière la Humane Society [1] du coin, deux m'accusaient d'être membre d'un certain « Club de l'Enfer » de Boston et tous trois affirmaient qu'on m'avait trouvée « couverte de sang » sur les lieux du meurtre de Cary. Après quoi je décidai qu'il valait mieux demeurer dans une bienheureuse ignorance et éteignis mon ordinateur.

10 h 15. Il était temps de préparer le café pour Cortez. Le téléphone sonna tandis que je remplissais le filtre. Je consultai l'écran. *Numéro inconnu*. Répondre ou ne pas répondre ? Je choisis la deuxième option, mais me tins prête à décrocher si jamais j'entendais une voix amicale.

— Mademoiselle Winterbourne, ici Julie des assurances Bay…

Les assurances ? Est-ce que j'étais assurée par une compagnie qui s'appelait… Ah non, c'était un nouveau client. Tandis que la voix poursuivait, j'appuyai sur le bouton pour prendre l'appel mais le répondeur continua.

— … annuler notre commande. Compte tenu de la, hum, publicité négative, nous avons songé que ce serait pour le mieux. Merci de nous envoyer votre facture pour le travail déjà accompli.

1. Équivalent de notre SPA. (*NdT*)

— Allô ? dis-je. Allô ?

Trop tard, elle avait raccroché. Je venais de perdre un contrat. Je fermai les yeux, inspirai profondément, éprouvai un pincement. Pourquoi n'avais-je pas imaginé un instant que mes affaires puissent pâtir de cette publicité ? Mais je ne devais pas m'en inquiéter. S'ils ne voulaient pas de mes services, qu'ils aillent se faire foutre. Ce n'était pas comme si j'avais du mal à trouver des clients. Une ou deux fois par semaine, je devais en refuser un pour cause de planning déjà trop chargé. Et puis bon, j'allais certainement perdre quelques contrats, c'était vrai, mais j'en gagnerais peut-être aussi.

En attendant que le café ait fini de passer, je décidai de m'atteler à la corvée consistant à trier les derniers messages sur mon répondeur. Comme pour me donner raison, le troisième était celui-ci : « Bonjour, Brock Summers de Boston. Je fais partie du Groupe d'études et de recherches de la Nouvelle-Angleterre et nous aimerions beaucoup vous demander de travailler sur notre site web… »

Peut-être que le vieux dicton dit vrai : la mauvaise pub, ça n'existe pas.

«… avons déjà un site, poursuivait M. Summers, mais nous aimerions beaucoup vous demander quelques améliorations. J'ai vu votre travail et je connais plusieurs autres personnes dans notre domaine qui seraient également intéressées… »

C'était bon signe. Très bon signe.

«… merci de consulter notre site actuel à l'adresse www.exorcismrus.com. Ça s'écrit e-x-o-r-c-i-s-m-r-u-s, en un seul mot. Nous organisons des séances de spiritisme, des exterminations d'esprits frappeurs, des exorcismes, bien entendu… »

J'effaçai le message et m'affalai sur une chaise de la cuisine.

—Hum, Paige ?

Savannah se trouvait à l'entrée de la pièce, jumelles en main, l'air inquiet. Elle regardait par-dessus son épaule en direction de la fenêtre de devant.

—Laisse-moi deviner, on a de nouvelles décorations de jardin.

Ma réponse ne la fit pas sourire.

—Non, c'est pas… Enfin si, mais elles sont là depuis un moment. Je jetais un coup d'œil de temps en temps pour vérifier combien ils étaient. Et puis, il y a quelques minutes, j'ai cru voir une femme rousse dans la rue, alors j'ai pris ça pour regarder.

Je me levai brusquement.

—Leah.

Savannah hocha la tête et tripota les jumelles.

—J'étais en train de l'observer…

—Ne t'en fais pas, ma puce. Robert m'a faxé ses notes sur les Volos hier soir, et si elle se trouve à plus de vingt mètres, elle est trop loin pour nous faire du mal. L'avantage d'avoir tous ces gens devant chez nous, c'est qu'elle n'osera pas s'approcher.

—C'est… c'est pas ça. (Elle jeta un nouveau coup d'œil à la fenêtre en plissant les yeux, comme si elle cherchait à voir Leah au loin.) Je l'observais, d'accord ? Et puis une voiture est passée. Elle s'est avancée vers la route, le chauffeur s'est garé et… (Savannah me passa les jumelles.) Je crois que tu devrais jeter un œil. Tu verras mieux de ma chambre.

Je m'y rendis et regardai par la fenêtre. Une demi-douzaine de voitures au moins s'alignaient dehors, mais mon regard se porta aussitôt sur un véhicule garé cinq maisons plus loin, de l'autre côté de la route. Lorsque je vis cette petite cinq portes blanche, je retins mon souffle. Je me dis que je me trompais. C'était un modèle assez courant. Mais alors même que j'élevais les jumelles vers mes yeux, je savais ce que j'allais voir.

Il y avait deux personnes à l'avant de la voiture. Leah occupait le siège côté passager et, sur celui du chauffeur, je vis Lucas Cortez.

— Il y a peut-être une explication, dit Savannah.

— S'il y en a une, je veux le savoir tout de suite.

Je me dirigeai à grands pas vers la cuisine, m'emparai du téléphone sans fil et appuyai sur la touche *bis*. J'obtins le portable de Cortez. Il répondit à la troisième sonnerie.

— Lucas Cortez.

— Salut, c'est moi, Paige, commençai-je en m'efforçant d'introduire un peu de légèreté dans ma voix. À tout hasard, vous pourriez passer chercher du lait quand vous arriverez en ville ? Il y a une épicerie juste à la sortie de l'autoroute. Vous êtes déjà arrivé là ?

— Non, pas encore. J'ai quelques minutes de retard.

Le mensonge sortit très facilement, sans une nanoseconde d'hésitation. Espèce de salopard. Sale menteur. Je serrai le combiné un peu plus fort.

— Vous le préférez entier, demi-écrémé ? demanda-t-il.

— Demi-écrémé, réussis-je à répondre.

Nouveau coup d'œil dans les jumelles. Il se trouvait toujours là. Près de lui, Leah s'appuyait contre la portière du côté passager.

Je repris :

— Ah oui, et soyez prudent en arrivant. Pas mal de personnes traînent autour de chez moi. Ne ramassez pas d'auto-stoppeurs.

Une pause, cette fois. Brève, mais avec une hésitation très nette.

— Bien entendu.

— Surtout les semi-démones aux cheveux roux, ajoutai-je. Ce sont les pires.

Longue pause, comme s'il envisageait qu'il puisse s'agir d'une blague.

— Je peux tout vous expliquer, dit-il enfin.

— Oh, je n'en doute pas un instant.

Je raccrochai.

Chagrin en cavale

Après avoir raccroché au nez de Cortez, je me ruai dans la cuisine et reposai si violemment le téléphone sur son support qu'il retomba. Je me précipitai pour le rattraper avant qu'il touche terre. Mes doigts tremblaient tellement que j'eus le plus grand mal à le remettre en place.

Je regardai fixement mes mains. Je me sentais trahie et la profondeur de ce sentiment me surprit. À quoi m'étais-je attendue ? C'était comme la parabole de la grenouille et du scorpion. Je connaissais la nature de Cortez quand je l'avais laissé entrer dans ma vie. J'aurais dû m'attendre à une trahison. Mais je ne l'avais pas fait. À un niveau profond, je lui avais fait confiance et sa trahison, d'une certaine manière, me blessait encore plus que celle du Convent. De la part des Aînées, j'avais attendu un soutien, mais je savais au fond de moi-même que je n'en recevrais aucun. Elles m'avaient dit dès le début qu'elles ne m'aideraient pas. C'était un rejet, mais pas une trahison. Cortez avait profité de ce rejet pour s'insinuer dans ma vie.

— Paige ?

Je me retournai vers Savannah.

— Moi aussi, je croyais que c'était quelqu'un de bien. Il nous a eues toutes les deux.

Le téléphone sonna. Je sus de qui il s'agissait avant même de regarder qui m'appelait. Il avait tout juste eu le temps de faire sortir Leah de sa voiture. Je laissai le répondeur se déclencher.

— Paige ? C'est Lucas. Décrochez, s'il vous plaît. J'aimerais vous parler.

— Ouais, marmonna Savannah. Et puis quoi encore ?

— Je peux tout vous expliquer, poursuivit-il. Je me rendais chez vous quand Leah m'a fait signe. Naturellement, j'étais curieux, donc je me suis garé et elle a demandé à me parler. J'ai accepté et…

Je me saisis du combiné.

— Je me fous de savoir pourquoi vous étiez en train de lui parler. Vous m'avez menti.

— Et c'était une erreur. Je le reconnais parfaitement, Paige. J'ai été pris au dépourvu par votre appel et…

— Et vous avez dû vous creuser la cervelle avant de balbutier une réponse, c'est ça ? N'importe quoi. Vous avez menti sans la moindre hésitation. Si naturellement qu'un détecteur n'aurait rien perçu. Je me fous de savoir pourquoi vous parliez à Leah, mais ce qui me dérange, c'est la facilité avec laquelle vous avez menti, et vous savez pourquoi ? Parce que maintenant, je sais que vous êtes doué pour ça.

Légère pause.

— Oui, c'est exact, mais…

— Au moins, vous êtes honnête sur ce point. Vous êtes doué pour le mensonge, Cortez, ce qui signifie que je ne peux rien croire de ce que vous m'avez raconté jusqu'à présent.

— Je vois très bien ce qui…

— Ce que j'ai vu aujourd'hui ne fait que me convaincre que mon premier réflexe était le bon : vous travaillez pour les Nast. Je me disais que c'était absurde, mais je comprends à présent. Ils ont fait en sorte que ça paraisse absurde.

— Comment… ?

— Je suis programmeuse, non ? Je pense de façon logique. Si on m'envoie un mage mielleux, sophistiqué, bien habillé, je repère l'arnaque dans la minute qui suit. Mais si c'est vous qu'on envoie, je me dis : *Ce type ne peut pas travailler pour une Cabale. Ça ne tient pas la route. Ce n'est pas logique.* Et l'idée était là.

Une pause, si longue que je me demandai s'il avait raccroché.

— Je crois que je peux tout vous expliquer, dit-il enfin.

— Ah oui, vraiment ?

— Je n'ai pas été entièrement franc avec vous, Paige.

— Ah ben ça alors.

— Je ne parle pas du fait d'être associé aux Nast – ce n'est pas le cas. Et les motivations que j'ai avancées n'étaient pas tout à fait inexactes, bien que je sois coupable d'omission plutôt que de mensonge.

— Je vous arrête tout de suite, lui dis-je. Vous vous apprêtez à me servir un tissu de mensonges. Je ne veux pas les entendre.

— Paige, je vous en prie, écoutez-moi simplement. Je vous ai livré la version de mon histoire qui me paraissait la plus acceptable de votre point de vue et qui, par conséquent…

— Je raccroche, lui dis-je.

— *Attendez !* Je crois que vous connaissez bien Robert Vasic. Vous êtes l'amie de son beau-fils Adam. Me tromperais-je en supposant que vous lui faites confiance ?

— À Adam ?

— À Robert.

— Qu'est-ce que Robert vient… ?

— Demandez-lui qui je suis.

— Quoi ?

— Demandez à Robert qui est Lucas Cortez. Il ne me connaît pas personnellement mais nous avons des connaissances communes, et si Robert ne souhaite pas se porter garant de mon intégrité, alors il pourra vous conseiller quelqu'un qui le fera. Voulez-vous bien faire ça ?

— Et qu'est-ce qu'il me dira ?

Cortez marqua une nouvelle pause.

— Je crois qu'à ce stade, il vaudrait mieux que vous l'appreniez de Robert lui-même. Si je vous le dis et que vous choisissez de ne pas me croire, vous risquez de ne pas passer ensuite ce coup de fil. Je vous en prie, appelez-le, Paige. Ensuite, rappelez-moi. Je serai à mon motel.

Je raccrochai.

— Qu'est-ce qu'il a dit ? demanda Savannah.

Je secouai la tête.

— Honnêtement, je n'en sais rien.

— Ouais, des fois, moi aussi j'ai du mal à le suivre. Trop de mots compliqués.

J'hésitai puis composai le numéro de Robert mais tombai sur le répondeur et ne pris pas la peine de laisser un message. Je venais de raccrocher quand le téléphone sonna. L'écran afficha « Cabinet Williams & Shaw » ainsi qu'un numéro de téléphone de Boston. Mon avocate en droit commercial avait-elle trouvé quelqu'un qui acceptait de me représenter ? Bon Dieu, comme j'espérais que oui.

— Puis-je parler à Paige Winterbourne ? demanda une voix féminine nasillarde.

— C'est moi.

— Je suis Roberta Shaw. Avocate chez Williams & Shaw. Nous travaillons avec le cabinet Cary d'East Falls. M. Cary m'a récemment demandé de l'assister pour disposer de la dépouille de son fils. J'ai trouvé votre dossier parmi ceux du défunt.

— Hum, d'accord. En fait, je cherche quelqu'un pour reprendre l'affaire. Si un membre de votre cabinet était intéressé…

— Certainement pas, dit-elle avec une voix glaciale, à la limite du polaire. Je vous appelle seulement pour demander que vous preniez immédiatement possession de votre dossier. Il n'est pas parfaitement en ordre, mais je ne compte pas demander à M. Cary ou à sa belle-fille de retranscrire les notes restantes. Compte tenu des circonstances, ils ne devraient pas avoir besoin de consulter de nouveau ce dossier. Par égard pour la famille, je vais vous demander de vous adresser directement à moi pour toute question. La facture vous sera également envoyée par mon bureau.

— Écoutez, lui dis-je, je ne sais pas ce que vous avez entendu raconter, mais je n'ai rien à voir avec le décès de…

— Ce n'est pas à moi d'en débattre. J'ai de nombreux dossiers à passer en revue aujourd'hui, mademoiselle Winterbourne. J'aimerais que vous passiez chercher le vôtre cet après-midi.

— Très bien. Je vais passer le prendre au bureau…

— Ce ne serait pas très convenable, n'est-ce pas ?

Je serrai les dents.

— Alors où suggérez-vous…

— Je vais passer l'après-midi au funérarium Barton, afin de pouvoir consulter facilement M. Cary tout en le dérangeant le moins possible. Vous pourrez m'y retrouver à 13 heures.

— Pendant la veillée mortuaire de Grant Cary ? Alors *ça*, ce n'est franchement pas convenable.

— Vous vous présenterez à la porte de service, dit-elle en crachant chaque mot comme s'il lui coûtait de me parler. Il y a un parking sur le côté du bâtiment. Vous tournez au niveau de… (bruissement de papiers)… de Chestnut. Je suppose que vous savez où se trouve le funérarium ?

— Sur Elm, répondis-je. Près de l'hôpital du comté.

— Parfait. Retrouvez-moi là-bas à 13 heures, sur le parking, près de la porte de service. Bonne journée, mademoiselle Winterbourne.

Donc, une fois Cortez sur la touche, je me retrouvais officiellement seule. Si tout ça s'était produit l'année précédente, j'aurais dit « Pas de problème » et me serais réjouie de cette occasion de faire mes preuves. L'automne précédent, comme le reste du conseil hésitait à voler au secours de Savannah, j'avais failli y aller seule. Si je l'avais fait, je serais morte, aucun doute là-dessus. Et j'aurais peut-être fait tuer Savannah par la même occasion. J'avais retenu la leçon.

À présent, placée face à une autre grande menace, je savais que j'avais besoin d'aide et j'étais prête à la demander. Mais à qui ? Si je m'adressais à un membre du conseil, je mettrais sa vie en danger pour un problème qui concernait les sorcières et devait donc être réglé entre elles. Mais notre Convent nous abandonnait. Qu'est-ce qui nous restait donc ?

Je cherchai plutôt à me concentrer sur ce que Cortez était venu faire ici : formuler un plan d'action. Mais je me retrouvais coincée. Si je partais à la recherche de Sandford et de Leah, j'allais devoir emmener Savannah et je me retrouverais sans doute en train de la livrer entre leurs mains. Pour l'heure, la stratégie la plus sage consistait à faire profil bas et à nous défendre contre leurs assauts en espérant qu'ils décideraient simplement que Savannah leur causait plus d'ennuis qu'elle n'en valait la peine. Bien que contrariée d'adopter cette posture défensive, je refusais de mettre en danger la vie de Savannah.

À midi et demi, je jetai un coup d'œil à la foule amassée sur ma pelouse. C'était peut-être de l'optimisme de ma part, mais elle paraissait se clairsemer. J'allai dire à Savannah de se préparer, et la trouvai étendue sur son lit. Elle ouvrit les yeux quand j'entrai.

— Tu faisais un somme ? lui demandai-je.

Elle fit signe que non :

— Je ne me sens pas très bien.

— Tu es malade ? m'inquiétai-je en me précipitant à son chevet. Tu aurais dû me le dire, ma puce. Tu as mal à la tête ou au ventre ?

— Les deux… Enfin, ni l'un ni l'autre. J'en sais rien. (Elle plissa le nez.) Je me sens juste… bizarre.

Je ne vis aucun signe évident de maladie. Sa température était normale, son visage n'était pas rouge et ses yeux paraissaient fatigués mais clairs. C'était sans doute le stress. Moi non plus, je n'étais pas très en forme ces temps-ci.

— Tu couves peut-être quelque chose, lui dis-je. Je devais sortir, mais ça peut attendre.

— Non, répondit-elle en se soulevant des couvertures. J'ai envie de sortir. Je me sentirai sans doute mieux une fois dehors.

— Tu es sûre ?

Elle hocha la tête :

— Peut-être qu'on pourra louer des films.

— D'accord. Prépare-toi.

— Je parierais que le cercueil sera fermé, dit Savannah alors que je tournai au niveau de Chestnut.

L'image du corps mutilé de Cary me traversa brusquement l'esprit. Je m'efforçai de la chasser.

— En tout cas, pas question qu'on le découvre, répondis-je. Je ne veux pas m'approcher de cette pièce.

— Dommage que ce ne soit pas une de ces veillées mortuaires où tu passes en bagnole. On pourrait le voir sans que personne le sache.

— Qu'est-ce que c'est que ça ?

— T'en as pas entendu parler ? Y en a eu une à Phoenix quand j'habitais là-bas avec ma mère. Une fois, on est passées jeter un œil en voiture. C'est comme les fast-foods où tu passes commande en bagnole, sauf que là, quand tu regardes par la vitre, tu vois le cadavre.

— Le chagrin en cavale.

— Les gens sont vachement occupés ces temps-ci. Faut bien leur faciliter les choses. (Avec un rictus, elle remua sur son siège.) Tu trouves pas que c'est bizarre ? Enfin, quand on y pense. Tu t'approches en voiture, et ensuite ? Tu parles dans une sorte d'hygiaphone ? Tu dis au mec qu'il va vachement te manquer ?

— Tant qu'il ne se redresse pas pour te demander si tu veux des frites avec ta commande.

Savannah éclata de rire.

— Ce qu'ils sont bizarres, les humains.

Elle remua de nouveau sur son siège.

— Tu dois aller aux toilettes ?

— Non. J'ai juste des courbatures à force de rester assise.

— On a seulement parcouru cinq cents mètres.

Elle haussa les épaules.

— Je sais pas. Peut-être que c'est la grippe.

— Comment va ton ventre ?

— Ça peut aller.

Je passai en revue tout ce qu'elle avait mangé la veille. Puis mon estomac se noua.

— Est-ce que Cortez a eu accès à ton mocha hier ?

— Quoi ? demanda-t-elle en se tournant vers moi. Tu crois qu'il m'a empoisonnée ? Nan. Il n'a pas touché à mon verre. Et puis les potions, ça ne marche pas comme ça. Quand on t'en fait boire une, t'es malade tout de suite. Là, ça va et ça vient. Oh, attends… voilà, y a plus rien. Tu vois ? (Elle se tortilla pour regarder par-dessus son épaule.) Le funérarium n'est pas sur Elm ?

— Ah oui… merde !

Je tournai dans une allée pour faire demi-tour. Comme je le disais, le funérarium se trouvait près de l'hôpital local. En fait, les deux bâtiments étaient rattachés, peut-être pour faciliter le transport des gens qui réagissaient mal aux traitements. L'hôpital offrait également une belle vue sur le cimetière adjacent, ce que les patients devaient trouver extrêmement réconfortant.

Comme le parking du funérarium était plein, je dus me garer derrière l'hôpital. Avec Savannah dans mon sillage, je me dirigeai vers le funérarium en courant presque, tellement inquiète qu'on me voie que je préférai me faufiler à travers une grande haie plutôt que de longer la route. Une fois dans le parking du funérarium, je m'assurai que personne n'arrivait ni ne repartait, puis me précipitai vers la porte latérale et frappai.

— Je crois qu'une branche m'a gratté le dos, dit Savannah. Qu'est-ce qu'on en a à foutre que quelqu'un nous voie ? Tu ne l'as pas tué, ce mec.

— Je sais, mais ce serait irrespectueux. Je ne veux plus causer d'ennuis.

Avant qu'elle puisse répondre, la porte s'ouvrit. Une femme d'une quarantaine d'années me regarda, son visage terreux figé en une moue renfrognée qui semblait devoir plus à l'habitude qu'à son humeur du moment.

— Oui ? (Avant que je puisse répondre, elle hocha la tête.) Mademoiselle Winterbourne. Parfait. Entrez.

J'aurais préféré rester dehors, mais elle relâcha la porte et disparut dans la pièce avant que je puisse protester. Je fis entrer Savannah puis pénétrai dans une réserve. Parmi les piles de cartons se trouvaient une chaise pliante et une table couverte de dossiers.

Roberta Shaw portait une robe de lin faite sur mesure, élégante et à la mode ; comme ma mère tenait son propre commerce de confection de vêtements, je sais distinguer une belle pièce d'une occase de supermarché. Bien que la robe soit haut de gamme, Shaw avait gaspillé son argent. Comme beaucoup trop de femmes corpulentes, elle avait commis l'erreur de choisir une tenue trop grande d'une taille, transformant une robe chère en sac à patates informe qui retombait autour d'elle en formant des plis.

Alors que mes yeux s'habituaient à la réserve mal éclairée, Shaw s'installa sur sa chaise et s'affaira avec ses papiers. J'attendis quelques minutes puis m'éclaircis la voix.

— Je… hum… je préférerais ne pas trop tarder. Je ne me sens pas très à l'aise ici.

— Attendez.

Ce que je fis. Deux minutes de plus. Puis, avant que je puisse formuler une nouvelle remarque, Savannah soupira – très bruyamment.

— On n'a pas toute la journée, vous savez, dit-elle.

Ce fut moi que Shaw fusilla du regard à sa place, comme si j'étais forcément responsable de sa grossièreté.

— Je suis désolée, lui dis-je. Elle ne se sent pas bien. Si vous n'êtes pas prête, nous pourrions aller acheter de quoi déjeuner puis revenir ici.

— Tenez, dit-elle en me jetant un dossier. La facture se trouve au-dessus. Nous demandons un chèque certifié, que vous pourrez envoyer par coursier à l'adresse indiquée. Vous ne devez en aucun cas contacter les Cary au sujet du paiement ou de quoi que ce soit d'autre qui se rapporte à votre affaire. Si vous avez des questions…

— Je vous appelle. J'ai compris.

Je me dirigeai vers la porte, tirai brusquement sur la poignée et basculai en arrière, car elle ne s'ouvrit pas. Vous parlez d'une sortie gracieuse. Retrouvant mon équilibre et ma dignité, je saisis de nouveau la poignée, tournai et poussai. Toujours rien.

— Il y a un verrou ? demandai-je en baissant les yeux vers la poignée.

— Tournez et tirez simplement, comme avec n'importe quelle porte donnant sur l'extérieur.

Salope. Je faillis le dire tout haut. Mais contrairement à Savannah, mon éducation ne me permettait pas de faire ces choses-là. J'essayai de nouveau. Rien ne se produisit.

— C'est coincé, lui dis-je.

Shaw soupira et se souleva de sa chaise. Elle traversa la pièce, me fit signe de dégager de son passage, saisit la poignée et tira. La porte resta fermée. J'entendais des voix de l'autre côté.

— Il y a des gens dehors, dis-je. Peut-être qu'ils pourront ouvrir la porte de dehors…

— Non, je refuse que vous dérangiez les proches du défunt. Je vais appeler le gardien.

— Y a une porte d'entrée, non ? demanda Savannah.

Cette fois encore, Shaw me lança un regard noir.

— Pour des raisons évidentes, vous ne devez pas sortir par-devant, dit-elle en sortant son téléphone portable.

Je soupirai et m'appuyai contre la porte. Ce fut alors que j'entendis un échange de propos étouffés à l'extérieur. Je reconnus les voix.

— … vraiment trop facile, dit Leah.

Sandford éclata de rire.

— Vous vous attendiez à quoi ? C'est une sorcière.

Les voix s'estompèrent, sans doute à mesure qu'ils contournaient le bâtiment pour rejoindre l'avant. Je tirai de nouveau sur la porte en murmurant cette fois un sort de déverrouillage. Sans résultat.

— Leah, articulai-je à l'intention de Savannah, avant de me tourner vers Shaw. Oubliez le gardien. On s'en va. Tout de suite.

— Mais vous ne pouvez pas…, commença Shaw.

Trop tard. J'avais déjà ouvert la porte de communication et la faisais franchir à Savannah. Shaw agrippa l'arrière de mon chemisier, mais je me dégageai et propulsai Savannah dans le couloir.

Une veillée particulièrement funèbre

Une fois dans le couloir, je poussai Savannah devant moi.

— Emprunte la première porte que tu verras, murmurai-je. Dépêche-toi. Je reste derrière toi.

Sur la gauche, un couloir vide se faufilait en serpentant vers un territoire inconnu. La lumière du soleil s'engouffrait par une porte située à moins de six mètres sur la droite – six mètres de couloir encombré de proches du défunt vêtus de costumes sombres. Je tournai à gauche. Suivant mon conseil, Savannah tourna toutefois à droite, se dirigeant vers la porte d'entrée à travers la foule.

— Sav… ! murmurai-je très fort, mais elle était hors d'atteinte et avançait vite.

Je baissai les yeux et la suivis, priant pour que personne ne me reconnaisse. J'avais parcouru moins d'un mètre cinquante quand la voix sonore de Shaw résonna derrière moi.

— Paige Winterbourne, je vous interdis de…

Je n'entendis pas le reste. Mon nom se répandit à toute allure le long du couloir, porté par une vague de murmures.

— Winterbourne ?

— *Paige* Winterbourne ?

— Ce n'est pas elle qui…

— Oh mon Dieu…

— C'est elle ?

Ma première impulsion me dictait de garder la tête haute et d'avancer jusqu'à la porte. Comme disait Savannah, je n'avais rien fait de mal. Mais le respect l'emporta sur l'orgueil et, par égard pour les proches du défunt, je baissai la tête, balbutiai des excuses et me lançai à la poursuite de Savannah. Les murmures me suivirent en serpentant, s'épuisant avant de sombrer dans la calomnie.

Je m'obligeai à formuler d'autres excuses et me frayai un chemin parmi la foule. Devant moi, un petit groupe compact de quatre personnes engloutit la frêle silhouette de Savannah. Je levai la tête, accélérai, m'élevai sur la pointe des pieds pour tenter de la voir.

Autour de moi, un bruissement s'élevait de la foule tandis que les murmures enflaient pour devenir bavardages. Un bref tapage éclata devant moi, sur ma gauche, derrière une grande double porte. J'avançai sans y prêter attention, balayant du regard des visages hostiles, m'efforçant de trouver Savannah sans croiser le regard des proches du défunt. Quelqu'un me saisit par le bras. Je ne me retournai qu'à moitié et entrevis des cheveux blonds sous un chapeau noir.

— Désolée, murmurai-je, parcourant toujours la foule du regard en quête de Savannah.

Sans regarder cette personne, je repoussai ses mains de mon bras. J'entendis un hoquet de surprise. *Là !* Des cheveux noirs apparurent près de la sortie. Je m'élançai mais les mains me rattrapèrent, enfonçant les ongles dans mon bras.

— Désolée, répétai-je distraitement. Il faut vraiment que…

Je me retournai pour repousser mon attaquante, aperçus son visage et m'arrêtai net. Lacey Cary me fixait avec des yeux cernés de rouge par le chagrin et de noir par le mascara. Autour de nous, la foule se tut.

— Comment osez-vous ? siffla-t-elle. Est-ce une blague de très mauvais goût ?

— Je suis sincèrement désolée, répondis-je. Je ne voulais pas… c'est une erreur… je venais chercher mon dossier.

— Votre dossier ? demanda Lacey dont le visage se déforma. Vous… vous avez interrompu la veillée mortuaire de mon mari pour venir me demander votre dossier ?

— Non, on m'a dit de passer le chercher…

Je m'interrompis, comprenant que ce n'était pas le moment de la corriger. Je balayai le couloir du regard en quête de Savannah mais ne la vis pas.

— Je suis vraiment désolée. Je vais simplement m'en aller…

Quelqu'un écarta la foule derrière moi. Le mouvement attira mon attention et je vis Shaw s'avancer dans une brèche à quatre mètres de moi.

Elle tira quelque chose des replis de sa robe. Une poupée. Image tellement inattendue que je m'arrêtai, juste assez longtemps pour la voir remuer les lèvres… et constater que cette poupée n'en était pas une.

— Une dagyde, murmurai-je. Oh mon Dieu…

Je pivotai pour m'enfuir, non sans avoir vu Leah s'avancer derrière Shaw. Elle leva la main pour agiter un doigt dans ma direction.

— Savannah ! m'écriai-je en me dégageant de la poigne de Lacey et en me jetant contre la foule qui me bloquait le passage.

Quelque chose éclata au-dessus de nos têtes – une petite explosion. Puis une autre, et encore une autre. Du verre vola dans tous les sens, minuscules éclats aussi acérés que des rasoirs. Le verre d'ampoules électriques. Même les appliques murales éclatèrent, plongeant le couloir dans une pénombre à peine éclairée par la sortie munie d'un rideau. Je m'efforçai tant bien que mal de rejoindre la porte d'entrée, griffant tout ce qui se trouvait sur mon chemin. Une porte intérieure claqua, bloquant l'accès au vestibule et plongeant le couloir dans les ténèbres. D'autres portes claquèrent. Des gens hurlèrent.

Quelqu'un me heurta. Non, pas simplement quelqu'un, la foule tout entière. Autour de moi, tous les gens semblèrent aller valser dans les airs et l'on se transforma en masse grouillante, hurlante, gigotante qui se rua à travers une porte. L'immense double porte se referma derrière nous, étouffant les bruits des gens coincés dans le couloir.

Tandis que je m'efforçais de me relever, je regardai autour de moi. Nous nous trouvions dans une grande pièce ornée de tentures. Des groupes épars de proches endeuillés nous regardaient fixement. Quelqu'un se précipita pour aider Lacey à se relever.

— Qu'est-ce qui…

— Quelqu'un a appelé la…

— Bordel de merde…

Au milieu des cris et de la confusion, je retrouvai mes esprits et me redressai d'un bond. J'entendis un petit bruit sec, désormais familier. Je levai les yeux et vis un lustre au-dessus de ma tête. Je plongeai à terre et me couvris la tête alors même que les minuscules ampoules commençaient à éclater.

Ce fut seulement quand les éclats eurent fini de tomber que je regardai autour de moi en m'attendant à l'obscurité complète. Au lieu de quoi je découvris que j'y voyais un peu. La lumière d'un unique lustre intact clignotait, éclairant juste assez les lieux pour me permettre de distinguer mon environnement.

Cette fois encore, je me relevai d'un bond, cherchant une sortie. Les gens criaient, hurlaient, sanglotaient, cognaient contre la porte fermée et braillaient dans leur téléphone portable. Je ne remarquai pas grand-chose de tout ça. Un unique refrain tournait en boucle dans mon cerveau. *Savannah*. Je devais la retrouver.

Je me levai, les idées étonnamment claires au milieu de cette confusion, et fis le bilan de ma situation. Porte principale verrouillée ou bloquée. Pas de fenêtres. Ni de portes auxiliaires. La pièce mesurait à peine six mètres sur six, avec les murs bordés de chaises. Et contre le mur d'en face… un cercueil.

Je compris alors où je me trouvais : le reposoir. Par chance, comme l'avait deviné Savannah, on ne voyait pas le corps. Le cercueil était fermé. Malgré tout, mes tripes se nouèrent à l'idée de me trouver si près du corps de Cary.

Je me forçai à garder mon sang-froid. Autour de moi, tout le monde semblait également se calmer, les cris se changeaient en sanglots silencieux et murmures de réconfort affirmant que les secours arrivaient.

Je me remis à inspecter les environs. Pas de fenêtres… Puis un gémissement sourd traversa ce mur de sanglots et de chuchotements. Accompagné de grattements. J'osais à peine en localiser la source. Je n'en avais pas besoin. Sans même regarder, je compris que ce bruit provenait du mur d'en face. Du cercueil.

Mentalement, je revis Shaw avec sa dagyde à la main en train de réciter son incantation. Je la vis et compris ce qu'elle était : une nécromancienne.

Le grattement se changea en martèlement. À mesure que le bruit augmentait, le silence retombait dans la pièce. Tous les regards se tournèrent vers le cercueil. Un homme s'avança pour en saisir le rebord.

— Non ! m'écriai-je avant de me jeter sur lui. Ne…

Il souleva le loquet alors même que mon corps heurtait le sien, le poussant de côté. Je tentai de me relever mais mes jambes accrochèrent les siennes et je m'affalai contre le cercueil. Tandis que je me dégageais, le couvercle se souleva en grinçant.

Je me figeai, le cœur battant à tout rompre, puis fermai les yeux le plus fort possible, aussi fort que quand j'avais quatre ans et que je prenais le grincement des canalisations pour le bruit d'un monstre dans mon placard. Le silence retomba dans la pièce, au point que j'entendais respirer les personnes les plus proches de moi. J'ouvris un œil pour voir… Absolument rien. De mon point d'observation, je n'aperçus qu'un couvercle de cercueil ouvert.

— Fermez-le, murmura quelqu'un. Au nom du ciel, fermez-le !

Je soupirai de soulagement. Shaw n'était pas nécromancienne. Leah avait dû simuler les bruits dans le cercueil en déplaçant quelque chose à l'intérieur, espérant piéger une des personnes présentes pour qu'elle l'ouvre et dévoile ainsi la dépouille mutilée de Cary. Encore une farce grotesque destinée à me ralentir, à m'empêcher d'atteindre Savannah.

Un gémissement interrompit mes pensées. J'étais toujours en train de me redresser. En me levant, je vis l'homme qui s'était précipité pour fermer le cercueil. Il se tenait à côté, main sur le couvercle ouvert, les yeux écarquillés. Un autre gémissement traversa la pièce et, l'espace d'un instant d'optimisme forcené, je me persuadai qu'il provenait de ce type. Puis une main esquintée s'éleva depuis le revêtement de satin du cercueil et en agrippa le bord.

Personne ne bougea. Je suis persuadée que pas un cœur ne battit dans la pièce pendant les dix secondes qui suivirent. La main saisit le côté du cercueil, serra, puis le relâcha et glissa comme pour caresser le bois lisse. Un autre gémissement – gargouillis humide qui me hérissa tous les poils du corps. Les tendons de la main saillirent lorsqu'elle serra plus fort. Puis Cary se redressa.

Dans l'obscurité de la pièce, il s'écoula une brève seconde au cours de laquelle Grantham Cary Jr. parut vivant. Vivant, entier et en pleine forme. Peut-être était-ce un jeu d'ombres ou une illusion née d'un esprit optimiste. Mais lorsqu'il s'assit, il semblait vivant. Lacey poussa un cri, non pas d'horreur mais de jubilation. Derrière moi, Grantham Senior laissa échapper un sanglot, un cri de joie déchirant, le visage empreint d'une telle expression de désir et d'espoir que je dus me détourner.

Cary se souleva hors du cercueil. Comment ? Je l'ignore. L'ayant vu après sa mort, je savais qu'il ne devait pas rester un seul os intact dans son corps. Mais je ne connaissais pas grand-chose à cet aspect de la nécromancie. Tout ce que je peux dire, c'est qu'il lutta sous nos yeux pour s'extraire du cercueil et se lever. Et lorsque sa silhouette accrocha la lumière, cette bienheureuse illusion d'intégrité s'évapora.

Les pompes funèbres avaient bien fait leur boulot et nettoyé tout le sang… et pourtant, ça ne cachait en rien la monstrueuse réalité de ses blessures. Le côté opposé de sa tête était rasé, déchiqueté, recousu, broyé – oui, broyé –, l'œil disparu, la joue enfoncée et mutilée, le nez… Non, ça suffit.

L'espace d'un instant, le silence se prolongea tandis que Cary se tenait là, la tête oscillant au bout de son cou brisé, son œil restant cherchant à faire le point, ce gémissement humide s'échappant de ses lèvres avec une cadence aussi régulière que celle de la respiration. Puis il aperçut Lacey. Il prononça son nom, ou une atroce parodie de son nom, entre parole et grognement.

Cary voulut rejoindre sa femme. Il semblait moins marcher que se traîner, titubant et cahotant. Son unique main était tendue vers elle. L'autre était agitée de spasmes, comme s'il cherchait à la soulever sans y parvenir. Elle retombait et se convulsait tandis que le tissu de la manche frottait contre son flanc avec un bruit râpeux.

— Lasss…, dit-il.

Lacey geignit. Elle recula. Cary s'arrêta. Sa tête se mit à osciller tandis que ses lèvres se tordaient en une grimace.

— Lasss… ?

Il tendit la main vers elle. Ce fut alors qu'elle s'évanouit et tomba à terre avant que quiconque puisse la rattraper. Après cette chute, la pièce tout entière sembla revenir brusquement à la vie. Les gens se précipitèrent vers la porte qu'ils se mirent à marteler en hurlant.

— Pa…, grogna Cary.

Son père l'arrêta net. Il dévisagea son fils en remuant les lèvres sans émettre le moindre son. Puis sa main s'éleva vers sa poitrine. Quelqu'un le tira en arrière, criant qu'il fallait appeler une ambulance. De l'autre côté de la pièce, une femme éclata d'un rire aigu qui se changea rapidement en violents sanglots. Cary se retourna en titubant et fixa la femme en larmes.

— Qu… qu… qu…

— Peter ! s'écria une voix féminine. Peter, t'es où, bordel ?

Toutes les personnes qui n'étaient pas paralysées par le choc regardèrent une femme en robe verte émerger des rideaux derrière le cercueil de Cary.

— Peter, sale enfoiré ! Je vais te tuer !

La femme s'avança à grands pas au milieu de la pièce, s'arrêta puis balaya la pièce du regard.

— Mais vous êtes qui, vous tous ? Où est Peter ? Je jure devant Dieu que je vais le tuer cette fois-ci, cet enfoiré !

La femme était jeune et ne me dépassait sans doute que de quelques années. Son épaisse couche de maquillage cachait mal un coquard. Elle était maigre comme un clou, du genre de maigreur qui trahit la prise de drogues et la négligence. Tout en jetant des regards mauvais tout autour de la pièce, elle écarta sa frange blonde aux racines sombres, dévoilant son visage… ainsi qu'un cratère de la taille d'une balle dans sa tempe.

— Elle est… elle est…, balbutia quelqu'un.

La femme pivota vers celui qui venait de parler et se jeta sur lui. Avec un cri aigu, il recula en titubant lorsqu'elle atterrit sur lui et lui laboura le visage de ses griffes.

Une femme âgée percuta Cary en faisant marche arrière. Voyant ce qu'elle avait heurté, elle hurla, pivota brusquement, trébucha. Dans sa chute, elle tendit la main par réflexe et attrapa le bras invalide de Cary. Celui-ci perdit l'équilibre. Tandis qu'il s'effondrait, son bras se détacha brusquement alors que la femme tenait encore sa main, arrachant les sutures avec lesquelles on avait recousu le membre amputé.

Je me détournai aussitôt, tandis que Cary voyait son bras s'arracher à son corps, tandis que ses hurlements confus se mêlaient à la cacophonie. À peine consciente de ce que je faisais, je me précipitai vers le mur orné d'une tenture d'où avait émergé la femme morte.

Je passai la porte cachée par la tenture et me retrouvai dans une minuscule pièce sombre. Un cercueil vide reposait sur quelque chose qui évoquait un lit à roulettes d'hôpital. Derrière le cercueil, je distinguais les contours d'une porte. Repoussant vivement le lit à roulettes, je saisis la poignée de cette porte, tournai, poussai, faillis basculer quand elle s'ouvrit bel et bien. Je la franchis en titubant.

Magie de pacotille

Je remontai le couloir vide à toute allure. Derrière moi, j'entendais les hurlements des gens coincés avec les cadavres. D'autres cris déferlaient dans le couloir, provenant apparemment des deux directions et différant par leur tonalité mais pas par leur degré de panique. Je regardai des deux côtés mais ne vis que des portes et des couloirs contigus.

J'aperçus au loin une faible lueur sur ma droite. Je courus vers elle. Derrière moi, un martèlement lointain, comme si quelqu'un montait des marches. Je continuai à courir.

Lorsque je passai devant un couloir contigu, j'y jetai un coup d'œil et vis un groupe de personnes appuyées contre une porte à laquelle elles frappaient en criant. Je trouvai ça curieux et me demandai pourquoi mon propre couloir était vide, mais je ne ralentis pas pour autant. Au tournant suivant, j'aperçus mon salut : une porte de sortie et la lumière du soleil qui perçait autour des bords du rideau sombre.

Je me précipitai vers la porte et je n'en étais plus qu'à trois mètres quand une forme cramoisie apparut furtivement sur mon chemin. L'espace d'un instant, je vis un nuage indistinct, rouge et noir, se tortiller et palpiter. Puis il explosa en une gueule béante, hérissée de crocs, qui fonça droit sur ma gorge.

Je hurlai, pivotai et percutai quelqu'un. Alors que je hurlais de nouveau, des mains me saisirent par les épaules. Je me mis à distribuer des coups de poing et de pied mais mon attaquant ne fit que raffermir sa prise.

— Tout va bien, Paige. Chhhut. Ce n'est rien.

Identifiant cette voix malgré la panique, je levai les yeux et vis Cortez. L'espace d'une seconde, le soulagement m'envahit. Puis je me rappelai sa trahison. Tandis que je m'écartais de lui, je remarquai la disparition de ses lunettes. En fait, son accoutrement d'avocat à la vie dure avait été remplacé par un pantalon de coton, une veste en cuir et une chemise Ralph Lauren – tenue bien plus appropriée pour un jeune avocat des Cabales. Comment m'étais-je si facilement laissé duper ?

— Oh mon Dieu, dis-je. Savannah.

Je m'arrachai à sa prise et m'avançai vers la porte. Le chien démoniaque s'anima brusquement et plongea sur moi. Je pivotai sur mes talons et poussai très fort Cortez pour tenter de le contourner et de m'enfuir dans l'autre sens. Il m'attrapa par la taille et me souleva.

— Savannah est par là, Paige. Vous devez traverser.

Il entreprit de me pousser dans les mâchoires de la bête. Je me débattis et tentai de le griffer, de le frapper. Mes ongles atteignirent quelque chose et il poussa un petit cri, relâchant juste assez sa prise pour que je me dégage en me tortillant. Je me jetai en avant mais il m'attrapa de nouveau, m'entourant la poitrine de ses deux bras.

— Paige, écoutez-moi, bordel ! Savannah est par là ! Il n'y a rien ici – c'est une hallucination.

— Ce n'est pas une hall…

Il me fit pivoter pour me placer face à la bête démoniaque. Elle avait disparu.

— Mais regardez, bordel ! grogna-t-il tandis que je lui assenais un coup de coude dans l'estomac.

Me retenant d'un bras, il agita la main dans les airs devant nous. Le nuage de fumée rouge réapparut et se transforma en une immense mâchoire menaçante. Je me débattis de toutes mes forces mais Cortez parvint à ne pas me lâcher et m'obligea à regarder. La fumée se tortillait, palpitait, se transformait en une sorte de dragon à la gueule hérissée de crocs, à la langue fourchue et aux yeux flamboyants. Puis le dragon céda la place au chien démoniaque qui bavait et semblait tirer sur une laisse invisible.

— Une vision, me dit-il. Un tour de passe-passe. De la magie de pacotille. Ça fonctionne comme un fil de détente. Gabriel Sandford en a installé près de chaque sortie. Maintenant, Savannah est saine et sauve et elle nous attend…

Je le repoussai pour filer en sens inverse. Devant moi, une forme jaillit d'une porte. Plutôt que de ralentir, je me contentai de tendre les mains, prête à repousser cette personne. Puis elle se tourna vers moi. C'était un homme nu dont l'épiderme pâle luisait sous cette faible lumière. Il lui manquait le haut du crâne. On lui avait ouvert le torse en forme de Y des épaules à la poitrine puis au bassin. Je voyais qu'on lui avait ouvert la cage thoracique à la scie. Tandis qu'il s'avançait, quelque chose tomba de sa poitrine et heurta le sol avec un « flac ». Il me regarda, lèvres entrouvertes. Je hurlai.

Les mains de Cortez se refermèrent autour de ma taille. Il me souleva dans les airs et m'entraîna le long du couloir, me portant à moitié. Quand il atteignit l'emplacement où nous nous étions bagarrés un peu plus tôt, le dragon réapparut. Je fermai les yeux et me débattis de plus belle.

Quelques secondes plus tard, je sentis un souffle d'air et ouvris les yeux pour voir Cortez ouvrir la porte de sortie. Derrière nous, le chien démoniaque bavait et montrait les dents à personne en particulier. Cortez me souleva et me porta pour franchir la porte. Il ne me reposa qu'une fois le parking atteint.

— Si vous voulez bien regarder par là, dit-il, essoufflé, vous verrez Savannah dans votre voiture.

Quand mes pieds touchèrent terre, je le repoussai et me tournai vers le parking de l'hôpital. Je vis ma voiture – mais personne à l'intérieur.

— Et merde ! s'exclama-t-il en regardant autour de lui tout en essuyant le sang de la joue que je lui avais éraflée. Où est-ce qu'elle est passée ?

— Je vous jure que si vous lui avez fait du mal…

— Là, dit-il en s'éloignant. Savannah ! Je t'avais dit de rester dans la voiture.

— Et vous pensiez que j'allais vous écouter ? répliqua-t-elle derrière moi. Vos sorts de verrouillage sont tout pourris, le mage. Hé, Paige, viens là. Faut que tu voies ça.

Elle s'éloigna en courant, si vite que je ne fis qu'entrevoir son tee-shirt. Je me précipitai à sa suite avec Cortez qui trottinait derrière moi. Quand on contourna le coin du bâtiment, ce fut pour la voir gagner une autre porte. Elle s'y engouffra avant que je puisse l'en empêcher. Je rattrapai la porte avant qu'elle se ferme. À l'intérieur, Savannah nous tournait le dos.

— Regardez ça, nous dit-elle.

Elle agita la main devant elle. L'espace d'un instant, rien ne se produisit. Puis des particules grises flottèrent de toutes les directions pour venir former une boule aux contours vagues au-dessus de la tête de Savannah. Je me raidis, croyant voir apparaître une autre bête menaçante. Au lieu de quoi la poussière s'assembla pour former un visage de femme, dont des fragments retombèrent ensuite pour dévoiler un crâne grimaçant. La bouche s'ouvrit sur un rire muet et le crâne tourna trois fois sur lui-même avant de disparaître.

— C'est cool, hein ? demanda Savannah. Un truc de mage. Vous savez faire ça, Lucas ?

— De la magie de pacotille, dit-il tout en reprenant son souffle.

Elle lui sourit.

— Vous ne pouvez pas, hein ? Moi, je parie que je peux. (Elle agita de nouveau la main, déclenchant le sortilège.) C'est vraiment trop classe. Y en a un devant chaque porte, ils se déclenchent quand on s'en approche. Tu devrais voir les flics, là devant. (Elle me regarda pour la première fois.) T'as pas l'air très en forme, Paige. Ça va ?

— Leah…, Sandford, réussis-je à articuler, le souffle toujours coupé par la panique. Il faut qu'on y aille. Avant qu'ils…

— Ils sont partis depuis longtemps, dit Savannah. Quand je suis sortie, j'ai vu Leah et j'allais partir en courant quand Lucas m'a attrapée. Je lui en ai collé une et… (Elle s'interrompit et désigna le visage éraflé de Cortez.) Hé, c'est moi qui ai fait *ça* ?

— Non, je crois que c'était Paige. Le bleu n'a pas eu le temps d'apparaître suite au coup que tu m'as donné. Maintenant, comme Savannah essaie de vous le dire, Leah et Sandford sont partis…

—Ah, d'accord, reprit Savannah. Donc, Lucas m'attrape et je me débats, ensuite Leah fait son truc qui nous envoie valser dans les airs. Mais avant qu'elle puisse m'atteindre, un autre mec l'interrompt – je crois que c'était Sandford –, elle lui dit quelque chose et ils s'en vont…

—Ils s'en vont, tout simplement ? dis-je à Cortez. Comme ça tombe à pic !

—Non, attends, dit Savannah. C'est là que ça devient génial. Tu vois, ils ne peuvent pas toucher Lucas parce qu'il est…

—Pas maintenant, Savannah, dit Cortez.

—Mais il va bien falloir que vous lui en parliez, sinon elle ne va pas comprendre.

—Oui, dis-je, il va bien falloir.

—Vous n'avez pas appelé Robert, je suppose ?

—Il est absent. Et je veux l'entendre de vos lèvres. Tout de suite.

Cortez secoua la tête.

—Je crains que vous n'ayez besoin de l'explication détaillée, pour laquelle nous n'avons guère de temps actuellement. Toutefois, je vous expliquerai tout dès que nous serons en lieu sûr.

—Hé, Paige, dit Savannah. T'as vu la bécane de Lucas ?

Elle se précipita au coin du bâtiment avant que je puisse l'en empêcher. Quand je la rattrapai, je la trouvai accroupie non pas près d'un vélo, mais d'une moto.

—C'est une Scout, dit-elle. Une Indian Scout. Une sorte d'antiquité. Quelle année, vous m'avez dit ?

—1926. Mais nous devons partir, Savannah.

—C'est une pièce de collection, dit Savannah. Hyper rare.

— Et très chère, hein ? dis-je avec un coup d'œil à Cortez. Comme votre chemise de marque. Très classe pour un avocat qui a du mal à joindre les deux bouts.

— J'ai restauré cette moto. Quant à ma tenue, les costumes ne sont pas très adaptés à la conduite de cet engin. Ma garde-robe ne contient qu'une quantité limitée de vêtements sport, essentiellement des cadeaux de ma famille, dont le budget et les goûts de luxe excèdent les miens. Maintenant, nous devons vraiment…

— Pas question que je bouge d'ici, répondis-je.

Cortez émit un bruit qui ressemblait remarquablement à un grognement de frustration.

— Paige, le moment est mal choisi…

— Je ne suis pas en train de faire des histoires. Mais je ne crois pas que ce soit une bonne idée de s'enfuir. Des gens m'ont vue, là-dedans. Ils vont en parler à la police, qui partira à ma recherche en se demandant pourquoi j'ai fichu le camp.

Il hésita puis hocha la tête.

— Très juste. Je suggère que nous trouvions un policier qui puisse prendre votre déposition.

— D'abord, j'évacue ces gens avant que quelqu'un fasse une crise cardiaque.

Savannah roula des yeux.

— Oh, arrête. Qu'est-ce qu'on en a à foutre ? Ils ne t'aideraient pas, *eux*. Dites-le-lui, Lucas.

— Elle a raison. Paige, je veux dire. Nous devons les faire sortir.

— Vous n'allez pas vous y mettre aussi, protesta Savannah. C'est pas vrai, je suis cernée.

Je lui fis signe de se taire et l'on se dirigea vers la porte de derrière.

Je ne vais pas vous décrire en détail ce qui se passa ensuite. À nous deux, Cortez et moi, on parvint à défaire tous les sortilèges de Sandford, à débloquer les portes coincées et à désamorcer les illusions.

Quant à Cary et aux autres cadavres ambulants, ils cessèrent simplement de déambuler. Le temps que tout le monde s'échappe et que les autorités arrivent, l'incantation de la nécromancienne avait cessé de faire effet. Du moins, ce fut ce que m'expliqua Cortez. Comme je vous l'ai dit, je ne connais rien à l'art de réveiller les morts. Tous les nécromanciens en sont capables, mais je n'en ai jamais rencontré qui osent le faire. Ceux que je connais ne se servent de leurs pouvoirs que pour communiquer avec les esprits. La réunion d'un cadavre et de son âme est contraire à tous les codes moraux du monde surnaturel.

Au cœur du chaos qui régnait devant le funérarium, il me fallut vingt minutes pour trouver un policier, lequel insista pour que je le suive au poste afin de lui faire ma déposition.

Bien entendu, la police crut que j'avais joué un rôle dans les événements récents. Pourtant, ils ne savaient pas au juste de quoi il s'agissait. Bien sûr, ils avaient entendu les récits de témoins qui bredouillaient tous sans exception des histoires de cadavres qui marchaient et parlaient. Mais quand la police était enfin entrée dans le bâtiment, elle n'avait trouvé que des corps jonchant le sol. C'était effrayant, bien entendu, mais ça ne prouvait en rien qu'il se soit produit quelque chose d'inconcevable.

Quand je fis ma déposition, je me contentai de répéter les parties que j'estimais crédibles : on m'avait piégée en m'attirant au funérarium puis en me faisant entrer dans le couloir bondé. Ensuite les lumières s'étaient éteintes.

Quelqu'un m'avait poussée dans le reposoir avant d'en bloquer la porte. J'avais entendu des gens hurler mais je n'y voyais pas grand-chose dans la pénombre. J'avais enfin trouvé un passage par lequel je m'étais enfuie. Je dus avouer que, pendant ma fuite, j'avais aperçu une image effrayante qui bloquait le couloir, mais je l'avais traversée sans dommage et j'en avais déduit qu'il devait s'agir d'une sorte d'hologramme.

La police, assommée par l'incrédulité et la surcharge d'informations, avait fini par me relâcher. Mon récit se tenait et recoupait les autres témoignages – si ce n'est que je n'avais pas vu les morts se réveiller. Ce fut à grand regret qu'on me laissa partir.

JUSTICIER REBELLE

Nous étions allés au poste dans ma voiture en laissant la moto de Cortez au funérarium. Lorsqu'on repartit, il était presque 17 heures et Savannah me rappela qu'elle n'avait pas encore déjeuné. Comme Cortez me devait toujours une explication, on décida d'acheter de quoi manger à un fast-food en bord d'autoroute et de trouver un endroit tranquille où parler.

On s'arrêta au premier fast-food qu'on trouva. Nous comptions simplement passer commande en voiture mais Savannah annonça qu'elle devait aller aux toilettes et je dus admettre que moi aussi, si bien qu'on entra. À notre arrivée, plusieurs personnes nous observèrent. Je tentai de me convaincre que ce n'était que la curiosité de dîneurs désœuvrés, mais une femme d'âge moyen se pencha vers ses compagnons pour leur murmurer quelque chose et tous se retournèrent pour nous fixer. Non, pas nous fixer. Nous fusiller du regard.

— Si vous me dites ce que vous voulez, je passe commande pendant que vous allez aux toilettes, chuchota Cortez.

— Merci.

On détailla notre commande, je lui donnai de l'argent, puis on disparut dans les toilettes. Quand on sortit, il attendait près du présentoir à condiments, sacs en main.

— Je devrais faire pareil avant notre départ, dit Cortez en désignant les toilettes. Souhaitez-vous que je vous accompagne d'abord à la voiture ?

— Pas la peine.

Je lui pris les sacs et conduisis Savannah dehors. Plusieurs regards assassins nous suivirent, mais personne ne dit rien. Quelques minutes plus tard, Cortez nous rejoignit dans la voiture.

— Vous avez retiré vos lentilles ? dit Savannah lorsqu'il monta dans la voiture. Pourquoi ça ?

— Elles sont pratiques à porter sous un casque, mais le reste du temps, je préfère les lunettes.

— C'est bizarre.

— Merci.

Je piochai une frite dans l'un des sacs tant qu'elles étaient encore chaudes.

— À propos de casque, c'est quoi cette histoire de moto ? Ce matin, vous aviez une voiture de location.

— Et je l'ai toujours, elle m'attend au motel. Après notre... altercation de ce matin, j'ai jugé préférable d'entreprendre une surveillance discrète au cas où mon aide serait nécessaire. D'après mon expérience, la moto est bien plus adaptée à cette tâche. Elle permet de circuler dans des ruelles et d'autres endroits où les voitures ne passent pas. Sans compter que le casque permet de dissimuler son visage. En règle générale, c'est plus discret, même si je me rends compte que ce n'est peut-être pas le cas à East Falls.

— Population de motards : zéro. Jusqu'à aujourd'hui.

— Tout à fait exact. À compter de maintenant, je remiserai ma moto pour me contenter de la voiture de location.

Je me garai dans une aire de repos à la sortie de l'autoroute. Pendant que je verrouillais la voiture, Cortez dit quelques mots à Savannah. Elle hocha la tête, s'empara des sacs et se dirigea vers une table de pique-nique à l'autre bout du parking. Cortez m'en désigna une autre, plus proche de la voiture.

— Qu'est-ce que vous lui avez dit ? demandai-je.

— Simplement qu'il serait plus simple pour vous et moi de parler en privé.

— Et vous l'avez soudoyée de combien de dollars pour qu'elle accepte ?

— Rien du tout.

Je jetai un coup d'œil à Savannah en train de déballer son repas. Me voyant l'observer, elle me sourit, agita un doigt dans ma direction puis s'assit pour manger.

— Qui êtes-vous, demandai-je à Cortez, et qu'avez-vous fait de la vraie Savannah ?

Il secoua la tête et s'installa sur le banc.

— C'est une jeune fille très perspicace. Elle comprend qu'il est important de vous assurer des alliés dans cette situation. Elle est disposée à me donner une deuxième chance mais se doute qu'il vous sera peut-être moins facile de faire de même.

Il déballa son hamburger et ouvrit un sachet de ketchup.

— Ce qui nous ramène à la première partie de ma question, dis-je. Qui êtes-vous ?

— Je vous ai dit que je n'étais nullement associé aux Nast et que je ne travaillais pour aucune Cabale. C'est parfaitement exact. Toutefois, il se peut que j'aie intentionnellement suscité en vous l'idée fausse selon laquelle je ne suis associé à aucune Cabale.

Je mordillai le bout d'une frite tout en m'efforçant de démêler cette dernière phrase.

— Donc vous êtes « associé » à une Cabale. De quelle manière, en tant que salarié ?

— Non, je travaille pour mon propre compte, comme je vous l'ai déjà dit. (Cortez replia le sachet de ketchup à moitié vide et le posa sur le côté.) Lors de la réunion du Convent, une vieille dame a mentionné un certain Benicio Cortez.

— Ah, c'est un membre de votre famille, j'imagine ?

— Mon père.

— Laissez-moi deviner… votre père travaille pour une Cabale.

— Il serait plus juste de dire qu'une Cabale travaille pour lui. C'est le P.-D.G. de la Cabale Cortez.

Je toussai et faillis cracher une frite à demi mordillée.

— Votre famille dirige une Cabale ?

Cortez hocha la tête.

— Et elle est… très grande ?

— La Cabale Cortez est la plus puissante au monde.

— Je croyais que vous m'aviez dit que c'était la Cabale Nast, la plus grande.

— En effet. Celle de mon père est la plus puissante. Je vous le dis comme un fait, sans en tirer la moindre fierté. Toutefois, je ne joue moi-même aucun rôle dans l'organisation de mon père.

— Vous m'avez dit hier que les Cabales ont un fonctionnement familial et qu'elles sont dirigées par un mage et ses fils.

— En pratique, c'est exact. Le fils d'un chef de Cabale intègre l'organisation à sa naissance et y demeure dans quasiment tous les cas. Quoi qu'il en soit, bien qu'un fils puisse grandir au sein d'une Cabale, il doit malgré tout recevoir une formation initiale lors de son dix-huitième anniversaire. Dans la mesure où l'appartenance à une Cabale est, en théorie, volontaire, un fils a la possibilité de refuser l'initiation, comme je l'ai fait.

— Donc vous avez simplement dit : « Désolé, papa, je n'ai pas envie de faire partie de la boîte familiale » ?

— Eh bien… (Il ajusta ses lunettes.) Techniquement, bien sûr, dans la mesure où j'ai échoué lors de l'initiation, je ne suis pas membre de la Cabale. Pas plus que je ne me considère comme tel. Mais dans la mesure où, comme je vous le disais, ce cas de figure est rarissime, je me trouve dans une position telle que la plupart des gens me considèrent encore comme faisant partie de l'organisation de mon père. La plupart des gens ne voient dans cette rébellion qu'une situation temporaire – idée que mon père, hélas, partage et encourage, ce qui signifie qu'on m'accorde les privilèges et la protection liés à une telle position.

— Ouais.

— Cette position me fournit un certain statut dans le monde des Cabales, et bien qu'il me répugne de tirer parti de cette association, elle se révèle parfois bénéfique et me permet de m'engager dans des activités que la Cabale ne m'autoriserait pas si j'étais quelqu'un d'autre.

— Ouais.

Une migraine commençait à se déclarer derrière mes yeux.

— J'ai simplement décidé que le meilleur usage que je puisse faire de ma position – que je n'ai ni voulue ni encouragée – consiste à contrarier certains abus de pouvoir exercés par mes semblables. Très clairement, enlever une jeune sorcière au Convent pour la placer entre les mains d'une Cabale en fait partie. Apprenant l'initiative de Kristof Nast, j'ai suivi Leah et Gabriel et attendu le moment opportun pour vous offrir mes services.

— Ouais. Donc, si je comprends bien : ayant renoncé à la fortune familiale, vous utilisez maintenant votre pouvoir pour aider d'autres êtres surnaturels. Comme le Chevalier noir… qui porterait un déguisement permanent de Clark Kent.

J'aurais juré l'avoir vu sourire. En tout cas, un tic agita ses lèvres.

— Le Chevalier noir, c'est Batman, dont l'alter ego serait Bruce Wayne. Clark Kent, c'est Superman. Je crains qu'aucune de ces deux comparaisons ne soit adaptée. Je ne possède pas le sex-appeal tourmenté et ténébreux de l'homme chauve-souris et je n'ai malheureusement pas encore appris à voler – même si j'ai parcouru quelques mètres quand Leah m'a projeté dans les airs cet après-midi.

Je ne pus retenir un petit rire.

— D'accord, mais plus sérieusement, vous savez quelle impression donne toute cette histoire de « justicier rebelle » ?

— Ça paraît peu probable, je sais.

— Dites plutôt complètement dingue. Démentiel. Grotesque.

— Je n'avais pas encore entendu ces adjectifs-là, sans doute parce que personne n'ose me les dire en face.

(Il repoussa son hamburger intact.) Avant de rejeter totalement mon récit, je vous prie de parler à Robert Vasic. Je suis persuadé qu'il aura des sources à même de garantir ma sincérité.

— J'espère bien.

— Je veux vous aider, Paige. Je connais les Cabales, et plus intimement que toute personne que vous pourriez espérer – ou vouloir – rencontrer. Je peux opérer au sein de ce monde sans crainte de représailles. Comme Savannah l'a constaté aujourd'hui, les Nast n'osent pas me toucher. Ce qui peut se révéler très utile.

— Mais pourquoi ? Pourquoi vous donner tout ce mal pour aider une étrangère ?

Il jeta un coup d'œil à Savannah.

— Grotesque, comme vous le dites. Je n'imagine personne faire ce genre de chose.

J'arrachai le bout croquant d'une frite, l'inspectai puis le jetai dans l'herbe. Une corneille s'en approcha d'un pas chancelant pour l'examiner puis me fixa d'un œil noir et froid, comme pour me demander s'il était prudent de la manger.

— Il reste que vous avez menti, lui dis-je. Au sujet de Leah.

— Oui, et comme vous me l'avez fait remarquer, je suis très doué pour ça. Chez les Cortez, c'est un talent qu'on nous enseigne pendant que les autres garçons apprennent à manier une batte de base-ball. Pour moi, le mensonge est un réflexe de survie. Placé dans une situation où dire la vérité peut se révéler dangereux, je mens souvent avant même de prendre la décision consciente de le faire. Et je peux vous affirmer, à ma décharge, que je ferai de gros efforts pour ne pas recommencer.

— Mais vous l'avez fait une fois et c'est bien assez. J'ai déjà un sérieux problème de confiance par rapport à cet arrangement – au fait de m'associer à un mage.

— C'est parfaitement compréhensible.

— Et je vais d'abord parler à Robert. J'en ai besoin pour avoir l'esprit tranquille.

— Compréhensible, cette fois encore. Vous pensez qu'il rentrera bientôt, j'espère ?

— Il a sans doute déjà appelé chez moi en espérant m'y trouver.

— Parfait. Dans ce cas, je vous accompagne chez vous, de sorte que vous puissiez le rappeler, suite à quoi nous pourrons établir un plan d'action.

— Et votre moto ?

— J'irai la chercher plus tard. Pour l'heure, ma priorité consiste à régler cette situation.

Les chiens sont lâchés

Alors que j'empruntais l'avant-dernier virage menant à ma rue, Cortez se tourna de côté sur son siège afin de pouvoir regarder à la fois Savannah et moi-même.

— Donc, comme je vous le disais, il se peut que des gens des médias se soient établis dans les parages. Vous devez vous y préparer. Nous devrions peut-être passer de nouveau le plan en revue. Ce qu'il faut que vous gardiez en tête avant tout, c'est…

— Pas de commentaires, pas de commentaires, pas de commentaires, dis-je, imitée par Savannah.

— Vous apprenez vite.

— Quand le scénario est aussi simple, même des sorcières comme nous peuvent l'apprendre.

— Je suis très impressionné. Donc, quand nous allons sortir de la voiture, restez près de moi…

Savannah se pencha par-dessus le siège.

— Et vous allez nous protéger en invoquant des éclairs, de la grêle et toutes les flammes de l'enfer ?

— Je ne peux te protéger de rien si Paige freine et que tu passes à travers le pare-brise. Mets ta ceinture, Savannah.

— C'est déjà fait.

— Alors resserre-la.

Elle se glissa de nouveau sur son siège.

— C'est pas vrai, vous êtes aussi terrible que Paige.

— Comme je vous le disais, reprit Cortez, notre priorité consiste à… Oh.

Je retins mon souffle. Un simple mot, même pas, un simple bruit, une exclamation de surprise. Mais pour que Cortez *éprouve* de la surprise – pire encore, pour qu'il s'interrompe en pleine explication de l'un de ses plans de génie et émette une telle exclamation – eh bien, ça n'augurait rien de bon.

Je venais de tourner pour rejoindre ma rue. Ma maison se trouvait à quatre cents mètres – du moins le supposais-je. Je ne pouvais m'en assurer car les deux côtés de la rue étaient bordés de voitures, de camions et de camionnettes occupant tous les espaces disponibles, dont certains en double file. Quant à ma maison, je ne la voyais pas, non pas à cause des voitures mais de la foule qui s'étalait sur le gazon, le trottoir, et même sur la route.

— Garez-vous dans la prochaine allée que vous verrez, dit Cortez.

— Je ne peux pas me garer ici, dis-je en soulevant le pied de l'accélérateur. Je suis sûre que mes voisins sont déjà assez en rogne comme ça.

— Vous n'allez pas vous garer, mais faire demi-tour.

— Vous voulez que je m'enfuie ?

— Pour l'instant, oui.

J'agrippai le volant.

— Je ne peux pas faire ça.

Même sans me tourner vers lui, je sentais son regard braqué sur moi.

— Ça ne va pas être facile d'entrer chez vous, Paige, dit-il d'une voix plus douce. Ce genre de situation… ne fait pas ressortir le meilleur chez les gens. Personne ne vous reprochera de faire demi-tour.

Je regardai Savannah dans le rétroviseur.

— Paige a raison, dit-elle. Si on se défile maintenant, Leah saura qu'on a peur.

— D'accord, très bien, répondit Cortez. Garez-vous dès que vous verrez de la place.

On garda le silence tandis que je cherchais une place de parking. Mes yeux voyageaient d'un groupe à l'autre : des équipes du journal télévisé en train de boire du café du Starbucks de Belham aux groupes éparpillés de personnes à l'expression curieuse, munies de caméscopes ; de la police d'État qui se disputait avec cinq individus chauves en robe blanche aux hommes, femmes et enfants qui faisaient les cent pas sur le trottoir, brandissant des pancartes qui vouaient mon âme à la damnation.

Des étrangers. Tous sans exception. Je balayai la foule du regard et ne vis ni journalistes locaux, ni flics du village, ni le moindre visage familier. Tout au long de la rue, les portes étaient fermées, les rideaux tirés. Les gens acceptaient volontiers de bannir le soleil et le vent frais de juin si ça leur permettait aussi de chasser ce qui se passait au 32 Walnut Lane, quoi que ça puisse bien être. Ils attendaient que tout ça disparaisse. Et qu'on s'en aille.

— Quand Paige arrêtera la voiture, sors immédiatement, dit Cortez. Détache ta ceinture tout de suite et tiens-toi prête. Une fois sortie, ne t'arrête pas – même pour regarder autour de toi. Paige, prenez la main de Savannah et dirigez-vous vers l'avant de la voiture. Je vous y retrouve pour dégager le passage.

Quand on eut tourné au coin, quelques personnes regardèrent dans notre direction – pas autant qu'on pouvait s'y attendre, sachant qu'ils guettaient l'arrivée d'une étrangère, mais peut-être étaient-ils là depuis si longtemps et avaient-ils vu passer tant d'étrangers qu'ils ne sursautaient plus à l'apparition de chaque nouvelle voiture. Quand la nôtre ralentit, plusieurs autres nous jetèrent des coups d'œil. Je vis leur expression : ils étaient désœuvrés, impatients, presque furieux, comme prêts à s'énerver contre le prochain touriste qui réveillerait en vain leurs espoirs. Puis ils me virent. Un cri. Un autre. Un mouvement qui s'accrut pour devenir un flot, puis une vague.

Je tournai le volant pour m'insérer de biais derrière une camionnette de journal télévisé. L'espace d'un instant, je ne vis que l'indicatif d'une chaîne de Providence. Puis un mouvement de foule engloutit le véhicule. Des étrangers bousculaient le véhicule au point de le faire tanguer. Un homme renversé par la foule s'affala sur le capot. La voiture rebondit. L'homme se releva tant bien que mal. Je croisai son regard, y lus son appétit, son excitation, et me figeai un instant.

Lorsque ce flot humain engloutit la voiture, j'entrevis la possibilité bien réelle de nous retrouver pris au piège. Je saisis la poignée de la portière et l'ouvris brusquement, de toutes mes forces, sans me soucier de savoir qui j'atteignais. Je bondis hors de la voiture, pivotai et m'emparai de Savannah alors qu'elle sortait.

— Mademoiselle Winterbourne, est-ce que vous…

— … avez-vous…

— … allégations…

— Paige, qu'est-ce que vous…

Ce brouhaha de questions m'atteignit avec la force d'une bourrasque de quatre-vingts kilomètres à l'heure et faillit me renverser contre la voiture. J'entendis des voix, des mots, des cris qui se mêlaient tous en une unique cacophonie. Je me rappelai Cortez me demandant de le rejoindre à l'avant de la voiture. Mais *où* se trouvait l'avant de la voiture ? Dès l'instant où je sortis du véhicule, la foule et le bruit m'enveloppèrent. Des doigts saisirent mon bras. Je me dégageai brusquement avant de voir Cortez à mes côtés, la main autour de mon coude.

— Pas de commentaires, dit-il avant de m'arracher à l'échauffourée.

La foule me relâcha un instant puis m'avala de nouveau.

— … est-ce que…

— … morts-vivants…

— … Grantham Cary…

— … dragons et…

J'ouvris la bouche pour répondre « Pas de commentaires » mais sans parvenir à prononcer ces mots. Je me contentai donc de secouer la tête et laissai Cortez parler à ma place.

Quand il parvint à nous libérer, j'attirai Savannah plus près, lui entourant fermement la taille d'un bras. Elle ne résista pas. Je voulus me tourner vers elle mais tout bougeait si vite autour de nous que je ne fis qu'entrevoir sa joue.

La foule tenta de nouveau de se refermer sur nous mais Cortez fonça droit devant lui en nous entraînant dans son sillage. Nous avions parcouru trois mètres environ quand la foule se mit à enfler. D'autres personnes se joignirent aux journalistes et l'intonation de cette unique voix hurlante passa de l'excitation prédatrice à la rage mauvaise.

— … tueuse…

— … sataniste…

— … sorcière…

Un homme poussa une journaliste hors de notre chemin et se plaça devant Cortez. Ses yeux étaient injectés de sang et habités d'une lueur sauvage. Il crachait des postillons.

— … putain du Diable ! Sale meurtrière…

Cortez leva la main à hauteur de sa poitrine. L'espace d'un instant, je crus qu'il allait flanquer le type par terre. Au lieu de quoi il se contenta d'agiter les doigts. L'homme recula en chancelant, bousculant une vieille femme derrière lui, puis l'insulta copieusement pour l'avoir poussé.

Cortez nous guida à travers la brèche. Si les gens ne reculaient pas assez vite, il les chassait d'un coup d'épaule. S'ils tentaient de nous bloquer la voie, il agitait les doigts à hauteur de la taille et les projetait en arrière juste assez fort pour faire croire qu'on les avait bousculés. Au bout de cinq longues minutes, on atteignit enfin le porche.

— Rentrez, dit Cortez.

Il se retourna très vite, nous poussant vers la porte, Savannah et moi, tandis qu'il bloquait les marches du porche. Je déverrouillai maladroitement la serrure tandis que mon esprit s'emballait en quête d'un sortilège susceptible de distraire ou de repousser la foule jusqu'à ce que Cortez puisse entrer. Passant mentalement mon répertoire en revue, je compris que je n'avais rien. D'accord, je connaissais quelques sortilèges agressifs, mais mon répertoire très limité ne proposait rien d'adapté à la situation. Comment allais-je m'y prendre ? En provoquant des évanouissements ? En faisant pleuvoir des boules de feu ? Ils ne remarqueraient sans doute même pas la première option, tandis que la deuxième attirerait beaucoup trop l'attention. La chef rebelle du Convent, si fière de ses sortilèges interdits, se retrouvait totalement impuissante.

Pendant que nous entrions dans la maison, Cortez retenait la foule, bloquant physiquement les marches étroites, une main plantée de chaque côté de la rambarde. Ce qui dura juste assez longtemps pour nous permettre de franchir le seuil. Puis un mouvement de foule poussa un homme costaud qui tomba contre l'épaule de Cortez. Lequel recula juste à temps pour éviter de se faire renverser. Ses lèvres remuèrent et, l'espace d'un instant, la foule s'arrêta au bas des marches, bloquée par un sort de barrage. Cortez se rua vers la porte et défit le sortilège avant qu'il devienne trop évident. Le premier rang de la foule bascula en avant.

J'ouvris brusquement la porte grillagée. Tandis que Cortez se précipitait à l'intérieur, une ombre passa au-dessus de nous. Un jeune homme bondit au bas de la rambarde du porche. Le sortilège jaillit de mes lèvres avant que j'aie le temps d'y réfléchir. L'homme s'arrêta net, la tête et les membres retenus en arrière. Le sort d'entrave se brisa alors mais il avait perdu son élan et tomba sur le porche à deux mètres de la porte. Cortez claqua la porte grillagée, puis la porte interne.

— Bon choix, dit-il.

— Merci, répondis-je en préférant m'abstenir de préciser que c'était le seul dont je disposais et que j'avais eu de la chance qu'il fonctionne ne serait-ce que pendant ces quelques secondes. Je fermai la porte à clé, jetai des sorts de verrouillage et de périmètre et m'effondrai contre le mur.

— Par pitié, dites-moi qu'on ne va jamais devoir ressortir… plus jamais.

— Ça veut dire qu'on peut commander une pizza pour dîner ? cria Savannah depuis le salon.

— Tu as cinquante dollars pour le pourboire ? braillai-je en réponse. Je ne vois pas un livreur affronter cette foule pour moins qu'un Ulysses S. Grant [1].

Savannah poussa un cri à mi-chemin entre appel et glapissement. Tandis que je la rejoignais en courant, elle dit quelque chose que je ne compris pas. Le corps d'un homme vola à travers le couloir menant à sa chambre. Il heurta le mur tête la première. Un craquement sonore retentit, suivi d'un bruit sourd lorsqu'il s'effondra sur la moquette. Cortez se précipita vers l'individu et se laissa tomber à ses côtés.

— Dans les vapes, dit-il. Vous le connaissez ?

J'inspectai l'homme – âge moyen, calvitie naissante, traits tirés – et fis signe que non. Mon regard remonta le long du mur jusqu'à un trou de dix centimètres à partir duquel se déployaient des lézardes, évoquant une araignée géante.

— Leah, dis-je. Elle est ici…

— Je ne crois pas que ce soit elle qui ait fait ça, répliqua Cortez.

Après un instant de silence, je me tournai vers Savannah.

— Il m'a surprise, dit-elle.

— C'est *toi* qui l'as assommé ?

— Elle a d'excellents réflexes, dit Cortez en plaçant les doigts derrière la tête de l'homme. Commotion possible.

---

1. Président américain de 1869 à 1877 dont le portrait orne les billets de cinquante dollars. (*NdT*)

Et une grosse bosse, sans aucun doute. Si nous regardions de qui il s'agit ?

Cortez tira un portefeuille du pantalon de ce type. Lorsque je voulus regarder Savannah, elle s'était retirée dans sa chambre. Je m'apprêtais à la suivre quand Cortez me tendit une carte pour que je l'inspecte.

Alors que je la lui prenais, le téléphone sonna. Tous mes nerfs usés se réveillèrent d'un coup et me firent sursauter. Avec un juron, je fermai les yeux et attendis que la sonnerie s'arrête. Le répondeur se déclencha.

— Mademoiselle Winterbourne ? Ici Peggy Dare du Département des services sociaux du Massachusetts…

Mes yeux s'ouvrirent brusquement.

— Nous aimerions vous parler de Savannah Levine. Nous sommes quelque peu inquiets…

Je me précipitai vers le téléphone. Cortez tenta de m'intercepter et je l'entendis à peine me dire que nous devions préparer notre réponse puis les rappeler ensuite, mais je ne l'écoutais pas. Je me précipitai dans la cuisine, me saisis du combiné et enfonçai brusquement la touche « arrêt » du répondeur.

— Ici Paige Winterbourne, annonçai-je. Désolée. Je filtre les appels.

— J'imagine très bien, me répondit une voix agréable et compatissante évoquant celle d'une gentille voisine. On dirait qu'il y a pas mal d'animation chez vous en ce moment.

— On peut dire ça.

Petit gloussement de rire, puis elle retrouva son sérieux.

— Je suis réellement désolée de vous décourager en cette période déjà difficile pour vous, mademoiselle

Winterbourne, mais nous nous inquiétons pour le bien-être de Savannah. J'ai cru comprendre que vous faites l'objet d'une contestation de vos droits de garde.

— Oui, mais…

— En temps ordinaire, nous ne nous mêlons pas de ce genre d'affaires à moins que l'intérêt de l'enfant soit réellement menacé. Bien que personne ne suppose que Savannah ait été maltraitée, nous nous inquiétons du climat dans lequel elle vit actuellement. Ça doit être extrêmement perturbant pour elle, après la disparition de sa mère, de voir tout ça se produire une fois qu'elle s'installe chez vous.

— Je fais mon possible pour la protéger de toute cette histoire.

— Y a-t-il d'autres endroits où Savannah puisse aller ? Temporairement ? Peut-être un environnement plus… stable ? Je crois qu'elle a une tante en ville.

— Sa grand-tante, Margaret Levine. C'est exact. J'avais pensé lui laisser Savannah jusqu'à ce que tout ça soit fini.

Ouais, c'est ça.

— Excellente idée. Par ailleurs, on m'a demandé de vous rendre visite. Le comité souhaite vivement évaluer la situation. Une visite à domicile est généralement la meilleure solution. Est-ce que demain à 14 heures vous conviendrait ?

— Parfaitement.

Ça me laissait moins de vingt-quatre heures pour évacuer tout ce cirque devant chez moi.

Je raccrochai puis me tournai vers Cortez.

— Le Département des services sociaux me rend une visite à domicile demain après-midi.

— Les services sociaux ? C'est la dernière chose… (Il s'interrompit, remonta ses lunettes et pinça l'arête de son nez.) D'accord. On pouvait s'attendre à ce qu'ils s'intéressent à ce qui se passe. Ce n'est qu'un souci mineur. Demain après-midi, vous dites ? À quelle heure ?

— Quatorze.

Il sortit son agenda et prit note, puis me tendit la carte que j'avais laissé tomber quand je m'étais ruée vers le téléphone. Je l'examinai distraitement l'espace d'une seconde, puis vis l'homme inconscient étendu dans le couloir et poussai un gémissement.

— Retour à la crise numéro vingt et un, déclarai-je.

— Je crois que c'est la vingt-deux – la foule en colère, c'était la vingt et un. Toutefois, comme ils ne semblent pas vouloir partir, je dirais que c'est *encore* la vingt et un.

Avec un gémissement, je m'effondrai sur une chaise puis m'emparai de la carte. Le malheureux apprenti cambrioleur s'appelait Ted Morton. Si l'on m'avait dit une semaine plus tôt que je me retrouverais assise dans ma cuisine avec un mage, en train de me demander comment nous débarrasser au mieux d'un étranger que Savannah venait d'assommer, j'aurais… Eh bien, je ne sais pas ce que j'aurais fait. C'était trop ridicule. Cela dit, compte tenu des événements de la semaine écoulée, ce n'était vraiment pas si terrible. C'était franchement quelques crans en dessous du spectacle d'un homme qu'on assassinait en le projetant par la fenêtre ou de la résurrection de son cadavre mutilé devant sa famille et ses amis.

M. Morton se présentait comme enquêteur du paranormal. Je n'ai pas de patience avec ces gens-là. Je n'en ai jamais rencontré qui n'ait pas sérieusement besoin d'avoir une vraie vie. Traitez-moi d'intolérante, mais je trouve ces types plus nuisibles que des cafards dans un hôtel minable en Floride. Ils fourrent leur nez partout, inventent toutes sortes d'histoires, attirent des escrocs et, de temps en temps, tombent par hasard sur des bribes de vérité.

Pendant mes années de lycée, j'avais travaillé dans une boutique d'informatique dont la patronne dirigeait l'« Association pour l'explication des faits inexpliqués » du Massachusetts. Avait-elle jamais expliqué pourquoi je disparaissais chaque fois qu'elle cherchait quelqu'un pour faire une course au fast-food ? Elle entrait dans la pièce du fond, je lançais un sort de camouflage, elle murmurait « Tiens, pourtant j'aurais juré voir Paige entrer ici » et partait en quête d'une autre victime.

— Pas que ce soit une grosse surprise, dis-je en jetant la carte à Cortez. Comment est-ce que les Cabales traitent avec ces gens-là ?

— À l'aide de blocs de ciment et de lacs très profonds.

— Pas une mauvaise idée. (Je regardai Morton par-dessus mon épaule et soupirai.) J'imagine qu'on doit agir avant son réveil. Des idées ?

— Je suppose que vous n'avez pas de chaux vive en réserve ?

— Dites-moi que c'est une blague.

— Malheureusement, oui. Il nous faut une solution un peu plus discrète. La meilleure consisterait à reconduire M. Morton hors de la maison sans que nous ayons besoin de l'emmener très loin, pour éviter d'attirer l'attention. Il serait également préférable de lui faire oublier qu'il est entré ici – ce qui, une fois encore, risquerait d'attirer l'attention quand il le racontera. Vous ne connaissez rien à l'hypnose, à tout hasard ?

Je fis signe que non.

— Alors nous allons devoir nous contenter…

Savannah apparut sur le pas de la porte.

— J'ai une idée. Et si on le larguait dans le sous-sol, juste en dessous de la trappe ? On pourrait casser le verrou, peut-être la laisser entrouverte. En se réveillant, il croirait peut-être qu'il est tombé en entrant ici et qu'il s'est cogné la tête.

Cortez hésita puis acquiesça.

— Ça peut marcher. Paige ?

— Si ça veut dire qu'on n'a plus besoin de ressortir, je vote pour.

Cortez se leva et se dirigea vers le vestibule arrière.

— Désolée, dit Savannah. Je ne voulais pas vous causer encore plus d'ennuis. Il m'a surprise, c'est tout.

Je lui serrai l'épaule.

— Je sais. On ferait mieux de filer un coup de main…

Quelqu'un frappa à la porte de derrière. Contrairement à la sonnerie du téléphone et à la sonnette, c'était une première. Quand j'avais regardé par la fenêtre de la cuisine un peu plus tôt, ma cour était vide, peut-être parce que personne n'osait être le premier à franchir la barrière. À présent, même ce sanctuaire-là venait d'être profané.

Tandis que j'écoutais ces coups impatients, la colère monta en moi et je me préparai à affronter mon dernier « visiteur » en date. Quand je jetai un coup d'œil par la porte vitrée, j'aperçus Victoria et Therese. Pire encore, elles me virent.

La menace

Je reculai dans le salon.

— Les Aînées, sifflai-je à Cortez qui se trouvait dans le vestibule arrière, occupé à remettre le portefeuille de Morton dans sa poche. Ce sont les Aînées du Convent.

— Ne leur ouvrez pas.

— Elles m'ont vue.

Il jura à mi-voix.

— Désolée, lui dis-je.

— Vous n'y êtes pour rien. Faites-les attendre. Comptez jusqu'à cinq, laissez-les entrer, puis essayez de gagner quelques minutes. Gardez-les dans le vestibule.

Je m'y précipitai en courant, tirai le rideau et leur fis signe qu'il me faudrait un moment pour ouvrir la porte. Puis je défis le sort de déverrouillage et le sort de périmètre et mis aussi longtemps à ouvrir le verrou que s'il y en avait cinquante. Je fis entrer les Aînées tout en leur bloquant la voie du vestibule.

— Vous avez réussi à traverser la foule ? leur demandai-je. La vache, ça nous a pris…

— Nous avons dû passer par les bois, répondit Victoria. Une expérience des plus déplaisantes. Therese a déchiré son chemisier.

— Il fallait que nous venions, ajouta celle-ci. C'est vrai ce qu'on raconte ? Au sujet de ce pauvre Grantham ?

— Nous sommes venues parce que tu nous as menti, Paige. Tu nous as dit qu'il n'y avait pas de mage en ville.

— Je n'ai jamais dit…

— Tu l'as sous-entendu en nous laissant vulnérable aux attaques. Et maintenant, regarde ce qui s'est passé. Ce mage a ramené M. Cary à la vie.

— Non, ça, c'était la nécromancienne. Les mages ne réveillent pas les morts.

— Eh bien, nous voilà rassurées, gronda Victoria dont le visage se déformait en une moue furieuse et très peu distinguée. Nous avons été envahis, Paige – non seulement par une semi-démone, mais aussi par un mage et une nécrophile…

— Nécromancienne, rectifiai-je. Un nécrophile, c'est quelqu'un qui a des rapports sexuels avec des cadavres. Les nécromanciens ne font pas ça – enfin j'espère… À la réflexion, je préfère ne pas y penser.

— Paige Winterbourne ! J'en ai assez de tes…

« Boum ! » Grand fracas dans l'escalier. Puis la voix de Savannah nous parvint lorsqu'elle chuchota :

— Merde ! Désolée, Lucas. J'ai glissé.

Il la fit taire, mais trop tard. Victoria me repoussa pour se diriger à grands pas vers la porte de la cave. Je m'élançai à sa suite et la rattrapai alors qu'elle se trouvait à une marche de l'escalier du sous-sol. Je voulus claquer la porte mais m'y pris trop tard.

— Au nom du ciel…

— Oh mon Dieu, dit Therese qui regardait par-dessus l'épaule de Victoria. Ils ont tué un homme.

— Nous n'avons tué personne, aboyai-je. Ce type est entré par effraction et… et je…

— Nous nous sommes bagarrés, dit Cortez depuis

le bas des marches. Je l'ai assommé par accident. Nous sommes en train de le descendre au sous-sol où il pourra sortir par la trappe. Ayant reçu un coup à la tête, il sera désorienté et croira sans doute être tombé par là. Comme vous le voyez, nous maîtrisons la situation.

— Maîtriser ? répéta Victoria en se tournant vers moi. C'est ce que tu appelles maîtriser les choses, Paige ? Des morts qui se baladent dans les funérariums ? Un mage en train de traîner un homme à moitié mort dans ton sous-sol ? La situation était très simple mais tu l'aggraves à chaque jour qui passe – non, à chaque *heure*.

— Victoria, dit Therese, main tendue vers le bras de son amie.

Celle-ci la repoussa.

— Non, il faut que les choses soient dites. Nous lui avons demandé de ne pas s'obstiner…

— Je n'ai rien fait ! m'exclamai-je.

— Tu nous as désobéi. Ouvertement, comme tu le fais depuis des années. C'est pour ta mère, Paige, que nous le tolérons. En accord avec ses dernières volontés, nous t'avons laissé t'occuper de cette enfant, et Dieu sait pourtant que je ne te confierais même pas une perruche.

— Ça suffit, dit Cortez qui commençait à gravir les marches.

Je lui fis signe de s'éloigner et me tournai vers Victoria.

— Dites-moi ce que j'ai fait. S'il vous plaît. Dites-moi ce que j'ai fait de travers. J'ai consulté un avocat comme vous me l'aviez conseillé. J'ai coopéré avec la police quand Leah l'a tué. J'ai poireauté au poste et répondu à leurs questions en attendant de l'aide. *Votre* aide.

— Le but du Convent n'est pas d'aider ceux qui s'attirent eux-mêmes des ennuis. Tu as recueilli cette fillette en sachant que cette démone la cherchait, en sachant qu'elle était la fille d'Eve et n'avait donc pas sa place au sein du Convent.

— Le but du Convent est de venir en aide à toutes les sorcières. Chacune d'entre elles y a sa place.

— C'est là que tu te trompes, dit Victoria qui regarda d'abord Savannah en bas des marches, puis moi-même. Tu as vingt-quatre heures pour trouver quelqu'un d'autre qui puisse la prendre en charge. De manière permanente. Autrement, tu n'es plus la bienvenue dans le Convent.

Je me figeai.

— Qu'est-ce que vous avez dit ?

— Tu m'as bien entendue, Paige. Soit tu règles ça tout de suite, soit tu seras bannie.

— Vous ne pouvez pas me bannir – je suis la chef du Convent !

Victoria éclata de rire.

— Tu n'es pas…

— Victoria, je t'en prie, dit de nouveau Therese.

— Quoi, « je t'en prie » ? Tu me pries de poursuivre cette comédie ? Nous sommes trop vieilles pour jouer à ça, Therese. Nous aurions dû y mettre fin l'an dernier. Tu n'es pas la chef du Convent, Paige. Tu crois vraiment que nous aurions accepté de nous laisser diriger par une fille assez incompétente pour transformer une simple affaire de demande de garde en véritable chasse aux sorcières ?

Cortez apparut derrière moi.

— Veuillez vous en aller. Tout de suite.

— Sinon vous ferez quoi ? Vous m'assommerez pour m'abandonner au sous-sol comme ce pauvre homme ?

— Ce n'est pas de lui que vous devriez avoir peur, dit une voix douce.

Savannah montait les marches en souriant à Victoria.

— Vous voulez voir ce que ma mère m'a vraiment appris ?

Je la fis taire d'un bref signe de tête. Avant que je puisse dire quoi que ce soit, Victoria sortit de la cuisine à grands pas, Therese sur les talons. Avant d'atteindre la porte de derrière, elle se retourna et me regarda droit dans les yeux.

— Ce n'est pas une menace en l'air, Paige. Trouve un foyer à cette enfant et remets de l'ordre dans toute cette histoire – ou tu n'as plus ta place au sein du Convent.

Que fis-je ensuite ? Est-ce que je me retirai dans ma chambre, pleurai un bon coup en me demandant comment ma vie avait pu si mal tourner ? Malgré la tentation, je ne pouvais pas m'offrir le luxe de m'apitoyer sur mon sort. J'avais toute la presse sur ma pelouse, un enquêteur paranormal inconscient sur les marches de ma cave et, quelque part en vadrouille, toute une équipe spéciale chargée par les Cabales de me pourrir la vie. À ce stade, me faire renvoyer du Convent paraissait le cadet de mes soucis. Au plus profond de moi-même, je savais que c'était une menace qui pouvait détruire jusqu'à ma raison de vivre, les rêves de ma mère qui voulait que je fasse entrer le Convent dans une nouvelle ère, mais je ne pouvais pas m'en soucier pour l'instant. Vraiment pas.

Je regagnai la cuisine et entrepris de passer mes messages en revue. J'en avais écouté deux quand Cortez se glissa derrière moi et se pencha pour appuyer sur le bouton « arrêt ».

— Vous n'avez pas besoin d'écouter ça, dit-il.

— Mais si. Robert… ou quelqu'un d'autre… (Ma voix tremblait autant que mes mains. Je serrai les poings et m'efforçai de me calmer.) Il faut que j'écoute. Ça pourrait être important.

— Vous pouvez consulter le journal d'appels, Paige.

Je fis signe que non.

— J'ai besoin… de faire quelque chose.

Il hésita puis hocha la tête.

— Je vais vous préparer du café.

— Elle aime le thé, dit Savannah derrière nous. Tenez, je vais vous montrer.

Il suivit Savannah et je repris l'écoute des messages.

Au sixième, je reconnus une voix familière que j'accueillis avec grand plaisir.

« Paige ? C'est Elena. Jeremy a lu un article sur toi dans le journal. On dirait que tu as des ennuis. Passe-moi un coup de fil à l'occasion. »

— Je peux l'appeler ? demanda Savannah qui bondit au bas du bar où elle s'était perchée pour surveiller l'infusion du thé préparé par Cortez.

— Il vaudrait mieux que ce soit moi, répondis-je. Je te la passerai quand j'en aurai fini.

Je descendis dans ma chambre, appelai Elena et lui racontai les événements. C'était agréable de lui dire ce que j'avais sur le cœur, de parler à quelqu'un qui comprenait. Quand elle me proposa de venir m'aider, je ne saurais vous dire à quel point ça me fit plaisir. Malheureusement, je dus refuser.

Leah et Elena se connaissaient depuis leur captivité dans le centre. Leah s'était liée d'amitié avec Elena avant de la trahir. Plus tard, quand nous étions retournées chercher Savannah, Clayton, l'amant d'Elena, avait tué Isaac Katzen, celui de Leah. Laquelle devait toujours avoir une dent contre les loups-garous. Si Elena venait ici, Leah pouvait très bien décider de se venger, et la dernière chose dont nous avions besoin actuellement était d'assister à un règlement de comptes entre loup-garou et semi-démone se déroulant en plein centre d'East Falls.

Elena comprit mais promit de rester quelques jours près de chez elle. Je n'avais qu'à l'appeler si jamais je changeais d'avis. Je crois qu'elle ne savait pas à quel point ça me touchait.

Avant de raccrocher, je lui passai Savannah et retournai à la cuisine.

—Vous prenez quoi que ce soit dans votre thé? demanda Cortez.

—Non, je le prends noir, répondis-je en m'emparant de la tasse. Merci.

—Vous devriez peut-être appeler Robert. Je me sentirais mieux…

Un gémissement l'interrompit, surgi du sous-sol. Morton était réveillé. J'espérais du moins que c'était lui mais, compte tenu des événements de ces derniers jours, je n'aurais pas été surprise d'ouvrir la porte du sous-sol pour y trouver un zombie décomposé en train de monter les marches. On resta tous immobiles tandis que résonnaient des bruits de pas. Quand on entendit cogner à la porte du sous-sol, même Cortez hésita un instant avant de répondre.

Tout espoir que Morton s'esquiverait furtivement dès son réveil s'évanouit tandis qu'il continuait à marteler la porte en criant. Il n'avait strictement aucune intention de partir sans se battre. Et Cortez l'exauça. Pas en se bagarrant avec lui au sens littéral, bien entendu. Sans vouloir l'offenser, je le voyais mal retrousser les manches pour tabasser qui que ce soit. C'était dans les mots que résidait sa puissance et, après avoir échangé quelques salves avec lui, Morton s'esquiva enfin en nous prodiguant mille excuses, persuadé d'être bel et bien tombé par cette trappe.

La Cabale originelle

Après le départ de Morton, j'entendis Savannah dire au revoir à Elena. Elle n'avait pas encore quitté sa chambre quand le téléphone sonna de nouveau. Après une sonnerie unique, la voix animée de Savannah flotta le long du couloir. Sans même comprendre un mot de la conversation, je devinai qui nous appelait rien qu'à son intonation.

— N'importe quoi, dit-elle en entrant dans la cuisine, téléphone collé à l'oreille. Ouais, c'est ça. Comme si on avait besoin de toi. (Elle ricana.) Ah ouais. Tu pourrais, je sais pas moi, les faire cramer. Dans tes rêves.

Elle s'arrêta pour écouter la réponse puis réprima un gloussement de rire. Savannah ne gloussait ainsi que pour une seule personne au monde, même si elle aurait préféré mourir plutôt que de l'admettre – et elle aurait sans doute tué quiconque aurait le culot de le lui faire remarquer.

— C'est pour toi, dit-elle en me tendant le téléphone. C'est Adam. Il croit qu'il va nous aider. Et puis quoi encore ?

— Salut, dis-je.

— C'est pas trop tôt ! Tu sais combien de fois j'ai appelé ici depuis cet après-midi ? Papa a laissé tomber il y a des heures. Soit ça sonne occupé, soit on obtient le répondeur. Où t'étais passée ?

— Tu n'aimerais pas le savoir.

— J'en ai une petite idée. Ma mère a regardé les infos sur le câble tout à l'heure et tu sais sur quelle photo elle est tombée ?

— La mienne. Laisse-moi deviner… On racontait que j'étais sataniste, hein ?

— Ah non, pas du tout. Que tu étais sorcière. Maintenant, tu es sataniste aussi ? Cool. Si jamais tu vois le big boss, tu peux lui demander de transmettre un message à mon père ? Dis-lui qu'il est très en retard sur sa pension alimentaire.

— Ha ha.

— Alors, qu'est-ce qui… (Adam s'interrompit et soupira.) Il faudra que tu me racontes ça plus tard. Papa est là, en train de taper du pied et de faire des grimaces. Il vaut mieux que tu lui parles. Je te reprends juste après, d'accord ?

La ligne grésilla tandis qu'Adam passait le téléphone à Robert.

— Paige. (La voix chaude de Robert déferla le long de la ligne.) Tu aurais dû me contacter à la conférence. Toute cette histoire a l'air terrible.

— Tu n'en imagines pas la moitié, répondis-je en me dirigeant vers ma chambre.

— Alors raconte-moi.

Je m'exécutai.

— Qu'est-ce que je peux faire pour t'aider ? demanda-t-il quand j'en eus fini.

Je faillis en pleurer. Je me sentais idiote de l'admettre, mais ces quelques mots représentaient énormément.

— Ces infos sur Leah sont géniales, dis-je. Mais j'ai aussi besoin de renseignements sur les Cabales. (J'hésitai, redoutant presque de poursuivre.) Vous avez entendu parler de la Cabale Cortez ?

— Certainement. (Il marqua une pause.) C'est elle qui poursuit Savannah ?

— Non.

— Je suis ravi de l'apprendre. Les Cortez sont les plus dangereux d'une espèce dangereuse – la Cabale originelle.

— La première, tu veux dire ?

— Oui. Un instant. Je suis dans mon bureau. Laisse-moi le temps de chercher le dossier. (Suivit un cliquetis de touches, puis :) Ah, voilà. La Cabale Cortez a été fondée pendant l'Inquisition espagnole. Elle a précipité la Rupture.

Je retins mon souffle :

— La rupture entre sorcières et mages. Ce sont eux qui nous ont livrées.

— Exactement. Ensuite, la famille Cortez a formé un groupe qui reposait à l'origine sur le concept du Convent de sorcières, même s'il a vite acquis un tout autre objectif. Le nom de « Cabale » est venu plus tard, quand ils se sont relocalisés dans le Nouveau Monde. C'est un jeu de mots, un mélange de vérité et d'ironie. Tu sais ce que le mot signifie, j'imagine.

— Il désigne une société secrète formée pour conspirer contre quelque chose, généralement le gouvernement.

— C'est là que réside la blague, bien entendu. Aux dépens du mythe des Illuminati. La seule chose pour laquelle un mage des Cabales conspire, c'est pour faire de l'argent. Le nom dérive aussi de « kabbale », qui le relie à la sorcellerie et au mysticisme. Et enfin, il y a l'allusion à « caballero » qui désigne un gentilhomme espagnol, ce qu'ils ont bien sûr été.

— Au sujet de la Cabale Cortez…

— Ah oui, désolé. (Il glousse de rire.) L'étymologie ne doit pas tellement t'aider ? Tu voulais savoir quelque chose en particulier à leur sujet ? S'ils ne sont pas responsables de cette attaque contre Savannah…

— C'est lié. Je dois en apprendre un peu plus sur la famille. La famille principale.

— La Cabale Cortez est dirigée par Benicio Cortez et ses fils. Je crois qu'il y a un ou deux fils, plus divers neveux et cousins.

— Les fils… Tu connais leur nom ?

— Voyons voir. Il y a Hector, et puis… J'ai un doute sur les deux fils du milieu, mais le plus jeune, évidemment, c'est Lucas.

— « Évidemment » ?

— Hors des Cabales, Lucas Cortez est le plus célèbre des quatre frères. Il a une sacrée réputation… (Robert s'interrompit, puis éclata de rire.) Je crois que je vois où tu veux en venir. Oserais-je présumer que tu as rencontré le jeune Cortez ?

— On peut dire ça.

— Laisse-moi deviner : il veut t'aider à protéger Savannah de cette autre Cabale.

— J'en déduis qu'il fait souvent ce genre de chose, hein ? Qu'est-ce que tu penses de sa… croisade ?

— Eh bien, voyons. La manière la moins flatteuse de voir les choses, c'est de se dire qu'il ne s'agit que de bêtises de jeunesse – un délinquant trop gâté, protégé par un père qui l'adore au point de tout lui passer. Le consensus, et le point de vue auquel adhèrent la plupart des gens, c'est qu'il s'agit simplement d'une phase de transition – le fils prodigue qui se rebelle contre son père, révolte morale qui ne durera que jusqu'à ce qu'il comprenne que la pauvreté n'a rien de marrant, suite à quoi il rentrera au bercail. Le point de vue le plus optimiste, bien sûr, consiste à dire qu'il est très dévoué à sa tâche.

—Sauver le monde des Cabales maléfiques.

—Il doit avoir à peu près ton âge, non ? Celui des grands idéaux. Celui auquel on s'allie à diverses causes. S'engager dans le Peace Corps. Lutter contre les Cabales maléfiques. Mettre sa vie entre parenthèses pour élever une étrangère de treize ans.

—Hmmm.

—Si Lucas Cortez t'offre son aide, ne la refuse pas. Quoi que les gens du monde des Cabales puissent dire sur son compte, personne ne conteste la sincérité de ses intentions. Dans ta situation par rapport à Savannah, je dirais que ce garçon est parfaitement qualifié pour t'aider. Personne n'en sait davantage que lui sur le monde des Cabales, sans compter qu'il peut y agir en toute impunité.

—Au sujet des Cabales, repris-je. Elles paraissent beaucoup plus… importantes que je ne le croyais. Que ma mère ne le croyait.

Silence au bout de la ligne.

—Ta mère et moi avions des divergences d'opinion sur certains sujets concernant le conseil et sa mission.

—Elle a préféré ignorer les Cabales.

—Elle… (Il s'interrompit, comme pour choisir ses mots avec soin.) Elle pensait qu'il valait mieux concentrer nos efforts ailleurs. Je voulais enquêter davantage sur les Cabales, ne serait-ce que pour parfaire notre connaissance de leur fonctionnement. Ta mère n'était pas de cet avis.

— Alors tu as quitté le conseil.

— J'ai… eu le sentiment que je n'étais plus la personne qu'il fallait pour ce travail. Mes intérêts étaient ailleurs. Ta mère et moi étions en train de vieillir, de nous lasser, de nous décourager. Je pensais que nous devions passer le flambeau aux générations suivantes, Adam et toi. Elle n'était pas prête.

Peut-être parce qu'elle pensait que je ne l'étais pas, *moi*.

— Je… Je dois y aller. Je peux te rappeler plus tard ? Si j'ai d'autres questions ?

— Même si tu n'en as pas, j'apprécierais que tu me tiennes au courant quand tu en auras le temps, et je suis sûr qu'Adam aimerait te parler. Je t'épargne ses questions pour le moment, mais rappelle-le quand tu pourras.

Je le lui promis, puis raccrochai.

Je trouvai Cortez seul à la table de la cuisine, en train de lire un exemplaire du *Boston Globe* de la semaine précédente.

— Où est Savannah ? lui demandai-je.

Il plia le journal et le mit de côté.

— Dans sa chambre, à en juger par la musique. Vous parliez avec Robert ?

Je hochai la tête.

— Il m'a confirmé tout ce que vous disiez. Je suis désolée de vous avoir compliqué les choses.

— Parfaitement compréhensible. Si je m'étais attendu à ce que vous me fassiez confiance, je vous aurais dit la vérité dès le départ. Vous avez toutes les raisons du monde de vous méfier, aussi bien des mages que de toute personne liée aux Cabales – une méfiance que je vous suggère d'entretenir. Dans presque tous les cas, votre méfiance sera fondée.

Plantée au milieu de la cuisine, je regardai autour de moi sans bien savoir ce que je cherchais.

— Y a-t-il autre chose ? demanda-t-il.

Je secouai la tête.

— Je me sens simplement… (Je haussai les épaules.) Pas dans mon assiette, comme dirait ma mère.

Lorsque je mentionnai ma mère, je me rappelai Robert en train de me dire qu'elle hésitait à me confier un plus grand rôle au sein du conseil. Elle m'avait toujours donné l'impression que j'étais capable de tout faire, de relever tous les défis. Était-ce juste là le soutien maternel ?

Les mots de Victoria résonnèrent de nouveau dans ma tête : « *Dieu sait que je ne te confierais même pas une perruche… une fille assez incompétente pour transformer une simple affaire de demande de garde en véritable chasse aux sorcières.* »

— Paige ?

Je m'aperçus que Cortez m'observait.

— Les choses vont devenir de plus en plus rudes, hein ? lui dis-je. Ce n'est que le début.

— Vous vous en sortez très bien.

Soudain mal à l'aise, je passai ma tasse de thé au micro-ondes. Je gardai le visage tourné vers le four jusqu'à ce que ce soit fini. Quand je me retournai, je m'obligeai à sourire.

— Je suis l'hôtesse la plus minable du monde, hein ? Je laisse mon invité me faire le thé. Qu'est-ce que je peux vous servir ? Du café ? Du soda ? De la bière ? Quelque chose de plus fort ?

— C'est tentant, mais je préfère éviter tout ce qui est plus fort que le café ce soir. Je ne veux pas dormir trop profondément avec toute cette foule dehors. Vous, en revanche, vous avez largement mérité quelques verres de ce que vous avez sous la main.

— Si vous restez sobre pour monter la garde, moi aussi. (Je bus une gorgée de thé, grimaçai puis le vidai.) Je vais nous faire du café pour deux.

On sursauta lorsque Savannah déboula dans la cuisine.

— Bon, t'as enfin raccroché. Lucas et moi, on voulait te parler.

— Pas du tout, dit Cortez avec un coup d'œil à Savannah. J'ai dit demain. Ce soir, nous avons tous besoin de repos.

— Demain ? Je ne peux pas attendre demain ! Ils sont *déjà* en train de me rendre dingue.

— Qui te rend dingue ? demandai-je.

— Eux ! répondit-elle en désignant le salon d'un geste du bras.

Comme je ne réagissais pas, elle fusilla Cortez du regard.

— Vous voyez ? Je vous l'avais bien dit qu'elle était dans le déni.

— Elle parle de la foule à l'extérieur, m'expliqua-t-il. Nous ne sommes pas dans le déni, Savannah. Nous les ignorons simplement, ce qui est, comme je te l'ai déjà dit, la meilleure marche à suivre compte tenu des circonstances. En revanche, peut-être que demain…

— Mais c'est *maintenant* qu'ils m'énervent !

— Ils ont fait quelque chose ? demandai-je en regardant tour à tour Savannah et Cortez.

— Ils sont là ! Ça ne suffit pas ? On ne va pas rester là sans rien faire.

— Tu penses à quoi ?

Cortez lança à Savannah un regard lui demandant de se tenir à carreau mais elle l'ignora.

— Vous savez, dit-elle. De la *magie*. De la grêle, par exemple.

— De la grêle ? Tu es sérieuse, Savannah ? Tu crois que je n'ai pas assez d'ennuis comme ça ?

— Nous avons déjà parlé de tout ça, dit Cortez. J'ai expliqué à Savannah que malgré l'utilité de la magie, il existe des cas, comme celui-ci, où elle se révélerait plus nuisible qu'utile.

— C'est quoi le problème avec la grêle ? demanda Savannah. C'est un phénomène tout à fait normal.

— Pas quand la température n'est pas tombée en dessous de quinze degrés depuis une semaine, répliquai-je avant de me tourner vers Cortez. Ne vous en faites pas. Elle ne sait pas faire tomber la grêle.

— Non, mais toi si, insista Savannah.

Cortez se tourna vers moi.

— Ah oui ? J'ai entendu parler de ces sorts mais je ne les ai jamais vus mis en œuvre.

— C'est parce que c'est de la magie de sorcières, dit Savannah. De la magie très spéciale. Paige a des grimoires trop classe sur lesquels elle travaille, et…

— Et il est hors de question que nous provoquions une tempête de grêle, l'interrompis-je. Ou que nous nous servions de quelque magie que ce soit pour nous débarrasser de ces gens. Ils partiront tout seuls.

— Elle est dans le déni, chuchota Savannah très fort à Cortez.

— C'est l'heure d'aller te coucher, lui dis-je. Il est presque 11 heures.

— Et alors ? Ce n'est pas comme si je devais retourner un jour à l'école.

— Tu y retourneras dès que cette histoire se sera calmée. D'ici là, tu dois t'en tenir à ton emploi du temps habituel. L'heure d'aller te coucher est déjà passée. Allez, hop.

Elle s'éloigna d'un pas lourd.

Jeux de société

Je tirai du placard le paquet de café en grains.

— Je suppose que vous n'allez pas me montrer ce sort de tempête de grêle, dit Cortez.

— *Tempête* de grêle, c'est exagéré. Je peux faire apparaître une poignée de grêlons. C'est plus proche de la neige fondue qu'autre chose. De toute façon, il fait quel temps dehors ?

— Disons simplement que si la température chute brusquement ce soir, je vous recommanderai de tester ce sort de grêle.

Je me dirigeai vers le salon et écartai les rideaux pour voir une foule encore plus compacte que lors de notre arrivée. Bien qu'il soit 23 heures, toutes les torches électriques et les lanternes de camping éclairaient suffisamment la cour pour y organiser un match de base-ball. Des camionnettes de télévision bordaient la route, vitres baissées, transportant des équipes qui bavardaient en buvant du café comme des flics effectuant une surveillance. Alors que les médias s'en tenaient à la route, des étrangers occupaient chaque centimètre carré de ma cour ou presque. Des étrangers qui buvaient du soda sur des chaises de jardin. Des étrangers qui filmaient au caméscope tout ce qu'ils voyaient. Des étrangers qui formaient de petits cercles, accrochés à leur Bible. Des étrangers brandissant des pancartes qui affichaient « Satan habite ici » et « Tu ne laisseras point vivre la sorcière ».

Cortez me rejoignit. Tenant toujours le rideau, je me retournai à moitié et levai les yeux vers lui.

—Cet après-midi, quand on est arrivés ici, vous pensiez que nous ferions mieux d'aller à l'hôtel. Est-ce que vous croyez… enfin… (Je secouai la tête avec un sourire ironique.) Je ne suis pas très douée pour ça – pour demander conseil.

—Vous voulez savoir si je pense toujours que nous devrions partir ?

—Oui. Merci.

—Eh bien non. Mon inquiétude initiale se rapportait aux dangers et difficultés inhérents au fait de traverser la foule. Dans la mesure où nous y sommes parvenus, j'estime, comme je l'ai dit à Savannah, que nous ferions mieux de rester ici et de les ignorer. (Il retira doucement le rideau de ma main et le laissa retomber.) Naturellement, cette hystérie collective m'inquiète. Toutefois, la présence des médias devrait empêcher toute pulsion violente de s'exprimer, et du fait même de la taille de la foule, il est peu probable qu'un élément isolé puisse en prendre le contrôle.

—Mais je comprends ce que Savannah veut dire, répondis-je en jetant un coup d'œil au rideau avec un frisson. Je me sens… assiégée.

—C'est exact, mais songez-y plutôt comme à une couche tampon. Aucune Cabale n'agirait en présence d'une telle foule de témoins. Vous êtes bien plus en sécurité ici que vous ne le seriez dans un motel isolé.

—Mais s'ils refusent d'agir devant témoins… qu'est-ce qui s'est passé au funérarium ? Ça n'avait rien d'une démonstration en petit comité.

— Non, et je vous promets que la personne qui a conçu ce plan, quelle qu'elle soit, s'expose à de sérieuses réprimandes. Quelqu'un a agi sans l'autorisation adéquate et en sera dûment puni. J'ai déjà rapporté l'incident. Il sera examiné par une commission d'enquête de la Cabale.

— Ah. J'imagine que c'est quelque chose de terrible.

Ses lèvres s'étirèrent pour esquisser un sourire.

— Je ne vais pas vous assommer par mes explications, mais oui, c'est quelque chose de terrible. À compter de maintenant, vous pouvez vous attendre à ce que l'équipe de Gabriel Sandford agisse en accord avec les règles d'engagement standard des Cabales.

— Il y a des règles de… ? (Je secouai la tête.) Je vais chercher ce café avant d'avoir besoin de quelque chose de plus fort.

J'entrai dans la cuisine puis me retournai.

— Ça vous dirait, un en-cas ? Je crois qu'aucun de nous n'a mangé son hamburger cet après-midi.

— Si vous prenez quelque chose, je vous accompagne, mais ne…

— Et des cookies ? Vous aimez les pépites de chocolat ?

Il hocha la tête. Après avoir allumé le four, je tirai une plaque à biscuits de sous la cuisinière et un Tupperware du congélateur. J'ôtai le couvercle et penchai la boîte pour montrer à Cortez les minuscules boulettes de pâte à cookie qu'elle contenait.

— Des cookies frais instantanés, dis-je.

— Bonne idée.

— Ils sont de ma mère, pas de moi. Les mères connaissent toutes les astuces, hein ?

— La cuisine n'a jamais été le point fort de la mienne. Nous avons essayé de faire des cookies une fois. Même le chien n'en a pas voulu.

Je m'interrompis alors que je déposais la pâte à cookies sur la plaque. Avait-il donc vécu avec sa mère ? Manifestement. Sa mère *et* son père ? Les mages laissaient-ils leurs fils à leur mère ? Ou se mariaient-ils ? J'avais envie de poser la question, de comparer notre histoire. J'étais toujours curieuse de voir comment les autres espèces faisaient les choses. C'était comme apprendre les astuces de cuisine de ma mère ; les autres espèces avaient forcément appris des tactiques pour vivre dans le monde des humains, que je serais peut-être capable d'appliquer au Convent pour nous faciliter la vie et la rendre moins clandestine. J'envisageai de lui poser la question, mais j'aurais trop eu l'impression de lui tirer les vers du nez.

Une fois les cookies au four, je remplis la cafetière puis me retirai aux toilettes. À mon retour, Cortez versait le café dans des tasses.

— Noir ? demanda-t-il.

— Je prends mon thé noir et le café avec du lait, répondis-je en ouvrant le frigo. Je sais que c'est bizarre, mais le café noir est trop fort pour moi. C'est comme ça que vous prenez le vôtre, je crois ?

Il hocha la tête.

— Un goût acquis à l'université. À force de passer ses nuits à étudier des textes de loi, on apprend à s'envoyer des doses de caféine les plus fortes et noires possibles.

— Alors vous êtes vraiment avocat. J'avoue que quand vous vous êtes fait passer pour mon avocat au départ, j'espérais que cette partie-là n'était pas fausse.

— Ne vous en faites pas, j'ai passé l'examen du barreau l'an dernier.

— C'est jeune, hein ? Vous avez dû faire votre scolarité en accéléré.

J'allumai la lumière du four et m'accroupis pour surveiller les cookies.

— J'ai condensé mes études, répondit-il. Comme vous, je crois.

Je lui souris tout en me levant.

— Vous avez fait vos devoirs, hein, monsieur le conseiller ?

— Un diplôme d'informatique obtenu il y a bientôt trois ans. À Harvard, rien que ça.

— C'est moins impressionnant que ça n'en a l'air. Il y a de bien meilleures facs d'informatique, mais je voulais rester près de chez moi. Ma mère vieillissait. Je m'inquiétais. (J'éclatai de rire.) La vache, j'ai tellement pris l'habitude de répéter ça que je m'en suis presque convaincue moi-même. En réalité, ma mère allait très bien. Mais je n'étais pas prête à quitter le nid. Maman tenait une entreprise prospère et nous avons toujours vécu simplement, si bien qu'elle avait économisé assez d'argent pour que je puisse choisir la fac que je voulais. J'ai obtenu une bourse partielle et on a décidé que Harvard paraissait une bonne idée. Sans compter, bien sûr, que ça en jette sur un CV. (Je pris deux petites assiettes dans le placard.) Et vous, à quelle école êtes-vous allé ? Non, attendez, je dois pouvoir deviner.

Il haussa les sourcils, perplexe.

— C'est une théorie, lui expliquai-je. Enfin, ça ressemble plutôt aux jeux de société qu'on pratique dans les bars, mais j'aime bien lui donner un vernis de respectabilité scientifique. Mes amis et moi, on a émis l'hypothèse selon laquelle on peut toujours deviner quelle université quelqu'un a fréquentée à la façon dont il prononce son nom.

Nouveau haussement de sourcils.

— Je suis sérieuse. Prenez Harvard par exemple. Quel que soit l'endroit d'où vous venez, au bout de trois ans passés là-bas, vous prononcez *Harvaaard*.

— Donc avant d'aller à Harvard, vous le prononciez différemment ?

— Non, je suis de Boston, j'ai toujours dit *Harvaaard*. Attendez, les cookies sont quasiment prêts.

J'éteignis le minuteur cinq secondes avant la sonnerie puis sortis la plaque et transférai les cookies fumants sur une grille.

— Donc, si je comprends bien votre théorie, dit Cortez. Si quelqu'un de la région de Boston allait à l'université ailleurs, il cesserait de prononcer *Harvaaard* ?

— Bien sûr que non. Je n'ai jamais dit que cette théorie était parfaite.

Il s'adossa de nouveau au bar, un léger sourire aux lèvres.

— Bon, très bien. Testons cette hypothèse. À quelle école suis-je allé ?

— Prenez d'abord un cookie avant qu'ils durcissent.

On décolla chacun un biscuit de la grille. Puis je fis descendre les premières bouchées à l'aide d'une gorgée de café.

— Donc, repris-je, je vais vous donner une liste d'universités. Vous allez répéter chaque nom dans une phrase du style « Je suis allé à *bip*. » Commençons par Yale.

— Je suis allé à Yale.

— Nan. Essayons Stanford.

Je passai en revue toutes les principales facs de droit. Il en répéta les noms un par un.

— Eh merde, commentai-je, ça ne marche pas. Redites-moi *Columbia*.

Il s'exécuta.

— Oui… non. Oh, je laisse tomber. C'était peut-être ça ? Columbia ?

Il secoua la tête et se servit un autre cookie.

— Puis-je vous faire remarquer que votre logique a des failles ?

— Jamais de… Oh, bon, d'accord. Comme je vous le disais, cette théorie n'est pas parfaite.

— Je ne parle pas de la référence mais de la supposition selon laquelle j'ai fait mes études dans une des meilleures facs de droit.

— Évidemment. Vous êtes manifestement assez intelligent pour y entrer et votre père avait les moyens de vous envoyer n'importe où, *ergo* vous avez dû choisir parmi les meilleures.

Savannah apparut sur le pas de la porte, vêtue d'une chemise de nuit de flanelle imprimée d'un motif de muguet. Un membre du Convent la lui avait offerte pour Noël mais elle ne l'avait jamais portée avant ce soir. L'étiquette pendait toujours de la manche. Elle avait dû la dénicher tout au fond de son placard, concession à la présence d'un homme dans la maison.

— J'arrive pas à dormir, dit-elle avant de jeter un œil à la grille sur le bar. Je savais bien que j'avais senti une odeur de cookies. Pourquoi vous n'êtes pas venus me chercher ?

— Parce que tu étais censée dormir. Prends-en un puis va te coucher.

Elle s'empara de deux cookies sur la grille.

— Je vous l'ai dit, j'arrive pas à dormir. Ils font trop de boucan.

— Qui ça ?

— Les gens ! Vous vous rappelez ? La foule devant chez nous ?

— Je n'entends rien.

— Parce que t'es dans le déni !

Cortez posa sa tasse vide sur le bar.

— Je n'entends que des murmures, Savannah. On aurait fait plus de bruit en allumant la télé.

— Va dormir dans ma chambre, lui proposai-je. Tu ne devrais pas entendre le bruit de là-bas.

— Maintenant, y a aussi des gens derrière.

— Au lit, Savannah, dit Cortez. Nous réévaluerons la situation demain matin et débattrons de la marche à suivre.

— Vous ne pigez vraiment rien.

Elle s'empara du dernier cookie et s'éloigna d'un pas lourd. J'attendis d'entendre claquer sa porte puis soupirai.

— Je sais que c'est dur pour elle, dis-je. Vous croyez qu'ils l'empêchent vraiment de dormir ?

— C'est de les savoir là qui l'empêche de dormir.

— Il faut bien plus qu'une foule en colère pour effrayer Savannah.

— Elle n'a pas peur. Simplement, l'idée d'être coincée par des humains l'insupporte. En tant qu'être surnaturel, elle estime qu'elle ne devrait pas tolérer cette intrusion. C'est un affront, une insulte. Les entendre lui rappelle constamment leur présence.

— D'accord, j'imagine qu'on peut interpréter comme une menace indirecte le fait de les voir cerner notre maison. Mais personne ne jette de pierres par les fenêtres ou n'essaie d'entrer par effraction.

— Ça ne change rien pour Savannah. Vous devez voir les choses de son point de vue, dans le contexte de son vécu et de son éducation. Elle a été élevée…

— Attendez. Désolée, je ne voulais pas… Vous avez entendu ?

— Quoi donc ?

— La voix de Savannah. Elle parlait à quelqu'un. Oh mon Dieu, j'espère qu'elle n'essaie pas de provoquer…

Laissant ma phrase inachevée, je me précipitai dans sa chambre. Quand je l'atteignis, tout était silencieux. Je frappai, puis ouvris la porte sans attendre que Savannah m'y invite. Elle regardait par la fenêtre, l'air furieux.

— Tu leur as dit quelque chose ? demandai-je.

— Et puis quoi encore ?

Elle se retira vers son lit et se laissa lourdement tomber sur le matelas. Je jetai un coup d'œil au téléphone. Il se trouvait à l'autre bout de la pièce et elle n'y avait manifestement pas touché.

— J'ai cru t'entendre parler, dis-je.

Cortez apparut derrière moi.

— Quel sortilège as-tu jeté, Savannah ?

— Un sortilège ? répétai-je. Oh, merde ! *Savannah !*

Elle se laissa tomber sur le dos.

— Ben quoi, vous ne faisiez rien du tout, vous autres.

— Quel sortilège ? demandai-je d'une voix autoritaire.

— Pas de panique. C'était juste un sort de confusion.

— Celui des mages ? demanda Cortez.

— Ben oui. Vous en connaissez d'autres ?

Cortez tourna les talons et disparut dans le couloir, fonçant vers la porte d'entrée. Je m'élançai à sa suite.

L'ÉMEUTE

Savannah avait déjà jeté un sort de confusion à une précédente occasion. Je n'en avais pas vu moi-même le résultat, mais Elena m'avait raconté ce qui s'était produit. Lors de leur tentative d'évasion du centre, Elena descendait un couloir obscur pour désarmer des gardes. Un ascenseur rempli de gardes avertis par un signal d'alarme s'était arrêté derrière elle. Ils avaient commencé à tirer – sur leurs collègues, sur Elena, sur tout ce qu'ils voyaient. Elle n'avait pas dit à Savannah qu'elle avait failli se faire tuer, et je n'avais pas vu l'intérêt par la suite d'aborder le sujet. Mais maintenant, si.

Cortez s'avança vers la porte d'entrée puis se ravisa et se dirigea plutôt vers l'arrière.

—Attendez ici, me dit-il en ouvrant la porte de derrière. Je vais jeter un contresort.

—Vous ne pouvez pas le faire de l'intérieur ?

—Je dois me trouver à l'emplacement qu'elle ciblait lorsqu'elle a lancé son sort.

—Je vais à sa fenêtre pour vous guider.

—Non… (Il s'interrompit puis hocha la tête.) Soyez prudente. S'il se passe quoi que ce soit, éloignez-vous de la vitre.

Il s'assura que personne ne regardait, puis fonça dehors. La foule, derrière la maison, était trois fois moins nombreuse qu'à l'avant et ne comptait guère plus d'une douzaine de personnes. Une fois les lumières du patio éteintes et grâce à l'ombre que fournissait le toit en surplomb, la porte de derrière se trouvait dans la pénombre, ce qui permit à Cortez de se glisser dehors sans être vu.

Je me précipitai vers la chambre de Savannah. Elle était toujours étendue sur son lit, bras croisés. Je me dirigeai vers la fenêtre.

Cortez apparut l'instant d'après. Il devait y avoir dehors des gens qui l'avaient vu m'escorter dans la maison un peu plus tôt, mais personne ne fit mine de le reconnaître. Tandis qu'il se faufilait à travers la foule, je balayai du regard cet océan de visages en quête d'un signe de panique ou de confusion. Rien. Cortez alla se placer derrière un couple qui vendait des canettes de soda, puis jeta un coup d'œil vers la fenêtre. J'allai me placer vers la gauche, là où s'était trouvée Savannah. Sur la pointe des pieds, je faisais sa taille.

— Vous êtes pires que les Aînées, tous les deux, déclara-t-elle. Vous faites des histoires pour rien.

Je fis signe à Cortez de se déplacer de quelques pas sur la droite, puis d'arrêter. Ses lèvres remuèrent tandis qu'il jetait le contresort. Quand il eut terminé, il regarda autour de lui comme pour vérifier si le sort était rompu. Mais il n'y avait toujours aucun signe indiquant que le sort de Savannah avait fonctionné en premier lieu.

Je lui fis signe de rentrer. Il secoua la tête, me demanda de m'éloigner de la fenêtre et se dirigea vers la foule. Je lâchai le rideau mais, plutôt que de reculer, je me plaçai simplement hors de sa vue. Il traversa la foule, s'arrêtant de temps à autre avant de reprendre.

— Je ne crois pas que ça ait marché, dis-je.

— Bien sûr que si. Mes sortilèges à *moi* fonctionnent toujours.

Je me mordis la langue, concentrant toujours mon attention sur Cortez. Quand j'entendis quelqu'un crier, je sursautai. Un type éclata de rire et je cherchai la source de ce bruit pour voir deux jeunes hommes se bousculer en riant entre deux gorgées bues dans une bouteille qu'enveloppait un sac en papier. Visiblement, ma pelouse avait remplacé le champ de courses de Belham comme principale source de loisirs de la communauté.

Tandis que j'arrachais mon regard à ce spectacle en quête de Cortez, les cris de l'un des hommes redoublèrent de fureur. L'autre lui balança son poing dans la mâchoire. La bouteille vola de la main du premier homme pour aller heurter l'épaule d'une femme assise sur une chaise de jardin. Lorsqu'elle se mit à crier, son mari se redressa d'un bond, poings levés.

Cortez accourut depuis l'autre côté de la foule. J'agitai les bras pour lui dire de s'arrêter, cherchant à lui faire comprendre que cette bagarre n'avait rien à voir avec le sort. Puis quelqu'un me vit. Un cri retentit.

Je reculai de la fenêtre en titubant. Une motte de terre heurta la vitre. Quelqu'un hurla. Les cris perdirent leur nuance d'excitation pour se charger de colère, puis semblèrent s'éloigner de la fenêtre.

— Va dans ma chambre, dis-je à Savannah.

Elle serra la mâchoire et fixa le plafond.

— J'ai dit : va dans ma chambre !

Elle ne bougea pas. Les cris redoublèrent de sauvagerie. Quelqu'un hurla comme un chien. Je saisis Savannah par le bras et l'attirai dans ma chambre, loin de l'avant de la maison. Puis je me précipitai vers le salon.

J'entrouvris les rideaux, espérant voir Cortez pour m'assurer qu'il allait bien. Dès l'instant où je les déplaçai, quelque chose heurta la vitre. Je reculai, rideaux toujours en main. Quand je levai les yeux, un homme était collé à la vitre. Deux femmes imposantes le tenaient par les cheveux tandis qu'une troisième le bourrait de coups dans le ventre. Je laissai retomber le rideau et me précipitai vers la porte d'entrée.

À une époque, j'étais sortie avec un fan de foot. Un après-midi, alors qu'on regardait un match européen à la télé, une émeute s'était déclarée. J'avais fixé l'écran, horrifiée, incapable de croire que quelque chose d'aussi insignifiant qu'un événement sportif puisse déclencher un tel accès de violence. La scène qui se déroulait actuellement dehors me rappelait cette émeute au match de foot. Je devais agir. Si cette émeute était semblable à celle que j'avais vue à la télé, il y aurait des blessés – et il s'agirait peut-être du type innocent qui était sorti pour essayer d'interrompre tout ça.

Je me précipitai sur le porche. Personne ne me remarqua. La foule éparse s'était changée en masse grouillante de corps qui frappaient, mordaient, griffaient. Des étrangers s'agressaient entre eux tandis que d'autres se recroquevillaient par terre pour tenter de se protéger de l'attaque. Une demi-douzaine de personnes avaient échappé à la cohue et gardaient leurs distances, bouche bée, comme incapables de s'éloigner.

Depuis la vitre d'une voiture, l'objectif d'une caméra balayait la scène. Je dus réprimer une forte envie de me diriger vers elle, de m'emparer de la caméra et de la briser sur le trottoir. J'ignore pourquoi mais, malgré tout ce qui se passait, c'était ce qui me dérangeait le plus. Après avoir fusillé le chauffeur du regard, je reportai mon attention sur la foule, en quête de Cortez.

Retrouver une personne au sein de cette foule revenait à chercher un ami dans un grand magasin un jour de soldes. Je grimpai sur la balancelle pour mieux y voir. Je m'appuyai contre la maison pour monter sur la rambarde. Ce faisant, je compris que je me rendais un peu trop visible pour ma sécurité. Je compris également que ce serait peut-être la meilleure chose à faire, dans la mesure où je détournerais l'attention de la foule en révélant l'objet longtemps caché de leur surveillance.

— Hé! m'écriai-je. Quelqu'un veut une interview?

Personne ne se retourna. Non, je rectifie, une seule personne le fit. Cortez. Il était en train de retenir un type immense qui tentait d'attaquer une vieille dame. Cortez lui entourait fermement le cou d'un bras, mais l'homme devait bien peser cinquante kilos de plus et le soulevait dans les airs chaque fois qu'il tentait de balancer un coup de poing. Je bondis au bas de la rambarde et plongeai dans la cohue.

Je me déplaçai parmi la foule avec une aisance surprenante. Bien sûr, quelques poings volèrent bien vers moi mais, comme je bougeais sans arrêt, mes agresseurs trouvaient des cibles moins actives. Sous l'effet d'un sort de confusion, les gens se moquent bien de savoir à qui ils s'attaquent, tant qu'ils s'en prennent à quelqu'un.

Quand je rejoignis Cortez, j'attrapai la vieille dame pour la conduire en sécurité.

— Espèce de salope ! glapit-elle. Retirez vos sales pattes de moi !

Elle me griffa le visage et me balança son poing dans l'estomac, puis me renversa à terre quand je me pliai en deux. Un homme trébucha sur ma forme étendue face contre terre, se redressa et continua à courir. Tandis que j'essayais de me relever, Cortez perdit prise sur l'autre homme, qui se redressa et fonça dans la foule à la poursuite de la vieille dame. Je voulus m'élancer derrière lui mais Cortez me retint par le bras.

— On ne peut pas, dit-il en haletant, essuyant du sang qui coulait de sa bouche. Ça ne sert à rien. Il faut rompre le sortilège. Vous connaissez le contresort ?

— Non. (Je vis une femme ramper à travers la foule en esquivant les coups.) Mais on dirait que ça n'affecte pas tout le monde.

— Si. Ils sont tous déboussolés. Simplement, certains y réagissent moins violemment.

— Alors je vais conduire ces gens-là à l'abri. Continuez à travailler sur ce sort.

Je me précipitai vers la femme qui rampait, l'aidai à se relever et la guidai à travers la multitude. Lorsqu'on atteignit la route, on la traversa et je la laissai assise sur le trottoir d'en face avant de revenir sur mes pas. Il me fallut quelques minutes avant de trouver une autre personne qui cherchait à s'enfuir, et plusieurs autres encore pour la faire sortir de la foule.

Alors que je revenais sur mes pas pour la troisième fois, je compris que ma mission revenait à sauver de l'abattoir des bébés phoques isolés. Pendant que j'aidais une personne, deux autres au moins se faisaient tabasser et assommer. Soit le contresort de Cortez ne marchait pas, soit la violence avait acquis assez d'élan pour continuer d'elle-même.

— Vous pensiez pouvoir vous en sortir, hein ? dit une voix à mon oreille.

C'était l'un des fanatiques religieux. Il me colla une Bible sous le nez en s'écriant :

— Retire-toi, Satan !

On me saisit par le bras. Je me retrouvai en train de fixer les yeux exorbités d'une jeune femme.

— Salope ! s'exclama-t-elle. Regarde ce que tu as fait à ma chemise !

Elle l'agrippa et tira dessus assez fort pour en arracher les coutures. Elle était couverte de terre et de sang. Du sang maculait également sa main. Dans l'autre poing, elle serrait un couteau suisse dont la lame ensanglantée était ouverte.

Sans y réfléchir, je saisis le couteau. La lame m'entailla la paume. Je poussai un cri aigu et reculai. Cortez apparut et attrapa la femme par-derrière. Elle pivota et l'attaqua. La courte lame plongea dans le flanc de Cortez. Elle la retira d'un coup sec et recula le bras pour frapper de nouveau.

Je jetai un sort d'entrave qui l'arrêta en plein mouvement. Je me jetai sur elle, la mis à terre et saisis son couteau. Le sort se rompit alors et elle se débattit en hurlant et en distribuant des coups de pied. Cortez se laissa tomber à genoux et voulut m'aider à la retenir, mais l'adrénaline semblait tripler sa force, si bien que ça revenait à essayer de maîtriser une bête sauvage. On jeta tous deux des sorts d'entrave mais aucun ne fonctionna.

Si seulement nous arrivions à calmer les gens. Oui, bien sûr : un sort apaisant. J'en jetai un, puis un deuxième, récitant l'incantation en boucle jusqu'à ce que je sente ses membres mollir en dessous de moi.

— Hé, dit-elle, qu'est-ce que… Dégagez. Au secours ! Au feu !

Autour de nous, les gens avaient cessé de se battre et s'étaient mis à tourner en rond, essuyant leur nez en sang et marmonnant d'un air perdu.

— Parfait, dit Cortez. Continuez à le lancer.

Je m'exécutai. On se leva pour s'avancer à travers la foule, Cortez me couvrant tandis que je répétais ce sort apaisant. Il ne marchait pas sur tout le monde. Comme je le craignais, l'agression avait acquis une vie propre et certaines personnes refusèrent de s'arrêter, mais assez le firent pourtant pour être en mesure de maîtriser ceux qui continuaient.

— Maintenant, dit Cortez, on rentre. Et vite.

— Mais il y a d'autres…

— Ça suffira. Si on attend encore, les gens vont commencer à vous reconnaître.

On se précipita vers la porte d'entrée.

Une fois à l'intérieur, Cortez appela la police. Puis je le conduisis à la salle de bains pour estimer l'étendue de nos blessures. Savannah restait dans ma chambre, porte close. Je ne la prévins pas que tout était terminé. Pour l'heure, je redoutais surtout ce que je risquais de vouloir lui dire d'autre.

L'entaille que j'avais reçue à la main était la pire de mes blessures – pas franchement mortelle. J'y collai un pansement et reportai mon attention sur Cortez en commençant par appliquer une compresse froide sur sa lèvre en sang. Ensuite, le coup de couteau. La lame avait pénétré dans son flanc droit. Je relevai sa chemise, nettoyai la plaie et l'inspectai de plus près.

— Ça n'a pas l'air trop profond, lui dis-je. Mais quelques points de suture ne seraient pas un luxe. Peut-être qu'on pourra vous emmener à l'hôpital quand la police sera ici.

— Pas la peine. J'ai connu pire.

Je le constatais en effet. Je n'avais relevé sa chemise que d'une dizaine de centimètres mais je voyais une épaisse cicatrice lui barrant l'abdomen. Il était très mince mais plus musclé que sa carrure ne le laissait supposer. Sans doute la lutte contre les Cabales ne se limitait-elle pas à la paperasse et aux tribunaux.

— Je vais vous faire un cataplasme, dis-je. En général, ça referme mieux les plaies que les sutures. Et ça réduit les risques de cicatrices.

— Pratique. Il faudra que je vous demande la recette.

J'ouvris le placard de la salle de bains et en sortis les ingrédients.

— C'est ma faute. Elle a déjà jeté ce sort une fois, avec des résultats encore pires. J'aurais dû lui dire de l'effacer de son répertoire.

— Je n'irais pas jusque-là. Le sort de confusion peut se révéler très utile dans les circonstances adéquates, ou en tant que dernier recours. Mais le lanceur de sorts doit le comprendre – ce qui n'est pas le cas de Savannah.

— Est-ce qu'il fonctionne toujours comme ça ?

— Non. La puissance de ses sorts est incroyable. Je n'ai jamais vu de sort de confusion qui affecte autant de gens avec une telle ampleur. Le sort exacerbe toujours les tendances sous-jacentes à la violence. Compte tenu des circonstances, j'aurais peut-être dû m'attendre à cette réaction, supposer que les gens qui se rassembleraient dans de telles circonstances n'étaient pas les individus les plus équilibrés qui soient.

— Quel euphémisme.

La sonnette retentit.

— La police, dis-je. Enfin, j'espère.

C'était bien la police. Elle ne s'attarda guère. Dehors, les gens étaient partis ou avaient repris leur surveillance comme si de rien n'était. La police nota quelques dépositions, aida les gens à rejoindre les ambulances et bloqua l'accès à la zone. Après quoi elle laissa sur place un véhicule de patrouille ainsi que deux policiers pour monter la garde.

Savannah apparut enfin tandis que j'appliquais le cataplasme à Cortez.

— N'espère pas que je vais m'excuser, me dit-elle sur le pas de la porte. Je ne suis pas désolée.

— Tu… tu sais ce que tu as fait ? (Je traversai vivement la salle de bains et ouvris la fenêtre.) Tu vois tout ça ? Les ambulances ? Les infirmiers ? Des gens ont été blessés, Savannah. Des innocents.

— Ils n'avaient qu'à pas être là. Qu'est-ce qu'on en a à foutre de ces crétins d'humains ?

— *Moi*, j'en ai quelque chose à foutre ! (J'arrachai le pansement de ma main.) Et je suppose que ça aussi, tu t'en fous. Et il y a autre chose dont tu devrais te soucier un minimum…

Je la saisis par les épaules et la retournai face à Cortez, puis désignai sa lèvre enflée et son flanc blessé.

— Ça aussi, tu t'en fous ? Cet homme est ici pour t'aider, Savannah. Pour t'aider, *toi*. Il aurait pu se faire tuer là, dehors, pendant qu'il essayait de défaire ton sortilège.

— Je ne lui ai pas demandé de le défaire. Si vous vous êtes fait blesser tous les deux, c'est votre faute, vous n'aviez qu'à pas sortir.

— Toi... (Je lui baissai brusquement le bras.) Va dans ta chambre, Savannah. Tout de suite.

Des larmes brillaient dans ses yeux, mais elle se contenta de taper du pied et de nous fusiller du regard.

— Je ne suis pas désolée ! Pas du tout !

Puis elle se précipita dans sa chambre.

Tout ce que vous avez toujours voulu savoir sur Eve

— Je suis vraiment désolée, dis-je alors que nous passions au salon. Je sais que je devrais être capable de lui imposer mon autorité. Je passe mon temps à me répéter que je progresse, que je lui apprends à se contrôler, mais ensuite il se produit ce genre de chose et… Et visiblement, je ne lui ai strictement rien appris.

Je m'affalai sur le canapé. Cortez prit le fauteuil et le déplaça face au mien avant de s'asseoir.

— Elle n'aime pas les humains, poursuivis-je. Elle déteste le Convent. Elle doit sans doute me détester aussi. Parfois, je me demande pourquoi elle reste ici.

— Parce que sa mère lui a dit de le faire. Avant sa mort, Eve a dit à Savannah de chercher refuge auprès du Convent s'il lui arrivait quoi que ce soit.

— Qui vous a dit ça ?

— Savannah. Nous avons discuté en début de soirée. Elle est un peu préoccupée et espérait que je serais en mesure de lui servir d'intermédiaire.

— Qu'est-ce qu'elle vous a dit ? Non, laissez-moi deviner : je suis une tutrice formidable, je la comprends et je sais toujours exactement quoi dire et quoi faire.

Léger sourire.

— Elle a reconnu que vous ne vous entendiez pas très bien, toutes les deux. Naturellement, elle dit que vous ne la comprenez pas, que vous ne lui donnez pas assez de responsabilités – tout ce que les adolescents disent à tous les adultes. Vous savez ce qu'elle a affirmé d'autre ? Que vous avez du potentiel.

— Que j'ai… (Je ne pus contenir un petit rire.) *Moi*, j'ai du potentiel.

— Ne le prenez pas mal – elle dit que j'en ai aussi. Aucun d'entre nous ne correspond encore à ses critères, mais il semble au moins y avoir de l'espoir.

Je regardai fixement les rideaux de devant.

— Cela dit, potentiel ou pas, je ne pense pas correspondre à ce qu'Eve avait en tête quand elle a dit à Savannah de se réfugier auprès du Convent. Le problème… (Je m'interrompis.) Mon Dieu, voilà que je raconte n'importe quoi. Quelle heure est-il, de toute façon ?

— Pas si tard. Vous disiez ?

J'hésitais. J'avais envie de continuer à parler. Peut-être l'épuisement était-il venu à bout de mes défenses. À moins que Cortez ressemble simplement à quelqu'un à qui je puisse me confier.

— Parfois, je… je me demande si les Aînées n'ont pas raison, si je ne menace pas le Convent en gardant Savannah ici.

— Vous voulez dire que vous souhaitez trouver quelqu'un d'autre pour l'accueillir ?

— Mon Dieu, non, surtout pas. Ce que je veux dire, c'est que nous mettons peut-être le Convent en danger en restant ici, toutes les deux. Que je devrais peut-être partir et l'emmener avec moi. Seulement, je ne peux pas. C'est… c'est toute ma vie : le Convent, être chef du Convent. Je veux… Je voudrais… (J'entendis dans ma voix une intonation passionnée, proche du désespoir. Mes joues s'empourprèrent.) Je veux faire beaucoup de choses. Je ne peux pas partir.

Je détournai le regard, embarrassée de m'être laissé emporter. Je voulais m'arrêter mais, une fois lancée, je devais aller jusqu'au bout.

— Au sujet de Savannah, poursuivis-je. Je veux lui montrer comment utiliser son pouvoir à bon escient. Mais parfois, comme ce soir, elle paraît totalement dans l'illusion. Je ne peux pas… On dirait que je n'arrive pas à lui faire comprendre la différence entre le bien et le mal. Je n'arrive pas à éveiller un semblant de conscience en elle.

Il jeta un œil en direction de la chambre de Savannah.

— Vaudrait-il mieux utiliser un sort d'isolation ?

Je hochai la tête. Ces sorts font partie du répertoire des sorcières. Ils permettent à deux personnes de converser sans être entendues. Les deux interlocuteurs doivent le lancer, ce qu'on fit. Cortez cafouilla la première fois mais réussit la deuxième.

— Que savez-vous sur Eve ? demanda Cortez.

— Elle a été virée du Convent pour avoir employé la magie noire. Mais ensuite… je ne sais pas. Ça ne devait pas être si terrible, sinon on aurait impliqué le conseil. (Je secouai la tête.) D'accord, c'est une excuse bidon. On savait qu'elle faisait de sales trucs – pas assez pour justifier notre attention, mais elle pratiquait bel et bien la magie noire. C'est simplement, eh bien, qu'on ne peut pas courir après tout le monde, il faut choisir…

— … quels cas méritent le plus votre attention. Vous n'avez pas besoin de m'expliquer ça, Paige. Aussi difficile que ça puisse être, nous devons parfois renoncer à pourchasser ceux qui commettent les pires infractions pour choisir les batailles que nous pouvons remporter. Oui, Eve pratiquait la magie noire. Pas simplement noire – la plus noire de toutes. Toutefois, son objectif n'était pas de s'en servir mais de l'enseigner aux autres lanceurs de sorts, sorcières, mages, quiconque pouvait payer ses tarifs.

— L'enseigner ? Pourquoi ?

Il haussa les épaules.

— C'était un commerce très lucratif. Ce genre de savoir est très difficile à obtenir par des sources ordinaires.

— Donc elle n'utilisait pas la magie noire dans son propre intérêt mais se contentait de l'enseigner à des dizaines d'autres personnes. Ce n'est pas mieux, c'est peut-être même pire.

— C'est exactement ainsi que je vois les choses, mais pourtant, dans la plupart des milieux surnaturels, ce choix lui accordait un vernis de respectabilité. C'était un professeur très estimé.

Une portière de voiture claqua dehors. Je sursautai et tendis la main vers le rideau, puis entendis démarrer un moteur.

— Encore un visiteur qui s'en va, commentai-je. Vous croyez que c'est le sort de Savannah qui les a fait fuir ? Ou qu'il est simplement l'heure d'aller se coucher ?

Cortez ouvrit la bouche puis la referma brusquement.

Je parvins à afficher un petit sourire.

— Vous alliez me mentir, hein ? Me dire ce que je voulais entendre, qu'ils étaient en train de s'enfuir et ne remettraient plus jamais les pieds chez moi.

— Je me suis retenu.

— Merci, répondis-je avec un sourire plus sincère. J'apprécie l'intention, mais j'apprécie encore plus votre franchise.

On se dévisagea un moment, puis je baissai la main pour ramasser un oreiller qui était tombé à terre un peu plus tôt. Je le tapotai puis le remis en place.

— Donc, repris-je. Revenons à Eve. Elle jouait les professeurs. Des liens avec les Cabales ? Est-ce qu'elles l'ont jamais embauchée ?

— Non. L'ensemble des Cabales l'avait mise sur liste noire, ce qui signifie que ses membres avaient interdiction de chercher son enseignement.

— Parce que c'était une sorcière ?

— Non, parce qu'elle enseignait des sorts dangereux sans les méthodes nécessaires pour apprendre à les contrôler. Je ne suis pas en train de défendre les Cabales. Si elles imposent des limites au type de magie qu'elles autorisent, elles sont d'ordre pratique et non moral. Quand le degré de noirceur augmente, le danger aussi. La magie d'Eve était de la pire espèce. Et je ne parle pas de rumeurs mais d'expérience personnelle.

— Vous avez rencontré Eve ?

— « Rencontré » serait exagéré. Je l'ai croisée. Il y a quelques années, j'enquêtais sur un mage qui avait lancé des sorts beaucoup trop avancés par rapport à ses capacités et provoqué plusieurs morts atroces. Après avoir réglé la situation, j'étais remonté à la source de ses sortilèges, ce qui m'avait conduit à Eve Levine. J'étais parvenu à confisquer plusieurs de ses grimoires, non sans avoir eu un aperçu de ses pouvoirs.

— Elle vous a battu ?

Cortez se passa la main sur la bouche.

— Hum, on... pourrait dire ça. (Lorsqu'il baissa la main, un infime sourire jouait sur ses lèvres.) Par souci d'honnêteté, j'avouerai que c'était un peu plus... humiliant que ça, et c'est une histoire que je ne souhaite pas entendre répéter.

— Mes lèvres sont closes.

— Eve a employé des sorts de mage contre moi, et je m'estime chanceux d'en avoir réchappé. Ses compétences dépassaient de loin celles de la plupart des mages. C'est pourquoi Isaac Katzen l'avait ciblée pour la recruter.

— Lorsqu'il l'a enlevée l'an dernier, vous voulez dire.

— Exactement. Une idée peu judicieuse. Là encore, nous entrons dans le domaine des ragots, mais compte tenu de mon expérience de première main de ses pouvoirs, j'ai tendance à croire à cette histoire. On raconte qu'Eve n'a survécu qu'un seul jour en captivité avant que ses ravisseurs la tuent. Katzen avait supposé que ses propres pouvoirs dépasseraient ceux de la plus puissante sorcière qui soit, et avait donc poussé les humains à croire qu'elle serait facile à maîtriser. Ils n'étaient pas préparés à son niveau d'expertise et, compte tenu du risque bien réel de la perdre ainsi que Savannah, ils ont choisi de la tuer pour garder l'enfant, plus facile à manipuler. Mais leur plus grosse erreur a été d'enlever Savannah en premier lieu. On n'accule pas une lionne avec son lionceau.

—Vous croyez… Je veux dire, quand vous avez rencontré Eve, vous vous êtes fait une idée du genre de mère qu'elle était ? Est-ce qu'elle s'occupait bien de Savannah ?

—Je n'ai jamais vu Savannah. D'après ce que j'ai entendu dire, c'était typique. En dehors du cercle d'amis proches d'Eve, personne n'était autorisé à approcher l'enfant. Je ne suis absolument pas qualifié pour établir un tel jugement, mais d'après ce que j'ai vu de Savannah, je supposerais qu'Eve était une bonne mère, peut-être même mieux que ça. D'une certaine manière, il aurait mieux valu qu'elle soit négligente. Savannah a un lien très fort avec sa mère – vous ne devez jamais l'oublier. Quand vous critiquez la magie noire, vous critiquez Eve.

—Je sais qu'il faut que je comprenne mieux Eve. (Je marquai une pause.) Mais je ne peux pas… ce n'est pas… ce n'est pas comme ça qu'on m'a élevée. Je sais…

Je me tournai vers Cortez. Son regard croisait le mien et m'invitait à poursuivre avec un mélange d'intérêt tranquille et de compréhension.

—J'aurais dû lui parler de ce sort de confusion, repris-je. J'aurais dû lui raconter ce qui s'est passé la dernière fois. Nous aurions dû parler des cas où l'on peut s'en servir et de ceux où il vaut mieux éviter. Je *sais* tout ça, je le comprends bien… Mais je ne peux pas. La magie noire…

Je baissai les yeux et ôtai mon pansement. Cortez m'observait toujours avec cette expression patiente.

—Ce n'est pas… Ma mère m'a appris… On m'a appris quand j'étais petite que la magie noire est mauvaise. Toujours. Sans exception. Et maintenant, je vois bien des exceptions mais… (J'appuyai les mains contre mes yeux.) Mon Dieu, ce que je suis fatiguée. Je n'arrive pas à croire que je jacasse comme ça.

— Vous ne…

Je l'interrompis en défaisant le sort d'isolation puis me relevai tant bien que mal.

— Je suppose que vous passez la nuit ici ?

— Oui, j'ai pensé que ce serait préférable. Mais…

— Venez, je vais vous montrer où je range les affaires pour les invités. (Je me dirigeai vers le vestibule arrière.) J'ai des brosses à dents en réserve… Et il devrait y avoir du déodorant mixte.

— Ce ne sera pas nécessaire, Paige. J'ai apporté les sacoches de ma moto, et elles sont remplies du nécessaire pour la nuit.

— Elles sont dans la voiture ?

— Oui, je pourrai aller les chercher plus tard. Je sais que c'est difficile pour vous, Paige. Si vous voulez parler…

— Je vous ai déjà bien rebattu les oreilles, hein ? (Je m'obligeai à rire tandis que je rejoignais le vestibule et prenais mon trousseau sur le porte-clés.) Voici mes clés de voiture. Allez chercher vos sacoches pendant que je prépare le canapé-lit. Vous trouverez des serviettes propres dans le placard de la salle de bains ainsi que du shampoing, du savon, et tout ce dont vous pourriez avoir besoin.

Je regagnai le salon. Lorsqu'il revint muni de ses sacoches, j'étais dans ma chambre.

La visite

— T'es réveillée !

Je me redressai en sursaut tandis que Savannah déboulait dans ma chambre et se laissait tomber sur mon lit.

— Tant mieux, parce que Lucas est en train de préparer le petit déj et il me fait un peu flipper. C'est quand la dernière fois que t'as vérifié si l'extincteur marchait bien ?

Je me redressai, regardai autour de moi puis me tournai vers Savannah. Étais-je en train de rêver ? La dernière fois que nous avions parlé, elle s'était ruée dans sa chambre ; à présent, elle farfouillait dans mon placard en jacassant comme si de rien n'était.

— Il dit qu'il fait une omelette mais j'ai comme un doute. Je n'ai jamais vu d'omelette qui ressemble à ça. Tu comptes te lever aujourd'hui ? Il est presque huit heures et demie. (Elle serra mon pull de cachemire vert contre sa poitrine et sourit.) T'en penses quoi ? Peut-être cet hiver ?

— Qui d'autre tu comptes faire entrer là-dedans avec toi ?

— Tu sais, t'es pas censée parler comme ça devant moi. Les jeunes femmes ont souvent une perception très négative de leur propre corps. J'ai lu ça le mois dernier dans *Seventeen*. T'es pas grosse, loin de là. Toi, au moins, t'as des seins.

Elle se tourna vers le miroir, tira son tee-shirt tout contre sa poitrine presque plate et fronça les sourcils.

— Tu crois que j'ai des chances de me développer tardivement ? Ou alors c'est foutu ?

Était-ce là la même jeune fille qui avait provoqué une émeute devant chez moi ? Qui avait ensuite juré qu'elle se moquait bien de savoir qui avait été blessé ? J'avais dit à Cortez qu'il fallait que je la comprenne. Mais comment ? Un instant elle poussait des étrangers à s'attaquer mutuellement, l'instant d'après c'était une jeune fille normale de treize ans qui s'inquiétait de ses vêtements et de la taille de ses seins.

— ... fois qu'on ira faire des courses, je veux un nouveau soutif et de nouveaux slips. Comme les tiens – avec de la dentelle, du satin, des couleurs. De la vraie lingerie, pas ces trucs de coton blanc. Je démarre le lycée l'an prochain, n'oublie pas. Je devrai me changer devant les autres filles pour les cours de sport. Même si je n'ai pas de poitrine, je ne peux pas ressembler à une gamine.

— Savannah, dit Cortez depuis le couloir, je t'ai demandé de ne pas... (Il s'interrompit en me voyant assise dans mon lit en nuisette. Il s'empressa de reculer là où il ne me voyait plus.) Toutes mes excuses. Savannah, je t'ai dit de laisser Paige tranquille. Elle a besoin de sommeil. Tu es censée faire tes devoirs, tu te rappelles ?

— Oh, arrêtez. Je suis pourchassée par une semi-démone timbrée qui veut me faire subir un lavage de cerveau pour que je devienne l'esclave d'une mafia surnaturelle. Vous croyez que ça sert à quelque chose que j'apprenne la conjugaison ?

— Va faire tes devoirs, Savannah, lui dis-je. S'il te plaît.

— Et ferme la porte de Paige pour qu'elle puisse se reposer, s'il te plaît.

Savannah soupira et sortit de ma chambre avec humeur, repoussant à moitié la porte derrière elle. Je me laissai retomber sur mon lit et envisageai d'y rester un moment, mais je savais que je ne me relèverais jamais si je le faisais. Il était temps d'affronter la journée… quoi qu'elle nous réserve.

Quand j'entrai dans la cuisine, Cortez s'affairait devant la cuisinière en me tournant le dos.

— Savannah a rejeté mon omelette mais je vous assure qu'elle est parfaitement comestible. Si vous préférez, je dois pouvoir préparer du pain grillé.

— L'omelette fera l'affaire. Et même plus que ça. Demain, je mettrai mon réveil. Les invités ne devraient pas avoir à se débrouiller seuls.

— Vous n'avez pas besoin de jouer les hôtesses pour moi, Paige. Vous avez déjà bien assez de soucis.

Je remplis deux verres de jus d'orange.

— Écoutez, pour hier soir – je ne voulais pas vous imposer mes problèmes.

— Ce n'est pas du tout ce que vous avez fait. Vous avez des inquiétudes tout à fait légitimes et j'estime que nous devrions en parler. Si vous souhaitez vous confier…

— J'aimerais surtout mettre un plan au point. La journée d'hier a été dingue et je courais dans tous les sens comme un poulet décapité, mais je suis moins désorganisée en temps ordinaire. Après le petit déjeuner, j'aimerais qu'on s'asseye pour discuter d'un plan d'action.

— Excellente idée.

Contrairement à ce qu'avait sous-entendu Savannah, l'omelette était appétissante et savoureuse. Quand on se fut tous deux installés pour petit-déjeuner, je remarquai que le voyant d'appel du téléphone clignotait. Cortez suivit mon regard.

— J'ai éteint la sonnerie pour vous laisser dormir, dit-il. Voulez-vous que je…

— Non, laissez-la comme ça. Vous aviez raison hier, je devrais simplement consulter le journal d'appels. Je n'ai pas besoin d'entendre un téléphone qui sonne constamment, et je n'ai vraiment pas besoin d'entendre ces messages. Le répondeur est éteint ?

Il fit signe que non.

— Je me suis contenté de baisser le son. Ça me paraissait plus judicieux.

— Bonne idée. (J'entendis un bruit sourd provenant de la chambre de Savannah et jetai un coup d'œil en direction du vestibule arrière.) Est-ce qu'elle vous a seulement présenté ses excuses ?

— Je crois que sa bonne humeur est censée en tenir lieu.

— Elle essaie de se montrer gentille.

— Exactement.

Je baissai la voix.

— Vous croyez qu'elle regrette ? Qu'elle regrette quoi que ce soit ?

— Difficile à dire.

— Hé, dit Savannah en franchissant la porte de la cuisine, vous avez remarqué comme c'est calme ce matin ? Je viens de regarder par ma fenêtre et devinez quoi ? Ils ont disparu. « Pouf ! » (Elle sourit.) Comme par magie.

— Oui, j'avais remarqué, dit Cortez en prenant une autre bouchée d'omelette.

— Vous n'allez rien me dire ?

— Par exemple ?

Elle soupira.

— Oh allez, Lucas. Vous n'êtes quand même pas encore en colère contre moi ? Ne réagissez pas comme ça. Avouez – ce n'était pas une si mauvaise idée, après tout.

— Quoi donc ? demandai-je. Le sort de confusion ? J'espère que tu plaisantes, Savannah.

Ses yeux se voilèrent.

— Pas du tout. Regardez dehors. *Regardez.* Ils sont partis. Je les ai chassés.

— Premièrement, répliqua Cortez, ils ne sont pas tous partis. Il reste toujours un petit contingent. Toutefois, la plupart ont disparu, peut-être un peu grâce à ton intervention, mais plus probablement grâce à ceci… (Il se dirigea vers le bar où il ramassa plusieurs feuilles de papier.) Il semblerait qu'East Falls se soit lassé de son afflux récent de touristes.

Il posa les papiers sur la table pour Savannah et moi. C'étaient des sorties d'imprimante d'un site web d'infos locales.

— J'espère que vous ne m'en voudrez pas, Paige, mais j'ai pris la liberté de me servir de votre ordinateur ce matin. Après les problèmes d'hier soir, je craignais que le nombre de spectateurs n'augmente. Quand j'ai vu qu'il se produisait l'inverse, j'étais curieux.

Je parcourus les articles. Le gros titre du premier annonçait : *L'invasion des médias repoussée par la bonne vieille stratégie de l'évitement.* En Nouvelle-Angleterre, l'un des plus sévères châtiments qu'une communauté puritaine puisse infliger à ses membres était l'évitement. Au lieu de vous exiler, on vous bannissait en faisant comme si vous n'existiez pas. Tous les parents savent à quel point ce genre de punition est exaspérant ; la pire chose qu'on puisse faire à un enfant, c'est l'ignorer. C'était ce qu'East Falls avait fait à la foule d'étrangers attirés par les événements.

Après une demi-journée d'invasion par les sauterelles, les habitants d'East Falls s'étaient retirés chez eux, verrouillant leurs portes et décrochant leur téléphone. Ils avaient laissé les médias chercher en vain citations et déclarations. Puis, à l'heure du dîner, personne n'avait trouvé un seul restaurant ouvert dans un rayon de trente kilomètres autour d'East Falls. Même l'épicerie et les supérettes avaient fermé tôt. Quand les gens avaient cherché où loger, tous les motels, hôtels et *bedand breakfasts* du comté s'étaient soudain retrouvés complets.

Bien sûr, les gens pouvaient rouler jusqu'à Boston pour chercher de la nourriture et un lieu où dormir – s'ils avaient assez d'essence ; toutes les stations-service avaient fermé à 21 heures. Ce qui n'empêchait pas les journalistes et les goules les plus intrépides de traîner dans le coin, mais beaucoup avaient décidé que ça n'en valait tout simplement pas la peine. Personne n'accordait d'interviews. Je ne sortais pas de chez moi. Les morts ne se réveillaient pas dans le cimetière local. Il n'y avait vraiment pas grand-chose d'intéressant à voir à East Falls. Pour l'instant, du moins.

— Mais quelles conneries, répondit Savannah en balançant la feuille par terre. Les gens ne sont pas partis à cause de ça. Ils sont partis à cause de moi et de mon sortilège.

— Ton sortilège en a peut-être effrayé quelques-uns, répondit Cortez. Mais en temps ordinaire, ça n'aurait fait qu'accroître l'intérêt du public. Oui, certains seraient partis – ceux qui s'étaient simplement retrouvés victimes du sort et n'avaient pas joué de rôle actif dans cette démonstration de violence. Les sorts de confusion exacerbent les tendances agressives. Ceux qui ont apprécié cette décharge émotionnelle seraient restés. Et d'autres seraient arrivés – le genre de personnes qui espéraient que ça se reproduirait. Sans cette stratégie d'évitement, la situation n'aurait fait que s'aggraver. Je sais que tu n'as pas compris toutes les ramifications du sort que tu as jeté.

Le regard de Savannah se durcit.

— Je savais très bien ce que je faisais, le mage.

— Ne lui parle pas comme ça, lui dis-je.

Cortez leva la main.

— Tu ne comprenais pas, Savannah. Je le sais. Personne ne te tient pour responsable…

— Mais je *suis* responsable ! C'est moi qui me suis débarrassée d'eux. Moi ! Et vous… vous deux… vous ne pigez rien à rien…

Elle agrippa la nappe et tira dessus, renversant les assiettes à terre. Puis elle se détourna et s'éloigna.

Comme je me levais pour la suivre, la sonnette retentit.

— Et merde ! m'exclamai-je. Ça ne s'arrête donc jamais ?

— Laissez-moi répondre. Ignorez Savannah pour l'instant.

Il se dirigea vers la porte. Je le suivis.

Cortez me persuada d'attendre au coin pendant qu'il ouvrait la porte. Bien que je déteste donner l'impression de me cacher, il avait raison. Il restait sur ma pelouse une dizaine de personnes qui attendaient que je fasse une apparition. Après l'émeute de la veille, je ne pouvais pas risquer une autre scène.

— Bonjour, monsieur l'agent, dit Cortez.

Je m'affalai contre le mur. Quoi encore ? J'avais vu plus de flics ces derniers jours que lors d'un marathon de rediffusions de *New York District*.

— Le Département des services sociaux, répondit le policier. Ils viennent voir Mlle Winterbourne. J'ai pensé qu'il valait mieux les escorter jusqu'à votre porte.

Que pouvait-il y avoir de pire qu'une visite de la police en ce moment même ? Celle des services de protection de l'enfance.

— Je crois que le rendez-vous était pour cet après-midi, répondit Cortez. Nous apprécions l'intérêt que vous portez au bien-être de Savannah, mais je dois vraiment insister pour que vous reveniez à ce moment-là. Nous avons eu hier soir un incident assez perturbant et comme vous pouvez l'imaginer, ma cliente a passé une nuit difficile et n'est pas prête à recevoir des visiteurs.

— C'est justement à cause de cet « incident » que nous avons passé notre visite, répondit une voix féminine. Nous sommes très inquiets pour cette enfant.

Cette enfant ? Ah oui… Ma charmante pupille, actuellement barricadée dans sa chambre. Oh mon Dieu. Voudraient-ils voir Savannah ? Bien sûr que oui. C'est pour ça qu'ils étaient ici, pour évaluer mes talents éducatifs. J'en aurai ri si je n'avais été au bord des larmes.

Cortez négocia plusieurs minutes mais il apparut bientôt qu'il n'arriverait à rien. Je ne le lui reprochais pas. Si nous refusions de laisser entrer les services sociaux, ils penseraient que nous cachions quelque chose. Enfin, nous avions *bel et bien* des choses à cacher. Beaucoup, même. Mais Dieu sait que si nous ne laissions pas entrer ces gens sur-le-champ, tout risquait d'avoir empiré à leur retour.

— Aucun problème, dis-je en les rejoignant. Entrez, je vous prie.

Une femme d'une cinquantaine d'années, cheveux auburn coupés au carré, se présenta sous le nom de Peggy Dare. Je ne saisis pas celui de la blonde timide qui l'accompagnait. Je les escortai au salon et proposai du thé ou du café, qu'elles refusèrent.

— Pouvons-nous voir Savannah ? demanda Dare.

— Elle se repose, répondit Cortez. Comme je vous le disais, la nuit dernière a été très difficile pour nous tous. Naturellement, Savannah, compte tenu de son jeune âge, a été particulièrement affectée par cette violence.

— Elle est très perturbée, parvins-je à articuler.

— Je comprends très bien, répondit Dare. Et c'est évidemment la raison de notre présence. Si vous nous laissez lui parler, peut-être pourrons-nous estimer l'étendue des dégâts.

— Des dégâts ? répéta Cortez. En voilà un jugement négatif.

— Ce n'était pas mon intention. Nous venons ici avec l'esprit ouvert, monsieur Cortez. Nous ne voulons que le meilleur pour cette enfant. Pouvons-nous la voir, s'il vous plaît ?

— Oui, mais sauf erreur de ma part, une partie de votre mission consiste à estimer son environnement physique. Peut-être pouvons-nous commencer par là.

— J'aimerais d'abord parler à Savannah.

— Comme je vous le disais, elle dort, mais…

— N'importe quoi, Lucas ! s'écria Savannah depuis sa chambre. Mais quel menteur !

— Elle est très perturbée, répétai-je.

Cortez se tourna vers le vestibule.

— Savannah ? Pourrais-tu descendre un instant ? Il y a ici des gens des services sociaux qui aimeraient te parler.

— T'as qu'à leur dire d'aller se faire foutre.

Silence.

— Il y avait longtemps, dis-je en m'efforçant de sourire. Désolée. J'essaie de corriger son vocabulaire. Elle est très perturbée.

— Et même plus que ça, ajouta Cortez. Les événements d'hier soir ont été extrêmement traumatisants. Paige a passé la matinée à essayer de la calmer. Peut-être que l'aide de professionnels sera nécessaire.

— C'est pas moi qui ai besoin de l'aide de professionnels ! s'écria Savannah. C'est pas moi qui passe mon temps à essayer de sauver le monde. Je me demande ce qu'en diraient les psys ?

— De quoi parle-t-elle ? demanda Dare.

— Elle est déboussolée, répondis-je.

— C'est pas moi qui suis déboussolée ! Et je ne parle pas seulement de Lucas. Toi aussi, Paige. Vous êtes tous les deux cinglés. Complètement chtarbés.

— Veuillez m'excuser, dis-je avant de me précipiter vers le vestibule arrière.

Quand j'atteignis la chambre de Savannah, la porte s'ouvrit. Elle me fusilla du regard, puis se dirigea vers la salle de bains d'un pas furieux et verrouilla la porte. Je saisis la poignée et la secouai.

— Ouvre cette porte, Savannah.

— J'ai le droit de pisser d'abord ? Ou tu veux contrôler ça aussi ?

J'hésitai puis regagnai le salon. Dare et sa collègue étaient assises sur le canapé comme des serre-livres à l'expression ahurie.

— Il semblerait… que vous ayez quelques problèmes de discipline, déclara Dare.

Savannah hurla. Je me précipitai vers la salle de bains et lançai un sort de déverrouillage à mi-voix tout en courant. Avant que je puisse saisir la poignée, la porte s'ouvrit à toute volée et Savannah déboula dans le vestibule.

— Ça y est ! s'écria-t-elle. Enfin ! Je commençais à croire que ça n'arriverait jamais.

— Quoi donc ? demandai-je en courant vers elle. Qu'est-ce qui ne va pas ?

— Rien du tout, répondit-elle en souriant. Je saigne.

— Tu saignes ? Où ça ? Qu'est-ce qui s'est passé ?

— Tu sais bien. Mes règles. Mes premières règles. Ça y est.

Elle se précipita dans mes bras, me serra et m'embrassa sur la joue. Sa première démonstration d'affection envers moi et je restais simplement plantée là comme une idiote en me disant : *Voilà qui explique bien des choses.*

— Tu… tu as tes règles ?

— Oui ! C'est pas génial ? (Elle tourna sur elle-même et donna un coup de poing dans les airs.) Leah n'a qu'à bien se tenir. Je…

Elle s'interrompit quand elle remarqua Dare et sa collègue debout dans le vestibule.

— Vous êtes qui, vous ?

Enfin, un plan

Se débarrasser des assistantes sociales se révéla étonnamment facile. Après la scène à laquelle elles venaient d'assister, elles étaient impatientes de rejoindre leur bureau le plus vite possible pour faire leur rapport. J'essayai de les convaincre de rester pour mener l'entretien à terme, maintenant que Savannah était sur un nuage et ne demandait qu'à rendre service, mais elles ne voulurent rien savoir.

Quelques minutes plus tard, elles étaient parties. Cortez n'avait pas cherché à les retenir. Dès leur départ, il nous avait conduites dans le salon, nous avait fait signe de nous installer sur le canapé et avait commencé à faire les cent pas. Cortez, faire les cent pas – mauvais signe.

— Tu en es bien sûre ? demanda-t-il à Savannah.

— Que Paige est une bonne tutrice ? Ben ouais. C'est pour ça que je l'ai dit, mais je crois qu'elles n'écoutaient pas. J'ai dit à la blonde que je voulais rester ici, mais elle a reculé comme si j'avais une mononucléose ou un truc comme ça.

— Je ne parle pas de ta déclaration, répondit Cortez. Tes règles – tu es certaine de les avoir ?

— C'te question. Les filles ne se mettent pas à saigner par là sans raison.

— Ça se tient, dis-je. Elle ne se sentait pas bien récemment, c'étaient peut-être des crampes. Sans parler des sautes d'humeur.

— Quelles sautes d'humeur ? demanda Savannah.

— Rien du tout, ma puce. Tout va très bien. Je suis très heureuse pour toi. On l'est tous les deux.

Cortez n'en avait pas l'air. Il paraissait agité – terme déjà plutôt faible quand on l'appliquait à la plupart des gens, mais chez Cortez, c'était l'équivalent d'une crise de nerfs.

— Vous êtes au courant pour la cérémonie ? demanda-t-il.

— J'allais en parler à Paige, répondit Savannah. Et comment vous connaissez la cérémonie, le mage ?

Elle avait posé cette question avec un sourire, mais il l'écarta d'un geste de la main et se tourna vers moi.

— Oui, répondis-je. Je suis au courant de la cérémonie des premières règles.

— Et vous connaissez les variations ? demanda-t-il.

— Les variations ?

— Je suppose que ça veut dire non.

Il marcha jusqu'à la fenêtre et revint sur ses pas. Puis il s'arrêta, passa la main dans ses cheveux, ajusta ses lunettes et se reprit. Avant de poursuivre, il s'installa dans le fauteuil placé face au canapé.

— Je vous ai déjà dit, reprit-il, que l'intérêt que porte la Cabale Nast à Savannah est en grande partie subordonnée au fait de la capturer si jeune. Ce n'est pas sans raison – de bonnes raisons. Avant ses premières règles, une sorcière est beaucoup plus facile à convertir.

— Beaucoup plus réceptive au lavage de cerveau.

— Recrutement, persuasion, lavage de cerveau, appelez ça comme vous voulez. Une sorcière qui n'a pas atteint la puberté est une candidate idéale. Ce qui n'a rien d'étonnant en soi, car toute personne possédant un minimum de connaissance de la psychologie juvénile pourra vous dire que c'est un âge très vulnérable.

Savannah ricana. Cortez poursuivit :

— Toutefois, dans le cas d'une sorcière, il y a autre chose. En introduisant des variations dans la cérémonie des premières règles, il est possible de s'assurer la loyauté d'une sorcière.

— De l'asservir, vous voulez dire.

— Non, non. En modifiant la cérémonie, on peut imposer certaines limites à ses pouvoirs, puis s'en servir pour la convaincre de rester au sein de la Cabale. C'est difficile à expliquer. Il y a des nuances et des implications que je ne comprends pas pleinement. Mais l'essentiel tient en deux mots : modifiez la cérémonie et vous obtiendrez la recrue idéale. Laissez-la se dérouler sans le moindre changement et vous pouvez tout aussi bien laisser tomber.

— Donc, si on arrive à mener la cérémonie à terme, ils ne voudront plus de Savannah ? Je ne vois pas où est le problème.

— Il y a deux petits soucis. D'abord, s'ils découvrent qu'elle vient d'avoir ses premières règles, ils feront tout ce qui est en leur pouvoir pour la capturer avant le huitième soir.

— Et comment ils le sauraient ? demanda Savannah.

— Les chamans, dis-je. Ils ont des chamans, non ?

Cortez hocha la tête.

— Les Cabales ont tout ce dont elles ont besoin.

— Les chamans peuvent diagnostiquer les maladies. Un chaman saurait si tu as atteint le stade des premières règles. Tout ce qu'il a à faire, c'est te toucher. Il suffirait qu'il te bouscule dans une foule. Ils ont dû en envoyer un pour t'examiner avant le début de toute cette histoire.

— T'es en train de me dire que je dois rester enfermée une semaine ? Non mais t'es sérieuse ? J'ai ma remise de diplômes la semaine prochaine, tu sais. Si on m'accorde encore le mien après tout ça.

— Mais oui, répondit Cortez. Je vais m'en assurer. Pour l'heure, notre préoccupation principale consiste à empêcher que la Cabale Nast apprenne ta bonne nouvelle. Paige, la maison est-elle protégée contre les projections astrales ?

— Toujours.

— Ensuite, il y a le deuxième souci. Une fois que Savannah sera passée par cette cérémonie non modifiée, ils ne voudront plus d'elle. Toutefois, compte tenu de la réputation de sa mère et des ennuis qu'elle a causés aux Cabales, les Nast ne se contenteront pas de lui tourner le dos. S'ils ne peuvent pas avoir Savannah, ils s'assureront que personne d'autre ne l'ait.

— Vous voulez dire qu'ils vont me tuer, dit-elle.

— Il n'est pas nécessaire qu'elle entende ça, répondis-je.

— Je crois que si, Paige.

— Eh bien, je ne suis pas d'accord. Savannah, va dans ta chambre, s'il te plaît.

— Il a raison, Paige, dit-elle calmement. J'ai besoin d'entendre ça.

— Elle doit savoir exactement quel genre de danger elle affronte, dit Cortez. Nous devons la protéger jusque après la cérémonie, puis leur dire qu'ils ont raté leur occasion.

— Quoi ? répondis-je. Mais s'ils l'apprennent, ils vont la tuer. Vous me l'avez dit vous-même.

— Non, j'ai dit qu'ils risquaient de la tuer s'ils croyaient qu'elle avait mené à terme la cérémonie sans variations. Toutefois, si la huitième nuit devait passer *sans* cérémonie, les pouvoirs de Savannah seraient irrémédiablement affaiblis. Par conséquent, elle ne représenterait plus aucune menace.

— Pas question que je saute la cérémonie, dit-elle.

— Ce ne sera pas le cas, répondis-je. Il faut juste qu'on les persuade que tu l'as fait.

On travailla sur notre « plan » pendant trois heures, échangeant des informations, lançant des idées, dressant des listes – ça, c'était Cortez, bien sûr. Savannah nous tint compagnie la première heure avant de décider que les conjugaisons l'amusaient beaucoup plus.

Nous devions attendre une semaine – un long moment à passer enfermés dans la maison. Nous cherchions à décider s'il était plus judicieux de demeurer sur place ou de trouver un endroit sûr où se terrer toute la semaine. Après voir réfléchi aux différentes solutions, on décida de rester là en attendant de voir ce que la Cabale Nast allait faire ensuite. Ces gens-là s'étaient donné beaucoup de mal pour me rendre la vie infernale et Cortez supposait qu'ils n'allaient pas se tenir simplement assis en attendant que je craque. Si nous prenions la fuite, ils nous suivraient certainement. Pour l'heure, il semblait préférable d'attendre un jour ou deux de voir ce qui se passerait.

Bien que la cérémonie de Savannah n'ait lieu que huit jours plus tard, il y avait quelques petites choses à faire le premier soir, par exemple cueillir le genièvre. Par conséquent, nous devions sortir. De toute manière, c'était Margaret qui gardait le livre de cérémonie et, comme Cortez estimait que je devais le parcourir le plus vite possible, on ajouta cette tâche à notre liste de la soirée. D'ici là, nous ne bougerions pas.

Après le déjeuner, tandis que Cortez et moi passions des appels de nature juridique liés à la visite des assistantes sociales, je décidai de me changer les idées en m'exerçant un peu à mes sorts. Je tirai les grimoires de mon sac à dos et les plaçai dans un autre sac que je cachai dans le deuxième compartiment situé sous le sol de ma chambre. J'avais atteint le couloir quand on cogna à la porte d'entrée.

Avec une grimace, je replaçai mon sac à dos dans sa cachette. Le temps que j'atteigne l'entrée, Cortez défaisait ses sorts de verrouillage. Quand il atteignit le verrou, je lui fis signe de revenir.

— C'est bon.

Il hésita puis se plaça derrière moi tandis que j'ouvrais la porte. Deux membres de la police d'État se tenaient là. Je les avais sans doute déjà vus – les effectifs du comté n'étaient pas énormes –, mais j'avais dépassé le stade où je prenais la peine d'associer des noms aux visages.

— Oui ? demandai-je à travers la porte grillagée.

Le plus âgé s'avança mais ne fit pas mine d'ouvrir de demander à entrer. Peut-être appréciait-il de bénéficier d'un plus grand public. Malheureusement pour lui, la majeure partie de la foule et les équipes de télé avaient disparu, même si les gamins au caméscope étaient de retour.

— Le conseil municipal nous a demandé d'escorter ces braves gens jusqu'à votre porte.

Il recula. Un homme et une femme que je ne connaissais que vaguement s'avancèrent.

— Les conseillers Bennett et Phillips, dit l'homme sans préciser qui était qui. Nous souhaiterions porter à votre attention une requête du conseil d'East Falls. (Il marqua une pause comme pour ménager ses effets.) Le conseil, dans sa grande magnanimité, a décidé de vous dessaisir de cette propriété contre une bonne valeur marchande.

— Des… Vous avez bien dit *dessaisir*…

— Bonne valeur marchande, répéta-t-il en haussant la voix d'un cran, avant de vérifier autour de lui qu'il avait toute l'attention du public. Plus les frais de déménagement. Par ailleurs, nous estimerons la valeur de votre maison telle qu'elle était avant de subir des dégâts.

— Pourquoi ne pas vous contenter du goudron et des plumes ?

— Nous avons une pétition. Signée par plus de cinquante pour cent de la population d'East Falls en âge de voter. Ils vous demandent, compte tenu des événements récents, de songer à déménager et appuient l'offre généreuse de la ville par leur signature.

La femme me tendit un rouleau de papier dont elle laissa retomber l'extrémité à terre, telle une sorte de proclamation médiévale. J'y lus des dizaines de noms que je connaissais – voisins, commerçants, personnes avec qui j'avais préparé le dîner de charité de Noël, parents d'élèves de l'école de Savannah, même certains de ses professeurs – et tous me demandaient de déménager. De partir.

Je m'emparai de la liste, la déchirai et en jetai chaque moitié dans la main de l'un des conseillers.

— Rapportez-moi ça au conseil et dites-lui où il se peut se carrer son offre si généreuse. Ou encore mieux, dites à toutes les personnes de cette putain de liste qu'elles feraient mieux de s'habituer à ma présence, parce que je refuse de partir.

Sur ce, je claquai la porte.

Je restai plantée sur le pas de la porte séparant le salon du vestibule de derrière, comme paralysée par un sort d'entrave. Je voyais toujours cette liste, je répétais mentalement les noms. Des gens que je connaissais. Dont je croyais qu'ils me connaissaient aussi. Cela dit, c'était vrai qu'ils me connaissaient peu. Mais je n'étais pas une étrangère. J'avais participé à toutes les manifestations scolaires et caritatives. J'avais acheté des cookies à toutes les éclaireuses, des pommes à tous les scouts. J'avais donné mon temps, mon argent, mes efforts partout où c'était nécessaire, parce que je savais à quel point il était crucial que je m'intègre pour l'avenir de Savannah. Et à présent, ils oubliaient tout ça et me tournaient le dos. Pire encore, ils me chassaient.

Oui, ce qui s'était produit à East Falls était terrible ; l'atroce découverte de l'autel sataniste et des chats mutilés, l'horreur innommable de la mort de Cary et de son enterrement. Je ne reprochais pas à la ville de ne pas voler à mon secours pour m'offrir condoléances et plats cuisinés. Ils étaient perdus, ils avaient peur. Mais me rejeter de manière si éhontée, me dire « On ne veut plus de vous ici »... cet abandon me blessait plus encore que n'importe quelle insulte lancée par un étranger.

Quand je m'arrachai enfin à ma transe, je traversai la pièce et me laissai tomber sur le canapé. Savannah s'assit près de moi et posa la main sur mon genou.

— T'as pas besoin d'eux, Paige. S'ils ne veulent pas de nous ici, qu'ils aillent se faire foutre, on n'a qu'à prendre leur argent et se trouver un meilleur endroit où habiter. T'aimes bien Boston, non ? T'as toujours dit que t'aurais préféré vivre là-bas plutôt que dans ce trou. On n'a qu'à s'y installer. Les Aînées n'auront rien à dire. C'est la faute de la ville, pas la nôtre.

— Je ne partirai pas.

— Mais Paige…

— Elle a raison, Savannah, dit Cortez. À ce stade, ce serait comme un aveu de culpabilité. Quand tout ça sera terminé, Paige pourra très bien décider de réfléchir à cette offre. D'ici là, nous ne pouvons pas l'envisager. (Sa voix s'adoucit.) Ils ont tort, Paige. Vous le savez très bien et vous savez que vous n'avez pas mérité ça. Ne leur donnez pas la satisfaction de les laisser vous bouleverser.

Je fermai les yeux et appuyai les doigts sur mes paupières, chassant mes larmes imminentes.

— Vous avez raison. Nous avons du travail.

— Nous n'avons rien à faire dans l'immédiat, répondit Cortez. Je vous suggère de vous reposer un peu.

— Je vais aller pratiquer mes sorts.

Cortez hocha la tête.

— Je comprends. Je pourrais peut-être… (Il s'interrompit.) Oui, c'est une bonne idée. Pratiquer vos sorts devrait vous changer les idées.

— Qu'est-ce que vous alliez dire ?

Il prit son agenda sur la table basse.

— Il y a quelques sorts… Je songeais… Eh bien, peut-être que plus tard, quand j'aurai passé quelques appels et que vous aurez eu un moment à vous… Si ça ne vous dérange pas, il y a quelques sortilèges de sorcière sur lesquels j'aimerais vous questionner.

Il parcourut son agenda, les yeux sur la page, comme s'il n'attendait aucune réponse. Je ne pus m'empêcher de sourire. Ce type tenait tête à des flics de la criminelle, à des journalistes assoiffés de sang et à des cadavres ambulants avec une confiance inébranlable, mais dès que la conversation en venait à quelque chose d'un tant soit peu personnel, comme parler de sorts avec moi, il paraissait soudain aussi troublé qu'un écolier.

— Je vous montre les miens si vous me montrez les vôtres, lui dis-je. Un sort contre un sort, échange équitable. Marché conclu ?

Il leva les yeux de son livre avec un sourire tordu.

— Marché conclu.

— Alors passez vos appels, donnez-moi une heure pour me vider la tête, et ensuite on pourra parler.

Il acquiesça et je descendis.

Une heure s'écoula. Une heure d'entraînement, une heure d'échecs. N'y avait-il dans le monde aucune force bienveillante qui récompensait la persévérance et les bonnes intentions ? Si une telle puissance existait, ne pouvait-elle pas me regarder du haut du ciel en ce moment même, me prendre en pitié et se dire : « Jetons donc un os à cette pauvre gamine » ?

Un bon sortilège mortel pour protéger Savannah – c'était tout ce que je demandais. Cela dit, si cette force bénéfique existait, je la voyais mal accorder à quelqu'un le pouvoir de tuer. Mais je devais savoir comment m'y prendre. L'être suprême qui gouvernait la sorcellerie, quel qu'il soit, devait bien comprendre ça ? Ouais, à d'autres. Si une telle entité existait, elle devait certainement me regarder de là-haut en s'écriant : « Ces sortilèges ne marchent pas, petite idiote ! »

— Ces sortilèges ne marchent pas, dit une voix à mon oreille.

Je bondis de trente centimètres au-dessus du sol et faillis basculer en arrière. Savannah baissa les yeux vers mon grimoire.

— C'est vrai, non ? dit-elle. À part les quelques-uns que tu as réussi à faire marcher, le reste tombe à l'eau, non ?

— Tu les as essayés ?

Elle s'affala près de moi.

— Nan. J'ai jamais trouvé où tu planquais les grimoires. Mais je sais lesquels tu testes grâce à ton journal, tu te rappelles ? Je me demandais si je devais te dire qu'ils ne marchaient pas, mais j'ai pensé que tu ne m'écouterais pas. Lucas pense que je dois t'en parler pour que tu arrêtes de perdre ton temps.

L'idée qu'elle ait parlé à un quasi-étranger de choses qu'elle n'osait pas aborder avec moi me blessa. Mais je ne pouvais que lui donner raison. Je ne l'aurais pas écoutée. Je ne voulais rien entendre qui se rapporte à son passé, à sa mère. Il fallait que ça change.

— Qu'est-ce qui te fait penser qu'ils ne vont pas marcher ?

— C'est pas que je le pense, c'est que je le sais.

— D'accord. Donc, comment est-ce que tu *sais* qu'ils ne vont pas marcher ?

— Parce que c'est de la magie de sorcières.

— Et quel est le problème avec la magie de sorcières ? Il n'y a pas de…

— Tu vois, j'avais dit à Lucas que tu réagirais comme ça.

Je me rassis par terre.

— Désolée, Savannah. Continue, s'il te plaît.

Elle sourit.

— Waouh. Ça, j'aime.

— Ne t'y habitue pas trop. Vas-y, dis-moi.

— Aucun des sorts les plus puissants ne marche parce qu'il manque les sortilèges intermédiaires. C'est pour ça que ma mère et d'autres sorcières – en dehors du Convent – se servent des sorts des mages quand ils veulent en jeter des vraiment puissants.

— Elles utilisent des sorts de mages ?

— Tu ne le savais pas ?

— Hummm, eh bien, je… (Je m'obligeai à prononcer ces mots.) Non, je ne le savais pas.

— Ben ouais, tous les sorts vraiment puissants sont ceux des mages. On peut lancer tous les sortilèges de sorcières les plus simples, comme ceux du Convent, plus tout un tas d'autres trucs, mais pour les sortilèges puissants, on doit se servir de ceux des mages. C'est ça qui pose problème, tu vois ? Ça foutait ma mère en rogne. Elle reprochait au Convent d'avoir perdu tous les sortilèges intermédiaires. Enfin le Convent *disait* les avoir perdus, mais elle a toujours pensé qu'il s'en était débarrassé. Et elle disait que c'était mal, parce que ça ôtait aux sorcières le droit de…

Savannah s'interrompit lorsque Lucas apparut sur le pas de la porte.

— Désolé de vous déranger, dit-il tandis qu'un tic agitait ses lèvres comme s'il se retenait de sourire. Il semblerait que nous ayons un problème là-dehors. Je ne voulais pas interrompre votre entraînement, mais je me suis dit que vous auriez peut-être besoin d'une pause.

— Un instant, répondis-je. Savannah me disait quelque chose d'important.

— Ça peut attendre, m’assura-t-elle en se relevant d’un bond. Qu’est-ce qui se passe dehors ?

— Je crois qu’aucune description ne rendrait justice à la situation, répliqua-t-il en souriant.

Sur ce, Savannah disparut dans l’escalier.

Non point nues mais de ciel revêtues

Quand j'atteignis l'étage, je chassai une Savannah quasi hystérique de la fenêtre de la cuisine, soulevai le store et vis cinq femmes agenouillées en cercle sur ma pelouse. Cinq femmes nues : pas juste seins nus ou en tenue légère, mais totalement dévêtues.

Je reculai si vite que je bousculai Cortez.

— C'est quoi, ça ? demandai-je.

— Je crois que le terme fréquemment employé est *wiccan*.

— Des wiccans ?

— Ou plutôt, c'est ainsi qu'elles se sont présentées quand je me suis aventuré dehors pour demander qu'elles se rhabillent et évacuent les lieux. Elles ont déclaré faire partie d'une petite secte wiccane d'un Convent situé quelque part dans le Vermont. Aucun lien avec votre Convent, j'imagine ?

— Ha ha.

— Elles m'ont l'air inoffensives. Elles sont en train de se livrer à une cérémonie purificatrice à votre intention.

— C'est… gentil de leur part.

— C'est ce que je me suis dit. (Il sourit alors, ce dont je n'aurais jamais cru son visage capable.) Il m'incombe de vous transmettre autre chose. De leur part. Une requête. Que je vous conseillerais fortement d'honorer.

— Quoi donc ?

— Elles vous demandent de vous joindre à elles.

Si je n'avais pas cru aussi fermement à la non-violence, je l'aurais frappé. Au lieu de quoi je m'effondrai contre le bar en riant. Bien plus fort que la situation ne le justifiait. Après une semaine infernale, je dois avouer que le spectacle d'adeptes de la wicca nues sur ma pelouse représentait une diversion bienvenue.

— Je suppose que ça veut dire non ? répondit Cortez, souriant toujours.

— Je le crains.

— Alors je vais leur transmettre mes regrets. Et leur demander de partir.

— Non, lui dis-je. Je m'en charge.

— Vous êtes sûre ?

— Hé, ce sont les premières personnes à me soutenir. Le moins que je puisse faire, c'est de leur dire moi-même d'aller voir ailleurs.

— Je peux venir ? demanda Savannah.

— Non, répondis-je ainsi que Cortez à l'unisson.

Je jetai un coup d'œil par la porte avant de sortir.

À l'exception des wiccans, ma cour était vide. Lorsqu'elles m'aperçurent, elles interrompirent leur cérémonie et se retournèrent d'un même mouvement en me gratifiant de sourires béats. Je m'approchai lentement d'elles. Cortez me suivait.

— Sœur Winterbourne, dit leur chef.

Elle ouvrit grand les bras, m'étreignit, planta un baiser sur mes lèvres, puis un autre sur mon sein gauche. Je poussai un cri aigu. Cortez émit un bruit étranglé qui ressemblait étrangement à un rire étouffé.

— Ma pauvre, pauvre petite, dit-elle en plaquant mes deux mains contre sa poitrine. Comme ils vous ont effrayée. Ne vous inquiétez pas. Nous sommes ici pour vous offrir le soutien de la Déesse.

— Louée soit la Déesse, psalmodièrent les deux autres.

La chef me serra les mains.

— Nous avons commencé la cérémonie purificatrice. Je vous en prie, dépouillez-vous de vos atours matériels et rejoignez-nous.

Cortez s'étrangla de nouveau puis se pencha pour me chuchoter à l'oreille :

— Je vais voir ce que devient Savannah. Si vous décidez d'accéder à leur requête, prévenez-moi. S'il vous plaît.

Il rentra dans la maison, pris d'une soudaine quinte de toux. Je m'emparai de l'une des robes qu'elles avaient abandonnées à terre.

— Est-ce que vous pourriez enfiler ça – toutes les cinq – vous pourriez vous habiller, s'il vous plaît ?

La femme se contenta de me gratifier d'un sourire serein.

— Nous sommes telles que l'exige la Déesse.

— La Déesse vous demande d'être nues sur ma pelouse ?

— Nous ne sommes pas nues, mon enfant. Nous sommes vêtues de ciel. Les vêtements entravent les vibrations mentales.

— Ouais, OK. Écoutez, je sais que tout ça est très naturel et tout et tout, mais vous ne pouvez pas faire ça. Pas ici. C'est illégal.

Nouveau sourire béat.

— Nous nous moquons bien des lois des hommes. Si l'on vient nous chercher, nous ne partirons pas sans nous battre.

— Oh, mon Dieu.

— La *Déesse*, ma chère. Et n'invoquez pas son nom en vain.

— Bénie soit la Déesse, psalmodièrent les autres.

— Tout ça est… heu… très… enfin je veux dire…

Sois polie, me rappelai-je. Les sorcières doivent respecter les wiccans, même si nous n'adhérons pas à toutes leurs histoires d'adoration de la Déesse. Je connaissais quelques adeptes de la wicca et c'étaient de braves femmes, quoiqu'elles n'aient jamais débarqué nues dans mon jardin pour m'embrasser sur les seins.

— Vous, hum, vous venez du Vermont, m'a-t-on dit, réussis-je à articuler.

C'était très poli, non ?

— Nous venons de partout, répondit leur chef. Nous sommes des missionnaires itinérantes, des esprits libres que n'entrave aucun système traditionnel de croyance. La Déesse s'adresse directement à nous et nous envoie où elle le souhaite.

— Louée soit la Déesse, psalmodièrent ses compagnes.

— Ah, très bien, tout ça est très chouette, répondis-je. Mais bien que j'apprécie votre soutien… (*oh ! mon Dieu, par pitié, sortez de ma cour avant qu'on vous voie !*)… le moment est mal choisi pour bavarder.

— Nous pouvons revenir plus tard, dit la chef.

— Ah oui, vous pouvez ? Ce serait génial. Lundi prochain par exemple ? Disons vers 8 heures ?

Je m'emparai des robes, les leur tendis et faillis trébucher dans ma hâte. Bientôt, les wiccans se rhabillèrent et se dirigèrent vers le portail latéral.

— Hum, en fait, vous savez, vous feriez mieux de passer par-derrière, leur dis-je. Dans les bois. C'est une chouette balade. Il y a plein de… nature.

La chef hocha la tête et sourit.

— Charmante idée. C'est ce que nous allons faire. Oh, un instant. (Elle fouilla dans les plis de sa robe et me tendit une carte.) Mon numéro de téléphone et mon adresse e-mail, si jamais vous souhaitez me contacter avant lundi.

— Ah, d'accord. Merci.

J'ouvris le portail menant aux bois et le tins ouvert tandis qu'elles le franchissaient en file indienne. Alors que la dernière sortait, une silhouette les frôla et retint le portail juste avant qu'il se referme. Leah entra, tordit le cou pour regarder par-dessus son épaule les wiccans en train de s'en aller.

— Sympa, vos copines, dit-elle. Des sorcières, je présume ?

— Je vous emmerde.

— Oooh, mais je vois qu'on devient irritable. Dure semaine ?

— Qu'est-ce que vous me voulez ?

— Je suis venue pour…, commença-t-elle en ramassant par terre une brindille qu'elle brandit dans ma direction. Pour vous défier en duel. Ah non, attendez, ce n'est pas ça. Je viens vous parler, même si j'aime assez l'idée d'un duel, pas vous ?

— Sortez de ma propriété.

— Ou sinon, vous allez… (Elle jeta un coup d'œil pardessus mon épaule et s'interrompit.) Oh, mais regardez qui est encore là – le bébé Cortez.

Cortez s'avança près de moi.

— Ça, c'est déplacé, Leah.

Elle éclata de rire.

— Ah, ça me plaît bien, ça. *Déplacé.* Même pas surprenant, impoli ou téméraire. Non, c'est *déplacé.* Vous savez jouer avec les mots, hein ?

— Vous m'avez très bien compris, dit Cortez.

— Ça oui, mais nous pourrions peut-être nous expliquer pour notre amie étrangère aux Cabales. Ce que Lucas veut dire, c'est que ma présence ici, en l'absence de Gabriel, le mage et par conséquent chef de projet, représente une violation des règles d'engagement des Cabales. (Elle sourit.) Tiens, je parle presque comme lui, non ? Entre nous, Paige, ces types ont beaucoup trop de règles. Alors, Lucas, votre papa sait que vous êtes ici ?

— Si ce n'est pas le cas, je suis persuadé qu'il en entendra parler, même si, comme vous le savez très bien, ça n'influera nullement sur la situation.

Leah se tourna vers moi.

— En anglais, ça veut dire que papa Cortez s'en contrefout… tant qu'il n'arrive aucun mal à son bébé chéri. Si vous trouvez que je suis cinglée, vous devriez rencontrer sa famille. (Elle fit tourner son doigt contre sa tempe.) Fous à lier. Celui-ci passe son temps à courir partout en se prenant pour le dernier Templier. Et papa, qu'est-ce qu'il fait ? Il s'en vante. Le gosse fait foirer des entreprises florissantes, même aux dépens de sa propre famille, et papa est fier comme un pou. Ensuite, il y a sa belle-mère… Est-ce qu'on peut appeler quelqu'un « belle-mère » quand elle a épousé votre père à la fois *avant* et *après* votre conception ? (Leah se pencha vers moi et murmura en aparté :) Il est né du mauvais côté des draps, celui-là.

— Je crois que le terme technique est « bâtard », rectifia Cortez. Maintenant, si vous en avez fini…

— La prime s'élève à combien en ce moment, Lucas ?

— Je vous demande de partir.

— Faites-moi plaisir. Elle s'élève à combien ? Un million ? Deux ? Je ne refuserais pas une somme pareille.

— Je n'en doute pas. Maintenant…

— Paige est au courant pour la prime ? Je suis sûre que non. Je parie que vous avez oublié de mentionner ce petit détail, tout comme vous avez sans doute omis de préciser son origine. Un conseil, Paige. Si jamais vous voulez faire fortune, parlez à Delores Cortez. Ou à l'un des frères de Lucas. Ils sont tous prêts à payer une coquette somme pour se débarrasser de lui. Vous devinez pourquoi ?

— Parce que mon père m'a désigné comme son héritier, dit Cortez. C'est un stratagème politique, comme vous le savez certainement, Leah, alors je vous prie d'arrêter de nous causer des ennuis. Je suis sûr que Paige se moque bien de ma situation personnelle.

— Vous ne croyez pas que ça lui poserait problème d'avoir une dette envers un futur chef de Cabale ?

— Je suis sûre qu'elle est bien consciente que ce sacre n'aura jamais lieu. Même si mon père insiste pour poursuivre dans cette voie, cette place ne m'intéresse pas.

— Oh, arrêtez. On a tous vu *Le Parrain*. On sait tous comment ça se termine.

— Remballez vos ragots et foutez-moi le camp, répondis-je. Ça ne m'intéresse pas.

— Ah non ? Et si je vous faisais une proposition que vous ne pourrez pas refuser ? (Elle m'adressa un sourire assorti d'un clin d'œil.) Ces mecs de la Cabale, il faut leur parler un langage qu'ils comprennent.

Il y avait chez Leah quelque chose de tellement puéril et désarmant qu'il était difficile, face à elle, de se rappeler à quel point elle était dangereuse. Tandis qu'elle me narguait et me titillait, je devais constamment me répéter : *C'est la femme qui a tué ma mère.*

— Je rentre à présent, dis-je.

— Moi aussi, ajouta Cortez en posant la main sur mon coude.

Elle roula les yeux.

— C'est pas vrai, vous n'êtes pas marrants, tous les deux. Très bien. Alors je vais redevenir sérieuse. Je veux vous parler.

Je m'éloignai. Cortez me suivit. Une fois à l'intérieur, je commis l'erreur de vouloir regarder par la fenêtre de la cuisine. Je vis Leah agiter un téléphone portable. Je vis clignoter le voyant de mon téléphone et décrochai.

— C'est mieux comme ça? demanda-t-elle. Le rayon d'action des Volos s'étend à quinze mètres, et vous devez le savoir, brillante comme vous êtes. Si je commençais à reculer et que vous me disiez quand vous vous sentez en sécurité ?

Je raccrochai brusquement et m'efforçai de retrouver mon calme.

— Je ne peux pas faire ça, murmurai-je. Elle a… tué ma mère.

— Je sais, répondit Cortez en me posant la main dans le dos. Laissez-moi m'en occuper.

Un cri s'éleva de la pelouse de devant. Je m'armai de courage et me rendis au salon pour jeter un coup d'œil entre les rideaux. Une caméra roulait sur la pelouse comme une touffe d'amarante, poursuivie par son propriétaire adolescent. La dizaine de spectateurs présents le regardait en riant. Puis le chapeau d'une femme s'envola.

— La sal… (Je ravalai le juron, pivotai et regagnai la cuisine d'un pas furieux.) Elle veut parler ? Très bien, on va parler. Je vais sortir lui montrer qu'elle ne me fait pas peur.

— Non, dit calmement Savannah derrière nous. On la laisse entrer. Pour lui montrer qu'elle ne nous fait vraiment pas peur.

On laissa entrer Leah. Comme l'avait dit Cortez, elle ne pouvait pas causer de pires dégâts dedans que dehors. C'était la triste vérité. Si Leah voulait nous tuer, elle disposait d'un rayon de quinze mètres pour agir. Aucun mur ne l'en empêcherait. Tout ce que nous pouvions faire, c'était rester sur le qui-vive.

— Elle possède un signe annonciateur, expliquai-je à Lucas. Quand elle s'apprête à déplacer quelque chose, elle se trahit. Guettez des tics, des mouvements brusques… Il peut s'agir de n'importe quoi.

Il hocha la tête, puis sortit chercher Leah pour l'escorter à l'intérieur. Une minute plus tard, la porte de derrière s'ouvrit. Leah entra et regarda autour d'elle. Puis elle aperçut Savannah et sourit.

— Savannah, dit-elle. Mon Dieu, comme tu as grandi, ma belle. Tu es presque aussi grande que moi.

Savannah la dévisagea dix longues secondes, puis pivota sur ses talons et se dirigea vers sa chambre d'un pas énergique. Leah la suivit du regard, fronçant les sourcils comme si cet accueil l'intriguait.

— Qu'est-ce que vous lui avez fait ? demanda-t-elle.

— Moi ? C'est vous qui…

Cortez leva les mains.

— Comme l'a fait remarquer Leah, nous adorons les règles, nous autres, les mages. La règle capitale en matière de médiation, c'est de n'autoriser aucune des parties à mentionner des torts passés ou à décrier l'autre. Est-ce bien compris ?

— Pourquoi vous me regardez ? demanda Leah. C'est elle qui a commencé.

— Non, je crois que c'est vous. Paige est, sans doute aucun, la victime dans cette affaire. Si vous la contrariez, la médiation prend fin.

— Qu'est-ce qui vous fait penser que je suis venue négocier ?

— Si ce n'est pas le cas, vous pouvez partir sur-le-champ.

Elle roula des yeux.

— Punaise, c'est un marrant, lui. (Elle se dirigea vers le salon et se laissa tomber sur mon canapé.) Chouette petite baraque que vous avez là, Paige. Vous avez dû faire un bel héritage.

— Dehors, dit Cortez. Sortez tout de suite, Leah.

— Qu'est-ce que j'ai fait ? J'étais juste en train de complimenter Paige et de lui faire remarquer que… oups… (Elle sourit.) Je crois que je vois en quoi cette dernière remarque a pu sembler… « déplacée ».

— Laissez-la parler, dis-je en serrant si fort les poings

que je sentis le sang perler là où mes ongles s'enfonçaient dans mes paumes. Pourquoi êtes-vous venue ici ?

— Je n'aime pas la direction que prend toute cette histoire, répondit-elle en se vautrant parmi les coussins. Ces Cabales sont aussi terribles que le disait Isaac. Avec toutes leurs règles et leurs codes de conduite. Et la paperasse ! Sérieusement, Paige, vous n'y croiriez pas. Si vous tuez un crétin d'humain, on vous fait remplir un milliard de formulaires en trois exemplaires. Une fois, j'ai tiré sur un criminel par accident et même l'inspection générale ne m'en a pas fait remplir autant. Vous me croirez si je vous dis que Kristof nous a enguirlandés pour le gag du funérarium ? Nous avons « commis un abus de pouvoir » et « une erreur de jugement », et maintenant il est furax parce qu'il va y avoir une sorte de conseil de discipline inter-Cabales sur le sujet. Non mais, franchement, les officiers de surveillance des Cabales ont à peu près autant d'humour que bébé Cortez, là.

— Qu'est-ce que vous voulez, Leah ? demandai-je.

— D'abord, l'immunité. Si je reviens sur notre accord, la Cabale Nast voudra ma peau. Je veux que Lucas me promette la protection de son papa.

— Je ne joue aucun rôle dans la Cabale Cortez…

— Oh, arrêtez de me baratiner. Vous êtes un Cortez. Si vous dites que je suis protégée, je le suis. Et deuxièmement, je veux la garde alternée de Savannah.

— C'est tout ? demandai-je. Moi qui croyais que vous alliez demander quelque chose de plus gros. Et les week-ends ?

Leah agita un doigt en direction de Cortez.

— Je crois qu'elle ne prend pas tout ça très au sérieux.

— Tiens donc, murmura Cortez.

—Oserais-je vous demander pourquoi vous voulez la garde alternée de Savannah ?

—Parce que j'aime bien cette gamine. Parce que je crois que vous allez la déglinguer. Et parce qu'elle pourrait se révéler utile.

—Donc, si on accède à ces deux requêtes, vous faites quoi en échange ? Vous affrontez l'ensemble de la Cabale Nast pour nous ?

Elle éclata de rire.

—Je ne suis pas suicidaire, Paige. Si vous me donnez ce que je veux, je me retire du combat.

—C'est tout ?

—Ça devrait suffire. Je suis la meilleure arme dont ils disposent. Vous feriez bien de vous attirer mes bonnes grâces, Paige. Et même vous, Lucas, vous devriez y songer.

—En voilà une proposition que nous ne pouvons pas refuser, répondit-il. Je crois parler au nom de Paige en vous demandant de dégager d'ici, Leah. Vous nous faites perdre notre temps.

Elle se redressa et se pencha en avant. Tout humour avait déserté ses yeux.

—Je vous fais une proposition sérieuse, le mage. Il vaut mieux pour vous que je ne participe pas à ce combat.

—Ah non ? Si vous étiez vraiment si forte, vous ne seriez certainement pas ici en ce moment même. Les Cabales récompensent toujours le talent. Puis-je émettre une hypothèse quant aux raisons qui vous ont poussée si soudainement à changer d'avis ?

—Attendez, dis-je. Laissez-moi essayer. Je suis néophyte par rapport à ces histoires de Cabales, alors je veux être sûre de bien comprendre. Vous dites être ici parce que vous regrettez le choix que vous avez fait en vous associant à la Cabale. Je crois que vous êtes sincère sur ce point. Mais pas parce qu'elles ont trop de règles. Plutôt parce que, soudain, ce n'est plus vous qui commandez. Bien sûr, vous avez un pouvoir incroyable, mais c'est tout. Vous êtes comme un petit singe savant qui ne connaît qu'un seul tour. Placée dans une pièce remplie d'espèces aux pouvoirs magiques, vous n'être plus qu'un simple sous-fifre. Je brûle ?

Ses yeux lançaient des éclairs haineux. Je poursuivis :

— Tout a commencé quand vous êtes allée voir la Cabale Nast pour lui proposer un marché. Peut-être que vous avez découvert qui est le père de Savannah, ou peut-être que vous avez tiré son nom au sort et inventé cette histoire de paternité. Ils ont accepté votre proposition et pris les choses en main. Vous n'obtiendrez sans doute rien de plus qu'une belle prime de fin d'année et un bureau avec fenêtre. Pire encore, vous allez perdre Savannah. Vous vous êtes vendue pour un bureau avec une belle vue.

Une bouilloire de cuivre jaillit d'une étagère, traversa la pièce et alla se briser contre le mur. Leah se leva brusquement du canapé et me transperça d'un regard furieux qu'elle reporta ensuite sur la bouilloire.

— Oups, dis-je. Vous avez raté votre coup ? Vous n'êtes peut-être pas aussi douée que vous le pensez.

Cette fois, ce fut toute l'étagère qui se décrocha de ses supports. Une secousse l'agita puis elle s'immobilisa, toujours bien droite. Je lançai un sort d'entrave avant que Leah fasse une nouvelle tentative.

— Quand je relâcherai, vous allez partir, lui dis-je. Ne croyez pas que j'aie oublié ce que vous avez fait à ma mère. Et ne croyez pas une seule seconde que je sois incapable de vous tuer là, tout de suite, ou que je ne sois pas en train de l'envisager en ce moment même.

Quand je relâchai le sort d'entrave, Leah me lança un regard noir puis se rua hors de la maison, claquant la porte derrière elle.

— Donc, ses pouvoirs diminuent à mesure que ses émotions s'intensifient, observa Cortez. Intéressant.

— Et pratique. Vous avez repéré son signe annonciateur ?

Il fit signe que non.

— Merde. Enfin, on ne peut pas s'en inquiéter pour l'instant. Je dois parler à Savannah. (Je fis mine de m'en aller, puis m'arrêtai.) Je devrais m'inquiéter ? Des représailles ?

— De la part de Leah ? Non. Les Cabales lui ont limé les griffes. Elle connaît les pénalités si elle agit sans leur accord, surtout si ces actions mettent un projet actuel en danger. C'est considéré comme une trahison, passible de la peine de mort. Une mort extrêmement désagréable.

— Parfait.

Cortez ajusta ses lunettes.

— J'ai, hum, fini mon travail. Quand vous aurez parlé à Savannah, nous pourrons peut-être… Enfin, si vous avez envie…

— L'échange de sortilèges, répondis-je en souriant. Ne vous en faites pas, je n'ai pas oublié. C'est l'étape suivante sur ma liste. Laissez-moi juste en finir avec Savannah.

La clé

— Dis-moi ce que tu sais des sorts des mages.

Nous étions assises en tailleur sur le lit de Savannah.

— Presque tous les sortilèges puissants que peut jeter une sorcière sont des sorts de mage, répondit Savannah. Comme le sort repoussoir dont je me suis servie contre cet enquêteur du paranormal, tu sais ? C'est le même que Lucas a utilisé contre ces gens, là-devant. Tu connais des sorts de mages, non ?

— Quelques-uns.

— Je peux t'en apprendre d'autres. Sinon, Lucas peut le faire. Ils sont très efficaces, il vaudrait mieux utiliser de la magie de sorcières – tu sais, c'est cette histoire comme quoi chacun est meilleur avec les sorts de sa propre espèce. Sauf que les sorcières n'ont pas le choix. Enfin, je veux dire, on a tous les sortilèges primaires, et certains d'entre eux sont même plutôt bons, comme le sort d'entrave. Les mages ne nous arrivent pas à la cheville pour les sorts de protection et les curatifs. C'est pour ça que les Cabales recrutent des sorcières. Mais on serait beaucoup plus fortes si on avait nos propres sorts.

— Mais les sorts de mes grimoires *sont* de la magie de sorcières. Et puissante.

— Ouais. C'est aussi ce que disait ma mère. Ces livres étaient à elle, tu sais.

— Mes grimoires ?

— Ouais. (Savannah prit son ours en peluche et lui lissa la fourrure, gardant le regard fixé sur son jouet tout en poursuivant.) Elle en parlait tout le temps. De ses livres perdus. Sauf qu'ils n'étaient pas perdus, je crois, c'est juste que le Convent les avait cachés. Elle s'en doutait. Enfin bref, elle en parlait tout le temps, elle disait qu'elle aurait adoré les retrouver, même s'ils ne marchaient pas.

Je m'efforçais de la suivre et d'assembler les pièces du puzzle. Un million de questions me traversaient la tête mais je décidai de commencer par la fin.

— Elle n'arrivait pas à en faire fonctionner un seul ?

— Aucun. Mais toi si, c'est ça qui est bizarre. Tu te débrouilles comme lanceuse de sorts, mais ma mère était incroyable. En même temps, elle ne devait avoir que ton âge quand elle a essayé, alors peut-être… (Savannah s'interrompit.) C'est bizarre, hein ? Je n'y avais pas pensé – le fait que vous ayez essayé toutes les deux, et au même âge. Ça veut dire… (Ses lèvres remuèrent comme si elle calculait.) T'étais là quand ma mère est partie, hein ?

Je hochai la tête.

— Je devais avoir quatre ou cinq ans, mais je ne me souviens pas d'elle. Tu sais, je n'y ai jamais réfléchi, mais je parie qu'on a des photos de ta mère quelque part, dans un des vieux albums de la mienne. Elle passait son temps à prendre des photos aux pique-niques et aux fêtes du Convent. Il doit y en avoir.

— Tu crois ? demanda Savannah en reposant son ours en peluche. Ce serait cool. Je n'ai pas de photos d'elle.

— Tu n'as… oh, mon Dieu, bien sûr que tu n'en as pas. Je n'ai jamais pensé…

— Pas de problème. Quand on a déménagé… J'ai remarqué que tu n'as pas accroché de photos de ta mère aux murs. Je me suis demandé pourquoi, mais je comprenais un peu aussi. Des fois, c'est déjà assez dur sans que tout nous le rappelle en permanence.

Nos regards se croisèrent. Je sentis mes yeux s'embuer et passai la main dessus.

— Je vais chercher les photos dès que possible, lui dis-je.

Savannah hocha la tête.

— Bon, Lucas t'attend, alors parlons des grimoires.

— D'accord. Donc, pourquoi ta mère disait-elle qu'ils ne marchaient pas ?

— Parce que c'est des sorts tri… tré… tertiaires, c'est tout. Ça veut dire qu'il faut d'abord connaître les intermédiaires. Sauf qu'on ne les a pas – nous les sorcières, je veux dire. On n'a que les primaires. Le Convent s'est débarrassé des intermédiaires.

— Il s'en est débarrassé ?

— C'est ce que pensait ma mère. Le Convent a décidé qu'ils étaient trop puissants, donc il a dû les brûler, un truc comme ça.

— Qui lui avait dit ça ? Ma mère ?

— Non, non. Ma mère n'a jamais eu de problèmes avec la tienne. C'était pas sa faute, ce qui s'est passé. C'était celle des Aînées.

— Donc les Aînées disaient avoir détruit les livres.

— Non, je voulais dire que c'était la faute des Aînées si ma mère avait quitté le Convent. Elles ne connaissaient rien aux livres secondaires. C'est une autre sorcière qui en a parlé à ma mère.

Je me frottai les tempes. Tout ça n'avait aucun sens. Je mourais d'envie de lui dire d'arrêter, de revenir en arrière et de tout reprendre clairement depuis le début mais je craignais presque de tout perdre si je le faisais, comme une volute de fumée que je devais saisir avant qu'elle se volatilise.

— Donc, une sorcière extérieure au Convent a dit à ta mère qu'il manquait les sorts intermédiaires.

— C'est ça. Maman a trouvé une sorcière qui avait un exemplaire d'un de ces grimoires.

— Celui que j'ai en ce moment ?

— Ouais. Maman a volé les grimoires dans la bibliothèque de ma grand-tante Margaret. C'était la gardienne des livres, ou je ne sais plus comment on l'appelait. Ma grand-tante Margaret, je veux dire.

— C'est toujours le cas. Donc ta mère a pris ces livres et découvert qu'ils ne marchaient pas.

— Ouais. Elle est retournée voir ma grand-tante Margaret et lui a demandé pourquoi. Comme Margaret a compris que maman les avait volés, elle l'a dit à Ruth et aux Aînées. Ta mère a répondu que ça ne faisait rien, puisque les sorts ne marchaient pas, mais Victoria a piqué une crise et fait toute une histoire, ma mère en a eu ras le bol et elle s'est cassée du Convent.

— OK.

Ma tête commençait à me faire mal.

— Alors tu les as eus comment ?

— Hmmm ?

— Où t'as trouvé les grimoires ?

Je dus marquer une pause et m'éclaircir les idées pour m'en souvenir.

— Dans la bibliothèque du Convent. Dans la collection de Margaret.

— La vache. Alors elle ne les avait pas détruits ? C'est bizarre.

— Très bizarre. Quand on s'y rendra plus tard pour aller chercher le livre de cérémonie, j'aurai des questions à lui poser.

Savannah hocha la tête. On termina notre conversation, puis j'allai chercher Cortez.

Quand j'entendis Cortez farfouiller dans la cuisine, je souris et pressai le pas, soudain impatiente de… de quoi ? Je m'arrêtai dans le couloir et il me fallut un moment pour comprendre que je m'empressais d'aller lui dire la vérité sur les grimoires.

Naturellement, j'étais tout excitée. Si je parvenais à percer le secret de ces sortilèges, ça signifierait non seulement que je bénéficierais de sorts plus puissants pour protéger Savannah, mais aussi à offrir à toutes les sorcières. Ça pourrait vraiment être la clé de tout ce dont j'avais rêvé. Avec ces sortilèges, je pourrais aider les sorcières à retrouver la place qui leur revenait dans le monde surnaturel.

Les implications étaient renversantes et je voulais bien sûr les partager avec quelqu'un – mais il n'y avait pas que ça. Je ne voulais pas le dire à n'importe qui ; je voulais en parler à Cortez. Logiquement, en tant que mage, il devait se contrefoutre de la découverte de nouveaux sortilèges de sorcières, ou, dans le cas contraire, il voudrait les supprimer pour assurer la suprématie de son espèce. Mais je ne l'imaginais pas faire ça. D'une certaine façon, aussi naïf que ça puisse paraître, j'avais l'impression qu'il serait heureux pour moi ou, peut-être plus important, qu'il comprendrait. Je pouvais annoncer la nouvelle à toutes les sorcières du Convent, certaines me féliciteraient, se réjouiraient peut-être pour moi, mais elles ne comprendraient pas vraiment. Avec Cortez, ce serait… différent.

Je m'arrêtai dans le couloir et envisageai de le lui dire. Sérieusement. Mais je décidai de parler d'abord à Margaret et ensuite, si je possédais vraiment ce que je croyais, j'en toucherais deux mots à Cortez.

Je franchis la porte de la cuisine et le vis en train d'inspecter deux boîtes de thé.

— Évitez celle de gauche, lui dis-je. C'est une tisane pour dormir.

— C'est ce que je cherchais à déterminer. Savannah m'a dit que la tisane était à droite, mais je crois qu'elle a dû remettre les boîtes à la mauvaise place.

— Ça ne m'étonnerait pas. Parfois, j'ai l'impression qu'elle range exprès les choses au mauvais endroit pour que je lui épargne le ménage. Je me rappelle avoir essayé de faire ça avec ma mère, sauf qu'elle a décidé que j'avais seulement besoin de m'entraîner un peu plus à faire le ménage. (Je pris les deux boîtes.) Enfin bref, comme ces deux-là ne contiennent pas de caféine, je crois que je vais en rester au café.

— Je viens d'en faire.

— Décidément, vous êtes parfait. Alors on prend une tasse et on commence l'échange de sorts.

Monopoly des mages

Avant de commencer, je mis des lasagnes surgelées au four pour le dîner. Puis je sortis mon grimoire du Convent ainsi que les journaux où je consignais mes sorts et guidai Cortez dans le salon. Il m'aida à déplacer la table basse. Puis je m'installai en tailleur sur le tapis.

— Ça va comme ça ? demandai-je.

Il hocha la tête et s'assit face à moi.

— C'est tout ce que j'ai, dis-je en déployant mes grimoires et mes journaux. Enfin, tout ce qui marche. Là, ce sont les sorts approuvés par le Convent, et dans mes journaux, j'en ai noté d'autres que j'ai appris ailleurs. Je n'aurai peut-être pas ce que vous cherchez.

— En fait, je pense que si. Je crois qu'ils doivent tous être autorisés par le Convent, sans doute au niveau trois ou quatre. Je suis encore en train de me bagarrer avec ceux du niveau trois mais il y a quelques sorts de niveau quatre dont j'aimerais parler, en attendant – ou en espérant – que je progresse jusque-là.

— Alors vous connaissez le système des niveaux, répondis-je. Parfait. Mais comment se fait-il… Ne le prenez pas mal, mais vous êtes le fils du P.-D.G. d'une Cabale, donc vous devez avoir accès aux meilleurs sorts disponibles, même à ceux des sorcières.

— Obtenir ceux des sorcières n'est pas aussi simple que vous l'imaginez, en grande partie à cause de l'animosité qui règne actuellement entre nos deux espèces. La plupart des mages refusent de pratiquer la magie des sorcières, aussi utile puisse-t-elle se révéler. Pour ceux, comme moi-même, qui souhaitent obtenir ce savoir, il peut être très difficile de se le procurer. Les sorcières, de manière tout à fait compréhensible, répugnent à nous donner accès à leurs pouvoirs. Les sorts de bas niveau sont monnaie courante, mais les plus élevés sont bien gardés par les quelques sorcières capables de les lancer.

— N'importe quelle sorcière un tant soit peu douée en est capable. Même les sorts de niveau quatre ne sont pas difficiles quand on a l'expérience. (J'hésitai en me rappelant les paroles de Savannah.) Sauf, bien sûr, quand on est une sorcière qui préfère les sorts de mages, auquel cas j'imagine qu'on peut ne jamais atteindre ce niveau d'expérience.

— Exactement. Même les sorcières des Cabales capables de jeter les sortilèges de sorcières les plus difficiles n'aiment pas transmettre ces informations. Compte tenu de mon statut au sein de la Cabale, elles n'osent pas refuser mes requêtes, mais je les soupçonne d'omettre un ou deux mots critiques de l'incantation pour faire croire que c'est moi qui ne suis pas assez doué pour jeter correctement les sorts.

— Des sorcières passives-agressives. Ici aussi, on en a quelques-unes. (Je pris un cookie sur l'assiette que Cortez avait posée entre nous.) Donc, que voulez-vous apprendre ?

— Pour commencer, le sort de camouflage.

Je fis semblant de m'étrangler sur mon cookie.

— On commence par le haut de la liste, c'est ça? Avec le sort d'entrave, c'est sans doute la meilleure arme défensive dont on dispose. Pas étonnant que les sorcières des Cabales vous fournissent des sorts bidon.

— Ça veut dire non ?

— C'est oui, mais ça va vous coûter bonbon, et je ne parle pas de dollars – bien que ça puisse être un bon moyen de réduire ma facture.

Cortez prit un cookie.

— À ce propos, je ferais mieux de préciser que cette histoire de paiement faisait uniquement partie de mon déguisement initial d'avocat cupide. Je vous offre mes services bénévolement, pour ainsi dire. Toutefois, si vous tenez à me rémunérer et que vous me laissez le choix entre un paiement monétaire et magique, je préférerais de loin la deuxième option.

— Vous choisiriez de nouveaux sorts plutôt que de l'argent ? demandai-je avec un rictus. Ça, c'est un homme comme je les aime. Mais je dois vous avertir qu'ayant les mêmes penchants, je préférerais vous payer par chèque et procéder à un échange de sortilèges.

Il sourit du coin des lèvres.

— Tout à fait acceptable. Donc, pour le sort de camouflage... ?

— Eh bien, vous avez l'avantage sur ce point, car je ne connais pas beaucoup de sorts de mages. Il y a celui que vous avez lancé l'autre jour – je crois que Savannah l'a appelé « sort repoussoir » – mais elle le connaît, donc je peux l'obtenir par elle. Il y a ce sort anticonfusion, qui n'a pas eu l'air de marcher, c'est vrai, mais j'ai peut-être intérêt à le connaître, avec Savannah dans le coin.

— Et vous avez ce sort apaisant, qui a marché, *lui*. Celui-ci me plairait beaucoup.

Je bus une gorgée de café tout en me creusant la cervelle pour trouver d'autres sorts de mages.

— Le sort de barrage – celui-là, il me le faut.

— Le sort de barrage ? (Ses sourcils se haussèrent.) Celui-là, comme vous dites, va vous coûter bonbon. Je suis moi-même encore en train d'y travailler.

— Sort de camouflage contre sort de barrage ?

Il hocha la tête et prit un autre cookie.

— Et le sort apaisant contre l'anticonfusion. (J'éclatai de rire.) J'ai l'impression d'être en train d'échanger des cartes de base-ball. Ou de jouer au Monopoly. Je vous cède Broadway contre Atlantic et une gare.

— C'est comme ça que vous jouez au Monopoly ? J'ai toujours soupçonné mon père de trafiquer les règles.

— Comment est-ce qu'il jouait ? Si je peux vous poser la question ?

Il mordit dans son biscuit et mâchonna avant de répondre.

— Il prenait le titre très au sérieux. L'objectif était la domination mondiale, à n'importe quel prix. Pour gagner, il fallait contrôler tous les biens immobiliers et pousser ses concurrents à la faillite. Pots-de-vin, taux usuraires, ristournes illégales sur les ensembles immobiliers privés – c'était un jeu très complexé et sans pitié.

— Ça avait l'air… sympa.

— Ce n'était pas sans défis, mais ça nous donnait l'impression d'accompli quelque chose d'assez peu d'importance qui nous coûtait atrocement sur un plan moral. Et comme vous pouvez l'imaginer, au bout du compte, ce n'était absolument pas drôle. J'ai fini par prôner une répartition des biens plus équitable, avec des taux d'intérêt établis en fonction des besoins et une aide financière pour ceux qui connaissent des revers de fortune passagers. Mon père, bien entendu, n'était pas d'accord, mais se révélait totalement incapable d'influencer ma façon de penser, si bien que j'ai fini par arrêter de jouer. Un signe avant-coureur de ce qui allait suivre.

J'éclatai de rire et secouai la tête.

—J'en déduis que vous ne jouez plus au Monopoly.

—Ça n'a jamais été mon jeu préféré.

—Alors c'est quoi ? Qu'est-ce que vous aimez faire quand vous n'êtes pas en train de sauver le monde ?

Il finit son cookie.

—Les jeux n'ont jamais été mon fort. Les sports, encore moins. Toutefois, je me débrouille au poker. Je suis doué pour le bluff, un talent qui m'a rapporté quelques dollars quand le besoin s'en faisait sentir.

—J'imagine, répondis-je avec un sourire.

—Et vous ?

—Pas très fan de sport non plus. Mais j'aime bien les jeux. Tout ce qui est marrant. J'ai un faible pour le billard.

Il haussa les sourcils.

—Le *billard*?

—Quoi ? Vous trouvez que je ne ressemble pas à la championne de billard typique ? C'est génial, le billard. Ça m'aide à accroître ma concentration et ma précision pour lancer les sorts. Quand on est capable de mettre dans le mille dans une salle de billard, avec quelques canettes de bière dans le corps et des amis qui essaient de vous faire foirer le coup, alors on est capable de jeter un sort dans les pires conditions possibles.

— Logique. J'avoue que ça ne me ferait pas de mal de m'entraîner dans des conditions hostiles. Est-ce que vous...

Un sifflement perçant l'interrompit. Il fronça les sourcils et regarda dans la direction d'où venait le bruit, le répondeur posé sur le bar de la cuisine.

— On dirait que votre répondeur surchargé a fini par rendre l'âme, dit-il.

Je me redressai tandis que la machine émettait un nouveau sifflement.

— Ce n'est pas ça.

Je me dirigeai vers la cuisine et montai le son.

— Paige ! Décroche ! (Les cris d'Adam résonnèrent dans toute la cuisine.) Si tu ne réponds pas, je vais supposer le pire et sauter dans le prochain avion...

Je pris le combiné.

— Bonne excuse. Je suis sûr que tu devines très bien pourquoi je ne réponds pas au téléphone.

— Parce que tu es surchargée et sous-accompagnée... ou sous-entourée.

— Sous-entourée ?

— En manque d'amis pour te soutenir – il devrait y avoir un mot pour ça. Ce que je veux dire, c'est que de toute évidence, mon aide pourrait t'être utile.

— Pour faire quoi, répondre au téléphone ? Deux secondes. (Je couvris d'une main le micro et me tournai vers Cortez, qui se trouvait toujours dans le salon.) Désolée, il faut vraiment que je prenne cet appel. Je reviens dans quelques minutes.

J'emportai le téléphone dans ma chambre et informai Adam de la situation. Je ne lui parlai pas des grimoires.

Si je l'avais fait, j'imagine très bien sa réaction. Je lui aurais dit que j'avais peut-être enfin percé les secrets de la véritable magie des sorcières et il m'aurait répondu un truc du genre : « Waouh, c'est génial, Paige, félicitations... Ah au fait, j'y pense, j'ai enfin réussi à réparer ma jeep, elle ne fait plus ces bruits bizarres. » Adam est un type formidable et un ami précieux mais certains aspects de ma vie lui échappent totalement.

On bavarda jusqu'à ce que j'entende la sonnerie lointaine de la minuterie du four.

— Oups, dis-je. Je n'ai pas vu passer le temps. Le dîner est prêt. Je dois y aller.

— Tu es sûre que tu n'as pas besoin de moi ?

— Absolument. Et ne prends pas la peine d'essayer de me joindre, je t'appellerai pour te tenir au courant dès que possible.

Je mis fin à la conversation et me dirigeai vers le vestibule.

La voix de Savannah me parvint de la cuisine :

— ... seulement amis. De bons amis, mais c'est tout.

Quand j'entrai, je vis Cortez sortir les lasagnes du four tandis que Savannah le regardait faire, perchée sur le bar.

— Tu supervises ? demandai-je.

— Faut bien que quelqu'un le fasse, répondit-elle.

— Pendant que tu es là-haut, passe-moi les assiettes. (Je me penchai pour éteindre le four.) Je vais les prendre ici. Merci.

Cortez hocha la tête.

— Je ferai la vaisselle.

Savannah le regarda partir, puis bondit au bas du bar et se précipita vers moi.

— Il me posait des questions sur Adam, annonça-t-elle en aparté.

J'ôtai l'aluminium des lasagnes.

— Hmmm ?

— Lucas. Il me posait des questions sur Adam. Toi et lui. Je suis entrée, tu avais disparu, il a dit que tu étais au téléphone, donc j'ai vérifié le journal d'appels sur mon téléphone et je lui ai dit que c'était Adam. Alors j'ai dit que ça allait durer un moment, vu que vous parlez toujours pendant des plombes, et il a répondu : « Ah bon, alors ce sont de très bons amis », un truc comme ça.

— OK. (Je coupai les lasagnes en leur milieu pour m'assurer qu'elles étaient bien cuites.) Je crois que la salade est fanée, mais tu pourrais vérifier pour moi ?

— Paige, je te parle.

— Je t'ai bien entendue. Lucas t'a demandé si Adam était un ami.

— Non, il n'a pas demandé si c'était un ami. Enfin si, mais il voulait savoir, tu sais, si Adam était un *ami*. C'était pas juste une question, c'était une *question*. Tu vois ?

Je la regardai par-dessus mon épaule, sourcils froncés. Cortez entra dans la cuisine. Savannah me regarda, leva les bras au ciel et se dirigea vers les toilettes d'un pas lourd.

— Sautes d'humeur ? demanda Cortez.

— Rupture de communication. Je vous jure, les filles de treize ans parlent un langage qu'aucun linguiste n'a jamais déchiffré. Je me le rappelle en partie, mais jamais assez pour décoder une conversation entière. Vous voulez du vin avec le dîner ? Ou c'est trop risqué ?

— Ce serait formidable.

— Si vous pouvez prendre les verres au-dessus de la cuisinière, là-haut, je descends chercher une bouteille.

Après dîner, j'allai me changer pendant que Cortez et Savannah débarrassaient la table. Comme la cueillette du genièvre allait peut-être nécessiter de fouiller dans les sous-bois, je troquai ma jupe contre mon seul jean. Avec une couturière pour mère, j'avais développé l'amour des étoffes – le bruissement voluptueux de la soie, la chaleur douillette de la laine, le craquement du lin – et je n'avais jamais compris l'attrait des jeans raides et des tee-shirts de coton flasques. Sauf bien sûr quand on allait parcourir la forêt pour trouver les ingrédients d'un sortilège. J'envisageai d'enfiler un sweat-shirt mais choisis plutôt de garder mon chemisier de soie à manches courtes et d'enfiler une veste par-dessus ; certains sacrifices n'en valent pas la peine.

Une fois habillée, je me rendis au salon et tirai le rideau pour voir si la foule était toujours assez réduite pour nous permettre de nous échapper sans mal. Mais je n'y voyais rien : la fenêtre était recouverte de papier.

— Ça tombe bien, les gens, marmonnai-je, moi non plus je n'ai pas envie de vous voir.

Je m'apprêtais à laisser retomber le rideau quand je remarquai des inscriptions sur les feuilles. Non, pas des inscriptions, des caractères imprimés. C'étaient des journaux. Quelqu'un avait découpé des articles de journaux me concernant et les avait collés sur toute la surface de ma fenêtre.

Il y avait là des dizaines d'articles, tirés non seulement des papiers à scandale mais aussi de webzines et de la presse généraliste. C'étaient les journaux à scandale qui criaient le plus fort : « Un avocat assassiné lors d'un atroce rituel satanique » ; « Des corps mutilés reviennent à la vie ». Les webzines étaient plus subtils mais plus vicieux, moins bridés par le risque d'attaque pour diffamation : « Un bébé kidnappé massacré lors d'une messe noire » ; « Un culte vaudou sème la panique dans les funérariums du Massachusetts ».

Mais les voix les plus dérangeantes étaient les plus discrètes – les titres graves et presque cliniques de la presse généraliste : « Le meurtre serait lié à des allégations de sorcellerie » ; « Des témoins parlent de cadavres réanimés lors d'un enterrement ». Je parcourus les noms au-dessus des articles : le *Boston Globe*, le *New York Times*, même le *Washington Post*. Ça ne figurait pas en première page, mais c'était tout de même là, planqué un peu plus loin. Mon histoire, mon nom – étalés dans les journaux les plus importants du pays.

— Ils sont toujours là, dit Cortez en m'arrachant le rideau des doigts et en le laissant tomber, cachant ainsi les articles. Pas nombreux, mais je vous déconseille de prendre la voiture. Les Nast ont certainement chargé quelqu'un de surveiller la maison et il ne faudrait pas qu'on nous suive.

— Non, effectivement.

— Comme nous devons nous arrêter chez Margaret Levine, je suggère que nous y allions à pied en passant par les bois et que nous empruntions sa voiture.

— Si elle accepte. Et votre voiture de location… Ah, mince, votre moto ! On l'a laissée au funérarium. Je devrais appeler une dépanneuse…

— Je m'en suis occupé.

— Parfait. Elle l'a emportée en lieu sûr ?

Il hésita puis répondit :

— La moto n'y était plus à son arrivée. Vous pourriez aller chercher Savannah ? J'ai frappé à sa porte mais elle écoute sa musique trop fort pour entendre et je n'ose pas entrer sans permission.

— Comment ça, votre moto n'était plus là ? On l'a volée ?

— Il semblerait. Peu importe. La police en a été informée et, dans le pire des cas, j'ai une excellente police d'assurance.

— Oh mon Dieu, je suis désolée. J'aurais dû penser… J'ai complètement oublié hier.

— Compte tenu de tout ce qui s'est produit, la moto était le cadet de mes soucis. Vous avez suggéré que nous retournions la chercher avant de venir ici et j'ai décidé de ne pas le faire, donc c'est entièrement ma faute. Maintenant, si vous voulez bien aller chercher Savannah…

— Je suis vraiment désolée. Vous auriez dû m'en parler. Oh mon Dieu, j'ai vraiment mauvaise conscience.

— Et c'est justement pour ça que je n'en ai rien dit. Comparé à ce que vous avez perdu ces derniers jours, et à ce que vous risquez de perdre encore, une moto est insignifiante. Sans compter, comme je vous le disais, que j'ai une bonne assurance et que je peux la remplacer. (Il jeta un coup d'œil à sa montre.) Il faut vraiment qu'on y aille. Allez chercher Savannah et retrouvez-moi à la porte de derrière.

Il m'écarta doucement et alla dans la cuisine rassembler ses papiers. Je m'apprêtais à le suivre quand 18 heures sonnèrent à l'horloge, me rappelant que nous devions effectivement nous dépêcher : la boutique de Salem qui vendait certains des ingrédients nécessaires pour la cérémonie de Savannah fermait à 21 heures.

Je cognai à la porte de sa chambre.

— Deux secondes, cria-t-elle.

La musique s'arrêta avec un déclic, suivi par le bruit d'une porte de placard qu'on claquait et de divers tiroirs. Puis elle ouvrit enfin la porte et me tendit un sac de supermarché en plastique.

— Tiens-moi ça, dit-elle avant de se donner un coup de brosse. J'ai trouvé comment on peut passer sans être vus. J'aurais dû y penser plus tôt, mais j'ai oublié.

— Oublié quoi ?

Elle désigna le sac.

— Ça.

Je l'ouvris et me mis à hurler.

Les outils du métier

Bon d'accord, je ne hurlai pas vraiment. C'était plutôt un cri aigu. Voire un glapissement.

Que contenait le sac ? La main de gloire disparue depuis longtemps. Pile ce que j'avais envie de voir.

Cortez accourut en m'entendant crier. Quand on lui eut assuré que personne n'était mortellement blessé, je lui expliquai comment Savannah était entrée en possession de cette main.

— … et ensuite, je l'ai oubliée, conclus-je.

— Moi aussi, dit Savannah. Jusqu'à tout à l'heure, j'étais en train de ranger mes devoirs et j'ai vu mon cartable.

— Tu l'avais rangée dans ton cartable ?

— Enveloppée, évidemment. Les flics n'auraient jamais cherché là. Maintenant, on peut s'en servir pour filer. Il suffit qu'on allume le bout des doigts et qu'on sorte. Ça va nous rendre invisibles. Enfin, peut-être pas vraiment, mais ça empêchera les gens de nous voir.

Cortez fit signe que non.

— Je crains que ce ne soit qu'un mythe, Savannah. La main de gloire ne peut qu'empêcher les dormeurs de se réveiller, et elle n'est guère efficace en la matière.

— Vous avez essayé ? demanda-t-elle.

— Plusieurs fois, jusqu'à ce que j'apprenne un sortilège qui fonctionnait mieux. (Il tira la main du sac.)

Et sentait moins mauvais. Cette main est de fabrication très grossière. Et très récente, aussi. Ce qui affaiblit ses pouvoirs. La personne qui l'a faite n'a même pas suivi les méthodes adéquates pour l'enduire et la conserver. Je serais surpris qu'elle fonctionne. Je dirais qu'on cherchait davantage à vous effrayer qu'à passer inaperçu.

— De la magie de pacotille ? dit Savannah.

— Sans aucun doute. Tu vois ici ? Là où l'os traverse ? Si c'était fait correctement…

Je frissonnai.

— Je suis la seule qui trouve ce truc totalement gerbant ?

Ils me regardèrent tous deux, interdits.

— On dirait que oui, marmonnai-je. J'ai le droit de zapper cette leçon ? Je vais me mettre en route pour aller chez Margaret et vous pourrez me rattraper, tous les deux.

— Paige a raison, dit Cortez en replaçant la main dans le sac. Nous n'avons pas le temps. Toutefois, je suggérerais que vous emportiez la main afin que nous puissions nous en débarrasser loin de la maison.

Je hochai la tête et l'on se dirigea vers la porte de derrière. Cortez prit sa veste en cuir puis replia le sac sur lui-même au maximum et le fourra dans sa poche. Je ne pus m'empêcher de frissonner. Oui, je sais que j'avais résolu de mieux accepter l'aspect plus sombre de la personnalité de Savannah, mais je ne m'imaginais pas trimballer un jour des morceaux de cadavre comme s'il s'agissait d'outils au même titre que des calices et grimoires.

Lorsqu'on sortit, le soir rafraîchissait déjà et Savannah, vêtue d'un tee-shirt au-dessus du nombril, décida de rentrer chercher un pull.

Après son départ, je désignai le sac rangé dans la poche de Cortez.

— Vous vous servez vraiment de ce genre de truc ?

— Je me sers de tout ce qui marche.

— Désolée. Je ne voulais pas donner l'impression…

— Beaucoup d'objets magiques sont des choses que je n'aimerais pas manipuler en temps ordinaire. C'est comme la magie. Vous pouvez refuser d'apprendre les sorts plus puissants et plus déplaisants, ou vous pouvez admettre qu'ils se révèlent utiles dans certaines circonstances.

— Je le sais bien. Pour les sorts, je veux dire. Mais je… (J'hésitai, puis poursuivis.) J'ai du mal. À me faire à l'idée que je puisse être obligée de…

— Faire du mal pour faire le bien ?

Je parvins à afficher un petit sourire.

— Exactement. J'y ai beaucoup réfléchi – à l'idée de tuer quelqu'un pour protéger Savannah. Je sais que je pourrais en arriver là, mais je n'ai jamais… Et si mettre un ennemi hors combat ne suffisait pas ? Si la protéger impliquait de devoir faire du mal à un passant innocent ? Je suis vraiment… (J'inspirai profondément.) J'ai vraiment du mal avec ça.

— Moi aussi.

Je levai les yeux vers lui mais, avant que je puisse répondre, Savannah franchit la porte en courant.

— Prête ? demandai-je.

Elle hocha la tête et l'on se mit en marche.

Je passai ces dix minutes de trajet vers la maison de Margaret à songer aux grimoires. Ce qui m'ennuyait le plus, c'était de me rendre compte que si seulement Savannah avait été plus à l'aise pour me parler de sa mère, nous aurions pu tirer tout ça au clair des mois plus tôt. À présent que j'étais enfin prête à l'écouter, il était peut-être trop tard.

Je réfléchissais toujours à son récit. Elle affirmait que les sortilèges autorisés par le Convent étaient des sorts primaires, qu'on devait maîtriser avant de passer aux secondaires. Et qu'il fallait ensuite connaître les secondaires pour espérer jeter un sort tertiaire comme ceux de mon grimoire. Je n'avais jamais rien entendu de tel.

Bien que les sorts du Convent se répartissent en quatre niveaux, une sorcière pouvait, en théorie, commencer au niveau quatre. C'était atrocement difficile, mais pas impossible. Comme dans le cas des langages de programmation. On vous fait commencer par quelque chose de facile, comme le C. Ensuite seulement on passe aux langages plus complexes. Ça ne veut pas dire qu'on ne peut pas passer directement à un langage de haut niveau ; des gens font ça tout le temps. Mais si on a maîtrisé le C, la courbe d'apprentissage des autres langages décroît considérablement. On comprend des concepts comme les fonctions et les structures de données, qui peuvent être appliqués à n'importe quel langage.

Les propos de Savannah impliquaient quelque chose de totalement différent. Si je la comprenais bien, tous les sorts du Convent étaient des sorts primaires, la base sur laquelle reposait toute la magie des sorcières. Mais ça n'expliquait pas pourquoi j'avais maîtrisé quatre sorts des grimoires tertiaires. D'après Savannah, Eve n'avait réussi à en faire fonctionner aucun. Bon, j'adorerais croire que je les avais maîtrisés grâce à mes capacités supérieures en matière de lancement de sorts, mais je ne suis tout de même pas arrogante à ce point.

Eve avait volé les grimoires de Margaret. J'avais… eh bien, quasiment fait la même chose. Le Convent tient une bibliothèque. Les tomes sont conservés dans une petite pièce fortifiée chez Margaret Levine. Si elles en font la demande à l'avance, les sorcières peuvent voir la collection. Si certains livres n'ont pas le droit de quitter la maison, on peut en emprunter d'autres. Pour ce faire, il faut remplir une fiche et rendre le livre dans la semaine. Je crois que la seule raison qui empêche les Aînées d'instaurer des pénalités de retard, c'est que personne d'autre que moi n'emprunte jamais quoi que ce soit. Les sorcières du Convent n'ont même pas le droit d'entrer dans la pièce fortifiée pour parcourir la collection. Margaret tient une liste affichée au dos de la porte, parmi laquelle elles peuvent choisir leurs livres. Seules les Aînées et la chef du Convent peuvent entrer.

Trois ans auparavant, alors que je harcelais Margaret pour me fournir un meilleur ouvrage de référence sur les herbes, quelqu'un avait frappé à la porte et elle avait quitté la bibliothèque pour aller lui ouvrir. C'était comme laisser un gamin dans une pièce remplie de bonbons. Dès l'instant où elle était sortie, j'étais entrée dans cette pièce fortifiée. Je savais parfaitement ce que je voulais : les livres de sorts interdits.

À présent, c'étaient des réponses que j'attendais. Plus encore, je gardais un espoir, un mince espoir, que Savannah ait à la fois raison et tort : qu'elle ait raison sur l'existence d'un grimoire qui permettrait de débloquer les sorts actuellement en ma possession, et tort en supposant que le Convent l'avait détruit.

On arriva chez Margaret, qui habitait une maison à deux étages située sur Beech. Je décidai de passer par l'arrière, par politesse mais aussi pour éviter qu'elle panique quand je débarquerais sur le pas de sa porte d'entrée où tout East Falls pourrait me voir. Devenir le paria du village complique quelque peu les visites de politesse.

Je réussis à convaincre Savannah d'attendre dehors avec Cortez. Elle comprenait assez bien sa grand-tante pour savoir que Margaret se livrerait davantage si nous étions seules.

Je sonnai. Une minute plus tard, Margaret jeta un coup d'œil à travers les rideaux. Il lui fallut une minute de plus pour se décider à répondre. Même alors, elle se contenta d'ouvrir en gardant une main sur le bouton de la porte grillagée.

— Tu ne devrais pas être ici, chuchota-t-elle.

— Je sais.

J'ouvris brusquement la porte grillagée et entrai. Pas très correct, je sais, mais je n'avais pas de temps à perdre en politesses.

— Où est Savannah ? demanda-t-elle.

— En lieu sûr. Je devais vous parler de certains grimoires.

Elle marqua une pause puis jeta un coup d'œil par-dessus mon épaule, balayant la cour du regard comme si j'avais emmené avec moi tout un cortège de journalistes. Ne voyant personne, elle ferma la porte et me fit signe d'avancer un peu plus loin dans le salon, qui était rempli de cartons de livres.

— Ne fais pas attention au désordre, je te prie, me dit-elle. J'étais en train de préparer les dons pour la vente de livres de la bibliothèque. Une tâche extrêmement éprouvante pour les nerfs. Atroce.

J'envisageai de lui proposer d'échanger nos places pour qu'elle s'occupe un temps des messes noires et cadavres ambulants, mais j'eus le bon sens de la boucler et de hocher la tête d'un air presque compatissant.

Margaret était la chef bibliothécaire bénévole de la bibliothèque d'East Falls (ouverte deux soirs par semaine plus les samedis après-midi). Elle occupait ce poste depuis qu'elle avait quitté à l'âge de la retraite sa place de bibliothécaire du lycée d'East Falls. Si tout ça vous donne de Margaret Levine l'image d'une petite vieille timide au chignon gris et aux lunettes cerclées de fer, laissez-moi vous détromper. Margaret mesurait un mètre soixante-dix-huit et avait été, dans sa jeunesse, courtisée par toutes les agences de mannequins de Boston. À soixante-huit ans, elle était encore belle, avec la grâce et les longs membres agiles dont sa petite-nièce dégingandée semblait devoir hériter plus tard. Le seul défaut physique de Margaret était son insistance aveugle à teindre ses cheveux d'un noir de jais, couleur qui devait être splendide sur elle à trente ans mais lui donnait désormais des airs de clown.

La seule caractéristique du stéréotype de la bibliothécaire que possédait Margaret, c'était la timidité. Pas la timidité studieuse des intellectuels, mais la version plus niaise des gens, eh bien… intellectuellement limités. J'ai toujours pensé que si elle avait choisi ce métier, ce n'était pas parce qu'elle aimait les livres mais parce que ça lui permettait de paraître intelligente tout en se cachant du monde réel.

— Victoria est très en colère contre toi, Paige, me dit-elle en débarrassant des livres d'une chaise. Tu ne devrais pas la contrarier comme ça. C'est mauvais pour sa santé.

— Écoutez, je dois vous parler de grimoires que j'ai empruntés à la bibliothèque. (J'ôtai le sac à dos que je portais sur l'épaule, l'ouvris et en tirai les livres.) Ceux-là.

Elle les regarda en fronçant les sourcils. Puis ouvrit de grands yeux.

— Où les as-tu trouvés ?

— Dans la bibliothèque, en haut.

— Tu n'es pas censée les avoir, Paige.

— Pourquoi ? On m'a dit qu'ils ne marchaient pas.

— En effet. On ne devrait pas les conserver ici, mais ta mère insistait pour qu'on les garde en tant que reliques historiques. Je les avais complètement oubliés. Tiens, donne-les-moi et je verrai ce que Victoria veut que j'en fasse.

Je les rangeai dans mon sac.

— Tu ne peux pas les emporter, dit-elle. Ils appartiennent à la bibliothèque.

— Alors collez-moi une amende. J'ai déjà assez d'ennuis avec Victoria comme ça – ce n'est pas comme si le fait de garder ces livres allait y changer quoi que ce soit.

— Si elle l'apprend…

— On ne lui dira rien. Donc, que savez-vous au sujet de ces grimoires ?

— Ils ne marchent pas.

— D'où viennent-ils ?

Elle fronça les sourcils.

— De la bibliothèque, évidemment.

D'accord, ça ne menait nulle part. J'observai Margaret et compris à son expression qu'elle ne me cachait rien. Elle n'aurait pas su comment faire. Je lui expliquai donc ce qu'Eve avait dit à Savannah au sujet des livres.

— Oh, mais quelles bêtises, répondit-elle en agitant ses longs doigts. Des bêtises. Cette fille ne tournait pas rond, tu sais. Eve, je veux dire. Pas rond du tout. Toujours à chercher les ennuis, à essayer d'apprendre de nouveaux sorts, à nous accuser de l'empêcher d'avancer. Exactement comme...

— Comme moi, répondis-je.

— Je ne voulais pas dire ça, ma chérie. Je t'ai toujours appréciée. Tu es un peu impétueuse, mais sans commune mesure avec ma petite-nièce...

— Pas de souci, répondis-je.

Et à ma grande surprise, j'étais sincère. Je savais que je n'étais pas « exactement comme Eve » et je n'avais aucune envie de l'être, mais cette comparaison ne me blessait pas comme elle l'aurait fait autrefois. Je poursuivis :

— Vous m'avez dit que ces sorts ne marchaient pas, c'est bien ça ? Alors comment se fait-il que j'arrive à en jeter quatre ?

— C'est impossible, Paige. N'essaie pas de me raconter d'histoires...

— Vous voulez une démonstration ? (Je tirai le premier grimoire de mon sac, l'ouvris à une page cornée et le lui jetai.) Tenez, lancez-vous. Celui-ci permet de jeter une boule de feu.

Margaret referma brusquement le livre.

— Je t'interdis...

— Pourquoi ? Vous m'avez dit que ces sorts ne marchaient pas. Moi, je vous dis que si. Et je crois que vous savez pourquoi.

— Un peu de bon sens, Paige. S'ils marchaient, pourquoi est-ce qu'on les garderait ?

Et ce fut là, je crois, la pensée la plus intelligente que Margaret Levine formula jamais. Personne ne cachait quoi que ce soit. Le Convent croyait réellement que ces sorts ne marchaient pas ; autrement, il s'en serait débarrassé. C'était affreux d'accepter l'idée que le groupe même censé soutenir et aider les sorcières puisse détruire leur source de magie la plus puissante.

— Je veux voir les grimoires, repris-je. Tous.

— Nous n'essayons pas de te cacher quoi que ce soit, Paige. Il faut que tu arrêtes de nous accuser…

— Je ne vous accuse de rien. Je veux seulement voir la bibliothèque.

— Je ne crois pas…

— Écoutez-moi. S'il vous plaît, je vous demande juste de m'écouter. Pourquoi croyez-vous que je sois ici ? Une soudaine envie d'apprendre de nouveaux sorts ? Je suis ici parce que j'ai besoin de savoir que j'aurai fait tout ce qui est en mon pouvoir pour protéger Savannah – votre petite-nièce. C'est tout ce que je veux. Laissez-moi voir la bibliothèque et je vous jure que quand tout ça sera fini, vous pourrez dire à Victoria ce que j'ai fait. Dites-lui que j'ai volé les grimoires, je m'en fous. Laissez-moi seulement voir ce qu'il y a là-haut.

Margaret leva les bras au ciel et se dirigea vers l'escalier.

— Très bien. Si tu ne me crois pas, viens voir. Mais tu perds ton temps.

Je passais juste emprunter un sort

Je commençai par inspecter la bibliothèque, à la recherche de compartiments cachés. Vous savez, des panneaux coulissants, des lattes du plancher qui se soulèvent, des livres énormes aux titres assommants qui contiennent en réalité des grimoires interdits – ce genre de chose.

Pendant que je cherchais, Margaret faisait les cent pas derrière moi en émettant de petits bruits agacés. Je l'ignorai. Quand je dus enfin admettre qu'il n'y avait pas de niche secrète ou d'ouvrages cachés, je balayai du regard les rangées de titres, en quête du livre de cérémonie. À un moment où Margaret ne regardait pas, je glissai le mince volume dans mon sac à dos. Sans doute m'aurait-elle laissée le prendre de toute façon, mais sait-on jamais.

Une fois le livre de cérémonie dans mon sac, je reportai mon attention sur ma quête de grimoires hypothétiques consacrés aux sorts secondaires. Ça ne me prit pas longtemps. Sur les quarante-trois livres de la bibliothèque, j'avais tout lu sauf quatre. Il me suffit de les feuilleter pour m'assurer qu'ils étaient aussi ennuyeux et inutiles que le suggérait leur titre.

— Les grimoires sont tous là, dit Margaret en désignant une demi-étagère au niveau de ma poitrine. Tous.

Ce « tous » désignait un total de six livres. L'un d'entre eux contenait le répertoire actuel de sorts approuvés par le Convent. Un autre, les sorts supprimés lors des dernières décennies et que ma mère m'avait laissé copier dans mon journal à partir du grimoire. Les quatre derniers étaient des livres de sorts interdits depuis longtemps aux sorcières du Convent. S'ils n'avaient pas été détruits, c'était pour deux raisons : d'abord, ma mère ne l'aurait jamais permis ; deuxièmement, ces saletés ne servaient quasiment à rien.

Je connaissais depuis des années l'existence de ces livres « interdits ». J'avais longtemps harcelé ma mère pour qu'elle me laisse les voir. Elle avait enfin capitulé en les faisant sortir en douce pour mon dix-huitième anniversaire. J'y avais trouvé des sorts inutiles, comme ceux qui servaient à faire évaporer une flaque d'eau ou à éteindre une bougie. Je n'avais pas pris la peine de maîtriser plus d'une vingtaine de sorts parmi la centaine contenue dans ces ouvrages. La plupart étaient tellement minables que je ne reprochais presque pas au Convent de les avoir retirés du grimoire du Convent, ne serait-ce que pour gagner de la place.

En dernier recours, je feuilletai l'un d'entre eux. Je m'arrêtai devant un sort que je mémorisai, une incantation destinée à produire une petite lueur clignotante, comme une flamme de bougie. Le sort autorisé par le Convent qui permettait de faire apparaître une boule lumineuse était bien plus utile. Je l'avais appris parce qu'il impliquait le feu et que je cherchais toujours à vaincre la peur qu'il m'inspirait.

Quand j'examinai ce sort, un déclic se produisit dans mon cerveau. Sous le titre de « Sort mineur d'illumination », on avait ajouté « élémentaire, feu, troisième classe ». J'avais déjà vu cette notation, tout récemment. Je tirai de mon sac l'un des deux grimoires secrets et le feuilletai jusqu'à la page cornée, celle du sort permettant de lancer une boule de feu. Sous le titre, il était écrit : « élémentaire, feu, troisième classe ».

Oh ! mon Dieu, était-ce possible ? Mes mains tremblaient lorsque je feuilletai le grimoire de niveau trois en quête d'un autre sort que j'avais maîtrisé, un sort d'invocation du vent. En dessous du titre : « élémentaire, vent, première classe ». Je me creusai la cervelle pour retrouver le nom de la vingtaine de sorts que j'avais appris dans les manuels interdits. C'était quoi, celui-là... ? Ah oui, voilà ! Un sort pour éteindre le feu. Un petit sortilège idiot qui faisait apparaître un souffle de vent à peine suffisant pour éteindre une bougie. Je l'avais essayé plusieurs fois, j'avais réussi à le faire marcher, puis j'étais passée à autre chose. M'emparant d'un autre grimoire sur l'étagère, je le feuilletai jusqu'à le trouver. « Sort mineur d'invocation du vent : élémentaire, vent, première classe ».

C'étaient là les grimoires secondaires. Je comprenais maintenant pourquoi j'avais réussi à maîtriser quatre sorts tertiaires : parce que j'avais appris les secondaires dans ces livres.

La sonnette retentit. Margaret bondit comme un chat effrayé.

— C'est Savannah, lui dis-je.

Je récupérai les quatre grimoires sur l'étagère, les fourrai dans mon sac avec les deux autres et me dirigeai vers l'escalier.

— Tu ne peux pas les prendre, me cria Margaret.

Je dévalai les marches et ouvris la porte de derrière.

— Lucas dit qu'il faut qu'on y aille, m'annonça Savannah. Il se fait tard.

— J'ai fini. Laisse-moi juste récupérer mes chaussures. (Je me rappelai alors l'autre motif de notre venue et me tournai vers Margaret.) Je peux vous emprunter votre voiture ? Juste pour ce soir. S'il vous plaît ?

— Je ne crois pas...

— Je serai prudente. Je ferai le plein, je la laverai, tout ça. S'il vous plaît, Margaret.

— Savannah ? dit-elle en remarquant sa petite-nièce pour la première fois. Tu l'as laissée dehors, Paige ? Mais qu'as-tu dans la tête ?

— Je ne l'ai pas laissée seule. Donc, il faut vraiment que j'emprunte votre voiture.

— Qui... (Elle jeta un coup d'œil à l'extérieur et entrevit la forme de Cortez dans la cour. Elle claqua la porte.) C'est... tu... tu as laissé ma petite-nièce avec un mage ?

— Curieusement, j'ai un peu de mal à trouver une baby-sitter.

— Lucas est quelqu'un de bien, tante Margaret, dit Savannah. On peut t'emprunter ta voiture ? Je viens d'avoir mes premières règles et j'ai besoin des...

— Savannah vient d'avoir ses règles, l'interrompis-je. Je suis à court de tisanes contre les douleurs menstruelles et elle a des crampes assez pénibles.

Savannah grimaça comme si elle était au supplice.

— Ah. Oui. Je vois, dit Margaret dont la voix s'adoucit. C'est ta première fois, c'est ça, ma chérie ?

Savannah hocha la tête, levant vers sa grand-tante des yeux de chiot blessé.

— Ça fait hyper mal.

— Oui, eh bien… Si tu as besoin de ma voiture, j'imagine que…

— S'il vous plaît, dis-je.

Margaret alla chercher les clés et me les tendit.

— Sois prudente dans les parkings, quelqu'un m'a cabossé une portière la semaine dernière.

Je la remerciai et poussai Savannah vers la porte avant que sa grand-tante puisse changer d'avis.

Étape suivante : Salem, Massachusetts, épicentre mondialement célèbre de la chasse aux sorcières américaine.

On peut débattre sans fin des causes de l'obsession des sorcières qui s'est emparée de Salem en 1692. Les théories sont légion. J'ai même lu récemment un texte qui attribuait cette folie à un parasite affectant les cultures de seigle, une sorte de champignon qui rendait les gens fous. Mais ce que nous savons avec certitude, c'est que la vie n'était pas une partie de plaisir pour les adolescentes de l'Amérique puritaine. Lors des rudes hivers de la Nouvelle-Angleterre, c'était encore pire. Au moins, les garçons pouvaient sortir chasser et poser des pièges. Les filles étaient cloîtrées chez elles, réduites aux tâches domestiques, et la loi puritaine leur interdisait de danser, de chanter, de jouer aux cartes ou de se livrer à quasiment toutes formes de loisirs.

Alors que nous entrions dans Salem, j'imaginais Savannah larguée dans ce monde. Soumise à une discipline stricte, aux restrictions, à la répression. En proie à un ennui mortel. Quoi d'étonnant à ce qu'elles aient pu vouloir se divertir un peu ? Quitte à jouer quelques mauvais tours ? Pendant l'hiver 1692, ce fut une vieille dame, une esclave nommée Tituba, qui en fournit l'occasion aux jeunes filles de Salem.

Elle appartenait au révérend Samuel Parris et servait de nourrice à sa fille Betty, qu'elle adorait de l'avis général. Pour s'amuser pendant ces longs mois d'hiver, Tituba montra quelques tours de magie à Betty, sans doute de simples tours de passe-passe appris à la Barbade. À mesure que passait l'hiver, les adolescents de la communauté entendirent parler de ce nouveau loisir et trouvèrent toutes, une par une, des motifs pour rendre visite au presbytère.

En janvier, Betty, la plus jeune du groupe, tomba malade, peut-être parce que toutes ces histoires de magie et de sorcellerie troublaient sa conscience puritaine. Bientôt, d'autres jeunes filles attrapèrent cette « fièvre ». Le révérend Parris et quelques autres insistèrent pour que les jeunes filles dénoncent leurs persécuteurs. Betty désigna Tituba et, fin février, la vieille esclave fut arrêtée et inculpée de sorcellerie.

Tout commença ainsi. Les jeunes filles prirent bientôt goût à cette attention. Elles n'étaient plus reléguées à la maison et au foyer mais étaient devenues des célébrités. Le seul moyen de prolonger leurs quinze minutes de gloire consistait à augmenter la mise, à se livrer à quelque chose d'encore plus fou. À dénoncer d'autres sorcières. Ce qu'elles firent. Bientôt, toutes les femmes pour qui ces filles éprouvaient la moindre antipathie en furent victimes.

Quatre sorcières du Convent moururent. Pourquoi ? Les chasses aux sorcières prenaient souvent pour cibles les individus considérés comme déviants sur un plan social ou sexuel, surtout les femmes qui ne se soumettaient pas aux rôles féminins admis. De nombreuses sorcières du Convent correspondaient à cette description. Indépendantes et franches, elles vivaient souvent sans mari – sans être forcément célibataires –, un choix de vie qui ne devait pas être extrêmement populaire dans la Nouvelle-Angleterre puritaine. Ce fut ce mode de vie, non pas la pratique de la sorcellerie, qui conduisit ces sorcières à la potence.

Une fois, j'avais essayé de le dire aux sorcières du Convent. Comment avaient-elles réagi ? Elles partageaient entièrement mon avis et avaient déclaré que si ces femmes avaient eu le bon sens de garder la tête baissée et de se conformer, elles ne seraient pas mortes. Je m'en serais tapé la tête contre le mur.

De nos jours, les chasses aux sorcières de Salem sont une attraction touristique. Je trouve ça glaçant, mais l'aspect positif de la chose, c'est qu'il y a beaucoup d'adeptes de la wicca dans le coin et plusieurs boutiques ésotériques à Salem qui vendent des ingrédients que j'aurais du mal à trouver ailleurs.

Une grande partie du Salem « touristique » avait fermé vers l'heure du dîner mais la boutique qui m'intéressait restait ouverte jusqu'à 21 heures. Les rues étaient tranquilles et je trouvai facilement où me garer, puis me dirigeai vers le centre touristique de la ville, plusieurs rues piétonnes bordées d'arbres. Il me fallut moins de vingt minutes pour me procurer ce dont j'avais besoin, puis l'on regagna la voiture de Margaret avant de nous diriger vers l'autoroute.

— On a deux heures à tuer, dis-je en bifurquant vers l'autoroute 1A. Vous avez des idées ? On ne peut cueillir le genièvre qu'après minuit.

— Pourquoi on a besoin de genièvre ? demanda Savannah.

— Ça nous protégera de l'intrusion des esprits maléfiques.

— Ah, d'accord. Alors quand est-ce qu'on va chercher de la terre sur une tombe ? Faut la récupérer à minuit pile.

— Peut-être qu'on trouvera un genévrier au cimetière, dit Cortez.

— Quel cimetière ? demandai-je. Il n'est pas question de terre provenant d'une tombe dans la cérémonie, Savannah. Nous avons tout le nécessaire, à part le genièvre.

— Mais si. On a besoin de terre venant d'une tombe.

— Savannah, je connais la cérémonie. Je suis passée par là moi aussi et j'ai revérifié les notes de ma mère hier soir.

— Ah ouais ? Ben figure-toi que la *mienne*, de mère, m'a raconté toute la cérémonie et je sais qu'il me faut de la terre provenant d'une tombe.

— De la terre, tout court. De la terre ordinaire ramassée n'importe où, n'importe quand.

— Non, j'ai besoin de…

— Puis-je faire une suggestion ? nous coupa Cortez. Afin d'éviter tous problèmes par la suite, je vous suggère de clarifier vos connaissances respectives de la cérémonie.

— Hein ? demanda Savannah.

— De comparer vos notes, dit-il. Ah, voilà un panneau indiquant un parking. Garez-vous, Paige. Comme vous le disiez, nous avons le temps.

— Ça ne fait pas partie de la cérémonie, dis-je en faisant les cent pas entre deux arbres tandis que j'écoutais Savannah. Absolument pas. C'est impossible.

— Pourquoi ? Parce que c'est le Convent qui l'a dit ? C'est ce que ma mère m'a dit de faire, Paige.

— Mais ce n'est pas la bonne cérémonie.

Cortez s'éclaircit la voix.

— Une autre suggestion ? Nous devrions peut-être envisager qu'il puisse s'agir d'une variation par rapport à la cérémonie du Convent.

— Mais non, insistai-je. Ce n'est pas possible. Écoutez les paroles. Elles disent… Non, laissez tomber.

— Mon latin est tout à fait correct, Paige, dit Cortez. Je comprends le passage supplémentaire.

— Vous comprenez peut-être les mots, mais pas le sens.

— Mais si. J'ai quelques connaissances en mythologie des sorcières. Le passage additionnel est une invocation à Hécate, déesse grecque de la sorcellerie, divinité que le Convent et la plupart des sorcières modernes ne reconnaissent plus. L'invocation lui demande d'accorder à la sorcière le pouvoir d'assouvir une vengeance sur ses ennemis et de la libérer de toute restriction sur ses pouvoirs. Après, quant à la capacité d'Hécate à exaucer ce vœu, j'avoue ne guère prêter foi à l'existence de telles divinités.

— Pareil pour moi. Donc, vous êtes en train de me dire que ce passage n'a aucun effet concret et qu'il n'est pas dangereux de le réciter ?

Il marqua une pause pour réfléchir pleinement à la question.

— Non. Même si je doute de l'existence d'Hécate elle-même, nous devons admettre qu'il existe bel et bien une puissance qui nous accorde nos pouvoirs. Hécate n'est qu'une référence archaïque à cette force.

Il se tourna vers Savannah, assise à une table de pique-nique.

— Tu veux bien nous excuser, Savannah ? J'aimerais parler à Paige.

Elle hocha la tête et, sans protester, se dirigea vers la balançoire vide de l'autre côté du parking. Il fallait vraiment que j'apprenne comment il s'y prenait.

— Je vous ai parlé des variations qu'apporte la Cabale à vos cérémonies, reprit Cortez après son départ. Ne se pourrait-il pas qu'il existe d'autres permutations ?

— Sans doute. Mais ça… c'est… (Je secouai la tête.) Peut-être que ce passage en plus ne signifie rien et ne change rien, mais je ne peux pas courir ce risque. Ça reviendrait à demander que l'on accorde à Savannah quelque chose qu'aucune sorcière, à mon sens, ne devrait posséder.

— Vous demanderiez que l'on accorde à Savannah ses pleins pouvoirs, sans restriction – une capacité qu'aucune sorcière, à votre sens, ne devrait posséder ?

— Ne déformez pas mes propos. J'ai passé la cérémonie telle que ma mère la pratiquait et je m'en porte très bien.

— Oui, bien sûr. Je ne suis pas en train de dire…

— Et je ne demande pas qu'on me rassure. Savannah est déjà bien plus puissante que moi. Vous imaginez comme elle pourrait être dangereuse avec un supplément de pouvoir ?

— Je ne peux pas prendre cette décision à votre place. C'est vous la sorcière, vous êtes la seule à pouvoir diriger cette cérémonie pour elle.

Il s'avança et posa les doigts sur mon bras.

— Parlez-lui, Paige. Nous devons trancher cette question avant minuit.

Grave dilemme

— Ça, jamais ! s'écria Savannah dont la voix résonna dans le parking vide. Pas question que je passe par ta cérémonie débile du Convent ! Je préfère encore me priver de cérémonie que de devenir une sorcière du Convent inutile.

— Comme moi.

— C'est pas ce que je voulais dire, Paige. T'es pas pareille. Je ne sais pas pourquoi tu perds ton temps avec elles. Tu pourrais faire tellement mieux.

— Je ne veux pas faire mieux. Je veux *améliorer* les choses. Pour nous toutes.

Elle secoua la tête.

— Je ne veux pas de ta cérémonie, Paige. Jamais. C'est la mienne ou rien. Tu comprends pas ? C'est ce que ma mère m'a dit de faire. C'est ce qu'elle voulait pour moi.

Comme je ne répondais pas assez vite, le visage de Savannah se tordit de rage.

— C'est ça, hein ? Tu refuses parce que ça vient de ma mère, parce que tu n'as pas confiance en elle.

— Ce n'est pas que je n'aie pas…

— Non, t'as raison. C'est parce que tu la détestes. Tu crois que c'était une sorte de monstre.

Je m'avançai vers Savannah mais elle me repoussa

si fort que je trébuchai et tombai contre la table de pique-nique.

— Ma mère s'occupait bien de moi. Elle n'aurait jamais laissé Leah m'approcher une deuxième fois, *elle*.

Je tressaillis.

— Savannah, je…

— Non, tu la boucles. J'en ai marre de t'écouter. Tu crois que ma mère était maléfique parce qu'elle pratiquait la magie noire ? Ça ne la rendait pas dangereuse, ça la rendait intelligente. Elle, au moins, elle a eu le cran de quitter le Convent, au lieu de passer son temps à apprendre des petits sorts débiles de bébé et à se prendre pour la reine des sorcières.

Je reculai, me cognai de nouveau contre la table et retombai rudement sur le banc. Cortez jaillit en courant des bois où il venait d'enterrer la main de gloire. Je lui fis signe de ne pas approcher, mais Savannah s'avança dans mon champ de vision et se dressa au-dessus de moi.

— Tu sais quoi ? dit-elle. Je sais pourquoi tu ne veux pas diriger cette cérémonie pour moi. Parce que t'es jalouse. Ta mère t'a imposé cette cérémonie du Convent qui sert à rien et maintenant c'est trop tard, t'es coincée. Tu ne peux pas revenir en arrière et reprendre à zéro. Tu ne peux pas devenir plus puissante. Alors tu veux limiter mes pouvoirs parce que ta mère…

— Ça suffit, intervint Cortez qui écarta Savannah de moi. Ça suffit, Savannah.

— Toi, tu recules, le mage, dit-elle en se tournant vers lui.

— C'est à toi de reculer, Savannah, répliqua-t-il. Tout de suite.

Le visage de Savannah s'affaissa, comme si toute sa colère retombait soudain.

—Retourne à la balançoire, te calmer un peu, lui ordonna-t-il.

Elle obéit avec un infime signe de tête.

—Laissez-la partir, chuchota Cortez quand je fis mine de me lever. Ne vous en faites pas pour elle. Vous devez prendre une décision.

Sur ce, il s'assit près de moi et garda le silence tandis que je réfléchissais.

Allais-je obliger Savannah à recevoir des pouvoirs inférieurs à son plein potentiel ? Une fois que j'aurais fait ce choix, il n'y aurait pas de retour en arrière possible. Les sorcières ne disposent que d'une seule nuit pour orienter le cours de leur destin. C'est mélodramatique, mais vrai.

Étais-je jalouse de Savannah parce qu'elle avait encore la possibilité de devenir une sorcière plus puissante ? Non. L'idée ne m'avait pas traversée jusqu'à ce qu'elle en parle. Mais à présent qu'elle l'avait fait, ça me donnait matière à réflexion. L'occasion était passée pour moi. Si, comme l'affirmait Eve, cette autre cérémonie rendait une sorcière plus puissante, alors oui, ça me blessait de songer qu'on m'en avait privée. Si l'on m'avait donné le choix, j'aurais opté pour la cérémonie la plus puissante sans la moindre hésitation. Même sans savoir si elle marchait, même sans savoir exactement quel supplément de pouvoir elle m'accorderait, j'aurais pris le risque.

Oserais-je accorder ce pouvoir-là à Savannah ? Si l'on me donnait la capacité de tuer, il n'y aurait jamais le moindre risque de me voir étouffer un connard qui m'aurait fait une queue-de-poisson sur l'autoroute ; savoir que je possédais une telle puissance me suffirait. Mais Savannah était différente. Elle se servait déjà de ses pouvoirs à la moindre provocation. La veille, quand nous avions trouvé cet enquêteur chez nous, elle l'avait projeté contre le mur. S'en serait-elle contentée si elle avait pu le tuer ? Mais je ne pouvais pas attendre de savoir si elle allait apprendre la prudence en grandissant ; soit je pratiquais cette cérémonie le lendemain, soit je ne le ferais jamais. S'y ajoutait une autre responsabilité : si je donnais ces pouvoirs à Savannah, je devrais lui apprendre à les maîtriser. En étais-je capable ?

Sa mère lui avait peut-être transmis certaines attitudes que je désapprouvais franchement, mais Eve aimait sa fille et voulait ce qu'il y avait de mieux pour elle. Elle estimait que ce « mieux », c'était cette cérémonie. Oserais-je le contester ?

Comment pouvais-je prendre si vite ce genre de décision ? Il m'aurait fallu des jours, peut-être des semaines. Je ne disposais que de quelques minutes.

Je m'approchai de Savannah par-derrière tandis qu'elle se balançait, soulevant des nuages de poussière du bout de ses baskets.

—Je vais pratiquer la cérémonie, lui dis-je. La tienne.

—C'est vrai ? (Quand elle vit mon expression, son sourire s'effaça.) Je ne le pensais pas, Paige – ce que j'ai dit tout à l'heure.

—Ce qui est dit est dit.

Je regagnai la voiture.

Je roulai en silence et ne répondis qu'aux questions qui s'adressaient à moi.

— Je peux voir les grimoires, Paige? demanda Savannah en se redressant sur la banquette arrière. (Je hochai la tête.) Peut-être que je peux t'aider à apprendre ces sorts-là. Ou alors on peut les apprendre ensemble.

Il fallait que je dise quelque chose. Je ne suis pas très douée pour garder rancune; j'ai trop l'impression de bouder.

— D'accord, répondis-je. Ce serait… sympa.

Cortez jeta un coup d'œil au grimoire que Savannah tenait entre ses mains puis me regarda. Il ne dit rien mais son expression trahissait sa curiosité.

— Plus tard, articulai-je tout bas.

Il hocha la tête et le silence se prolongea jusqu'à ce qu'on atteigne la périphérie d'East Falls.

— Bon, dis-je alors que nous entrions en ville, on doit prendre une décision. Il nous faut cette terre prélevée sur une tombe, mais pas question que j'approche du cimetière d'East Falls. La dernière chose dont j'aie besoin, c'est que quelqu'un me voie de l'hôpital en train de filer parmi les tombes. Donc, deux solutions. Premièrement, on peut se rendre au cimetière du comté. Deuxièmement, on peut aller à celui-ci, en ville, mais c'est vous qui allez chercher la terre, Cortez.

Il soupira.

— D'accord, repris-je, ça répond à ma question – on va au cimetière du comté.

— Ce n'était pas votre proposition qui soulevait des objections de ma part.

— Alors quel est le problème ?

— Il n'y en a pas.

Savannah se pencha par-dessus le siège.

— Il est en rogne parce que tu continues à l'appeler…

Cortez l'interrompit.

— Je ne suis pas « en rogne » pour quoi que ce soit. Le cimetière de la ville est plus proche. J'irai chercher la terre moi-même.

— Ça ne vous dérange pas ?

— Pas du tout. Je devrais pouvoir la récupérer à travers la grille sans entrer dans le cimetière, et par conséquent sans risquer d'être vu.

— C'est là qu'on a enterré Cary ? demanda Savannah. Près de la grille ?

— Je crois qu'on l'a incinéré.

Cortez hocha la tête.

— Une solution qui aurait très certainement été envisagée après la veillée mortuaire si elle n'avait déjà été prise auparavant.

— Sans blague, répondis-je en frissonnant. Me voilà convaincue des mérites de l'incinération.

— Attendez deux secondes, dit Savannah. Si on a incinéré Cary, comment on va récupérer de la terre sur sa tombe ?

— On ne va pas le faire.

— Lucas ne peut pas la prendre sur n'importe quelle tombe, dit-elle. Faut que ce soit sur celle de quelqu'un qui a été assassiné.

— Quoi ?

— Ah, je ne l'avais pas précisé ?

— Non.

— Oups, désolée.

— Il nous reste... (je consultai l'heure)... quarante-cinq minutes pour trouver la tombe d'une personne assassinée. Génial. Formidable.

— Garez-vous de nouveau, dit Cortez. Il va falloir y réfléchir.

Nous étions assis au bord de la route depuis près de dix minutes quand je soupirai et secouai la tête.

— Je n'arrive même pas à me rappeler qui était la dernière personne assassinée à East Falls. La fille des Willard a été tuée par un chauffard ivre avant Noël, mais je ne sais pas si ça compte.

— Mieux vaut éviter de prendre le risque.

Je me laissai retomber contre l'appui-tête.

— Bon, laissez-moi réfléchir. (Je me redressai d'un coup.) Je sais ! Cette femme, au funérarium. Derrière le rideau. On lui a tiré dessus. Je ne connais pas l'histoire – sans doute parce que j'évite les journaux en ce moment – mais c'est bien un meurtre, non ? À moins qu'il s'agisse d'un homicide involontaire ?

— Avec ou sans préméditation, il s'agit sans doute possible d'un cas d'homicide, et ce sera suffisant. Est-elle enterrée en ville ?

— Oh, mon Dieu. Je n'en sais rien. Je ne l'ai pas reconnue. Elle n'était sans doute pas d'East Falls, mais je ne peux pas en être sûre. Et merde ! Oh, attendez. Ça doit figurer dans le journal local, non ? Si on arrivait à se procurer celui de la semaine dernière...

— Et tu comptes faire ça comment ? demanda Savannah.

— Attends, je réfléchis. (Je m'arrêtai, puis souris.) Je sais. Elena. Elle est journaliste. Elle devrait avoir accès à de la documentation, non ?

— Elle doit avoir accès aux services de dépêches en ligne, dit Cortez avant de me passer son téléphone portable. Dites-lui de chercher tout ce qu'elle trouve sur Katrina Mott.

— D'où vous connaissez son nom ? demanda Savannah.

— Je l'ai vu hier sur l'écriteau devant le funérarium. Il n'affichait que deux cérémonies funèbres.

— Bonne mémoire, dis-je.

Il hocha la tête et alluma son téléphone pour moi.

Comme je l'espérais, Elena ne s'était pas encore couchée, bien qu'on soit en semaine et qu'il soit plus de 23 heures. Pas que son agenda soit plus rempli que le mien au niveau des sorties – elle ne s'éloignait pas trop de son foyer, qui se situait à plusieurs heures de toutes les boîtes de nuit de la ville –, mais elle avait l'avantage de vivre avec des colocataires de plus de treize ans, dont aucun ne devait se lever tôt pour aller à l'école ou au boulot. Sans parler de son statut de loup-garou qui lui imposait souvent de veiller tard le soir. Quand je l'appelai, elle revenait d'une partie de *touch football*[1] avec des camarades de Meute qui lui rendaient visite. La vie était dure, hein ?

1. Sport apparenté au rugby, mais en moins violent, où les plaquages sont remplacés par de simples contacts physiques et où le jeu au pied est interdit. (*NdT*)

Elle nota les informations et me rappela moins de cinq minutes plus tard.

— Katrina Mott, commença-t-elle. Décédée vendredi 15 juin. Elle a succombé à un coup de feu tiré par son concubin lors d'une dispute parce qu'il voulait – je cite – « lui fermer sa grande gueule de (obscénité effacée) une bonne fois pour toutes ». C'est ce que j'appellerais un meurtre. J'espère que cet enfoiré va récolter perpète.

— La prison à vie et une bonne hantise jusqu'à la fin de ses jours, s'il y a une justice en ce bas monde. Est-ce que ça précise où elle a été enterrée ?

— Heu… ah, ici. Cérémonie au funérarium d'East Falls suivie d'une inhumation mardi matin au cimetière de Pleasant View.

— Le cimetière du comté. Parfait. Merci.

— Pas de quoi. Tu es sûre que vous n'avez pas besoin d'aide ? Nick passe le week-end ici. On pourrait venir tous les trois, avec Clay et lui. À moins que ce soit la *dernière* chose au monde dont tu aies besoin ?

— Quelque chose comme ça. Ne le prends pas mal mais…

— Pas de souci. Si tu as besoin de renforts plus subtils, je peux semer Clay et te rejoindre. Enfin, dans un premier temps. Jusqu'à ce qu'il me retrouve. Mais on dirait que tu maîtrises la situation.

J'émis un bruit évasif.

— Tu m'appelles si tu as besoin d'aide, d'accord ? poursuivit-elle. Même s'il te faut juste un garde du corps pour Savannah. Elle vient toujours ici le mois prochain, hein ?

— Absolument.

Elle éclata de rire.

— Est-ce que j'entends du soulagement dans ta voix ? On est impatients de la voir.

— Ouais. Laisse-moi deviner, le « nous », ça désigne Jeremy et toi.

Nouvel éclat de rire.

— Clay n'a rien contre. Ce n'est pas qu'il compte les jours, mais il ne se plaint pas non plus. Venant de lui, c'est quasiment un signe d'approbation.

— C'est Savannah qu'il approuve, pas moi.

— Laisse-lui le temps. Tu passes toujours le week-end avec nous, hein ? Et on se fera une virée à New York ? Toutes les deux ?

— Absolument.

Savannah me faisait signe de lui passer le téléphone.

— Il faut que j'y aille, annonçai-je. Savannah veut te parler.

— Passe-la-moi et je te rappellerai bientôt.

Tandis que je tendais le téléphone à Savannah puis démarrais la voiture, je ne pus réprimer un sourire. L'espace de deux minutes, j'avais oublié tout le reste. Pendant ces deux minutes, j'avais de nouveau vu l'avenir progresser tel que je l'envisageais avant le début de toute cette histoire. J'allais m'en sortir. Ensuite, je profiterais de mon été. Je disposerais d'une semaine sans Savannah pour passer un peu de temps avec mes amis de Boston et des environs, puis d'un week-end à New York pour développer mon amitié avec Elena.

Pour la première fois depuis l'arrivée de Leah à East Falls, j'arrivais à envisager le jour où tout ça ne serait plus qu'un souvenir, quelque chose dont je reparlerais avec Elena par-dessus un verre dans une boîte de nuit trop chère de New York. Une nouvelle bouffée d'optimisme accompagna cette idée. J'allais m'en sortir.

Pour l'instant, je devais simplement récupérer de la terre sur la tombe d'une femme assassinée, juste avant le coup de minuit. C'était jouable.

Une belle promenade gâchée

Curieusement, le cimetière de Pleasant View offrait bel et bien la belle vue promise par son nom, même si je doutais que ses résidents en profitent beaucoup. Il datait de moins d'un siècle mais faisait déjà quatre fois la taille de son équivalent d'East Falls, grâce à un arrêté municipal du siècle précédent qui interdisait aux « nouveaux arrivants » d'acheter une concession dans l'enceinte de la ville. L'argument avancé était que le cimetière d'East Falls ne pouvait pas se développer, si bien que, pour s'assurer que les gens puissent être enterrés près de leurs ancêtres, il fallait déjà y posséder une concession. C'était ce qui tenait lieu de country club à East Falls. Si, je vous assure. Lors de mon premier pique-nique en ville, trois personnes avaient réussi à mentionner dans la conversation leur appartenance à cette élite. « Vous avez vu notre cimetière local ? Magnifique, non ? Ma famille y possède une concession, vous savez. » « Vous voyez ce chêne près des balançoires ? Il y en a un parfaitement identique dans la concession de ma famille au cimetière. » « Je m'appelle Emma Walcott. Le mausolée du cimetière de la ville appartient à ma famille. Vous voulez bien me passer la sauce ? »

Bien qu'il compte déjà bien plus de tombes que le cimetière d'East Falls, le site de Pleasant View est si vaste que les sépultures sont espacées, certaines nichées dans des vallées, d'autres enfouies parmi des bosquets d'arbres, d'autres encore parmi des prés remplis de fleurs des champs. La légende veut qu'un philanthrope anonyme ait fait don de cette terre et décrété qu'il fallait y laisser la nature aussi intacte que possible. Les membres de l'élite d'East Falls affirment que le vieux bonhomme avait cédé cette terre pour réduire ses impôts et que le comté avait la flemme de le déblayer, mais ils sont seulement jaloux parce qu'ils vont passer l'éternité entre un hôpital, un funérarium et une supérette.

Le parking de Pleasant View était vide, comme on pouvait s'y attendre un mardi soir à 23 h 30. Je l'évitai pour me garer plutôt au bord de la route transversale.

— Comment on va la retrouver ? demanda Savannah qui scrutait les ténèbres au-delà de la voiture.

— À l'entrée, il y a une carte qui montre où les gens sont enterrés.

— Pratique.

— Et nécessaire, répondis-je. Certaines de ces tombes sont pratiquement cachées entre les arbres. Le seul problème, c'est qu'ils n'auront peut-être pas encore ajouté Mlle Mott, auquel cas on va devoir chercher un peu.

Tandis qu'on approchait de cette carte, une horrible pensée me traversa. Et si Mott n'avait pas été enterrée aujourd'hui ? Son avis de décès annonçait l'enterrement pour ce matin-là, mais c'était avant que son cadavre se soit relevé pour se mettre à tabasser les gens.

À mon grand soulagement, on avait ajouté la tombe de Katrina Mott au crayon sur la carte.

— Voulez-vous que j'aille chercher la terre ? demanda Cortez.

Je fis signe que non.

— Puisqu'on ne risque pas d'être vus ici, j'y vais moi-même. Vous deux, vous pouvez attendre dans la voiture.

— Nan nan, répondit Savannah. C'est ma terre. Je veux vous aider à la récupérer.

— Je vais monter la garde à l'intérieur du cimetière, déclara Cortez.

— Vous n'êtes pas obligé, répondis-je. Il fait noir, c'est isolé. Personne ne peut nous voir.

— Faites-moi plaisir.

La tombe de Katrina Mott se situait vers le milieu, nichée au centre d'un bouquet de cèdres en forme de U. Elle paraissait simple à trouver et l'était sans doute – en plein jour. Mais la nuit, tous les arbres se ressemblaient et ma capacité à estimer les distances était sévèrement compromise par le fait que je n'y voyais qu'à un mètre cinquante dans toutes les directions. La lune se planqua dès l'instant où l'on entra dans le cimetière.

Après avoir trébuché sur deux tombes, je fis apparaître une boule de feu. Une boule luisante se matérialisa dans ma paume. Je la lançai en l'air et elle flotta devant moi, éclairant mon chemin.

— Alors *ça*, c'est pratique, remarqua Cortez.

— Vous ne connaissez pas celui-là ? demandai-je.

Il fit signe que non :

— Il faudra que vous me l'appreniez.

— Elle me l'apprend à moi d'abord, dit Savannah. Après tout, c'est *moi* la sorcière.

Cortez s'apprêtait à répondre, mais il s'arrêta pour regarder autour de lui.

— Là… Mlle Mott est enterrée sur cette colline.

— Comment vous savez ça ? demanda Savannah.

Les lèvres de Cortez s'étirèrent en un infime sourire.

— C'est de la magie.

— Il a mémorisé la carte, répondis-je. Elle indiquait une ravine, une colline, trois chênes puis encore une colline. Voilà les chênes. Maintenant, au travail. On n'a que dix minutes.

— Il n'est pas nécessaire que ce soit précisément sur le coup de minuit, dit Cortez. Je crains que ce ne soit qu'une fioriture romantique mais illogique. Illogique car…

— Car si on se fie à la montre de quelqu'un pour nous indiquer minuit pile, c'est mort. (Je baissai les yeux vers les tombes à mes pieds.) Désolée, les gens. Je ne voulais pas faire de mauvais jeu de mots.

— Alors ça veut dire quoi ? demanda Savannah.

— Simplement que tu dois récolter cette terre vers minuit environ, mais que s'il n'est pas minuit pile, y a pas mort d'ho… (Cortez regarda autour de lui.) Enfin je veux dire qu'on a une heure de marge.

— En tout cas, pas question que je m'attarde ici. Si je peux la prendre tout de suite, j'y vais et on se taille d'ici.

— Allez-y, dit Cortez. Je vois du genièvre là-bas. Je vais le cueillir, puis je monterai la garde à mi-hauteur de la colline.

— Tu ne trouves pas cet endroit flippant ? demanda Savannah tandis que nous gravissions la colline d'un pas lourd après avoir laissé Cortez derrière nous.

— Plutôt paisible, en fait. Très paisible.

— Tu crois que c'est comme ça quand on est mort ? Paisible ?

— Peut-être.

— C'est un peu chiant, tu ne trouves pas ?

Je lui souris.

— Oui, sans doute. Peut-être juste un tout petit peu paisible alors. Comme une sorte de pause.

— Avant quoi ?

Je haussai les épaules.

— Allez, Paige. Qu'est-ce qui se passe à ton avis ? Après tout ça ?

— Je vais te dire ce que j'aimerais qu'il se passe. J'aimerais revenir.

— Te réincarner ?

— Oui. Revenir et tout recommencer. Revivre les bonnes choses comme les mauvaises. C'est comme ça que je voudrais passer l'éternité.

— Tu crois à ce qu'on raconte ? Qu'on revient toujours avec les mêmes personnes ? Toutes celles qu'on a aimées ?

— Ce serait chouette, tu ne trouves pas ?

Elle hocha la tête :

— Ah ça oui, ce serait chouette.

On termina en silence l'ascension de la colline. Quand on atteignit le sommet, Savannah s'immobilisa.

— T'as entendu ?

Je m'arrêtai.

— Quoi donc ?

— Des voix. Comme des murmures.

Je fis mine de me remettre en marche mais elle me saisit par le bras.

— Non mais je suis sérieuse, Paige. Écoute. J'entends des murmures.

Le vent fit bruire les arbres. Je frissonnai.

— D'accord, répondis-je, maintenant tu me fiches la trouille. Tu parles d'une balade paisible.

Elle sourit.

— Désolée. Ça doit être le vent. Hé, mais si la copine nécromancienne de Leah nous avait suivis ici ? Ce serait carrément pire qu'au funérarium, non ?

— Merci de soulever la question.

— Oh, mais je blague. Y a personne. Regarde. (Elle désigna la vue en dessous de la colline.) On y voit jusqu'à l'entrée. Y a personne. Et de toute façon, Lucas monte la garde. Il n'est pas si nul que ça, comme mage. Pas génial non plus, mais au moins il pourrait crier pour nous avertir.

— Oui, mais Leah pourrait toujours l'assommer avant qu'il finisse de nous crier son message.

La voix de Cortez s'éleva jusqu'à nous dans l'air calme de la nuit.

— Je vous entends parfaitement. C'est un cimetière – il n'y a pas énormément de bruits parasites.

— Désolée, lui lançai-je.

— Vous m'avez entendue aussi ? demanda Savannah.

— La partie comme quoi je ne suis « pas si nul que ça comme mage » ? « Pas génial non plus » ? Non, je crois que ça m'a échappé.

— Désolée.

Un bruit s'éleva, évoquant curieusement un gloussement.

— Taisez-vous et mettez-vous en marche avant qu'on apprenne s'il est réellement possible de faire assez de boucan pour réveiller les morts.

— Dans quoi on va mettre la terre ? demanda Savannah tandis que nous approchions des arbres qui entouraient la tombe de Katrina Mott.

Je tirai le nécessaire de mon sac.

— Un sac de congélation ?

— Un Ziploc.

— Tu veux mettre de la terre venant d'une tombe dans un Ziploc ? On ne devrait pas plutôt utiliser un flacon ou un truc comme ça ?

— J'avais pensé emporter un bocal de confiture mais il risque de se casser.

— Un *bocal de confiture* ? Mais t'es quel genre de sorcière ?

— Très terre à terre.

— Et si le sac se perce ?

J'en tirai un deuxième de ma poche.

— J'en ai un de secours.

Savannah secoua la tête.

Je m'avançai parmi les cèdres. Le creux formé par le U abritait trois tombes. Je n'eus pas besoin de les inspecter pour trouver Katrina Mott ; la terre fraîche n'avait pas encore été couverte de gazon. Parfait.

Je tirai un petit déplantoir de la poche de mon manteau, me penchai et fus aveuglée par une lueur soudaine. Je reculai vivement, bousculai Savannah, éteignis ma boule de feu – mais la lumière ne disparut pas pour autant. Quelqu'un nous braquait une lampe torche en pleine figure.

Savannah entama une incantation mais je lui plaquai une main sur la bouche pour l'interrompre.

— Vous voyez ? dit une voix féminine. C'est bien elle. Je vous l'avais dit.

Le faisceau de la lampe s'abaissa et je me retrouvai face à quatre personnes dont les âges allaient de la jeune étudiante au retraité.

— Waouh, chuchota la benjamine, qui arborait des piercings dans la lèvre inférieure. C'est la sorcière des journaux.

— Je ne suis pas… Que faites-vous ici ?

— Je crois qu'on peut vous poser la même question, répondit un jeune homme d'une vingtaine d'années coiffé d'une casquette de base-ball.

La femme d'âge moyen qui avait parlé la première le fit taire.

— Elle est ici pour la même raison que nous.

— Trouver le trésor ?

Elle le fusilla du regard.

— Communiquer avec le monde des esprits.

— C'est vrai que vous l'avez vue se relever d'entre les morts ? demanda la plus jeune femme en désignant la tombe de Katrina Mott. Trop cool. C'était comment ? Elle a dit : quelque chose ?

— Ouais, répliqua Savannah. Elle a dit « Si vous me dérangez encore, je vous arrache les… »

Je la fis taire d'un coup de coude.

— Vous savez ce que vous êtes en train de faire ? Ça s'appelle dégrader une sépulture. C'est un… hum…

(Je cachai mon déplantoir derrière mon dos.) Un délit très grave.

— Bien essayé, répondit le jeune homme. Mon frère est flic. On n'aura pas d'ennuis à moins de l'exhumer. On n'est pas débiles.

— Non, répondit Savannah, vous êtes juste en train de vous balader dans un cimetière à la recherche d'un trésor enfoui. « Hé les mecs, attendez, je crois que j'ai trouvé un truc ? Ah ben, non, désolé, c'est encore un cadavre tout pourri. »

— Tiens ta langue, jeune fille, aboya la vieille femme. Je n'approuve guère le recours aux esprits pour s'enrichir matériellement, mais les nécromanciens de l'ancien temps le faisaient souvent. Ils croyaient que les morts voyaient tout – le passé, le présent, l'avenir – et pouvaient donc localiser les trésors enfouis.

Le vieil homme qui se tenait près d'elle émit un bruit.

— Tout à fait exact, répondit-elle. Bob me demande de préciser que les morts sont censés pouvoir trouver *n'importe quel* trésor, pas simplement ceux qu'ils ont eux-mêmes enfouis.

— Il a dit tout ça d'un seul grognement ? demanda Savannah.

— Télépathie mentale, ma chère. Bob est passé au-delà du domaine de la communication verbale.

— Peut-être, mais pas au-delà de celui de la justice humaine, répondis-je en me penchant pour ramasser une soucoupe remplie de champignons séchés qui ne devaient pas être des shiitakes. J'imagine que ce truc vous aide bien pour la télépathie. Vous pourrez peut-être l'expliquer à la police.

—Pas la peine de nous menacer, ma chère. Nous ne représentons aucun danger pour vous ni pour qui que ce soit. Nous voulons simplement communiquer avec la pauvre Mlle Mott. Un esprit qui a été invoqué une fois reste très proche de la surface, comme vous devez certainement le savoir. Si nous parvenons à la contacter, elle pourra peut-être nous transmettre un message depuis l'autre côté.

—Ou alors nous désigner l'emplacement d'un trésor, dit le jeune homme.

La jeune femme roula des yeux.

—Vous ne pensez qu'à ce trésor, Joe et toi. (Elle se tourna vers moi.) Joe, c'est un autre membre de notre groupe. Joe et Sylvia. Sauf que Joe avait bowling ce soir et que Sylvia n'aime pas conduire en pleine nuit.

—Ah.

—T'inquiète, Paige, me dit Savannah, y a pas à craindre qu'ils réveillent les morts. Ils sont tellement crétins qu'ils ne sauraient même pas réveiller…

Je la fis de nouveau taire d'un coup de coude.

—Pour la dernière fois, je vais vous demander de partir.

Le jeune homme s'avança, me dépassant de toute sa hauteur.

—Sinon quoi ?

—Méfiez-vous, sinon elle va vous montrer, dit Savannah.

—C'est une menace ?

—Ça suffit, dis-je. Maintenant, nous allons tous partir…

—Qui va partir ? dit le jeune homme. Pas moi en tout cas.

La vieille dame pinçait les lèvres.

— Hors de question que nous partions avant d'avoir communiqué avec le monde des esprits.

— Parfait, dit Savannah. Tenez, je vais vous aider.

Sa voix s'éleva et résonna dans le silence tandis qu'elle récitait une incantation en hébreu. Je pivotai pour l'arrêter. Mais elle en eut fini avant que j'y parvienne. Le silence retomba.

— Et merde, marmonna-t-elle en se penchant vers moi de sorte que je sois seule à l'entendre. C'est censé...

Son corps se raidit, sa tête bascula brusquement en arrière, ses bras se tendirent très droits. Un craquement assourdissant déchira le silence, comme le vacarme d'un millier de pistolets tirant en même temps. Un éclat lumineux éclaira le ciel. Savannah se dressa sur la pointe des pieds, mais son corps agité de tremblements touchait à peine terre. Je plongeai vers elle. Alors que mes doigts frôlaient son bras, quelque chose m'atteignit en plein ventre et me projeta contre une tombe.

PLUTÔT COOL…
DE MANIÈRE PAS TRÈS COOL

Une fois remise de ma chute, je vis que Savannah s'était effondrée. Les quatre apprentis nécromanciens formaient un cercle autour de son corps étendu face contre terre. Je me redressai et me précipitai vers elle. Elle était inconsciente et très pâle.

— Appelez une ambulance, dis-je.

Personne ne bougea. Je pris son pouls : faible mais régulier.

— La vache, dit la jeune femme. Alors ça, c'était cool.

— Appelez une ambulance, bordel ! aboyai-je.

Là encore, personne ne bougea. Autour de nous, l'air était redevenu très calme mais je sentais encore crépiter l'énergie. J'entendis un bruit près des arbres, levai les yeux et vis une forme qui s'avançait vers nous. Quelqu'un approchait.

Cortez. Parfait. Il avait un téléphone portable.

Je levai la tête pour lui dire de se dépêcher et vis sa silhouette émerger des arbres. Sauf que ce n'était pas une silhouette. C'était une masse instable de lumière rougeâtre qui se tortillait sur elle-même et virait au bleu, puis au vert, puis au jaune. Sur ma gauche, des serpentins lumineux s'élevaient, se figeaient pour former des masses qui planaient au-dessus du sol puis s'élançaient dans les airs. Cloués sur place, on regarda tous ces spectres éthérés et colorés danser autour de nous.

— Oooh, dit la jeune femme. Comme c'est joli.

Des lueurs voletaient tout autour de nous, accéléraient, jaillissaient dans les airs. L'une d'entre elles s'éleva juste à côté de moi, puis changea de cap et fonça vers ma tête. J'en eus le souffle coupé, littéralement aspiré de mes poumons. Je cherchai mon air. La lueur fila parmi les arbres.

Soudain, le sol se mit à trembler. De la lumière jaillit de la terre. Quelque chose me poussa violemment, m'éloignant de Savannah. Un hurlement assourdissant fendit l'air. Je plongeai vers Savannah, mais un geyser lumineux surgit entre nous, me repoussant en arrière. La terre trembla et me fit tomber à genoux. Une succession de hurlements continua à déchirer la nuit.

— Savannah ! m'écriai-je.

Dès l'instant où j'ouvris la bouche, l'air me fut arraché de la gorge. Un globe lumineux m'entoura la tête, aspirant mon oxygène. La douleur me transperça la poitrine. Je ne pouvais plus respirer. Tandis que je me débattais, la lumière sembla prendre forme. Je tentai de griffer mon agresseur mais mes doigts le traversèrent.

— Arrêtez de vous débattre ! me dit une voix à l'oreille.

Je luttai de plus belle, repoussant mon attaquant à l'aide de mes bras et de mes jambes.

— Paige, nom d'un chien, arrêtez de vous débattre ! Vous ne faites qu'aggraver les choses.

Cortez ? Lorsque mon cerveau identifia sa voix, mon corps s'immobilisa une brève seconde. La lumière s'évapora et je retombai, heurtai le sol et aspirai une goulée d'air. Cortez se pencha sur moi.

— Ce sont des koyut, m'expliqua-t-il. Ils se nourrissent d'énergie. Si vous vous débattez, vous ne faites qu'en produire davantage.

Je le repoussai et me redressai, cherchant frénétiquement Savannah autour de moi.

— Elle est là, dit Cortez en désignant derrière lui une forme allongée face contre terre. Elle va bien. Je vais la porter. Nous devons nous éloigner des arbres.

Il la souleva et l'on se mit à courir. Quand on atteignit le pré situé au-delà des arbres, il m'arrêta.

— Il faut qu'on la réveille, dit-il. Quel sort a-t-elle jeté ?

— Je… je n'en sais rien.

Je me retournai vers le bosquet. Un flot de lumière s'élevait depuis la cime des arbres. Les hurlements étaient assourdis comme si le bosquet était insonorisé. Un homme hurla.

— Il faut que j'aide les autres, dis-je avant de me mettre à courir.

Cortez me rattrapa.

— Les koyut ne tuent pas. Dès que les gens perdent connaissance, ils les laissent tranquilles. Nous devons nous concentrer sur Savannah. Qu'a-t-elle dit ?

— C'était de l'hébreu. Je ne m'y connais pas trop. Je crois… (Je fermai les yeux et forçai mon cœur qui battait la chamade à ralentir pour que je puisse me concentrer.) Elle a parlé d'invoquer des forces. Ou des énergies, je ne sais pas trop.

— Invoquer les énergies de la terre. C'est un sort de mage.

— Vous le connaissez ?

— J'en ai entendu parler. Si je ne l'ai pas appris, c'est que je ne pensais pas en avoir un jour besoin. Il invoque les esprits de la terre, non pas pour accomplir une tâche particulière mais simplement pour qu'ils répondent et fassent comme bon leur semble. C'est considéré comme un sort du chaos.

— Sans blague, répondis-je. Mais qu'est-ce que Savannah avait dans la tête ?

— Ça… n'avait encore jamais marché, dit-elle d'une petite voix près de nous. D'habitude, tout ce que ça fait, c'est du bruit et des lumières. Comme des farces et attrapes. De la magie de pacotille. Sauf que cette fois…

— Sauf que cette fois, il a fonctionné exactement comme il devait, dit Cortez. Sans doute parce que tes pouvoirs sont en train d'augmenter. Et parce que tu as choisi de le lancer dans un cimetière, un lieu riche en énergie.

Je m'agenouillai près de Savannah.

— Ça va ?

Elle se redressa sur ses coudes.

— Ouais. Désolée, les gens. (Elle eut un minuscule sourire.) Mais c'était plutôt cool, non ?

On la fusilla du regard.

— Enfin, plutôt cool de manière pas très cool.

— Je te suggère de rayer ce sort de ton répertoire, dit Cortez. Je suggère également que nous regagnions la voiture avant que les lumières attirent…

— Mais j'ai encore besoin de terre, protestai-je.

— Je suis rapide, dit Savannah. Je peux aller la chercher.

— Non ! s'écria-t-on à l'unisson.

Cortez insista pour me suivre jusqu'en lisière des arbres afin de pouvoir voler à mon secours si quelque chose tournait mal. Ce ne fut pas le cas. Les lueurs à présent affaiblies luisaient doucement, illuminant la clairière et les quatre silhouettes qui y reposaient dans une bienheureuse inconscience. Je ramassai de la terre dans les deux sacs, les fourrai dans ma poche et rejoignis Cortez et Savannah.

— Alors c'est à ça que ressemblent les esprits ? demanda Savannah qui observait la lueur tourbillonnante et multicolore.

— Pas les esprits humains, répondis-je. Ceux de la nature et leur énergie. Allons-y.

Savannah s'écarta des arbres puis s'arrêta pour regarder droit devant elle, clouée sur place.

— Oui, c'est très joli, lui dis-je en lui saisissant le bras. Maintenant, on file !

Son corps se raidit. Une vague d'énergie physique jaillit d'elle et nous projeta à terre, Cortez et moi. Un gémissement sourd et presque inaudible sembla émaner de la terre elle-même. Des geysers de terre se soulevèrent, portés par des rayons lumineux qui s'élevaient vers le ciel. Puis le vent se mit à hurler – non pas un gémissement mais un cri aigu et ininterrompu qui me plia en deux, mains plaquées sur les oreilles.

Cortez me saisit par l'épaule et me secoua, articulant silencieusement « Dans la voiture » lorsqu'il eut attiré mon attention. Il hissa sur son épaule la forme inerte de Savannah et se mit à courir. Je le suivis.

Tandis que nous atteignions le sommet de la colline, je vis des lueurs au loin – non pas celles des esprits, mais la lumière bien humaine des lampes torches et phares de voitures. Je regardai Cortez mais il baissait la tête, s'efforçant d'emporter Savannah jusqu'au sommet de cette abrupte colline. Je lui criai quelque chose mais le hurlement du vent m'arracha les mots de la bouche. Je me penchai pour agripper l'arrière de sa chemise. Il se tortilla et faillit basculer sur moi. Je l'aidai à se remettre d'aplomb puis désignai la route.

Les lumières clignotantes des voitures de police transperçaient à présent la nuit, se mêlant à une multitude de faisceaux de lampes torches qui s'engouffraient par les portes du cimetière. Les lèvres de Cortez articulèrent un juron muet et il pivota sur ses talons. Je désignai les bois sur notre gauche et il hocha la tête.

Tandis que nous filions vers les bois, les cris et les lumières nous poursuivaient. Non, le terme est mal choisi car il impliquerait que les esprits aient tenté de nous attaquer ; ce n'était pas le cas. Ils se contentaient de nous emboîter le pas, s'élevant du sol dans notre sillage. Ailleurs, l'agitation semblait s'apaiser. À moins qu'il s'agisse que d'une impression en comparaison du chaos qui régnait autour de nous. Je ne comptais pas m'arrêter pour analyser la situation d'un œil scientifique.

Lorsqu'on atteignit les bois, Cortez déposa le corps de Savannah à terre. Puis il leva les mains et prononça quelques mots. Lorsqu'il agita sa main droite en l'air, les esprits s'évanouirent.

— Je croyais que vous ne pouviez pas pratiquer ce genre de magie, lui dis-je, la respiration sifflante, tandis que je cherchais à reprendre mon souffle.

— J'ai dit que je ne voyais pas l'utilité de faire apparaître ces esprits. Toutefois, je voyais nettement la nécessité d'apprendre à les renvoyer. Malheureusement, ce sort est soumis à des limites géographiques.

— Ce qui signifie qu'ils vont revenir si on quitte les bois. Ça me va très bien. Je n'avais pas couru aussi vite depuis l'école primaire. Non, je rectifie, je n'avais *jamais* couru si vite.

Je m'agenouillai près de Savannah et pris son pouls. Elle était inconsciente mais respirait normalement.

— Comment se fait-il qu'ils continuent à la suivre ? demandai-je.

— En toute franchise, je n'en sais rien. Peut-être se nourrissent-ils de son énergie. Je suppose, d'après ma connaissance du folklore des sorcières, que la soudaine augmentation de leurs pouvoirs lors des premières règles les rend imprévisibles.

— C'est un euphémisme.

Je m'appuyai contre un arbre. À mes pieds, un serpentin lumineux s'élevait de la terre. Je sursautai si brusquement que je me cognai la tête contre une grosse branche.

— Je croyais que…

Cortez me fit taire. Je vis la lueur s'élever en direction du ciel. Contrairement aux esprits précédents, celui-ci était d'un blanc pur et flottait aussi paresseusement que la fumée d'un feu mourant. Quand il atteignit une hauteur d'un mètre cinquante environ, il s'arrêta, se mit à miroiter et gagna en densité.

Percevant un mouvement sur ma gauche, je me retournai et vis quatre autres colonnes lumineuses de différentes tailles. J'interrogeai Cortez du regard mais il leva la main comme pour me dire d'attendre et d'observer. Les cônes de lumière prirent forme. Des particules lumineuses volèrent de tous côtés, s'ajoutant à ces formes pour en préciser les contours.

Devant moi se tenaient cinq personnes vêtues d'habits de l'ère coloniale : un homme et un garçon en culotte et pourpoint, une femme et une adolescente en veste ajustée, jupe et bonnet blanc, ainsi qu'un bambin de sexe indéterminé en longue robe blanche. La lumière restait blanche mais les silhouettes étaient désormais assez solides pour que je distingue les rides autour des yeux de l'homme. Lesquels fixaient les miens. Il se tourna vers la femme pour lui parler, mais aucun son ne franchit ses lèvres. Elle hocha la tête et lui répondit.

— Des fantômes, dis-je.

La jeune fille pencha la tête et me regarda en fronçant les sourcils puis dit quelque chose à sa mère. Ensuite le garçon tendit la main vers Cortez. Son père bondit pour lui saisir le bras et le gronda sans émettre un son. Même le bambin levait vers nous des yeux écarquillés. Quand je m'avançai vers l'enfant, la mère le souleva dans ses bras en me fusillant du regard. Le père s'approcha de sa femme et fit signe aux deux autres enfants d'approcher. Le petit garçon décrivit des deux mains le signe du mauvais œil.

— Sauf qu'ils ne savent pas qui sont les fantômes, dis-je.

Cortez eut un petit sourire.

— Vous le savez, vous ?

La famille, dont les membres se serraient à présent les uns contre les autres, se détourna pour s'éloigner. Le bébé sourit et nous fit signe par-dessus l'épaule de sa mère. Je lui rendis son salut. Cortez tendit la main gauche. Je crus qu'il allait m'imiter mais il prononça quelques mots en latin. Lorsqu'il serra le poing, la famille commença à s'estomper. Juste avant de disparaître, la fille jeta un coup d'œil par-dessus son épaule et nous lança un regard accusateur.

— Reposez en paix, murmurai-je avant de me tourner vers Cortez. Je croyais que vous disiez que le sort de Savannah invoquait les esprits de la nature, pas les fantômes.

—Effectivement, mais il semble avoir d'autres effets imprévus.

—Comment peut-on l'arrêter ?

—En la faisant sortir de ce cimetière.

—Et ça y mettra fin ?

—Je l'espère. Donc, quand nous allons quitter ces bois, les esprits vont revenir, mais, comme vous l'avez constaté, ils n'ont pas d'intentions nocives. Vous devez simplement les traverser comme vous l'avez fait avec cette illusion de mage au funérarium.

—Pigé. Si on va vers le sud, on va croiser la route. Comme il n'y a pas de barrière, on pourra…

Un hurlement m'interrompit. Ce n'étaient pas les esprits mais le cri nettement reconnaissable d'un chien suivant une piste.

—Les chiens de l'enfer, je présume, dit Cortez.

—Ça ne m'étonnerait même pas. Mais je crois que ce sont des chiens de piste, qui appartiennent sans doute à la police.

—Ah, j'oubliais la police. Problème numéro soixante-trois, j'imagine.

—Soixante-quatre – les corps inconscients qui entourent la tombe de Katrina Mott sont le soixante-trois. Enfin, ils le seront une fois réveillés. (J'inspirai profondément.) Bon, réfléchissons. Il y a un ruisseau à l'ouest. Les chiens ne peuvent pas suivre une piste à travers l'eau. Et puis c'est dans la direction contraire, ce qui nous donnera l'avantage.

—Alors à l'ouest, dit-il en soulevant la forme inerte de Savannah sur son épaule. Je vous suis.

On se mit donc à courir – loin de la police d'État et de ses armes à feu, à travers une masse tourbillonnante d'esprits, avec des chiens aux abois sur nos talons et les hurlements des damnés tout autour de nous. Vous savez, je crois que l'esprit humain possède un point de saturation au-delà duquel il se contrefiche de tout. Des esprits ? Des chiens ? Des flics ? Quelle importance ? Si on continue à courir, tout ça va disparaître.

Comme toute cette histoire de course-poursuite devient rasoir, en voici la version condensée : Courir vers l'eau. Traverser l'eau. Échouer à semer les chiens. Leur jeter des boules de feu. Noter mentalement de faire un don considérable à la Société pour la prévention de la cruauté envers les animaux. Rejoindre la route. Courir vers la voiture. S'effondrer, à bout de souffle, près de ladite voiture. S'y faire traîner par Cortez. Marmonner une excuse concernant l'asthme de mon enfance. Noter mentalement de m'inscrire à un club de gym.

— Vous avez la terre ? demanda Cortez.

— La terre ?

J'aurais du mal à vous décrire son expression. Choquée. Incrédule. Horrifiée.

— Ah oui, cette terre-*là*, répondis-je en tirant les deux sacs de ma poche. Je l'ai.

Je laissai conduire Cortez afin de rester sur la banquette arrière avec Savannah, toujours inconsciente. Ce fut une excellente idée car, bien que je me considère comme une très bonne conductrice, j'ai peu d'expérience en la matière, ayant toujours préféré circuler à pied ou à vélo. En fin de compte, si je m'étais trouvée derrière le volant, j'aurais été mal préparée à ce qui suivit.

Cortez rejoignit la route et, plutôt que de nous ramener sur l'autoroute, il s'enfonça un peu plus loin sur la route de terre en nous éloignant des portes du cimetière. Mais avant qu'on atteigne le premier carrefour, des sirènes retentirent derrière nous. Je me tortillai pour regarder dans le rétroviseur et vis une voiture de la police d'État qui fonçait sur nous, toutes lumières clignotantes.

— Merde ! m'écriai-je. Ne vous arrêtez pas !

— Je n'en avais pas l'intention. Vous avez toutes les deux votre ceinture bouclée ?

— Oui.

— Alors accrochez-vous.

Sur ce, il éteignit les phares et mit la gomme.

UN VOLEUR DE VOITURES CONSCIENCIEUX

La voiture de Margaret était une Oldsmobile. Un vieux spécimen datant sans doute du milieu des années 1980. Ce qui signifiait qu'elle filait telle une flèche mais prenait mal les virages, comme le découvrit Cortez la première fois qu'il en négocia un et faillit atterrir dans le fossé. Sur une note plus positive, la Oldsmobile, en raison de sa largeur, convenait également très bien pour le tout-terrain.

Oui, j'ai bien dit « tout-terrain », comme dans « quitter la route pour couper à travers champs ». Essayez d'imaginer la scène : minuit passé, ni lune ni étoiles en vue, les phares sont éteints et on fonce à travers un champ criblé d'ornières à plus de soixante à l'heure. Je peux vous assurer qu'en matière de terreur pure, ça n'est pas très loin du fait de se faire asphyxier par un koyut.

Comment on parvint à rejoindre l'autre côté sans nous renverser, je l'ignore. La voiture ne dérapa même jamais. Avant qu'on se soit enfoncés de quinze mètres dans le champ, le véhicule de police fit demi-tour.

On surgit de l'autre côté sur une route de campagne déserte.

— Tout va bien ? demanda Cortez tout en ralentissant.

— Un peu secouées, mais ça va. Ça, c'est de la conduite.

— On est où ? demanda Savannah en se redressant.

— On rentre chez nous, répondis-je.

Cortez jeta un coup d'œil au rétroviseur.

— Malheureusement, nous avons quelques soucis. Je présume que ces policiers ont dû noter notre numéro d'immatriculation.

— Vous avez raison. Je n'y avais pas pensé.

— Ne vous en faites pas. Ça signifie simplement que nous devons abandonner la voiture hors de la ville et traverser les bois à pied. Quand nous arriverons chez vous, il faudra appeler Mlle Levine et l'informer de la situation. Si la police arrive avant l'aube, elle pourra déclarer qu'on lui a volé sa voiture pendant la nuit. S'ils ne la contactent pas avant 9 heures, je lui conseillerai d'appeler pour signaler la disparition du véhicule.

— La police ? demanda Savannah qui cligna des yeux d'un air somnolent. Quelle police ?

— Ne me pose pas la question, lui répondis-je. Et ne jette plus jamais ce sort. Jamais.

— J'ai invoqué des flics ?

— D'une certaine façon, répondit Cortez. Je vais me garer ici. J'imagine que nous allons devoir marcher une vingtaine de minutes.

Il gara la voiture avec l'avant caché dans une zone boisée, laissant émerger l'arrière afin qu'on puisse la retrouver, mais pas trop facilement quand même.

— Est-ce qu'on ne ferait pas mieux de laisser les clés sur le tableau de bord ? demandai-je en hissant mon sac à dos sur mon épaule.

— Non, ça soulèverait trop de questions quant à la façon dont les voleurs ont obtenu les clés. Il vaut mieux faire croire qu'il s'agit d'un vol de voiture typique.

Il ouvrit sa veste et en tira une minuscule trousse à outils.

— Vous allez la faire démarrer sans clé ? dit Savannah en se penchant par-dessus le siège. Cool. Vous avez fauché des voitures quand vous étiez jeune ?

— Certainement pas.

— Laissez-moi deviner, dis-je. Encore un de ces talents douteux mais nécessaires. Comme savoir comment renvoyer les fantômes et semer des flics en voiture.

— Exactement.

— Vous avez fauché combien de bagnoles ? demanda Savannah tandis que nous sortions de la voiture pour nous engager sur la route à pied.

— Deux. Et je t'assure que, dans ces deux cas, c'était vraiment en dernier ressort. Je me retrouvais sans moyen de transport et j'en avais un besoin urgent. Heureusement, aucun des véhicules n'a subi de dégâts et j'ai pu les laisser en lieu sûr, après les avoir nettoyés et avoir fait le plein d'essence.

Je souris.

— J'imagine que les flics ont dû se gratter la tête – quel voleur de voitures consciencieux.

Savannah roula des yeux.

— Mais vous ne faites jamais rien de mal, vous autres ?

— J'ai fauché un rouge à lèvres à douze ans.

— Ouais, tu me l'as déjà raconté. (Elle se tourna vers Cortez.) Vous savez ce qu'elle a fait ? Après l'avoir piqué, elle a eu tellement mauvaise conscience qu'elle a envoyé le fric à la boutique. Taxe comprise. Vous savez que vous donnez vraiment mauvais exemple ?

— *Mauvais* exemple ?

— Ben ouais. Comment vous voulez que je sois à la hauteur ? Un jour, faudra sérieusement que je consulte un psy.

— Ne t'inquiète pas, lui répondis-je, j'ai commencé à mettre de l'argent de côté.

— Le pire, c'est que c'est sans doute vrai, marmonna Savannah. Et sinon…

— Voilà une voiture, dis-je. On dégage de la route.

On s'enfonça dans un champ.

— Vous faites souvent ça, Lucas ? demanda Savannah. Des poursuites en bagnole pour éviter les flics, ce genre de truc ?

— De temps à autre, même si j'hésiterais à dire « souvent ».

— La vraie question, c'est : vous êtes souvent obligé de le faire si souvent ?

— Pas souvent, répondit-il en souriant.

— Donc on est uniques ? demanda Savannah.

— Totalement.

— Je ne crois pas que ce soit une bonne chose, dis-je.

Je changeai mon sac d'épaule. Cortez voulut me le prendre mais je lui fis signe de reculer.

Savannah trébucha dans un terrier de marmotte puis rattrapa Cortez en trottinant.

— Alors c'est comment cette fois-ci ? Par rapport aux précédentes ?

— Trépidant.

Elle me jeta un coup d'œil pour que je l'éclaire.

— Il veut dire qu'on lui donne de quoi s'occuper. En partie parce qu'on provoque nous-mêmes la moitié des ennuis.

Cortez sourit.

— Je dois avouer que vous avez, toutes les deux, une capacité inouïe à susciter de nouveaux défis.

— Inouïe, répéta Savannah. Il veut dire qu'on est uniques.

— Ça oui, répondis-je.

On rentra dans la maison comme on en était sortis, en passant par les bois puis en nous faufilant à travers la cour vers la porte de derrière. Un rapide coup d'œil par la fenêtre de devant nous confirma que notre prudence n'était pas inutile. Trois ou quatre personnes campaient toujours sur ma pelouse. L'une d'entre elles avait même installé une tente à deux places. J'envisageai de lui demander un loyer.

Après avoir envoyé Savannah se doucher, j'appelai Margaret. La conversation ressembla à peu près à ça :

Moi : Hummm, on a eu un problème avec votre voiture.

Elle : Un accident ! Oh mon Dieu, pas ça. Mon assurance…

Moi : Non, pas un accident. On va tous très bien, y compris la voiture. C'est juste qu'on a dû l'abandonner.

Elle : Vous avez eu un accident ?

Moi : Non, on a juste dû la laisser derrière nous. La police a vu le numéro d'immatriculation et…

Elle : La police ?

Moi : Tout va bien, mais quand la police la retrouvera, dites-lui qu'elle a été volée.

Elle : Volée ?

Moi : C'est ça. Dites qu'elle était dans l'allée quand vous vous êtes couchée et que vous ne l'avez plus revue depuis. Ne parlez pas des clés. Et si la police mentionne un cimetière…

Elle : Un cimetière ?

Moi : Dites-lui que vous n'êtes au courant de rien.

Elle : Mais je ne *suis* au courant de rien.

Moi : Parfait. Quoi qu'ils puissent vous dire, vous ne savez rien. Vous ne m'avez pas vue depuis plusieurs jours. Si on retrouve mes empreintes sur votre voiture, c'est parce que je l'ai empruntée le mois dernier, d'accord ?

Elle : Quelles empreintes ? Digitales, tu veux dire ? Mais au nom du ciel, qu'est-ce que tu as…

Moi : Faut que j'y aille. Merci pour le prêt. Je vous revaudrai ça. Au revoir.

Quand j'entrai dans le salon, Cortez se tenait devant la télévision, occupé à zapper.

— La télé, dis-je en m'effondrant sur le canapé. Quelle belle invention. Le parfait antidote à une journée infernale, idéal pour se vider la tête. Qu'est-ce qui passe ?

— *La Nuit des morts-vivants.*

— Ha ha.

— Je suis tout à fait sérieux.

Il revint quelques chaînes en arrière et s'arrêta sur l'image en noir et blanc des zombies gémissants qui entouraient une ferme d'un pas titubant.

— Ça me paraît vaguement familier, dis-je. Je n'ai pas déjà vu ça quelque part ?

— Hier. Au funérarium.

— Non, ce n'est pas ça. Ces morts-vivants-là étaient beaucoup plus flippants. Et ils ne titubaient pas. Enfin, Cary si, mais seulement parce qu'il était un peu écrabouillé. Hmmm… Où ai-je donc vu ça ? Des goules qui entourent une maison, qui y emprisonnent les habitants, qui refusent de partir. Oh, attendez ! Voilà ma pelouse. Et regardez, une femme nue ! Je suis sûre que c'est une adepte de la wicca.

Cortez gloussa de rire.

— Je suis ravi que vous arriviez à en rire.

J'hésitai puis me tournai vers lui.

— Vous savez, si tout ça devient trop… Je veux dire si ce n'est pas l'affaire tranquille et facile que vous aviez imaginée. Je comprendrais que vous souhaitiez vous retirer.

— En vous laissant vous amuser sans moi ? dit-il en m'adressant un sourire tordu. Jamais de la vie.

On se dévisagea un moment, puis il s'empressa de reprendre son zapping.

— Non, attendez, lui dis-je. Revenez au film. J'aurais bien besoin d'un peu de distraction pas trop intello. Les zombies cannibales, ça devrait faire l'affaire.

Il retourna au vieux film puis jeta un coup d'œil du siège inclinable au canapé comme pour décider où s'asseoir. Je lui désignai l'autre bout du canapé. Il hocha la tête et s'installa près de moi.

— Qu'est-ce qu'on regarde ? demanda Savannah qui déboula dans la pièce en chemise de nuit.

— Paige et moi, on regarde *La Nuit des morts-vivants*. Toi, tu vas te coucher.

— Je viens d'invoquer des esprits dans un cimetière. Je crois que je suis assez grande pour regarder un film d'horreur. (Elle se laissa tomber sur le siège inclinable.) On a des chips ou un truc comme ça ?

— Tu crois que j'ai fait les courses ces derniers jours ? demandai-je. Bientôt, on va en venir aux conserves.

— C'est ça les zombies ? demanda-t-elle d'un air méprisant. Trop minables.

— C'est un vieux film, répondis-je. Les effets spéciaux ne sont pas très sophistiqués.

— Quels effets spéciaux ? C'est un mec avec du mascara étalé sous les yeux. J'ai vu des gens plus flippants que ça au centre commercial.

— Est-ce que Paige ne t'a pas dit d'aller te coucher, Savannah ? demanda Cortez.

— Oh, d'accord. De toute façon, ce film est tout pourri.

Elle quitta la pièce dans un mouvement d'humeur. Quelques minutes plus tard, je soupirai.

— C'est vrai que ce film est pourri. Mais je suis trop tendue pour dormir.

— Je crois, hum, que vous avez parlé de nouveaux grimoires ?

Je me redressai.

— Oh la vache, c'est vrai. J'ai failli oublier. Je voulais les tester ce soir.

— Et je crois que vous comptiez…

Il laissa sa phrase en suspens. Je souris.

— Je comptais vous en parler, non ?

Je le fis donc.

Soupape de sécurité

— C'est possible, dit-il quand j'eus fini de lui parler des grimoires.

— Possible ? Vous êtes en train de me dire que mon raisonnement a des failles ?

— Je ne me permettrais pas. Je disais simplement que ça tient la route et que c'est par conséquent possible. Les sorcières extérieures au Convent recourent à des sorts de mages depuis des générations. Ce serait une bonne chose de les voir retrouver leur propre magie.

Je souris.

— Ah oui ? Vous savez ce que ça impliquerait, non ? Ces sorts pourraient rétablir l'égalité des chances.

— Ce ne serait que justice.

Je me laissai aller contre les coussins du canapé.

— Venant du type qui a un jour blagué sur les « limites héréditaires » des pouvoirs des sorcières ?

— J'ai adopté le rôle dont je pensais qu'il vous mettrait le plus à l'aise. J'ai traité avec assez de sorcières pour ne pas sous-estimer leurs capacités. Tous les mages n'éprouvent pas de haine ni même d'antipathie pour elles. Mais c'est le cas de beaucoup, même ceux qu'on pourrait considérer comme des gens très bien, dotés d'un certain sens moral.

— Des mages dotés de sens moral ?

—Non, ça n'a rien d'un oxymore. Tous les mages ne sont pas maléfiques. L'affirmer reviendrait à dire que toutes les sorcières sont faibles et craintives, ce qui ne vous plairait guère, j'en suis sûr. Un stéréotype ne le devient que lorsqu'un pourcentage significatif d'une population semble s'y conformer. Au contraire de certains, celui du mage moralement corrompu est malheureusement valide.

—La pouvoir absolu corrompt absolument ?

—Exactement. Chez les mages qui poursuivent le rêve du pouvoir absolu, et ils sont nombreux, ça vire souvent à l'obsession.

—Donc vous ne rêvez pas d'accroître vos pouvoirs ?

Il croisa mon regard.

—Ce dont je rêve, comme vous, je crois, c'est d'accroître mes connaissances – de posséder le meilleur répertoire possible de sorts et le pouvoir d'en disposer au mieux. Quand je dis être ravi que vous ayez trouvé ces grimoires, je dois avouer que je ne peux pas m'empêcher d'y voir l'occasion d'acquérir de nouveaux sorts.

—Je ne vous le reprocherai pas. Vous n'avez pas l'impression d'être un peu naïf ? En croyant que nous ne serons jamais corrompus par notre propre quête de pouvoir ?

—Peut-être.

—En voilà une réponse tranchée.

—Ne serais-je pas naïf de me croire incapable de naïveté ?

—Ça suffit, dis-je. Vous me donnez le vertige. Il est temps de tester un nouveau sort.

Il s'avança.

—Auriez-vous… la moindre objection à le faire en présence d'un public ?

Je souris.
— Pas du tout.

Je rassemblai mes livres et l'on descendit au sous-sol.

Quand je disais que j'espérais apprendre un nouveau sort, c'est exactement ce que je voulais dire : *un* nouveau sort. Malgré mon envie de tester l'intégralité du livre, je poussais peut-être déjà loin en espérant apprendre ne serait-ce qu'un sort. Pour jeter un sort des grimoires de niveau tertiaire, je devais d'abord maîtriser un nouveau sort du livre secondaire, ce qui me prendrait du temps.

Je douchai encore davantage mon propre enthousiasme en insistant pour procéder avec ordre et méthode. Ce soir, je voulais non seulement apprendre quelque chose de nouveau mais aussi mettre ma théorie à l'épreuve. Était-il nécessaire d'apprendre le sort secondaire correspondant avant de pouvoir lancer le tertiaire ?

Pour le vérifier, je choisis le sort d'asphyxie. Comme je l'avais déjà pratiqué des heures sans succès, c'était un choix parfait. Si j'arrivais à le lancer après avoir appris le sort secondaire, ça confirmerait mon hypothèse. Le sort d'asphyxie était classé comme sort élémentaire d'air, cinquième catégorie. En parcourant le livre secondaire, je m'assurai que je n'avais appris aucun sort d'air. Parfait.

Le sort d'air secondaire correspondant était celui qui donnait le hoquet. Peut-être qu'il m'aurait amusée en primaire mais c'était un sort parfaitement idiot pour toute personne de plus de dix ans. Toutefois, ça se tenait sur le plan de la logique : les hoquets comme l'asphyxie sont une interruption respiratoire. La première fois que j'avais parcouru ces grimoires, j'avais testé ce sort, juste pour m'amuser, mais je m'étais arrêtée avant de le maîtriser. Si ma théorie était juste, ça pouvait expliquer pourquoi le sort d'asphyxie avait semblé sur le point de fonctionner – j'avais appris en partie le sort secondaire.

Prise d'une soudaine intuition, je sortis mon grimoire approuvé par le Convent et l'ouvris vers la fin, à la page d'un sort qui guérissait le hoquet et que j'avais appris des années auparavant. C'était un sort élémentaire d'air, catégorie cinq. Le sort primaire. D'abord on apprend à soigner le hoquet, ensuite à le provoquer, puis carrément à asphyxier quelqu'un.

— Vous permettez que je vous donne le hoquet ? demandai-je à Cortez.

— Pardon ?

— Le hoquet. Je dois vous donner le hoquet. Ça ne vous dérange pas ?

— Je dois dire que c'est la première fois qu'une fille me le propose.

— C'est un sort, lui dis-je. Ne vous en faites pas. J'en connais aussi un qui le guérit.

— Il faudra que vous me l'appreniez. Celui qui le soigne, pas celui qui le donne. Je n'ai jamais bien réussi à retenir mon souffle.

— Ah bon ? Alors attendez de voir le sortilège que je testerai ensuite.

Avant d'espérer lancer correctement le sort de hoquet, je devais m'entraîner. La présence de Cortez ne me dérangeait pas, sans doute parce qu'il avait eu la prévenance de s'asseoir derrière moi pour m'épargner l'impression de me donner en spectacle.

Après vingt minutes passées à tâtonner avec ce sort, comme il me semblait avoir trouvé le bon rythme, je demandai à Cortez de venir se placer devant moi. Quand il s'exécuta, il préféra faire face au mur plutôt que de me regarder. Ce qui me facilita les choses. À tel point, en fait, que le sort fonctionna dès la deuxième tentative. Ensuite, bien sûr, je dus faire une demi-douzaine d'essais supplémentaires pour m'assurer de le maîtriser. Quand je proposai d'en faire un de plus, Cortez me déclara parfaitement compétente en matière de sorts de hoquet et me pria de le laisser reprendre son souffle.

Ensuite, je passai au sort d'asphyxie. J'allais commencer par le jeter sur moi-même. Lucas en avait assez subi ce soir-là. Il me fallut vingt minutes avant de pouvoir réciter l'incantation. Elle n'était pas difficile. Elle était en latin, la langue d'incantation que je maîtrisais le mieux. Ce retard s'expliquait par un facteur très simple : la nervosité. Je plaçais tant d'espoirs dans ce sort que je trébuchais sur les mots. Je tentai de me convaincre que ça n'avait pas tellement d'importance, que je trouverais autre chose si j'échouais, mais en pure perte. Je savais à quel point c'était important et ne pouvais me persuader du contraire. J'osais à peine prononcer les mots de peur d'échouer, comme si, en ratant celui-ci une fois, je ferais disparaître la magie à jamais.

Après avoir trébuché plusieurs fois sur l'incantation, je changeai d'angle d'attaque et démarrai par la deuxième ligne. En sautant le début, je garantissais l'échec du sort et pouvais donc me concentrer sur la récitation. Comme j'avais déjà souvent testé ce sort, je trouvai rapidement le rythme.

Les mots coulaient, les inflexions et les intonations roulaient sur ma langue. Un sort bien lancé possède une véritable musique. Ce n'est ni chant ni mélopée mais la musique du langage pur, celle de Shakespeare ou de Byron. Si l'on investit ces mots d'émotion et de conviction, ils possèdent la puissance de l'opéra ; même sans les comprendre, on perçoit leur sens.

Je fermai les yeux et y mis tout mon cœur, y déversai chaque gramme d'espoir, de frustration et d'ambition que je portais en moi. Ma voix s'éleva jusqu'à ce que je ne sente plus les mots sortir de ma gorge, jusqu'à ce que je les entende simplement résonner autour de moi. Je répétai l'incantation, encore et encore. Puis j'entendis la première ligne s'écouler malgré moi. Les mots s'élevèrent en crescendo et, alors que j'atteignais la dernière ligne, mon souffle me fut arraché. Je hoquetai, faillis m'étrangler.

Dès l'instant où je retrouvai mon souffle, l'incantation reprit comme de son propre chef. La fenêtre située au-dessus de ma tête trembla tandis que je récitais. Des branches de rosier fouettaient et grattaient la vitre. Quand les mots se tarirent, je me mis à tousser, à bout de souffle.

Puis je recommençai. La trappe s'ébranla en gémissant. Comme le sort touchait à sa fin, elle s'ouvrit soudain à toute volée. Le vent s'engouffra, renversant les paniers de linge propre. Au dernier mot, mon souffle fut aspiré avec une telle force que je tombai et m'évanouis.

La première chose que je vis en ouvrant les yeux, ce fut Cortez en train de me saisir par l'épaule.

— Tout va bien ? demanda-t-il tandis que j'ouvrais les yeux.

J'esquissai lentement un sourire.

— Je crois que ça a marché.

— C'est bien mon impression, répondit-il en balayant du regard les tas de linge qui nous entouraient. Maintenant que nous avons prouvé que le sort fonctionne et que vous pouvez le lancer avec succès, je suppose que ça ne vous dérange pas que j'essaie à mon tour.

Je soulevai le grimoire hors de sa portée.

— Non. C'est à moi !

J'agitai le livre de sorts loin de lui en riant. Il sourit et tenta de s'en emparer, mais je le lui arrachai et faillis basculer en arrière. Il fit un mouvement brusque en avant. Lorsque son visage se retrouva proche du mien, il s'arrêta et cligna des yeux. Je savais à quoi il pensait. Et je savais qu'il n'allait pas le faire. Alors je pris les devants.

J'approchai mes lèvres des siennes et l'embrassai.

Cortez ouvrit de grands yeux. J'éclatai de rire et faillis rompre le contact mais il m'attira vers lui avant que je puisse reculer, m'étonnant par la force de son baiser. Sa fougue compensait largement son manque de technique et je goûtai dans ce baiser quelque chose qui me fit tourner la tête, m'enflamma les entrailles et raviva tous les autres clichés romantiques dont je m'étais toujours moquée. L'euphorie suscitée par les sorts s'attardait, mêlée à présent d'une passion toute nouvelle et de l'allégresse pure de la réciprocité. Je me sentais grisée, électrisée, invincible. Pour la première fois depuis plusieurs jours, j'avais le sentiment d'être vraiment tout ce que j'avais cru autrefois.

On bascula sur un tas de linge propre. Cortez roula sur le dos et m'attira au-dessus de lui. Ses mains se dirigèrent vers ma nuque et tentèrent de défaire ma pince à cheveux. Je tendis la main pour l'enlever moi-même. Lorsque mes cheveux retombèrent, Cortez les enroula autour de ses doigts et son baiser redoubla d'intensité. Puis il ôta une main de mes cheveux et claqua des doigts au-dessus de nos têtes. La lumière s'éteignit. Il murmura quelques mots tout contre ma bouche et les bougies éteintes avec lesquelles je m'entraînais à mes sorts s'allumèrent.

Mon rire vibra entre nos lèvres.

— Frimeur.

Il recula et haussa les sourcils.

— Ça s'appelle du romantisme. (Ses lèvres esquissèrent un sourire.) Et peut-être de la frime. Juste un peu.

— Alors arrêtez. C'est *moi* qui suis en train de vous séduire.

— Ah oui ?

— C'est moi qui ai commencé, non ?

— Tout à fait exact. Alors je vous laisse finir.

Je lançai le sortilège de sorcière qui éteignait les bougies, puis celui qui les rallumait. Cortez gloussa de rire et m'attira de nouveau contre lui. On s'embrassa quelques minutes. Quand il tira mon chemisier hors de mon jean, je secouai la tête et reculai, rompant le baiser.

— C'est moi qui mène, vous vous rappelez ?

J'enfouis les doigts dans l'avant de sa chemise et tirai jusqu'à ce qu'il se retrouve assis. Puis j'enfourchai ses hanches, m'agenouillai et me tortillai jusqu'à sentir son érection exactement là où je le voulais. Il retint son souffle. Je souris et lui ôtai ses lunettes.

— Vous en avez besoin ? demandai-je.

Il fit signe que non.

Je les posai sur le côté et entrepris de déboutonner sa chemise. Au bout du troisième bouton, j'appuyai mes lèvres contre sa gorge, la chatouillant du bout de la langue, et le sentis avaler sa salive. Mes doigts s'attaquèrent au bouton suivant, qu'ils défirent, puis ma langue descendit plus bas, traçant des cercles le long de sa poitrine. Entre deux boutons, je laissais courir mes doigts sur sa peau nue.

Quand j'atteignis le dernier, je reculai en me tortillant afin de me retrouver assise près de ses genoux. Puis je me penchai en avant, taquinai son nombril du bout des lèvres tandis que ma langue descendait plus bas, défis le bouton de son pantalon et commençai, lentement, à tirer sur la fermeture Éclair. J'entendais au-dessus de moi son souffle haletant, irrégulier, ce qui attisa mon appétit.

Je fis courir ma langue le long du bord de ses sous-vêtements et la laissai glisser juste en dessous. Puis je déplaçai mon corps vers l'avant, remontant mes lèvres vers sa poitrine jusqu'à ce que je le chevauche de nouveau. Quand mes yeux atteignirent le niveau des siens, il plongea les mains dans mes cheveux et attira ma bouche contre la sienne. Ses doigts glissèrent sous ma chemise mais je reculai en souriant.

— Pas encore, lui dis-je.

Il ouvrit la bouche mais je posai un doigt sur ses lèvres et me relevai tout en m'éloignant. Puis je reculai d'un pas, le regardai en souriant, et ôtai mon chemisier. Suivirent mes chaussettes, puis mon jean, qui retombèrent en formant un tas à mes pieds. Je m'en extirpai puis l'écartai d'un coup de pied. Je déboutonnai mon chemisier et le laissai glisser par terre. Puis je pris mon temps pour ôter le reste, mon soutien-gorge et ma culotte.

Quand je laissai tomber celle-ci, Cortez se contenta de me regarder fixement quelques secondes. Puis il sourit, se releva et franchit d'une seule foulée la distance nous séparant.

Je me hissai sur la pointe des pieds pour l'embrasser et faillis basculer avec lui. Quand je perdis l'équilibre, il me rattrapa et réorienta notre chute vers le tas de vêtements propres. Je dégageai sa chemise de ses épaules tout en faisant courir mes doigts le long de son dos. Restait encore son pantalon. Je glissai les mains sous la ceinture et tirai vers le bas, laissant son slip en place.

Il ôta son pantalon et glissa les mains sous mes fesses pour m'attirer contre lui. Puis je le vis, du coin de l'œil, tendre la main droite. Il murmura quelque chose tout contre mes lèvres et la radio de Savannah s'alluma.

— Ahem, dis-je en reculant. C'est moi qui séduis.

— Considérez que c'est fait.

Tandis qu'il baissait la bouche vers la mienne, le chant mielleux d'un groupe pour midinettes remplit la pièce. Cortez ouvrit de grands yeux et agita de nouveau les doigts pour changer de station. J'éclatai de rire. Il ignora une station de jazz puis y revint et, d'un autre geste des doigts, baissa le volume jusqu'au murmure.

— Pas mal, lui dis-je.

Je récitai le sort d'incantation du vent, tempérant l'emphase aux bons endroits de sorte qu'une brise fraîche nous chatouille la peau. Cortez m'embrassa puis baissa les lèvres vers mon menton et le long de mon cou. Tout en m'embrassant la gorge, il murmura quelque chose et agita les doigts. Les flammes des bougies se diffractèrent en une centaine d'éclats lumineux. Je gloussai de rire et cambrai le dos afin de diriger ses lèvres vers ma poitrine. Je m'autorisai à en profiter une minute puis m'écartai et me redressai en position assise, à califourchon sur sa poitrine.

Je chuchotai un sort qui fit apparaître une petite boule de feu dans ma main. Cortez regarda tour à tour la boule et moi, pencha la tête et m'interrogea du regard. Je souris et lançai un sort qui éteignait la boule et ne laissa luire que le bout de mes doigts.

— Intéressant, dit-il. Mais je ne vois pas…

J'appuyai mes doigts chauds contre sa poitrine. Il en eut le souffle coupé. Je descendis le long de son torse puis glissai la main sous son slip et le caressai. Il gémit, ferma les yeux et se laissa aller en arrière.

— Vous voyez maintenant ? demandai-je.

— Apprenez-moi ça, dit-il d'une voix rauque.

Je souris.

— Peut-être.

Je baissai son slip et glissai une main chaude sous ses testicules tout en caressant son pénis de l'autre. Il se cambra en gémissant. Je continuai, guettant sa respiration jusqu'à entendre le tempo parfait, puis m'arrêtai sans le lâcher pour autant.

— C'est moi qui gagne ? demandai-je.

— Oui. Oh mon Dieu, oui. (Après une pause, il se dégagea de mon emprise et ouvrit brusquement les yeux.) Non.

— Vous changez d'avis ? dis-je en souriant. Pas de souci. Vous avez raison, ce n'était peut-être pas une si bonne idée. (Je fis mine de reculer.) On devrait se limiter à des relations professionnelles. Après tout…

D'un mouvement brusque, il me renversa sur le dos et s'étendit au-dessus de moi.

— Je voulais dire « non » comme dans « non, je ne déclare pas forfait ».

Il ôta son slip puis m'agrippa les hanches. On se mit à rouler tout en nous empêtrant dans le linge. Les draps moelleux et l'odeur propre de citron nous enveloppaient. Tandis qu'on s'embrassait, je sentis remuer les lèvres de Cortez et ouvris les yeux pour voir sa main décrire un arc de cercle autour de nous. Un bruit lancinant noya la radio, puis une brume de lumière violet et bleu s'éleva du sol.

— Dites-moi que ce ne sont pas des koyut, murmurai-je contre sa bouche.

Il gloussa de rire et glissa les doigts entre mes jambes pour me titiller. Je me cambrai et fermai les yeux. Quand je les rouvris, la brume flottait vers nous. Elle toucha d'abord mon bras, lui communiquant un picotement d'énergie. J'eus un hoquet. Cortez gloussa de nouveau et plongea les doigts en moi. La brume nous enveloppa. Tous les poils de mon corps se hérissèrent et j'enfonçai la tête dans les draps, savourant cette sensation.

— C'était…, haletai-je au bout de quelques minutes. Il faudra que vous m'appreniez ça.

Il sourit, retira ses doigts et glissa au-dessus de moi.

— Tout ce que vous voudrez.

Le lendemain matin

Plus tard, je me dégageai des draps et de ses bras pour me redresser. Il leva la tête et fronça les sourcils.

— Attends, lui dis-je.

Je descendis chercher une bouteille de vin à la cave. À mon retour, il m'observait, toujours entortillé dans les draps.

— Ça ira ? demandai-je en lui montrant la bouteille.

— Hmmm ? (Il cligna des yeux puis regarda la bouteille.) Ah, oui. Le vin. Ça ira. Ce sera parfait.

J'éclatai de rire.

— Je me sentirais insultée si c'était *vraiment* le vin que tu regardais comme ça.

Il afficha alors un sourire lent et paresseux qui me fit fondre à l'intérieur.

— Je dois toujours être sous l'effet du choc.

— Ne me dis pas que je suis la première demoiselle en détresse à t'avoir séduit.

— Je peux affirmer avec une certitude absolue que tu es la première femme qui ait même *essayé* de me séduire, dans un contexte professionnel ou non. (Il s'empara de la bouteille.) Tu as un tire-bouchon ?

— Bien sûr que non, je suis une sorcière. (Je prononçai quelques mots et le bouchon jaillit hors du goulot.) Je suppose que tu ne sais pas invoquer de verres.

— Désolée.

— La cuisine est trop loin. On a vraiment besoin de verres ?

— Absolument pas.

Il m'entoura la taille d'un bras et m'attira sur ses genoux. On but chacun une gorgée au goulot.

— Désolée pour ta moto, lui dis-je.

— Ma… ? Ah, oui. Ce n'est rien. Je suis assuré.

— Mais je suis désolée quand même. Je sais que ce ne sera pas pareil de la remplacer si tu l'as restaurée.

— *Si* je l'ai restaurée ?

— Je ne voulais pas dire…

Il gloussa.

— Ne te justifie pas. Je sais parfaitement que je n'ai pas une tête à m'amuser avec des transmissions et des carburateurs. En toute franchise, exception faite de ce hobby, mes dons pour la mécanique avoisinent le zéro.

— Mais tu sais faire démarrer des voitures sans la clé.

Nouveau gloussement.

— Oui, il y a ça aussi. En ce qui concerne les motos, l'un des petits amis de ma mère a commencé à m'apprendre à les restaurer quand j'avais l'âge de Savannah. Au départ, je m'y suis mis en espérant que ça ajouterait un certain cachet à ma vie sociale.

— Tu espérais que ça t'aiderait à séduire des minettes ? Ça a marché ?

— Pas vraiment. J'ai vite renoncé à cette idée. Ou du moins, je le croyais, même si je dois avouer que ce qui a motivé mon choix de venir au funérarium à moto, c'était en partie le désir semi-conscient de me présenter sous un jour plus séduisant.

— J'ai été très impressionnée.

Il se laissa retomber sur les draps et éclata de rire, à ma grande surprise.

— Ah oui, j'ai vu ça. *Très* impressionnée. À peu près autant que quand tu as découvert que j'étais le fils du P.-D.G. d'une Cabale tristement célèbre.

— *L'héritier* du P.-D.G. d'une Cabale tristement célèbre.

J'avais parlé sur le ton de la blague, mais tout humour déserta ses yeux. Il hocha la tête et s'empara de la bouteille de vin.

— Désolée, lui dis-je. Changeons de sujet. Donc, tu habites où ?

— Revenons d'abord à cette question d'héritage. C'est exact et je ne cherche pas à éviter le sujet. Je veux être franc avec toi, Paige. Je veux… (Il hésita.) Mon père a d'excellentes raisons de me désigner comme héritier, des raisons qui n'ont rien à voir avec moi et tout à voir avec les politiques de succession et l'envie de forcer mes frères aînés à se tenir à carreau.

— Une décision purement stratégique ? J'ai du mal à y croire.

— Mon père nourrit quelques illusions quant à la nature de ma rébellion. Il se trompe. Je ne serai jamais l'employé – ni le dirigeant – d'une Cabale. Pas plus que je n'aurai la naïveté de prendre les rênes du pouvoir dans l'espoir de transformer tout ça en entreprise légitime.

— Est-ce vrai que… ? (Je secouai la tête.) Désolée, je ne veux pas être indiscrète…

— Ce n'est pas indiscret, Paige. Je m'inquiéterais beaucoup plus si tu t'en fichais. Demande-moi ce que tu veux. Je t'en prie.

— Au sujet de la prime. C'est vrai ? Je veux dire, si tu es en danger…

— Je ne le suis pas. Ou dans le cas contraire, c'est une situation permanente qui n'a aucun impact sur les circonstances actuelles. Personne, dans l'organisation de Nast, n'oserait accepter une telle prime. Je dois te dire, en premier lieu, que Leah s'emmêle souvent les pinceaux. L'épouse de mon père et mes trois demi-frères n'ont pas tous un contrat sur ma tête. Aux dernières nouvelles, seuls Delores et mon frère aîné offraient une prime. Carlos, le plus jeune fils de Delores, le faisait à une époque, mais ses dettes récentes l'ont forcé à retirer son offre. Quant à William, il n'a jamais tenté d'engager quelqu'un pour me tuer – sans doute parce qu'il n'est pas assez futé pour y penser.

— Tu es sérieux ?

— Pour William ? Malheureusement, oui. Il est intelligent, mais manque d'initiative.

Je lui donnai un coup sur l'épaule.

— Ha ha. Tu sais bien ce que je voulais dire. Tu es sérieux quand tu dis que tes frères ont mis ta tête à prix ?

— Tout à fait, même si je te déconseille d'en parler à mon père. Il est parfaitement convaincu d'avoir réglé cette question depuis des années. Il est formellement interdit de tuer l'héritier bâtard. Tout membre de la famille surpris à le faire sera sévèrement puni. Il a essayé de les menacer de mort mais ça n'a pas marché, si bien qu'il s'est rabattu sur le pire châtiment possible : les déshériter.

— Vous avez élevé la famille dysfonctionnelle au rang d'art, tu sais ça ?

— Les Cortez ont toujours été des bourreaux de travail.

On se repassa la bouteille.

— Tu m'as demandé où j'habitais, reprit-il.

— C'est vrai.

— Je crois que l'expression consacrée pour décrire ma situation est « sans domicile fixe ». Depuis que je suis diplômé, je ne suis jamais resté assez longtemps au même endroit pour ne serait-ce que louer un appartement. Mes activités – juridiques et autres – m'obligent souvent à me déplacer. Compte tenu de mes activités extraprofessionnelles, je suis manifestement mal placé pour obtenir un travail régulier dans un cabinet d'avocats. À la place, je travaille au coup par coup pour des êtres surnaturels.

— Avocat du paranormal.

— C'est presque aussi terrible que « superhéros », hein ? Ça me rapporte de quoi vivre, ni plus ni moins. Plus important, ça me donne l'occasion de faire ce que je veux vraiment.

— Sauver le monde ?

— Un sujet auquel tu ne connais rien, j'en suis sûr.

— Hé, je n'ai pas envie de sauver le monde *entier*, juste mon secteur.

Il éclata de rire et resserra ses bras autour de moi. On s'embrassa quelques minutes puis je reculai à contrecœur.

— Je veux en savoir un peu plus, dis-je. Sur toi, sur ce que tu fais. Mais on ferait mieux de dormir un peu.

— Sans doute. À en juger par ces deux derniers jours, nous allons avoir besoin de repos. (Il tendit les mains pour reprendre ses lunettes, puis me regarda.) Y a-t-il une chance que nous puissions éviter de faire chambre à part ce soir ? Je sais que la présence de Savannah pose problème…

— Mais on peut facilement le régler avec un ou deux sorts de verrouillage.

Le lendemain matin, je me réveillai seule. Je crus d'abord que Cortez s'était esquivé pendant la nuit pour regagner le canapé, ce qui serait mauvais signe. Mais tandis que je m'étirais, je remarquai que son côté du lit était encore tiède.

Je jetai un coup d'œil au réveil. Onze heures du matin ? Je n'avais pas dormi si tard depuis la fac. Pas étonnant que Cortez soit déjà levé.

Je basculai hors du lit, toujours sonnée, enfilai mon kimono et me dirigeai vers la salle de bains. Trouvant la porte entrebâillée, je la poussai – et bousculai Cortez, qui se rasait penché au-dessus du lavabo.

— Désolé, dit-il.

— De quoi ? De te tenir près d'une porte ?

Petit sourire.

— De l'avoir laissée ouverte, en te laissant croire ainsi que la pièce était vide. (Il désigna le miroir que sa douche avait embrumé.) J'ai ouvert pour aérer. Je n'ai pas trouvé le…

J'allumai l'interrupteur près de la porte, à l'extérieur, et un vrombissement remplit la pièce.

— Ah, l'aération, dit-il.

— L'installation est mal foutue. Je vais dans ma chambre. Tu n'auras qu'à frapper quand tu auras fini.

Avant que je puisse sortir, il me saisit par le bras, m'attira à l'intérieur et ferma la porte. Puis il me serra contre lui et approcha ses lèvres des miennes. Voilà qui coupait court à tout malaise du « lendemain matin ».

Je lui rendis son baiser, entourant son cou de mes deux mains. Des cheveux humides me chatouillaient les doigts et l'odeur propre et piquante du savon me remplissait les narines. Quand ma langue se glissa dans sa bouche, je sentis un goût de menthe. De dentifrice.

Je reculai brusquement et plaquai la main sur ma bouche.

— Je dois me brosser les dents.

Je vis dans le miroir que mes cheveux frisottaient d'une manière que je ne pourrais qualifier que de très sorcière.

— Merde ! Mes cheveux !

Cortez les agrippa et les enroula autour de son poing et se pencha pour m'embrasser le cou.

— J'adore tes cheveux.

— Tu ne peux pas en dire autant de mon haleine.

Alors que je m'emparais du dentifrice, il me fit pivoter.

— Aucun souci avec ton haleine.

Comme pour le prouver, il m'embrassa de nouveau, plus profondément cette fois-ci, me soulevant sur le meuble du lavabo et se pressant contre moi. Je glissai les doigts sous sa chemise ouverte pour l'écarter de ses épaules mais il me saisit les mains.

— Cette fois-ci, je crois que c'est moi qui te séduis, dit-il. Ce n'est pas, bien entendu, que je cherche à te décourager de prendre l'initiative à l'avenir. Ni à te dissuader de me déshabiller ou de te déshabiller, surtout de façon aussi adorable qu'hier soir, mais…

— Tu es en train de me séduire ou d'en parler ?

Il sourit.

— Je peux en parler si tu le souhaites. En des termes peut-être plus adaptés à la situation.

— C'est tentant, répondis-je. Très tentant. Si je ne m'inquiétais pas de réveiller Savannah…

— Tu as parfaitement raison. Nous aurons largement le temps de parler plus tard.

Sa bouche trouva la mienne tandis qu'il défaisait ma ceinture. Il glissa les mains sous mon kimono et fit courir ses doigts le long de mes côtes, lentement, puis remonta pour aller empaumer mes seins. Lorsque ses pouces trouvèrent mes tétons, je me cambrai et gémis.

Quelque chose heurta alors la porte assez fort pour nous faire sursauter et je tombai dans ses bras.

— Y a quelqu'un ? demanda Savannah entre deux coups.

Cortez m'interrogea du regard. Je lui fis signe de répondre.

— Moi, répondit-il.

— Vous avez presque fini ?

— Humm, je crains que non, Savannah. Je commence à peine.

— Oh, fait chier, grommela-t-elle.

La porte grinça, suivie par le bruit du tissu frottant contre le mur lorsqu'elle se laissa tomber à terre. On attendit une minute de plus. Non seulement elle ne partit pas, mais ses bruits impatients gagnèrent en fréquence et en volume.

Cortez se pencha à mon oreille.

— Tu es *sûre* de vouloir la garder ?

Je souris, secouai la tête et lui désignai la porte.

— Et toi ? articula-t-il en silence.

Je me laissai glisser à terre, reculai dans le coin situé près des toilettes et jetai un sort de camouflage. Cortez hocha la tête puis ouvrit la porte.

— C'est pas trop tôt ! dit Savannah. Y a pas d'autres toilettes ici, vous savez.

Il la contourna sans un mot et ses pas résonnèrent dans le couloir.

— On est grognon ce matin ? lui cria-t-elle.

Savannah ferma la porte et entreprit de satisfaire un besoin urgent. Lequel, étonnamment, n'avait rien à voir avec les toilettes. Elle commença par se brosser – à l'aide de ma brosse. Puis elle testa un nouveau rouge à lèvres – le mien. Suite à quoi elle farfouilla dans le placard et en tira le shampoing et l'après-shampoing hors de prix que j'y planquais – des produits destinés, préciserai-je, aux cheveux frisés. Enfin, elle prit mon parfum et en aspergea toute la pièce comme si c'était du désodorisant. Je dus me mordre les lèvres pour ravaler un cri aigu.

Ensuite, la douche. Tandis que Savannah commençait à se déshabiller, je détournai le regard le plus loin possible sur la droite. Au bout de quelques minutes dans cette position, mes yeux commencèrent à larmoyer. Quand je fus contrainte de regarder de nouveau devant moi, elle se tenait face au miroir, simplement plantée devant, et s'y scrutait en fronçant les sourcils. Je détournai de nouveau le regard.

— Alors, je suis une femme maintenant, marmonna-t-elle à son reflet. Dépêche-toi de faire quelque chose. (Elle ricana.) Non mais quelle arnaque.

Sur ce, elle se dirigea vers la douche à pas lourds. Quand l'eau se mit à couler, je me dégageai de ma cachette et fonçai vers la porte, m'arrêtai, reculai, me fis un bain de bouche rapide et sortis.

Après m'être habillée, je rejoignis la cuisine et y trouvai Cortez occupé à inspecter le contenu du frigo. Il leva les yeux quand j'entrai, chercha Savannah derrière moi puis m'attira pour m'embrasser.

— Le dernier de la journée, je présume, dit-il avant de renifler. Tu sens bon.

— Je ne l'ai pas fait exprès, marmonnai-je. Ma mère me disait toujours de ne jamais me servir d'un sort de camouflage pour espionner quelqu'un, faute de quoi on risquait de voir des choses pas souhaitables. Eh bien, je viens de comprendre pourquoi mon shampoing et mon parfum disparaissaient si vite. Et maintenant, je comprends pourquoi mes amies se plaignaient toujours que leurs frères et sœurs leur piquaient leurs affaires. (Je saisis la porte du frigo.) Tu avais ces problèmes-là quand tu étais gamin ?

— Non, répondit-il tandis que j'inspectais le frigo presque vide. J'ai grandi seul, comme toi.

J'hésitai, perplexe. Je savais qu'il avait trois frères aînés – ah, mais oui. Je me rappelais ce qu'avait dit Leah au sujet de sa famille, comme quoi il était… Les mots m'échappaient. Oh, j'en connaissais quelques-uns : illégitime, conçu hors des liens du mariage, sans compter le mot commençant par un « b », que je me refusais à utiliser bien que Cortez l'emploie lui-même. Tout ça paraissait si négatif, si archaïque. Peut-être les termes l'étaient-ils parce qu'une telle appellation n'était pas nécessaire en premier lieu. Quand un enfant est conçu dans le cadre d'une aventure extraconjugale, c'est aux parents qu'il faudrait appliquer des jugements douteux, pas à l'enfant. Au XXIe siècle, on devrait être assez avancés pour le comprendre. Mais à en juger par la façon dont Leah avait soulevé le sujet, par la désinvolture avec laquelle elle avait lancé cette pique, je comprenais que le reste de la Cabale ne laisserait pas Cortez oublier ces choses-là.

— Il n'y a pas grand-chose là-dedans, dit-il en regardant par-dessus mon épaule. Si les œufs sont toujours bons, je peux faire une omelette. Oui, je sais, j'en ai fait une hier, mais mon répertoire est excessivement limité. C'est soit ça, soit un œuf à la coque, même s'il m'est déjà arrivé de les cuire au point de les transformer en balles de golf.

— Tu en as déjà assez fait comme ça. Je m'occupe du petit déj. Œufs, crêpes ou pain perdu ? (Je jetai un coup d'œil au pain dont les bords prenaient une jolie teinte pervenche.) Oublions le pain perdu.

— Ce qui sera le plus facile.

— Des crêpes, dit Savannah en entrant dans la cuisine.

— Alors mets la table et je cuisine.

SUFFRAGE

Lorsque le petit déjeuner – ou devrais-je parler de brunch ? – prit fin, il était midi passé. Cortez voulut absolument débarrasser et insista également pour que Savannah lui donne un coup de main. Je pris ma tasse de café et je me dirigeais vers le salon quand le téléphone sonna. Cortez consulta l'écran.

— Victoria Alden. On laisse déclencher le répondeur ?

— Non, je prends l'appel. Après les quelques jours qu'on vient de passer, Victoria est un problème gérable… Bonjour, Victoria, dis-je en décrochant.

Silence.

— Présentation du numéro, vous savez ? Belle invention.

— Tu m'as l'air bien joyeuse ce matin, Paige.

— En effet. La foule a disparu. Les médias ont cessé d'appeler. Les choses ont l'air de s'arranger.

— Donc, voler la voiture de Margaret et se faire poursuivre par la police à travers un cimetière hier soir, c'est ce que tu appelles une amélioration de ta situation ?

— Oh, ça, ce n'était rien. On a fait très attention, Victoria. La police ne saura pas que c'était moi. Elle n'a même pas appelé.

— Je voulais te parler de l'avenir d'un membre de notre Convent.

Je marquai une pause puis grimaçai, toute euphorie disparue.

— Oh ! mon Dieu. C'est Kylie, hein ? Elle a décidé de ne pas rester chez nous. Écoutez, je lui ai déjà parlé et je le referai quand tout ça sera terminé.

— Il ne s'agit pas de Kylie. Il s'agit de toi.

— De moi ?

— Quand nous avons appris ce matin ta dernière escapade, nous avons convoqué une réunion d'urgence. Tu es bannie du Convent, Paige.

— Que… Vous…

Les mots restèrent coincés dans ma gorge.

— Le vote était de huit voix contre trois, avec deux abstentions. Le Convent a pris sa décision.

— N… non. Huit contre trois ? C'est impossible. C'est un coup monté. Vous avez dû…

— Appelle Abigail si tu le souhaites. Je suis sûre qu'elle fait partie des trois qui ont voté pour que tu restes. Elle te dira que le dépouillement a été public et équitable. Tu connais les règles du bannissement, Paige. Tu as trente jours pour quitter East Falls, et il t'est interdit de prendre quoi que ce soit qui ait appartenu à ta mère…

— Non ! m'écriai-je. Non !

Je raccrochai violemment. Sans me retourner, je sentis la présence de Cortez derrière moi.

— On m'a bannie, chuchotai-je. Elles ont voté pour me virer du Convent.

S'il répondit, je ne l'entendis pas. Le sang cognait à mes oreilles. Je parvins je ne sais comment à parcourir en titubant les trois pas me séparant du fauteuil inclinable et à m'y laisser tomber. Cortez s'assit sur l'accoudoir, mais je me détournai de lui. Personne ne pouvait comprendre ce que ça représentait pour moi et je ne voulais pas que qui que ce soit essaie. Lorsqu'il se pencha vers moi, ses lèvres remuèrent et j'attendis l'inévitable : « Je suis désolé. »

Mais il dit :

— Elles se trompent.

Je levai les yeux vers lui. Il se pencha pour écarter les cheveux de mon visage et me caresser la joue d'un même mouvement.

— Elles se trompent, Paige.

J'enfouis le visage contre son flanc et me mis à sangloter.

Je savais que l'on ne pouvait plus rien faire pour aider les Aînées, ni les autres sorcières les plus âgées. Elles étaient installées dans leurs façons de faire et leurs croyances, et je ne pouvais pas y changer grand-chose. Je n'allais pas perdre mon temps à essayer. Je préférais me concentrer sur la jeune génération, les sorcières comme Kylie, qui partait pour l'université cet automne et envisageait sérieusement de quitter le Convent.

Sauver la jeune génération et laisser décliner l'ancienne. À partir de là, je pourrais réformer le Convent, en faire un endroit où les sorcières chercheraient refuge au lieu de le fuir. Lorsqu'il aurait regagné force et vitalité, on pourrait attirer d'autres sorcières, leur offrir formation et camaraderie ainsi qu'une alternative puissante pour celles, comme Eve, qui ne voyaient le pouvoir que dans la magie noire. J'allais rendre le Convent plus flexible, plus adaptable, plus attrayant, plus à même de répondre aux besoins de toutes les sorcières. Un projet ambitieux, sans aucun doute, et que je ne parviendrais peut-être pas à concrétiser de mon vivant. Mais je pouvais l'initier. Je pouvais essayer.

Plus qu'une vision, c'était l'incarnation de tous les espoirs que j'avais conçus depuis que j'étais en âge d'en avoir. Je ne pouvais pas m'imaginer quitter le Convent, j'étais littéralement incapable de me le représenter. À aucun moment de ma vie je ne m'étais demandé à quoi ressemblerait la vie hors du Convent. Je n'avais jamais rêvé de vivre ailleurs que dans le Massachusetts. Ni de tomber amoureuse et de me marier. Ni même d'avoir d'enfants. Le Convent était mon rêve et je n'avais jamais envisagé que quoi que ce soit empiéterait sur cette mission.

Qu'allais-je donc faire à présent ? Me rouler en boule et pleurer ? Laisser les Aînées me mettre à la porte ? Jamais de la vie. Quand la douleur initiale liée au bannissement s'estompa, je pris du recul pour estimer la situation de manière plus logique. Donc, les membres du Convent m'avaient chassée. Elles étaient effrayées et réagissaient à une peur ancestrale que Victoria et ses acolytes avaient instillée en elle. Terrifiées par l'idée qu'on dévoile notre existence, elles avaient choisi la solution la plus simple – se débarrasser de la cause de cette menace. La population d'East Falls en avait fait de même avec la pétition. Toutefois, une fois le danger écarté, les unes comme les autres m'accueilleraient de nouveau. Enfin, « accueillir » était peut-être optimiste mais on m'autoriserait à rester, dans la ville aussi bien qu'au Convent. Avec une bonne dose de volonté et de détermination, on peut tout réparer.

— Où… où est Savannah ? demandai-je en m'essuyant les yeux.

— Dans la cuisine. Je crois qu'elle prépare du thé.

Je me redressai.

— On dirait que tout le monde fait ça, en ce moment – s'occuper de Paige.

— Pas vraiment. Tu…

— J'apprécie l'attention, mais ça va, dis-je en lui serrant la main tandis que je me levais. Nous avons à faire aujourd'hui. Pour commencer, je dois passer en revue la cérémonie avec Savannah. Je sais qu'il nous reste une semaine mais je veux m'assurer qu'elle se souvienne de tout et que nous ayons tous les ingrédients.

Il hocha la tête.

— Bonne idée. Pendant ce temps, si ça ne te dérange pas, je vais mettre mes habits de rechange à la lessive.

— Ah oui, c'est vrai, tu n'as que deux tenues. Tiens, donne-moi tes vêtements sales…

— J'y vais moi-même, Paige. Occupe-toi de Savannah.

— Plus tard, il faudra qu'on passe chercher tes sacoches au motel et qu'on les apporte ici. (Je marquai une pause.) Enfin, si on reste ici. Il faut qu'on parle de ça aussi.

Il hocha la tête et je me dirigeai vers la porte de la cuisine. Savannah leva la tête du thé qu'elle était en train de doser.

— Laisse tomber, ma puce, lui dis-je. C'est gentil de penser à moi mais je vais bien. Et si on passait en revue la cérémonie de ta mère pour nous assurer que j'aie bien tout compris ?

— OK.

— Je vais chercher mes affaires et on descend.

Savannah me suivit dans ma chambre. Alors que je tirais mon sac à dos de sa cachette, la fenêtre se brisa derrière moi.

Savannah hurla et je pivotai tandis qu'une pierre de la taille d'un ballon de foot heurtait le mur du fond. Elle retomba sur le tapis en laissant une piste rouge. Croyant que c'était du sang, je me retournai pour faire face à Savannah mais elle se précipitait vers la fenêtre, indemne.

— Dégage de là ! hurlai-je.

— Je veux voir qui…

— Non !

Je la saisis par le bras et la tirai en arrière. Quand je me retournai vers la pièce, je vis un mot tracé à la peinture rouge sur la pierre : BRÛLE.

Je tirai Savannah hors de la chambre tandis que Cortez débarquait de la cuisine en courant.

— J'étais au sous-sol, dit-il. Qu'est-ce qui s'est passé ?

Je m'emparai du téléphone et composai le 911 tandis que Savannah lui racontait l'incident. L'expression de Cortez se durcit et il se dirigea vers la fenêtre de la cuisine pour regarder derrière la maison. Tandis que j'expliquais à l'opérateur ce qui s'était produit, il me prit le téléphone.

— Envoyez-nous les pompiers tout de suite, ordonna-t-il. La police et les pompiers. Immédiatement.

Tandis qu'il donnait mon adresse, je courus vers la fenêtre. Ma remise était enveloppée de flammes, nourries par l'essence de la tondeuse à gazon et Dieu sait quels autres liquides inflammables.

Soudain, la remise explosa. La déflagration résonna dans toute la maison. Au son de l'explosion suivante, je crus que c'était toujours la remise – jusqu'à ce que des éclats de verre m'atteignent au visage et que quelque chose me heurte l'épaule.

Cortez hurla et plongea vers moi, m'agrippant par le dos de mon chemisier et tirant si fort que je volai en arrière. Lorsqu'il m'entraîna hors de la cuisine, je vis ce que j'avais reçu : une bouteille contenant un bout de tissu enflammé. J'avais à peine quitté la pièce quand le contenu de la bouteille, quel qu'il soit, prit feu. Une boule de feu se déploya, remplissant ma cuisine de flammes et de fumée.

— Savannah, descends ! s'écria Cortez. Rampe jusqu'à la porte !

Derrière la maison, j'entendis une autre fenêtre se briser. Mon bureau ! Oh mon Dieu, tout mon travail y était entreposé. Tandis que je me dégageais de la poigne de Cortez, je me rappelai quelle autre pièce se trouvait à l'arrière de la maison et quel contenu encore plus précieux elle renfermait.

— Ma chambre ! Les ingrédients pour la cérémonie et les grimoires.

Cortez tenta de me retenir mais je plongeai hors d'atteinte. Des sirènes et des cris retentirent, presque noyés par le crépitement du feu. À deux pas de ma chambre, un nuage de fumée m'atteignit. Je reculai, prise de haut-le-cœur. Par réflexe, j'inspirai plus profondément, remplissant mes poumons de fumée. Après une fraction de seconde de panique quasi animale, je retrouvai mes esprits, me laissai tomber à quatre pattes et rampai vers ma chambre.

Mon lit ressemblait à un démon de feu, masse de flammes dotée de quatre pattes qui dévorait tout ce qui se trouvait à sa portée. Une rafale de vent s'engouffrait par la fenêtre, me soufflant au visage une fumée aveuglante. Je continuai à avancer, me déplaçant de mémoire, doigts tendus. Je trouvai d'abord le sac à dos et en enroulai les courroies autour d'une main tandis que l'autre continuait à chercher. Quand je touchai le bord de la trappe, je m'arrêtai et commençai à en inspecter les contours à tâtons. Mes doigts atteignirent le métal brûlant du fermoir et je reculai vivement en direction du tapis en flammes.

L'espace d'un instant, c'en fut trop. Ma vieille peur du feu vint à bout de ma raison, remplissant mon cerveau de l'odeur, du bruit, du goût et de la sensation des flammes. Je me figeai, incapable de bouger, persuadée que j'allais mourir là, condamnée à périr en sorcière. L'horreur de cette pensée – l'idée même de me recroqueviller et de céder à la peur – me rendit mes esprits.

Ignorant la douleur, je soulevai le fermoir et ouvris la trappe. L'instant d'après, je m'emparais du deuxième sac à dos. Je saisis les bretelles, le tirai hors du cagibi et entrepris de ramper en marche arrière, comme un crabe, en direction de la porte. J'avais à peine progressé de soixante centimètres quand Cortez me saisit par la cheville et me tira dehors.

— Par là, dit-il en me poussant en avant. Vers la porte. Ne te lève pas. Merde !

Il me saisit à bras-le-corps et me plaqua au sol alors même que je sentais les flammes me lécher les mollets. Tandis qu'il les éteignait dans mon dos, je me tortillai pour voir que l'ourlet de ma jupe avait pris feu lui aussi. Je donnai un coup de pied contre le mur mais ce mouvement brusque ne fit que l'attiser. Cortez m'arrêta, recula et éteignit le feu à grands coups de paumes. Puis il m'arracha les deux sacs.

— Je les tiens, dit-il. Ne regarde pas en arrière. Continue simplement à reculer.

Je me mis en marche. L'arrière de la maison flambait. Des langues de feu gagnaient l'avant de la maison et je vis les rideaux s'enflammer quand je passai devant le salon. Respirant par la bouche, je poursuivis, m'obligeant à ramper à travers les petites poches de feu que je trouvais sur mon chemin. Dans le vestibule de devant, je m'arrêtai pour chercher Cortez par-dessus mon épaule. Il me fit signe d'avancer. Je rampai vers la porte de derrière ouverte et m'effondrai dehors.

Un homme en uniforme me saisit et me plaqua un bout de tissu sur le nez et la bouche. J'inspirai quelque chose de froid et de métallique. J'attrapai le bras de l'homme pour lui faire signe que je pouvais respirer sans aide médicale. Au-dessus de moi, son visage devint tout flou. Je me tortillai pour chercher Cortez derrière moi. Je vis la porte ouverte et l'entrée vide. Puis mes membres cédèrent et tout devint noir.

À PRENDRE OU À LAISSER

Je me réveillai avec une migraine qui me donnait l'impression qu'on me plantait un burin entre les yeux. Quand je levai la tête, la bile me remonta dans la gorge et je me penchai sur le côté, prise de haut-le-cœur. Chaque fois que je tentais de me lever, la nausée me forçait à me rallonger. Je finis par renoncer et m'effondrai.

Où étais-je ? Quand j'ouvris les yeux, je ne vis que l'obscurité. Mon dernier souvenir, c'était de m'être endormie avec Cortez à mes côtés. De fugaces visions de cauchemar illuminaient la pénombre. Un goût de fumée me fit de nouveau vomir. Ce faisant, mes doigts agrippèrent les draps et je passai le pouce le long du tissu. Ce n'étaient pas mes draps.

— Cortez ? demandai-je en me déplaçant sur le côté. Lucas ?

Tandis que je plissais les yeux pour scruter la pénombre, ils accommodèrent assez pour me permettre de distinguer des formes. Un lit jumeau sur ma gauche. Un meuble de chevet près de moi. Je voulus allumer la lumière et tendis la main vers l'interrupteur, mais rien ne se produisit. Mes doigts se glissèrent jusqu'à l'ampoule et trouvèrent une douille vide. Je me redressai d'un bond, et mon estomac se souleva sous l'effet de ce brusque mouvement.

De l'autre côté de la pièce, Savannah marmonna dans son sommeil.

— Savannah ?

Elle émit un bruit et remua à moitié.

La porte s'ouvrit. Une femme apparut dans l'embrasure, éclairée par la lumière du couloir. Je clignai deux fois des yeux mais ils refusèrent de faire le point.

— Enfin ! On pensait que vous alliez dormir toute la journée, les filles.

Quand j'entendis cette voix, mon cœur s'arrêta. *Leah.* Je me levai brusquement et tentai de localiser Savannah. Mes jambes cédèrent sous moi et je tombai sur la moquette.

— Restez au lit, me dit une voix d'homme. Vous n'êtes pas encore prête à marcher.

Je tentai de me relever, sans succès. Leah et son partenaire se tenaient devant la porte mais aucun ne fit mine de m'aider. Une série de bips en staccato remplit le silence, puis l'homme murmura quelque chose.

— Un téléphone portable ? commenta Leah quand il eut passé son appel. Mais enfin, Friesen, il est dans la pièce d'à côté !

— Procédure de communication standard. M. Nast veut les voir immédiatement.

L'homme avança à la lumière et je le reconnus comme l'« infirmier » qui m'avait aidée à sortir de la maison en feu. La trentaine, cheveux blonds coupés en brosse, avec une carrure imposante de joueur de foot américain et le visage déformé d'un boxeur.

Qui était Nast ? J'aurais dû le savoir mais mon cerveau n'acceptait pas plus que mes yeux de faire le point. Je répétai mentalement ce nom et mon estomac se serra à chaque itération. Nast était… dangereux. C'était quelqu'un que je n'aimerais pas rencontrer. Mes tripes me le disaient. Mais…

— J'ai mal à la gorge, geignit Savannah.

— On t'apporte une boisson fraîche dans un instant, ma grande, répondit Leah. Reste allongée et détends-toi.

Savannah. Nast. Le déclic se produisit. Le père de Savannah. Kristof Nast. Oh mon Dieu.

— Sa… Savannah ? articulai-je péniblement tout en m'efforçant de me lever. J'ai… des choses à te dire, ma puce.

— Ne parlez pas, dit Friesen. M. Nast voudra qu'elle économise son énergie.

J'atteignis le lit de Savannah et m'assis au bord. Je dus avaler plusieurs fois ma salive avant que ma gorge accepte de s'ouvrir.

— Nast est… (Je m'interrompis, comprenant que je ne pouvais pas tout lui balancer comme ça. Il fallait qu'elle en sache un peu plus.) Kristof Nast. C'est un mage. Il est le chef… Non, le fils du chef de la Cabale Nast.

Elle cligna des yeux.

— Comme Lucas ?

— Non, pas comme Lucas.

En mentionnant le nom de Cortez, je me rappelai la dernière fois que je l'avais vu, en train de ramper derrière moi dans la maison en flammes. Je ne l'avais pas vu sortir. Avaient-ils… ? Oh mon Dieu. J'avalai ma salive et m'efforçai de ne pas y penser.

— La Cabale Nast…

— Ça suffit, m'interrompit Leah. Si vous ne lui avez encore rien dit, on devrait lui laisser la surprise. Tu aimes les surprises, Savannah ?

Celle-ci la fusilla du regard.

— Ne me parlez pas.

— Savannah, il y a autre chose…, commençai-je.

— Non, dit Leah qui me saisit par les épaules et me propulsa au bas du lit. Ça va être une surprise. Fais-moi confiance, ma grande, tu vas adorer. Tu as touché le jackpot sur le plan génétique.

Avant que je puisse m'y opposer, Friesen souleva Savannah, ignorant ses protestations, et l'emporta hors de la chambre. Leah les suivit. Je restai plantée là à fixer la porte entrebâillée, à attendre qu'elle se referme. L'instant d'après, Leah passa la tête par l'ouverture.

— Ces drogues vous rendent débile ou quoi ? Venez.

Je me contentai de la regarder.

— Je leur avais bien dit qu'ils vous donnaient une dose trop forte, dit-elle. Qu'est-ce que vous attendez ? Qu'on vous enchaîne ? Vous n'êtes pas prisonnière ici. Nast voulait parler à Savannah et c'est le seul moyen qu'il ait trouvé d'y arriver.

— Alors… je peux partir ? Je suis libre de m'en aller ?

— Oh oui, bien sûr, répondit-elle avec un rictus. Si ça ne vous dérange pas de partir sans Savannah.

Elle disparut. Je la suivis.

Nast se trouvait peut-être « dans la pièce d'à côté » selon Leah, mais il avait dû décider de tenir cette réunion ailleurs, car on descendit vers le salon en suivant un chemin tortueux.

Pendant le trajet, mes idées s'éclaircirent. Ma tête et ma gorge me donnaient toujours l'impression d'être remplies de coton, mais au moins pouvais-je réfléchir et observer mon environnement. Nous nous trouvions dans une maison – une ferme, à en juger par la vue qu'offraient les fenêtres. Celles-ci n'étaient pas barrées, et on en avait calé certaines pour les tenir ouvertes. On passa devant une porte d'entrée puis une porte latérale, et ni Leah ni son partenaire ne jetèrent ne serait-ce qu'un coup d'œil en arrière pour voir si j'allais tenter de m'enfuir. Ce n'était pas nécessaire. Je n'irais nulle part tant qu'ils détiendraient Savannah.

Tout espoir que j'avais pu nourrir de parler de Nast à Savannah s'évanouit dès qu'on entra dans le salon. Sandford se tenait à côté de la cheminée. Près de lui était assis un homme de haute taille avec des cheveux blonds clairsemés et de larges épaules. À notre entrée, il se retourna et je me retrouvai en train de scruter l'exacte réplique des grands yeux bleus de Savannah. Mon cœur se serra. Je compris alors que Kristof Nast était bel et bien son père.

—Savannah, dit Nast en souriant. Tu ne sais pas depuis combien de temps j'attends ce moment.

—Dites à ce mec de me lâcher ! (Elle se tortilla pour tenter de se dégager.) Reposez-moi. *Tout de suite !*

Nast fit signe à Friesen de la reposer à terre.

—Mes excuses, princesse. (Il gloussa et jeta un coup d'œil à Sandford.) Vous doutez encore qu'elle soit à moi ?

—Je ne suis pas à vous, dit Savannah en remettant son tee-shirt en place. Ni à vous, ni à elle… (elle tendit le doigt vers Leah)… ni à personne. Maintenant, vous me ramenez chez moi ou va y avoir du grabuge.

—Savannah, ma puce, lui dis-je, je dois t'apprendre quelque chose. Tu te rappelles que j'allais te parler de Kristof Nast…

—C'est lui ? (Elle l'inspecta rapidement puis ricana.) C'est le fils du P.-D.G. ? Il a quoi, cinquante ans ? Le temps qu'il prenne le pouvoir, il aura l'âge de la retraite.

— J'en ai quarante-sept, en réalité, répondit Nast avec un sourire indulgent. Mais je vois ce que tu veux dire. Ça vaut mieux pour toi dans ce cas, non ?

— Quoi donc ?

— Que je sois si âgé. Tu hériteras plus vite.

— Pourquoi ça ? Vous êtes quoi, le mage ? L'avocat de ma mère ?

Nast me regarda.

— Vous ne lui avez rien dit ?

— Savannah, commençai-je, c'est…

— Je suis ton père, reprit Nast.

Il sourit et tendit les bras vers Savannah. Elle bondit en arrière, levant les bras pour le repousser. Son regard passa de moi à Nast puis de nouveau à moi.

— C'est pas drôle, dit-elle.

— Savannah, je…, commençai-je.

— Personne ne plaisante, Savannah, dit Nast. Je sais que ça doit te faire un choc, mais tu es ma fille. Ta mère…

— Non, répondit-elle calmement avant de se tourner vers moi. Tu me l'aurais dit, hein ?

— Je… (Je fis signe que non.) Désolée, ma puce. On n'en est pas sûrs. M. Nast affirme être ton père. Je n'arrivais pas à le croire. Je voulais avoir des preuves avant de t'en parler.

Nast posa la main sur le bras de Savannah. Quand elle le repoussa, il se pencha pour se mettre à son niveau.

— Je sais que tu es en colère, princesse. Ce n'était pas comme ça que j'avais prévu les choses. Je pensais que tu savais.

— Je… Je ne vous crois pas.

— Tu n'es pas obligée. Maintenant qu'on a évacué les tribunaux humains, on va pouvoir régler ça par une simple analyse sanguine. J'ai tout arrangé pour que nos médecins fassent le test dès notre arrivée en Californie.

— En Californie ? répéta Savannah. Je ne peux pas… Je ne vais… Je ne veux pas y aller. Je ne veux pas.

— Pardonne-moi, je mets la charrue avant les bœufs. Je ne t'emmènerai nulle part contre ton gré, Savannah. Ce n'est pas un enlèvement. Désolé si j'ai dû recourir à des mesures aussi théâtrales pour te faire venir ici, mais je craignais que ce soit le seul moyen pour que Paige me laisse plaider ma cause.

— Votre cause ?

— Pour ta garde.

Elle nous regarda tour à tour, lui et moi.

— On va au tribunal ?

Il éclata de rire.

— Non, Dieu merci. J'ai décidé de nous épargner les horreurs du système juridique. Aucun juge humain ne peut décider de ce qu'est ta place, Savannah. Personne ne peut le faire pour toi. C'est ta vie et c'est toi qui dois prendre cette décision.

— Parfait. Alors je reste avec Paige.

— Tu ne me laisses pas me défendre ? Paige a eu près d'un an pour faire ses preuves, tu peux bien m'accorder une demi-heure pour essayer à mon tour. C'est tout ce que je demande, princesse – une demi-heure pour t'expliquer pourquoi tu ferais mieux de rester avec moi.

— Et si je ne veux pas ?

— Alors tu seras libre de retourner à East Falls avec Paige.

— N'importe quoi, dis-je.

Nast leva les yeux, surpris, comme si les murs venaient de parler. Quand il se retourna vers moi, son regard se concentra sur un point au-dessus de ma tête, comme s'il ne voulait, littéralement, pas s'abaisser à me regarder.

— Vous doutez de ma parole, Paige ? demanda-t-il d'une voix vidée de tout humour et de toute indulgence. Je suis un Nast. Ma parole est inviolable.

Je sentis sur moi le poids du regard de Savannah. Je compris alors ce que je devais faire : la boucler. Nast avait raison, c'était à elle de choisir. Convent ou Cabale. Magie blanche ou noire. Si j'influais sur sa décision, je sentirais toujours la force contraire tirer de l'autre côté. Qu'elle écoute donc ce que lui proposait Nast et elle verrait qu'Eve avait pris la bonne décision en l'envoyant au Convent. Je doutais que Nast la laisse partir si facilement mais je franchirais cet obstacle-là le moment venu. Si je l'emmenais hors d'ici de force et contre son gré, je la perdrais à jamais.

Avant de commencer à plaider sa cause, Nast insista pour nous nourrir. Il commanda une pizza. Il la fit même apporter par un livreur, soulignant encore davantage que nous n'étions pas retenues prisonnières dans un endroit top secret.

Leah et Friesen partageaient notre repas, mais Nast regardait cette pizza comme s'il croyait que les champignons allaient se mettre à ramper. Il nous assura, comme si on s'en souciait, qu'il déjeunerait plus tard lors d'un repas d'affaires à Boston.

Alors nous étions toujours dans le Massachusetts ? Lorsque cette pensée me traversa, je compris qu'il avait parlé de déjeuner, pas de dîner ou de souper. Je compris alors, bouleversée, que nous avions dormi tout le mercredi ;

nous étions donc parties depuis plus de vingt-quatre heures. De nouveau, je pensai à Cortez, mais je savais qu'il ne servait à rien de poser la question ; ils ne nous diraient que ce que nous voulions entendre.

— On peut commencer ? demanda Savannah. La pizza est géniale mais j'aimerais bien qu'on en finisse.

Nast hocha la tête.

— D'abord, je tiens à te dire que ta mère était une femme remarquable et que je l'aimais beaucoup. Simplement... ça n'a pas marché. Après ta naissance, elle m'a demandé de garder mes distances et je m'y suis plié, mais j'ai toujours eu l'intention de faire un jour partie de ta vie. Avec la mort de ta mère, c'est arrivé plus tôt que je ne m'y attendais.

— Comment ça se fait qu'elle ne m'a jamais parlé de vous ?

— Je l'ignore, Savannah.

— Bon, alors allez-y, plaidez votre cause que je puisse rentrer chez moi.

Nast se laissa aller sur son siège sans faire un seul pli à son costume.

— Eh bien, je ne sais pas vraiment par où commencer. Tu comprends comment sont organisées les Cabales ?

— Plus ou moins.

Nast lui fit un rapide résumé en se concentrant sur l'importance de la famille de mages dirigeante.

— Comme tu es ma fille, tu occuperais une place importante dans cette famille, avec tous les droits et les privilèges que ça suppose.

— Puis-je poser une question ? demandai-je.

— Je ne crois pas...

— C'est une question raisonnable. Je ne suis pas en train de vous défier ou de contester quoi que ce soit. Je veux simplement clarifier un point de détail. Si j'ai bien compris, les mages, en règle générale, n'ont que des fils, ce qui signifie que Savannah serait la seule fille – ou la seule femme – de la famille. Quel impact est-ce que ça aurait sur sa position ?

—Aucun. (Après une pause, Nast reprit :) Laissez-moi m'expliquer. Je veux me montrer le plus honnête possible avec toi, Savannah. Au sein de notre Cabale, le pouvoir de la famille Nast est absolu. Si nous demandons que tu sois acceptée, alors tu le seras. Maintenant, en ce qui concerne les questions de succession, il y aurait sans doute quelques conflits pour décider si tu peux ou non hériter de la direction. Cela dit, c'est un point discutable. J'ai deux fils tout à fait compétents et l'aîné a déjà été désigné comme mon héritier.

—Alors j'obtiens quoi ? demanda-t-elle.

—Tout le reste, dit-il en se penchant vers elle. Je suis un homme très riche et très puissant, Savannah. Je peux te donner tout ce que tu as toujours voulu. Je suis sûr que Paige a fait de son mieux, mais elle ne peut pas t'offrir les mêmes avantages que moi. Plus que d'argent, Savannah, je te parle d'occasions – l'accès aux meilleurs professeurs, aux meilleurs livres de sorts, aux meilleurs outils.

—Ouais, c'est ça – en échange de mon âme. Je ne suis pas une pauvre gamine demeurée, le mage. Je sais pourquoi vous m'avez fait venir ici. À cause de la cérémonie.

Mon cœur me remonta dans la gorge et je lui fis signe de se taire.

—Ne vous en faites pas, Paige. Nous sommes au courant des premières règles de Savannah depuis hier matin.

—Avant que vous nous ayez enlevées ? répondis-je. Qui vous l'a dit ?

— Nous pourrons en parler plus tard. L'important, c'est…

— L'important, le coupa Savannah, c'est que vous m'ayez enlevée pour pouvoir modifier la cérémonie et faire de moi l'esclave d'une Cabale.

— L'esclave d'une Cabale ? répéta Nast avant d'éclater de rire. C'est ce que t'a raconté Paige ?

— C'était pas elle.

— Alors Lucas, sans doute. Eh bien, malgré tout le respect que j'éprouve pour les Cortez, je dois dire que Lucas Cortez est un jeune homme quelque peu désorienté. Il a connu quelques… expériences malheureuses au sein des Cabales et en a conçu des opinions extravagantes. Quant à la cérémonie…

— Attendez, dit Savannah. Je veux d'abord savoir comment va Lucas. Il va bien ?

— Il va très bien, Savannah. Maintenant…

— Qu'est-ce qui lui est arrivé ?

— Ce n'est pas…

— Je veux le savoir.

— Nous avons retardé sa sortie de la maison, mais pas excessivement. La dernière fois que nous l'avons vu, il se trouvait entre les mains des infirmiers. Il avait perdu connaissance après avoir inhalé de la fumée, mais autrement il était indemne.

Tandis qu'il parlait, Savannah jaugeait ma réaction d'un air inquiet. Gabriel Sandford l'observait avec intérêt.

— Alors vous ne lui avez pas fait de mal ? insista-t-elle.

— Faire du mal à Lucas Cortez occasionnerait un incident diplomatique de proportions épiques. Le tuer provoquerait une vendetta comme les Cabales n'en ont pas connu depuis plus d'un siècle. Les fils des Cabales possèdent l'immunité absolue. C'est ce que je t'offre, Savannah. Tu n'auras plus jamais besoin de te cacher.

Il marqua une pause, s'assurant qu'il avait son attention pleine et entière. Et il l'avait.

— Au sujet de la cérémonie, poursuivit-il. Oui, il existe une version qui rend les sorcières davantage employables par les Cabales, même si c'est très loin de l'esclavage. Mais tu ne passeras pas par celle-là. Il y a plusieurs autres cérémonies parmi lesquelles tu peux choisir…

— Je veux celle que Paige préparait. Celle que voulait ma mère.

— Adjugé.

Elle cligna des yeux, puis se reprit et se redressa.

— Et je veux que ce soit Paige qui le fasse. Personne d'autre.

— Adjugé. (Nast se leva et traversa la pièce pour aller s'asseoir auprès d'elle.) Je suis ton père, Savannah. Je veux ce qu'il y a de mieux pour toi et je me fie au jugement de ta mère en matière de sorcellerie. Si tu souhaites qu'une sorcière plus expérimentée pratique la cérémonie, je m'arrangerai pour que ce soit le cas. Mais si tu veux que ce soit Paige, ça me va très bien. Elle peut rester avec toi jusqu'à mercredi prochain et elle pratiquera la cérémonie que ta mère a choisie pour toi.

— Et ensuite, qu'est-ce qui lui arrivera ? Après la cérémonie ?

— Elle sera libre de partir.

Savannah me lança un coup d'œil en biais.

— Et si je ne veux pas qu'elle parte ?

Nast hésita.

— Je suis sûr que Paige a ses propres responsabilités au sein du Convent…

— Elles l'ont virée. Elles sont toutes aussi nulles et aussi débiles les unes que les autres. Et puis Paige est trop bien pour elles. Si je reste, elle aussi. Elle pourra me servir de prof.

— Sans vouloir offenser Paige, nous avons des professeurs de sorcellerie bien supérieurs.

— Alors elle sera ma dame de compagnie ou ma nourrice ou un truc comme ça. C'est bien ce qu'ont les gosses de riches, non ? Des serviteurs ? Moi, je veux Paige. Elle reste avec moi et elle apprend la même chose que moi.

— Je ne crois pas…

— C'est tout ou rien, dit Savannah. À prendre ou à laisser.

Il choisit de prendre.

La sorcière de M. Nast

— Je ne le pensais pas, dit Savannah lorsqu'on eut regagné notre chambre, où la lumière fonctionnait à présent. Cette histoire de serviteur. Je disais ça comme ça.

Je l'entendais à peine. Je ne me rappelais pas le trajet jusqu'à la chambre, ni qui nous y avait conduites ou ce que cette personne avait pu dire. Je n'entendais que la voix de Savannah acceptant la proposition de Nast.

— T'es fâchée contre moi, c'est ça ?

— Non, je ne suis pas fâchée. Juste… un peu déboussolée. Ça fait beaucoup de choses à absorber. Je suis désolée de ne pas t'avoir dit plus tôt qu'il affirmait être ton père.

— Tout est allé très vite. Tu voulais d'abord des preuves. Je crois que je comprends.

En réalité, je m'étais tue par peur qu'il se produise ce qui était justement en train d'arriver, que Nast débarque l'air de rien pour lui offrir le monde entier. En omettant de le lui dire, j'avais perdu toute chance de la mettre en garde. Tout ce que je lui dirais à partir de maintenant ferait l'effet de mensonges malvenus, inventés dans un moment d'humeur pour l'attirer de mon côté. Alors même qu'elle bondissait dans toute la pièce en jacassant, je la sentais m'échapper. Comme l'avait souligné Nast, j'avais eu près d'un an pour faire mes preuves. Pourquoi ne m'en étais-je pas mieux sortie ? Elle avait qualifié le Convent de « nul et débile ». Voilà l'alternative que je lui avais montrée – un monde où les sorcières étaient nulles et débiles.

Je savais que j'aurais mieux fait de me taire, de la laisser constater les choses par elle-même, mais je devais faire appel à toute ma maîtrise pour ne pas la secouer en criant : « Mais qu'est-ce que tu es en train de faire ?! » Au lieu de quoi je m'installai sur le lit avant de déclarer :

— Je suis contente que tu veuilles de ma présence, Savannah, mais tu sais que je ne peux pas faire ça. Je suis la chef du Convent. Je ne peux pas partir comme ça…

— Mais elles t'ont foutue à la porte !

— Oui, elles sont en colère, mais…

— T'as dit que tu resterais avec moi. T'as promis.

— Je sais et je vais le faire, mais…

— En tout cas, j'ai pris ma décision. Je veux rester ici, alors si tu veux m'aider, tu dois rester aussi.

Elle se laissa tomber sur l'autre lit, me tourna le dos et croisa les bras. On resta assises comme ça quelques minutes. À plusieurs reprises, elle se retourna à moitié, comme si elle attendait que je proteste. Comme je n'en faisais rien, elle se tortilla pour me voir.

— Sois pas fâchée, Paige, dit-elle. T'as entendu ce qu'il a dit ? Les meilleurs profs, les meilleurs livres, les meilleurs outils. J'aurai tout ça et je le partagerai avec toi. C'est pas ce que tu voulais ?

Je ne répondis pas.

— Tu t'inquiètes parce que c'est une Cabale, hein ? Je me rappelle bien ce que disait Lucas, mais, heu, peut-être qu'il… que mon… que Nast a raison. Je ne dis pas que Lucas nous a menti, hein, je n'y crois pas. Mais peut-être qu'il se fait des idées. Peut-être qu'il a vraiment vu des sales trucs, des trucs qui n'arrivent pas normalement.

Là encore, je gardai le silence.

— Bon, d'accord, fais comme tu veux. Retourne dans ton petit East Falls débile, dans ta maison toute cramée. Moi, j'y vais pas. Personne ne veut de nous là-bas. Chaque fois que tu marcheras dans la rue, les gens vont te montrer du doigt et dire des trucs. Ben au moins, ils ne diront rien contre moi. Je serai en Californie. Je suis sûre qu'Adam viendra me rendre visite. Il ne sera pas comme ça, lui.

— Je vais rester avec toi, Savannah. Tu le sais bien.

Elle hésita, puis sourit et se pencha par-dessus le lit pour me serrer dans ses bras.

— Tout va bien se passer, Paige. Tu vas voir. Ça va être la meilleure chose qui nous soit jamais arrivée.

Toujours à moitié assommées par les drogues, on fit un somme de une heure. Puis un coup frappé à la porte nous réveilla toutes les deux. Une femme passa la tête à l'intérieur.

— Je peux ? demanda-t-elle.

Sans attendre de réponse, elle ouvrit la porte et entra. Elle avait la quarantaine et possédait une beauté plus masculine que féminine, avec une mâchoire angulaire et une coupe en brosse poivre et sel. Une femme de vingt ans sa cadette la suivait, dotée de la même mâchoire et des mêmes cheveux argentés coupés au carré.

— Je m'appelle Greta Enwright, dit la plus jeune. Et voici ma mère Olivia.

— Livy, je vous en prie, dit celle-ci. Nous sommes ravies de vous rencontrer. Toutes les deux.

Elle entra derrière sa fille et posa un plateau d'argent sur le meuble de chevet.

—Je sais que votre mère aimait le thé, Paige. J'ai décidé de courir le risque en supposant que vous aviez les mêmes goûts.

Je clignai des yeux.

—Vous avez connu ma mère ?

—Il y a des années. Beaucoup trop à mon goût. (Petit rire sonore de fillette.) J'ai grandi au sein du Convent. Ma mère est partie quand j'étais adolescente.

—Vous êtes… une sorcière ?

—Ah, désolée. Je ne me suis pas présentée comme il se doit. J'ai toujours trouvé ça étrange que nous soyons capables de reconnaître les mages mais pas nos propres sœurs. Greta est la sorcière de M. Nast. (Nouveau rire.) Ça a l'air horrible dit comme ça, non ? Et beaucoup trop familier. Les Cabales, comme vous le savez peut-être, n'emploient qu'une seule sorcière. Une place très prestigieuse et exclusive, que j'ai eu la chance de pouvoir transmettre à Greta quand j'ai pris ma retraite. Et maintenant… (elle gratifia Savannah d'un large sourire)… nous rencontrons notre remplaçante officielle. Je ne saurais vous dire à quel point nous en sommes ravies.

Savannah hésita et regarda tour à tour mère et fille.

—Vous n'êtes pas en colère ? Enfin je vais quand même vous remplacer, non ?

Greta éclata d'un rire rauque qui était l'exact opposé de celui de sa mère.

—Tu ne seras pas prête avant quelques années, Savannah. D'ici là, j'aurai moi-même l'âge de la retraite. Anticipée, sans doute, mais M. Nast m'a promis une retraite complète. En réalité, je devrais même plutôt te remercier.

Olivia hocha la tête.

— Et moi, M. Nast m'a fait sortir de ma retraite pour t'aider à t'adapter, ce pour quoi il me dédommage plus que correctement, donc je devrais te remercier aussi.

— C'est vous qui allez être nos profs ?

— Vos profs ? répéta Greta.

— Les siens, dis-je. Vous allez être ses professeurs

— Seulement en magie des sorcières, répondit Olivia. Pour le reste, tu auras de vrais professeurs. Des mages, je veux dire. Eux connaissent la véritable magie.

— Peut-être pas très longtemps, dit Savannah en bondissant au bas du lit. Paige a des grimoires…

Je voulus la faire taire, mais sans grande conviction. Malgré mon envie de garder le secret sur ces grimoires, j'étais curieuse d'entendre l'opinion de ces femmes. Je n'avais jamais rencontré de sorcières des Cabales. Je les aurais crues… Soyons honnêtes, je les aurais crues très différentes, plus intimidantes, plus dangereuses, plus… eh bien, plus maléfiques.

Savannah leur parla des grimoires et de notre théorie.

— Évidemment, faut encore que Paige la vérifie. Peut-être qu'on se trompe.

Je me retins de dire aux autres sorcières que j'avais déjà testé ma théorie avec succès. Pour l'heure, mieux valait garder ça pour moi.

— Ça m'a l'air intéressant, dit Greta. Mais si j'étais vous, mesdames, je ne fonderais pas trop d'espoirs là-dessus. La magie la plus puissante, c'est celle des mages. Avec tout le respect que je dois aux femmes et à l'égalité des droits, la magie des sorcières n'est tout simplement pas à la hauteur.

— Ne perdez pas votre temps avec ces choses-là, ajouta Olivia. Tes professeurs t'apprendront tout ce que tu dois savoir. Quant à ces grimoires, je doute qu'ils aient survécu à l'incendie.

— Non, Paige est retournée les chercher. (Savannah se tourna vers moi.) Ils sont où ?

— C'est Cor… Lucas qui les a. Je les lui ai donnés.

— Lucas Cortez ? demanda Olivia. Oh mon Dieu, c'est vrai, j'ai entendu dire que le jeune Lucas était impliqué dans cette histoire. Il a une sacrée réputation, mais nous n'avons jamais eu l'occasion de le rencontrer, n'est-ce pas, Greta ? Ça a dû être une sacrée expérience. Il faudra que vous nous racontiez tout. Mais d'abord, laissez-moi vous servir du thé.

On s'assit ensuite au bord des lits avec nos tasses. Olivia nous interrogea sur Cortez. Je laissai Savannah répondre et l'interrompis discrètement au bout de quelques phrases.

— Ah, c'est quelqu'un de très étrange, dit Olivia en gloussant de rire. Je suis vraiment désolée pour son père. M. Cortez gère remarquablement bien la situation, mais il faut bien dire qu'il passe beaucoup trop de choses à son fils. Enfin c'est ce que font tous les parents, non ? Un chef de Cabale est un père comme les autres. Tu verras, Savannah. M. Nast adore ses fils et je suis sûre qu'il te traitera de la même façon.

— En ce qui concerne Lucas Cortez, dit Greta, les jeunes hommes sont toujours en quête de dragons à tuer. Et de jolies demoiselles à secourir. (Elle me glissa un sourire.) Ce n'est qu'une phase. Bientôt, il comprendra que les Cabales ne sont pas les monstres qu'il imaginait.

— Elles sont comment ? demanda Savannah. Enfin, je veux dire, en réalité ?

— Ce sont d'excellents employeurs, répondit Greta. Elles offrent tout ce dont un employé peut rêver. Tous les avantages, un plan de retraite solide, une excellente rémunération.

Olivia éclata de rire.

— Mais rien de tout ça ne t'intéresse, hein, Savannah ? Et à juste titre. Tu n'auras de toute façon jamais à t'inquiéter de ces choses-là. Ton plus gros souci à partir de maintenant sera de décider si tu veux passer tes vacances d'été en France ou en Italie.

— Et quel genre de voiture de sport tu veux pour ton seizième anniversaire, ajouta Greta.

— Je veux une Porsche, dit Savannah en me souriant. Décapotable, comme celle de Clay. Mais rouge. Je la veux en rouge.

— Et tu l'auras, dit Greta. Ce sera une toute nouvelle vie pour toi, Savannah. Une vie que toutes les jeunes filles et toutes les sorcières vont t'envier.

Le bien et le mal

Avant le dîner, Greta et Olivia décidèrent de donner son premier cours à Savannah. Elles nous conduisirent dehors en direction d'un bosquet d'arbres situé derrière une grange abandonnée. Leah et Friesen nous accompagnaient, sans doute pour protéger Savannah de toute menace externe mais plus probablement de toute tentative d'évasion commune. Ce n'était pas nécessaire. Tant que Savannah voulait rester, je demeurais à ses côtés.

Greta commença par de la magie de sorcière mais, de toute évidence, le cœur n'y était pas et elle passa à autre chose après s'être assurée que Savannah connaissait déjà les bases.

— Maintenant, nous allons te montrer de la sorcellerie de mage, dit Greta. Évidemment, tu auras un meilleur professeur plus tard, mais j'ai pensé que tu aimerais voir un échantillon de ce que tu vas apprendre. Une fois rentrés à Los Angeles, on pourra travailler davantage sur tes dons de sorcière.

Olivia sourit.

— Pour l'instant, amusons-nous.

Au cours de l'heure qui suivit, Greta et Olivia nous firent la démonstration d'une demi-douzaine de sorts. L'un d'entre eux était une variation sur le sort de brume de Cortez. Un autre faisait jaillir un rayon d'énergie électrique de la main du mage. Un troisième faisait apparaître des lumières colorées. Elles frimaient visiblement, sélectionnant des sorts qui n'étaient guère plus que l'équivalent magique des feux d'artifice de la fête nationale. De la magie de pacotille, aurait dit Cortez. J'avais envie de les regarder de haut mais en réalité, j'étais impressionnée.

Tandis qu'elles lançaient leurs sorts, je ne pouvais m'empêcher de songer à toutes les utilisations possibles. Le sort de brume serait pratique pour les évasions, surtout associé au sort de camouflage. Le rayon électrique paraissait une excellente variation sur celui des boules de feu, que je souhaitais ajouter à mon répertoire de sorts défensifs non mortels. J'essayais d'y trouver quelque chose de répréhensible, de maléfique, mais en vain. Il n'y avait rien de mal dans cette magie. Elle n'était pas meilleure que celle des grimoires tertiaires des sorcières, mais elle n'était pas pire non plus – du moins, pas dans le sens moral du terme.

— Vous pourriez jeter encore une fois ce sort de brume ? demandai-je.

— Il vous plaît ? demanda Greta en souriant.

— Il est intéressant. Il contient des composants des sortilèges élémentaires de sorcières qui impliquent le vent et le feu, mais il est construit différemment. En particulier, l'invocation à Borée est unique. J'imagine que ce sont des vestiges de ses origines.

Greta et Olivia me dévisagèrent comme si je leur parlais grec, ce qui était le cas d'une certaine manière puisque le sortilège était dans cette langue. Après quelques secondes de silence, Olivia éclata de rire.

— Pour tout vous dire, Paige, nous n'avons pas la moindre idée de ce qu'il raconte. Nous ne l'avons jamais traduit.

— Vous ne connaissez pas le grec ? dit Savannah. Je croyais que toutes les sorcières devaient le connaître. Et aussi le latin, et l'hébreu. Assez pour comprendre les sorts, au minimum.

— On ne s'embête pas avec ces choses-là, dit Olivia. Je me rappelle un peu de latin appris à l'école, mais ça n'a aucune importance. Les grimoires vous expliquent les effets des sorts, et tes professeurs t'expliqueront la prononciation.

— Tu aimerais essayer d'en jeter un ? demanda Greta à Savannah.

— Ouais.

— Lequel ?

Savannah me regarda en souriant.

— Tous. Apprenez-les-nous tous.

Ce soir-là, Nast donna un dîner officiel en l'honneur de sa fille. Savannah reçut sa première robe noire, trop petite de deux tailles en longueur et trop grande de deux en largeur, mais elle était trop surexcitée pour s'en rendre compte. Elle reçut également sa première paire de chaussures à talons et son premier relooking, de la part de Greta et d'Olivia qui s'affairèrent à la pomponner comme une « petite princesse ». Seuls Nast et Sandford se joignirent à nous pour le dîner, tous deux en costume. Je n'identifiai pas la moitié des plats servis.

Plus tard, Nast offrit à Savannah une chevalière aux armes de la famille. Puis il me donna une amulette, geste qui fit visiblement plaisir à Savannah – c'était sûrement son intention. Elle était jolie mais certainement pas magique, sans doute dégottée dans un magasin d'antiquités de Boston l'après-midi même.

Ensuite, tous les occupants de la maison, de Sandford aux sorcières, des gardes semi-démons à la cuisinière chaman, défilèrent avec des cadeaux. Un jour, dans un musée, j'avais vu une fresque représentant un pharaon de l'Antiquité assis sur son trône tandis qu'une parade de dignitaires étrangers lui présentaient leurs offrandes exotiques. Toute cette scène m'y faisait penser. Et comme n'importe quelle jeune fille de treize ans, Savannah était aux anges.

Après le dîner, on se retira dans notre chambre. Il n'était que 20 h 30 mais nous ne pouvions plus garder les yeux ouverts.

— T'as vu ce que m'a donné Greta ? dit Savannah en tirant du tas de cadeaux posé près de son lit une dague d'argent incrustée d'améthystes. Un athamé tout neuf. Tu ne trouves pas qu'il est génial ? Il doit coûter très cher.

— Très.

— Je peux voir l'amulette que t'a donnée Kristof ?

Nast avait demandé à Savannah de l'appeler par son prénom jusqu'à ce qu'elle se sente prête à passer à quelque chose de plus adapté à leur relation. Très judicieux, je devais le reconnaître.

Je passai le collier à Savannah.

— Cool. Je suis sûre que c'est une pièce d'antiquité.

— J'en suis persuadée.

— C'était gentil de sa part, non ? De t'offrir quelque chose ?

Je hochai la tête. Savannah bâilla et s'étendit sur le lit.

— Je suis crevée. (Puis elle leva la tête pour me regarder.) Tu crois qu'ils ont versé quelque chose dans notre cacao ?

J'avais envie de m'écrier : « Oui ! Mais tu ne comprends pas ? Les cadeaux, la fête, tout ça n'est qu'une comédie. » Mais en réalité, je n'en étais pas si sûre moi-même. Oui, c'était excessif. Et profondément injuste, dans la mesure où je ne pouvais pas rivaliser. Mais était-ce vraiment une comédie ? N'en sachant rien, je choisis de répondre à la question de Savannah le plus honnêtement possible.

— Je crois qu'ils nous ont donné quelque chose pour nous aider à dormir. Ça n'a pas l'air plus fort qu'un somnifère. Sans doute de la racine de valériane, à en juger par l'arrière-goût.

— Je ne sais pas pour toi, mais moi, je vais me coucher. Greta m'a dit qu'elle aurait une surprise pour moi demain. Une très chouette surprise.

— Je n'en doute pas, répliquai-je.

On frappa à la porte. Quand je répondis, Olivia passa la tête dans la chambre.

— Paige ? M. Nast souhaite vous parler.

— Ça ne peut pas attendre demain ? gémit Savannah. Je suis crevée.

— Il ne veut parler qu'à Paige, ma chérie. Je vais rester te tenir compagnie en son absence.

— Je veux y aller avec elle, dit Savannah en se redressant.

Olivia secoua la tête.

— Ton père a été très clair. Paige doit venir seule.

— Mais…
— Tout ira bien, lui dis-je.
— Évidemment, dit Olivia. Il ne va rien lui arriver, Savannah. Ton père comprend très bien à quel point tu tiens à elle. (Elle se tourna vers moi.) M. Nast se trouve dans le salon.

Je hochai la tête et sortis.

Personne ne m'escorta en bas. Je croisai Friesen et un autre garde semi-démon que j'avais seulement entendu appeler Anton. Ils me lancèrent des coups d'œil discrets sans donner l'impression de m'observer. Mais je savais qu'ils le faisaient.

Malgré mon intention de rester auprès de Savannah, je dois reconnaître avoir éprouvé une vague tentation en passant devant la porte d'entrée. Un peu plus tôt, je ne pensais pas à m'enfuir. Mais à présent que je me dirigeais vers le salon, je me demandais ce que voulait Nast.

Je savais qu'il n'avait aucune intention de m'emmener à Los Angeles. Tant que j'étais en vie, je représenterais une menace. Mineure, mais une menace néanmoins. Une fois que j'aurais rempli mon but, il me ferait tuer. La seule question était : quand ?

Tandis que j'atteignais la porte, je me demandai si j'avais déjà perdu toute utilité. J'hésitai, mais une seconde à peine. Nast n'avait pas une emprise assez forte sur Savannah pour risquer d'encourir sa colère. Il me restait au moins quelques jours – assez pour réfléchir à un plan.

Quand j'ouvris la porte du salon, j'y trouvai Nast en train de rire d'une anecdote que lui rapportait Sandford au sujet d'un chaman.

— Entrez, Paige, me dit Nast. Asseyez-vous.

Je m'exécutai.

— Voulez-vous boire quelque chose ? Du porto ? Du vin rouge ? Du cognac ?

— Je veux bien du vin rouge. Merci.

Sandford haussa les sourcils, comme surpris que j'accepte un verre. Je devais me fier à ma conviction qu'ils ne me tueraient pas tout de suite et me comporter comme si j'avais confiance en eux.

Lorsque Sandford nous eut servi nos verres de vin, Nast se réinstalla sur son siège.

— Vous m'avez demandé tout à l'heure comment nous étions au courant des premières règles de Savannah. J'ai pensé que vous deviez savoir la vérité, mais il ne me semblait pas très approprié d'en parler au dîner.

Il but une gorgée de vin et prit son temps avant de poursuivre :

— Paige, je vais être franc. C'est Victoria Alden qui nous a prévenus.

Le verre faillit me tomber des mains.

— Je sais très bien que vous n'allez pas me croire, poursuivit-il. Laissez-moi vous fournir la preuve que j'ai bien parlé à Mlle Alden. En ce qui concerne la cérémonie, le Convent ne l'approuvait guère mais votre mère l'a effectuée pour vous malgré tout. Mlle Alden croit que si vous avez emprunté la voiture de Margaret Levine mardi soir, c'était pour aller chercher non pas les ingrédients pour une tisane, comme vous l'avez dit à Margaret, mais le matériel nécessaire à la cérémonie.

Je me redressai d'un bond.

— Qu'avez-vous fait à Victoria ?

— Je vous demande pardon ?

— Vous me dites que Victoria vous a parlé. Vous l'y avez forcée, c'est ça ? Qu'est-ce que…

Je m'interrompis quand Sandford éclata de rire. Nast sourit.

— C'est touchant, non ? De la voir s'empresser de défendre sa sœur de Convent alors que c'est la personne même qui l'a exilée ? Nous n'avons fait aucun mal à Victoria, Paige. Nous ne l'avons même pas contactée. C'est elle qui nous a appelés.

— Non, elle ne ferait jamais ça.

— Ah, mais si. Elle a obtenu le numéro de Gabe par le bureau de Cary puis elle nous a appelés pour nous proposer un marché : des informations contre notre protection. Elle nous fournirait des détails capitaux sur Savannah si nous promettions d'emmener ma fille et de quitter la ville.

— Non ! Elle n'aurait jamais…

— Vous ne me croyez pas ? demanda Nast en s'emparant d'un téléphone portable posé près de son bras sur la table. Appelez-la vous-même.

Je ne fis pas mine de prendre le téléphone.

— Non ? Alors je vais le faire pour vous.

Il composa le numéro, éleva le téléphone jusqu'à son oreille et dit quelques mots avant de me le passer. Je le lui arrachai des mains.

— Dites-moi qu'il ment, dis-je à Victoria.

— Mais non, répondit Victoria. Je dois songer aux intérêts du Convent, Paige. Je refuse de…

— Vous… Vous avez la moindre idée de ce que vous avez fait ?

— J'ai confié Savannah à son père.

— Non, vous l'avez livrée à…

— À une Cabale. Oui, j'en suis parfaitement consciente. Je sais beaucoup de choses sur elles, malgré ce que je t'ai dit l'autre jour. Savannah est la fille d'un mage et d'une sorcière qui pratiquait la magie noire. Elle mérite d'aller là où elle va. Le mal engendre le mal.

— Non! m'écriai-je en jetant le téléphone contre la cheminée.

— Vous entendez ce bruit, Gabe? C'est celui des illusions en train de se briser. (Il se tourna vers moi.) J'ai songé qu'il fallait vous en informer afin que vous soyez pleinement consciente de la situation. Maintenant, vous pouvez disposer.

Sans même attendre mon départ, il se tourna vers Sandford et ils reprirent leur conversation. Je quittai la pièce en courant.

Assurance tous risques

Savannah dormait quand je regagnai notre chambre. Olivia se contenta de murmurer un au revoir en sortant, comprenant peut-être que j'étais trop sonnée pour l'entendre, sans parler de lui répondre.

Comment les Aînées avaient-elles pu nous trahir ? Qu'elles m'aient bannie du Convent, je pouvais le comprendre – vaguement – mais ça… c'était inimaginable. Elles avaient vendu Savannah pour garantir leur propre tranquillité d'esprit. Comment leur sécurité pouvait-elle valoir un tel prix ?

Malgré tout ce que je pouvais dire contre les Aînées, je les avais toujours prises pour des femmes de valeur. Elles avaient passé leur vie à lutter contre la tentation du mal et à l'arracher de leur Convent. Oui, elles étaient allées trop loin, elles nous avaient imposé trop de restrictions, elles nous avaient privées de notre potentiel. Pourtant, je n'avais jamais douté que leurs intentions soient bonnes.

Cette fois-ci, cependant, je me retrouvais face à des faits indéniables : leur façon d'agir ne valait guère mieux que les méthodes des Cabales, et peut-être même était-elle pire. Dans leur quête constante de moralité, les Aînées étaient devenues la chose même qu'elles mettaient tant d'énergie à combattre : le mal. Ce mot me fit blêmir et je ressentis le besoin immédiat de le tempérer, de les justifier. Mais il était bien là. Quel autre nom donner à leur trahison, sinon celui d'un acte impardonnable de malice ?

J'avais peut-être encore plus que jamais envie de sauver le Convent. Mais si je le faisais, je retiendrais la leçon.

On prit notre petit déjeuner tard en compagnie de Nast, qui retournait à Boston pour affaires ce jour-là mais promit de rentrer avant le dîner. On passa ensuite une heure dans notre chambre, Nast ne nous ayant pas encore laissé toute liberté de circuler dans la maison. À 11 heures, Greta et sa mère vinrent donner sa surprise à Savannah.

— Qu'est-ce que c'est ? demanda celle-ci tandis que nous descendions en groupe.

— Si je te le disais, ce ne serait plus une surprise, hein ? répliqua Greta.

— On ne va te révéler qu'une chose, dit Olivia. C'est pour ta cérémonie. Il ne reste que cinq jours.

— Mais je croyais..., commença Savannah en me jetant un coup d'œil. Kristof a dit que Paige pourrait mener la cérémonie.

— Oh oui, c'est Paige qui va la diriger. Mais nous allons devoir employer nos propres ingrédients. Toutes les affaires de Paige ont été perdues dans l'incendie. Quel dommage. J'ai signalé à M. Nast qu'il était peut-être nécessaire de secourir en premier lieu les objets magiques, mais il n'en voyait pas l'utilité.

— Et de toute façon, Savannah, tu vas recevoir des outils tout neufs. Et bien meilleurs. Sans parler de meilleurs ingrédients pour la cérémonie. Tu sais sur quelle tombe on a récupéré la terre ? Sur celle d'Abby Borden, la mère de Lizzie Borden. Elle a été tuée près d'ici, tu sais.

— La vache. Alors *ça*, c'est une victime d'assassinat.

— Quand est-ce que vous l'avez recueillie ? demandai-je. Ça doit être la première nuit suivant ses premières règles.

— Oh, ça, ce n'est qu'un conte de bonnes femmes – de vieilles sorcières, dit Olivia. Tu vas apprendre une chose, Savannah. Beaucoup de choses qu'on t'a enseignées sont des bêtises. Ramasser les ingrédients certains jours, accomplir des rituels à une heure précise…

— Vous voulez dire qu'on ne doit pas attendre le huitième jour ?

— Non, ça, c'est vrai. Ou du moins, nous le croyons, même si aucune sorcière de ma connaissance n'a jamais voulu tester cette théorie au risque d'affaiblir les pouvoirs de sa fille.

Quand on atteignit la porte de derrière, Roberta Shaw et Anton nous attendaient pour nous escorter dehors. Je n'avais pas revu la nécromancienne depuis ce lundi au funérarium. Comme Shaw ne faisait pas partie du personnel qui avait offert des cadeaux à Savannah, j'avais supposé qu'on l'avait envoyée paître. La voyant toujours présente, je me demandai dans quelle mesure Nast était sincère quand il critiquait la débâcle du funérarium.

— Qu'est-ce qu'elle fout ici ? demanda Savannah en fusillant Shaw du regard.

— J'ai demandé à M. Nast si Roberta pouvait nous accompagner à la place de Leah, expliqua Greta avant de baisser la voix. Vous, je ne sais pas, mais moi je n'ai pas confiance en cette Volo.

— Ben j'ai pas plus confiance en cette nécro, répondit Savannah.

Olivia la fit taire.

— Elle ne faisait que son travail, Savannah. Maintenant, suis-nous.

On longea la grange avant d'entrer dans la forêt.

— Alors on va répéter la cérémonie ? demanda Savannah.

— Non, nous allons pratiquer un rituel – un rituel de protection spécial.

— Cool.

— Très cool, acquiesça Greta. Peu de jeunes sorcières bénéficient de ce privilège. Il nécessite des ingrédients totalement uniques. Mais quand nous en avons parlé à M. Nast, il nous a donné carte blanche. Il est prêt à tout pour préparer sa petite fille à son grand jour.

Je résistai à la tentation de faire semblant de vomir.

— Quel genre de protection est-ce qu'il accorde ?

— La meilleure. Songez-y comme à une sorte d'assurance tous risques. Ça évitera à Savannah tout ce qui va de l'intrusion démoniaque au risque de se réveiller avec la grippe mercredi matin.

— Ah, répondis-je. Ça a l'air sympa.

— C'est un sort de mage.

— Évidemment.

Elles nous conduisirent dans les bois. On passa devant l'emplacement où l'on s'était entraînées la veille. Tandis que nous marchions, Savannah jetait des coups d'œil à Anton et à Shaw derrière nous.

— Qui transporte les ingrédients ? demanda-t-elle.

— De quels ingrédients parles-tu, ma chérie ? demanda Olivia.

— Pour le rituel.

— Tout ce dont nous avons besoin se trouve sur place.

— J'aurais dû emporter mon athamé tout neuf.

Greta et Olivia froncèrent les sourcils, puis Olivia éclata de rire.

— Ah oui, c'est vrai, les sorcières du Convent se servent encore de leurs outils. Tu découvriras que nous n'en sommes plus là. Nous conservons toutes un athamé comme souvenir – pour nous rappeler notre passé. Comme tu le sais certainement, les outils ne sont pas réellement nécessaires pour jeter des sorts.

— Ma mère s'en servait, répondit Savannah.

— Parce qu'elle avait grandi au sein du Convent. Il faut un moment pour se défaire des vieilles habitudes. Je me suis accrochée à mes outils des années, comme à un doudou. Tu découvriras que nous n'utilisons que les outils nécessaires au lancer de sorts.

— Idem pour les ingrédients, dit Greta. Nous nous sommes débarrassées de tout ce qui n'est pas essentiel : les gemmes à la signification symbolique, l'encens pour l'humeur, les bougies pour créer une atmosphère. Tout ça ne sert qu'à compliquer et prolonger la cérémonie.

— Peut-être, dit Savannah. Mais vous ne trouvez pas que ça rendait les choses… plus marrantes ?

Greta éclata de rire.

— Les Cabales n'ont pas de budget pour s'amuser.

— Les sorcières modernes ont modernisé la sorcellerie, déclara Olivia. Tu finiras par apprécier tout ça, Savannah. Ça simplifie les choses de se débarrasser de tout ce bagage, au sens littéral aussi bien que figuré.

— Et nous y voilà, dit Greta.

Elle s'éloigna du chemin, écarta un buisson et nous fit signe de passer par là.

Savannah entra la première dans la clairière. À travers les buissons, je la vis marcher droit devant elle, les yeux braqués sur les arbres qui se dressaient devant nous. Puis elle s'arrêta net et poussa un cri aigu. Je bondis à travers les buissons et la trouvai plantée devant une forme étendue face contre terre. C'était un garçon de quinze ou seize ans. Je me précipitai mais vis que sa poitrine se soulevait régulièrement.

— Il dort, dit Savannah. C'est bizarre. Il doit habiter dans le coin, non ? J'imagine qu'on va devoir trouver un autre endroit.

— Sa place est ici, répondit Greta.

Savannah regarda fixement le jeune homme. Il portait un jean ainsi qu'une veste de jean délavée. Il avait des cheveux châtains attachés à la nuque et le genre de visage doux et gracieux qui plaisait tant aux préadolescentes.

— Qui c'est ? demanda Savannah.

— Le prince charmant, répondit Greta. Tu as entendu parler de la Belle au bois dormant ? Eh bien, c'est la version féministe.

Savannah se détourna avec un petit rire, les joues virant à l'écarlate.

— Non mais sérieusement, c'est qui ? Un mage ?

— Personne. Juste un humain. (Greta s'empara d'un petit sac au bord de la clairière.) Maintenant, comme je te le disais, nous allons sauter tous les préliminaires du rituel pour que tu puisses aller directement t'agenouiller auprès de lui.

— Quoi ? Pourquoi ça ?

Mes tripes se nouèrent.

— Qu'est-ce qui se passe ici ?

— C'est le rituel protecteur dont nous parlions. Savannah, agenouille-toi près de ce jeune homme et pose la main sur sa poitrine.

Savannah hésita, puis fit mine de s'agenouiller.

— Non, lui dis-je. Lève-toi. (Je me tournai vers Greta et Olivia.) Nous n'allons rien faire avant que vous nous ayez dit précisément ce qu'implique ce rituel.

Greta me tourna le dos.

— Hé… ! m'écriai-je.

Un sort d'entrave me fit taire. Savannah voulut se relever mais Anton posa les mains sur ses épaules et la fit se rasseoir.

— Hé ! Ne me… ! Paige !

Savannah tourna la tête vers Olivia qui se tenait derrière moi, visiblement concentrée sur le sort d'entrave.

— Lâchez-la ! *Tout de suite !*

— Paige est une sorcière du Convent, répondit Greta. Elle ne comprend pas.

Elle tira de son sac un couteau à la lame mince et s'agenouilla de l'autre côté du jeune homme.

— Qu… qu'est-ce que vous faites ? demanda Savannah.

— Les sorts protecteurs de haut niveau nécessitent un échange – une vie protégée contre une vie perdue. Tu devrais le savoir, Savannah. Ta mère le savait.

— Non ! Ma mère n'a jamais… Elle n'aurait jamais…

Savannah jeta un coup d'œil au jeune homme puis détourna le regard et se débattit pour échapper à l'emprise d'Anton.

— Vous ne pouvez pas faire ça ! Je vous l'interdis.

— Tu nous l'*interdis* ? répéta Greta dont les lèvres s'étirèrent sur un rictus. Tu as entendu ça, maman ? Elle donne déjà des ordres. Eh bien, « princesse », c'est ton père qui commande ici, et il nous a dit de faire le nécessaire pour protéger sa petite fille. Anton, placez la main de Sa Majesté sur la poitrine de ce garçon. Sur le cœur, s'il vous plaît.

Anton posa de force la main de Savannah sur le sein gauche du garçon. Greta plaça la lame contre sa gorge.

— Non ! s'écria Savannah. Vous ne pouvez pas faire ça ! Il n'a… Il n'a rien fait.

— C'est un moins que rien, Savannah, dit Olivia derrière moi. Un fugueur. Sa vie n'a de sens que pour protéger la tienne.

— Laisse tomber, maman. Visiblement, Eve a trop choyé sa fille. Qu'est-ce que c'est que la magie noire à ton avis, Savannah ?

— Ce n'est pas ça. Je le sais. Ma mère n'a jamais fait ça.

— Bien sûr que si. Simplement, elle ne t'a jamais laissé le voir.

Greta appuya la lame contre la gorge du jeune homme.

— Non ! s'écria Savannah en se débattant de plus belle, obligeant Anton à la maintenir de tout son poids.

— Il est joli, non ? dit Greta en plaçant la main gauche derrière la tête du garçon et en la soulevant. Tu n'aimerais pas l'embrasser, Savannah ? Lui donner un dernier baiser ? Non ? Très bien.

Elle trancha la gorge du garçon si vite que le couteau ne sembla laisser aucune marque. Puis sa gorge s'ouvrit. Anton poussa la tête de Savannah en avant. Quand le sang lui aspergea le visage, elle se mit à hurler.

Amour fraternel

Je ne vous décrirai pas en détail les cinq minutes qui suivirent. Je ne peux pas. Ça me brisa le cœur la première fois et la simple évocation de ce souvenir me fait encore monter les larmes aux yeux. La terreur et la rage de Savannah étaient indescriptibles. Je ne pus que rester plantée là et regarder la scène, prisonnière du sort d'entrave.

Vingt minutes plus tard, je bordais Savannah dans notre chambre. Nast, Sandford et Leah nous entouraient.

Leah et Friesen avaient accouru en l'entendant hurler. Dans le chaos qui s'était ensuivi, personne n'avait échappé à la fureur aveugle de Savannah. Leah saignait du nez et j'avais moi-même une éraflure sur le bras. Quand Shaw avait réussi à lui administrer un sédatif, elle s'était effondrée sur place. Puis Anton l'avait transportée dans la maison.

Lorsque j'eus fini de coucher Savannah, Nast nous demanda à tous de quitter la chambre. Comme je voulais rester, il fit signe à Leah de me faire sortir. Je la repoussai et suivis Nast et Sandford dans le couloir.

— Je n'arrive pas à croire qu'elles aient fait ça, dit Nast.

— Elles affirment que vous leur avez donné carte blanche, répliqua Sandford.

— Pas pour ça.

— C'est un sortilège très commun, Kris. Pas extrêmement courant, comme il est très risqué d'enlever et de tuer des humains, mais courant malgré tout.

— Mais la conduire là-bas sans l'y avoir préparée, sans la moindre explication…

— Je vous avais prévenu, Kris, dit Sandford en baissant la voix pour que Leah ne l'entende pas. Elles espéraient que la fille de Greta lui succéderait.

— Vous croyez qu'elles ont fait ça intentionnellement ?

— Quoi, non, vraiment ? dis-je en m'avançant. Évidemment que c'était intentionnel ! Je n'arrive pas à croire que vous ayez confié Savannah à deux femmes qui avaient d'excellentes raisons pour vouloir qu'elle dégage le terrain. Je suis étonnée qu'elles ne l'aient pas tuée à la place de ce garçon. (Je regardai tour à tour Sandford et Nast.) Ah, je vois. Vous pensiez qu'elles allaient suivre la ligne du parti parce que c'étaient des sorcières – trop stupides ou trop trouillardes pour comploter contre vous.

— Est-ce qu'on en a fini avec elle ? demanda Sandford en me désignant d'un geste du menton.

Nast me regarda d'un air absent, sans me voir vraiment.

— Contentez-vous de la faire sortir d'ici. Je déciderai de son sort plus tard. Je n'ai pas le temps pour l'instant.

Dès que Sandford avait posé sa question, j'avais commencé à réciter tout bas le sort de brume. J'agitai les doigts et un nuage de fumée en jaillit puis s'éleva tel un écran de fumée. Je me précipitai dans la chambre, claquai la porte et jetai un sort de verrouillage. Je voulus ouvrir la fenêtre, découvris qu'elle était bloquée, puis m'emparai d'une chaise et la jetai à travers la vitre.

— Savannah ! dis-je en la secouant par l'épaule.

Elle se contenta de gémir tout bas. Je la saisis par la taille et la tirai hors du lit. Puis je regardai par la fenêtre. Nous étions au deuxième étage. J'arriverais peut-être à sauter, mais pas à jeter Savannah par là.

Leah cogna à la porte. Sandford criait des ordres et appelait les autres. Je réfléchissais à toute vitesse. Est-ce que je connaissais des sorts qui permettraient de faire descendre Savannah ? Non. Soit je trouvais un moyen de la faire descendre jusqu'en bas, soit j'allais devoir la porter. La première option prendrait trop longtemps. Je tentai de la soulever mais parvins à peine à la faire décoller du sol.

La porte s'ouvrit à toute volée. Friesen jaillit dans la pièce et m'arracha Savannah. Leah le suivait de près.

— Vous voyez, les mecs ? dit-elle. Pas d'urgence, comme je vous le disais. Elle ne serait allée nulle part.

— Conduisez-la dans la pièce sécurisée, dit Nast.

Leah se pencha sur moi et dit en aparté :

— Un conseil : la prochaine fois, courez vers la porte d'entrée.

Friesen et Sandford éclatèrent de rire.

On m'enferra dans une pièce verrouillée au sous-sol, ligotée et bâillonnée, ce qui m'empêchait de jeter des sorts. Puis Shaw m'injecta une dose de sédatif dans le bras. J'avais sombré dans l'inconscience avant qu'ils quittent la pièce.

J'ignore combien de temps s'écoula, mais quand je me réveillai, je regardais droit dans les yeux de Cortez. Je m'efforçai de me redresser, souriant derrière mon bâillon.

Puis ces yeux clignèrent et j'y lus quelque chose de glacial qui me fit reculer.

Quelque part dans la pièce, Gabriel Sandford éclata de rire.

— C'est bien une sorcière. Elle a peur de son ombre.

L'homme qui se penchait sur moi cligna de nouveau des yeux. Il avait ceux de Cortez, mais en plus âgés. Et en plus insensibles. Quand il recula, je vis que la ressemblance se limitait au regard. Cet homme d'une quarantaine d'années était plus petit que Cortez, avec un air patricien sévère qui aurait pu être séduisant s'il souriait, mais ses rides laissaient penser qu'il ne le faisait jamais.

— Vous êtes sûr ? demanda-t-il. Au sujet de cette relation ?

— Sûr ? demanda Sandford. Qu'est-ce que vous voulez ? Une cassette vidéo de votre frère en train de la sauter ?

L'homme braqua un regard glacial sur Sandford, qui se redressa et s'éclaircit la voix.

— Je ne peux pas en être absolument certain, dans la mesure où elle ne va certainement pas l'admettre, répondit Sandford d'un ton solennel. Mais tout semble l'indiquer. Votre frère déploie des efforts acharnés.

— Acharnés ?

— Tout à fait.

L'autre homme haussa les sourcils :

— Je crois n'avoir jamais vu Lucas déployer d'efforts acharnés pour quoi que ce soit. Alors voilà qui résout la question. Tuez-la.

— Et on laisse sa tête dans le lit de votre frère ?

Les lèvres de l'homme se retroussèrent légèrement. Il se contenta de secouer la tête comme si les sarcasmes de Sandford ne méritaient aucune réponse.

Sandford se redressa et baissa les yeux.

— Vous préféreriez que je lui envoie une cassette alors ? De sa mort ?

— Ça devrait faire l'affaire.

— Quel degré de souffrance ?

— Moyen. Assez pour le blesser, pas assez pour le convaincre que c'était ouvertement personnel.

— Je vais lui envoyer mes meilleurs éléments.

— Non, les plus indispensables. Un sous-traitant indépendant. Ce sera d'un meilleur rapport coût-performance, et Lucas aura plus de mal à remonter jusqu'à vous. Vous n'allez impliquer dans cette affaire aucun autre membre de l'organisation Nast et vous éliminerez le sous-traitant une fois le travail accompli. Après mon départ, vous allez la transporter ailleurs. À partir de là, vous vous arrangerez pour que le sous-traitant l'enlève et la tue. Ensuite, vous joindrez ce mot à la cassette.

Il tendit une enveloppe à Sandford. Quand celui-ci l'inspecta, l'homme poursuivit :

— La note précise simplement que tout est la faute de Lucas, qu'elle serait encore en vie si elle ne s'était pas liée à lui et mêlée de sa croisade.

Sandford sourit.

— Un peu de culpabilité ne nuit jamais à la conscience.

— Maintenant, assurez-vous qu'on ne puisse relier rien de tout ça à vous ou à la Cabale Nast. Quant à moi, je ne suis jamais venu ici.

— Ça va sans dire. Alors marché conclu ?

L'homme hocha la tête.

— Juste pour que, hum, que les choses soient claires…, poursuivit Sandford. Si je fais ça, vous me garantissez une place dans la Cabale Cortez, avec une augmentation de salaire de vingt pour cent.

— C'est ce que je vous ai promis, non ?

— Je voulais simplement m'en assurer. Je suis en train de prendre un gros risque. Tout aurait été plus facile si j'avais pu convaincre Kristof de se débarrasser d'elle, mais il essaie encore de gagner du temps, il s'inquiète pour sa sorcière de gamine. Quand il découvrira que celle-ci a disparu alors qu'elle se trouvait sous ma surveillance, je vais sans doute perdre mon boulot, ami ou pas. Donc, bien entendu, je veux m'assurer…

Le regard de l'homme se durcit.

— Vous ai-je donné ma parole ?

— Ou… oui, monsieur. Pardonnez-moi.

— Je vous suis reconnaissant d'avoir attiré mon attention sur cette… occasion unique, Gabriel. Vous en serez largement dédommagé. (Puis l'homme se tourna vers moi, les lèvres étirées par un sourire dépourvu d'humour.) Je reconnais que c'est presque dommage qu'elle doive mourir. Mon père s'inquiétait de ne jamais voir Lucas lui donner de petits-enfants. Difficile de perpétuer une dynastie quand l'héritier actuel ne semble guère disposé à engendrer de futurs héritiers. Il serait ravi d'apprendre que Lucas a enfin trouvé quelqu'un. Ensuite il la rencontrerait… Et tomberait sans doute raide mort sous l'effet du choc. (Il secoua la tête.) Une sorcière ? Incroyable, même de la part de Lucas.

— Pas *n'importe quelle* sorcière, dit Sandford. La chef du Convent américain.

— Ah, *voilà* une alliance dynastique qui promet de faire de la Cabale Cortez la risée du monde surnaturel. Je rends un tel service à mon père que c'est dommage de ne pas pouvoir lui en parler.

L'homme se détourna pour partir. Alors qu'il sortait, une boule de feu jaillit du plafond et l'atteignit à la tempe. Il pivota vers Sandford.

— Ne me regardez pas comme ça, s'empressa de répondre l'avocat en reculant. Ce n'était pas l'un de nos sorts.

L'homme me jeta un coup d'œil. Je lui retournai un regard noir auquel j'imprimai toute la haine et la rage dont j'étais capable. Il ouvrit la bouche comme pour parler, puis la referma et choisit plutôt de me rendre mon regard avant de franchir la porte avec raideur.

— Je veux qu'elle soit morte avant le coucher du soleil. Envoyez la cassette par FedEx à la chambre de motel de Lucas. En livraison express sous vingt-quatre heures.

Bon voyage

Bien que le frère de Cortez lui ait déconseillé d'impliquer qui que ce soit d'autre, Sandford disposait d'un allié en la personne du semi-démon Friesen. Moins d'une demi-heure après que Sandford m'avait de nouveau laissée seule, Friesen était entré. Sans un mot, il m'avait jetée sur son épaule. Il m'avait transportée hors de la pièce avant de traverser le sous-sol en direction d'une trappe très semblable à celle de chez moi, et m'avait fait passer par là.

Je dégringolai dans un jardin envahi par les mauvaises herbes. Après mon séjour prolongé dans la pénombre, l'éclat du soleil me fit larmoyer. Je luttai pour me dégager de mes liens mais ils étaient trop serrés. Friesen se hissa par la trappe, me souleva, ignorant la façon dont je me débattais, et traversa la cour en direction de la grange. Une camionnette l'y attendait. Ainsi que Gabriel Sandford. Tandis que Friesen me transportait vers le véhicule, Sandford ferma son téléphone portable d'un coup sec.

— C'est fait, déclara Sandford. Il rejoindra la cabane dans deux heures.

Friesen hocha la tête. Me portant toujours sur son épaule, il ouvrit la portière arrière de la camionnette, me déposa à l'intérieur, visage tourné vers le plafond, puis recula. Son regard me balaya lentement, s'arrêtant sur ma poitrine et mes jambes dénudées.

— Fermez la portière et allons-y, dit Sandford, avant qu'on remarque sa disparition.

Friesen me regarda une nouvelle fois lentement de la tête aux pieds, puis dirigea son regard vers Sandford.

— J'étais juste en train de me dire… Vous envoyez une vidéo à Lucas Cortez, c'est bien ça ? De sa mort ? Vous ne voulez pas… vous savez… la pimenter un peu ? (Son regard se posa de nouveau sur moi, habité d'une lueur avide.) Je peux faire ça pour vous.

— Faire quoi ? (Puis Sandford remarqua la façon dont Friesen me regardait et ses lèvres se retroussèrent.) Le viol ne faisait pas et ne fera pas partie du marché. Contentez-vous de la conduire à la cabane et laissez le professionnel faire son travail.

— Mais quel gâchis, vous ne trouvez pas ?

— Non, je préfère ne pas y penser du tout, merci beaucoup. (Sandford fit mine de se détourner mais fronça ensuite les sourcils en regardant Friesen qui me toisait toujours comme si j'étais un buffet gratuit. Il secoua la tête et leva les bras au ciel.) Oh et puis merde, faites ce que vous voulez – mais faites-le loin de la maison et avant d'atteindre la cabane, d'accord ? Vous avez deux heures. Maintenant, mettez-vous en route.

Friesen sourit et claqua la portière.

Tandis qu'on démarrait pour s'éloigner de la maison, je me mis à compter. Je devais sortir d'ici avant que Friesen soit assez loin pour se garer, et si je me fiais à sa façon de me reluquer, il n'attendrait pas plus que nécessaire.

Quand j'arrivai à cent, je décidai que nous étions hors de vue de la maison, fermai les yeux et me concentrai pour jeter mentalement mon sort d'asphyxie en le dirigeant vers Friesen. Rien ne se produisit, ce qui ne m'étonna guère puisque je ne pouvais pas parler. Mais dans la maison, quelqu'un avait jeté une boule de feu. Comme le sort provenait de mes grimoires secrets, ça devait être moi, bien que j'ignore comment je m'y étais prise. Ma fureur s'était-elle manifestée sous la forme d'un sort lancé à mon insu ? Je l'espérais, tout comme j'espérais être en mesure de le refaire, en choisissant cette fois mon sort.

La camionnette ralentit puis se gara en bord de route. Déjà ?! Nous n'étions sans doute pas à plus de huit cents mètres de la maison. Friesen arrêta le véhicule. Puis il pivota, déboucla sa ceinture de sécurité et se glissa entre les sièges avant. Je luttai contre l'impulsion de me débattre et me concentrai tout entière sur l'incantation mentale. Rien ne se produisit.

Friesen se dressa au-dessus de moi. Je reculai légèrement sur le sol.

— Pas encore, chérie, dit-il en s'accroupissant au-dessus de moi. Ne t'inquiète pas. Je vais juste te regarder d'un peu plus près.

Tandis qu'il déboutonnait mon chemisier, je me tortillai sans réussir à bouger assez ne serait-ce que pour gêner ses mouvements. Il ouvrit mon chemisier et sourit.

— Rouge, déclara-t-il, le regard scotché à mon soutien-gorge. Le noir, c'est pas mal, et le blanc c'est plutôt chouette, mais rien ne vaut une fille qui porte du rouge. (Il fit courir un doigt le long du bonnet.) De la soie, je parie. Une fille qui sait vraiment s'habiller.

Tandis qu'il essayait d'ouvrir le fermoir de devant, je crispai les paupières et me concentrai sur un sort, n'importe lequel. Mon soutien-gorge s'ouvrit d'un coup. Friesen inspira vivement.

J'ouvris les yeux et tentai de lui échapper. Il tendit la main vers mes seins mais s'arrêta avant que ses doigts les atteignent. Il garda un moment sa main en place, puis serra le poing et la retira.

— Pas encore, murmura-t-il. Amusons-nous encore un peu.

Il me saisit par les hanches. Je lui donnai un coup de pied mais il se contenta de me placer face à l'avant de la camionnette. Puis il souleva ma jupe jusqu'au niveau de mes hanches. J'eus beau me tortiller et regimber pour lui échapper, son sourire ne fit que redoubler.

— De la soie rouge, dit-il en gloussant de rire tandis qu'il touchait mes sous-vêtements. Culotte assortie, bien sûr. Très joli. Pauvre Lucas. Ce garçon ne comprendra sans doute pas ce qui va lui tomber dessus. Mais tu savais ce que tu faisais, chérie, je dois te reconnaître ça. Un billet de première classe pour la belle vie… même si ça impliquait de baiser avec l'autre crétin. (Il sourit et passa le doigt le long de ma cuisse.) Quitte à ce que tu t'en ailles, je ferais tout aussi bien de t'accorder des adieux dignes de ce nom.

Il me regarda une nouvelle fois puis se redressa et regagna le siège du passager. Lorsque la camionnette rejoignit la route, il rajusta le rétroviseur afin de me voir.

— Voilà qui est mieux. On ne peut pas rêver d'une meilleure vue.

Ma peur se concentra en une fureur aveugle.

Le véhicule dévia vers le bas-côté. Friesen jura. Ma tête se souleva puis retomba sur le sol métallique. Quelque chose s'enfonça dans mon cuir chevelu tandis que Friesen ramenait la camionnette sur la route.

— Et merde, dit-il en jetant un coup d'œil dans le rétroviseur et en gloussant. Ça me distrait beaucoup plus que je n'aurais cru.

L'entaille me causait des élancements dans le cuir chevelu. Je me tortillai pour voir le coin d'une bande métallique saillir du flanc de la camionnette. Je me glissai péniblement vers le haut jusqu'à ce que mon bâillon se retrouve au niveau de ce morceau de métal. Puis je soulevai la tête pour tenter d'y accrocher le bout de tissu. La camionnette rencontra une suite d'ornières et le métal m'entailla la joue.

Friesen reporta son attention sur le rétroviseur. Je m'arrêtai et patientai jusqu'à ce qu'il ait regardé tout son saoul et se concentre de nouveau sur la conduite. Je frottai ma joue contre la bande de métal. Cette fois, le bâillon s'y accrocha.

Je m'efforçai de faire descendre le bâillon jusqu'à ma lèvre inférieure. Puis le véhicule roula sur une bosse et le métal déchira le tissu. Je fis travailler ma mâchoire jusqu'à libérer suffisamment ma bouche pour me permettre de marmonner, et lançai le sort d'asphyxie. Friesen se mit à tousser. Je me figeai.

Il jeta un nouveau coup d'œil dans le rétroviseur et sourit.

— On dirait que me voilà un peu essoufflé. Ça doit être cette culotte rouge. Voyons si je trouve un endroit où me garer.

Comme il détournait le regard, je lançai de nouveau mon sort. Sans effet. Je m'empressai de le relancer. Il toussa, puis sa respiration se fit sifflante. La camionnette décrivit une embardée. Friesen lutta pour la maintenir sur la route, cherchant son air pendant ce qui me sembla une éternité. Puis le véhicule quitta enfin la route et atteignit l'herbe avec un bruit sourd.

Le côté droit pencha. L'espace d'un instant, la camionnette continua à glisser lentement dans le fossé. Le monde se mit à tournoyer. Je me retrouvai projetée loin du sol, heurtai le côté, puis le toit, ballottée dans toute la camionnette jusqu'à ne plus savoir où étaient le haut et le bas. Enfin tout s'arrêta.

Quand je levai la tête, les sièges se trouvaient au-dessus de moi. Le véhicule s'était renversé sur le toit. Je remuai, cherchant à me retourner sur le dos. La camionnette gémit et trembla, avant de s'immobiliser.

Je regardai autour de moi, en quête d'un éclat acéré qui se soit détaché. La vitre la plus proche de moi s'était brisée, mais c'était du verre de sécurité – donc inutilisable. Je regardai au-dessus de moi. L'un des sièges était défoncé, exposant une tige métallique qui paraissait suffisamment acérée. Il me fallut une vingtaine de minutes et pas mal de jurons pour réussir enfin à trancher les liens qui me retenaient les mains. Je libérai mes jambes et me faufilai hors du véhicule par la fenêtre cassée.

Friesen était toujours retenu par sa ceinture, tête en bas. Il avait une entaille à la tête et les yeux fermés. Je rampai vers lui et le trouvai inconscient mais en vie. Malgré la tentation de faire à ce salopard quelque chose d'encore plus douloureux, je le laissai tranquille. L'inconscience, c'était déjà bien assez.

Je passai quelques minutes à le fouiller ainsi que la camionnette en quête d'un téléphone portable. Évidemment, je n'en trouvai pas. Ç'aurait été trop simple.

Je finis par renoncer et scellai les portières à l'aide de mes sorts de verrouillage les plus puissants.

Tout en fermant mon soutien-gorge et en reboutonnant mon chemisier, je regardai autour de moi. La camionnette avait atterri dans un champ. Quand j'atteignis la route, je m'arrêtai pour retrouver mes repères. J'avais une décision à prendre : regagner la maison ou aller chercher de l'aide ? Le choix paraissait évident, non ? Je ne suis pas débile. Je me rendais bien compte que la prudence me dictait de me rendre en lieu sûr, de réunir des renforts puis de délivrer chercher Savannah. Mais je ne pouvais pas faire ça. Pour l'instant, je savais encore où la trouver. Si j'allais chercher de l'aide, elle n'y serait peut-être plus à mon retour. Oui, c'était insensé, mais je devais y retourner.

Je m'enfonçai dans les champs, afin de ne plus être visible depuis la route, et entrepris à pied le long trajet menant à la maison. Que se passerait-il une fois là-bas ? Je l'ignorais. Si je pouvais secourir Savannah, je le ferais. Je comprenais bien qu'il était peu probable que j'y arrive seule. Si c'était impossible, peut-être pourrais-je lui envoyer un message, lui dire que j'allais revenir. Au minimum, je pourrais estimer la situation, aller chercher de l'aide, puis me dépêcher de revenir la surveiller à distance.

Nous avions dû parcourir au moins cinq kilomètres en voiture. Heureusement, Friesen n'avait pris qu'un virage et les routes étaient assez espacées pour que je puisse deviner où tourner.

Au bout d'un kilomètre et demi de marche à travers champs, j'entendis un moteur au loin et me figeai. Bien que je sois trop loin de la route pour être vue, je m'accroupis et attendis que le véhicule passe. C'était une camionnette de fermier qui roulait bien en dessous de la limite de vitesse. Lorsqu'il eut disparu, je me redressai et me remis en marche.

J'avais de nouveau parcouru un kilomètre et demi quand l'écho lointain d'un hurlement déchira le silence. Je me laissai tomber à terre. Les champs étaient silencieux. J'attendis une minute de plus, mais, comme tout restait calme, je me levai et entrepris de continuer, plus lentement cette fois.

J'avais avancé d'une centaine de mètres quand je vis une étendue boisée entourant ce qui ressemblait à une maison blanche à deux étages. Oui, je me rappelais bien la maison entourée des deux côtés d'immenses arbres à feuilles persistantes qui la protégeaient du vent. Avant que je puisse me mettre à courir, j'entendis des voix. Je me laissai de nouveau tomber à terre et demeurai étendue sur le ventre dans l'herbe haute.

— Pas question que je retourne là-bas ! s'écriait Sandford d'une voix stridente.

— Si je vous dis de le faire, vous allez m'obéir, répondit Nast, froidement et calmement.

— Pas question. À compter de maintenant, je n'appartiens plus à votre saloperie d'organisation. Je démissionne, vous avez compris ? Je démissionne !

— Vous êtes sous contrat.

— Vous savez où vous pouvez vous le carrer, votre contrat ? Je ne retournerai pas dans cette maison. C'est votre fille. À vous de la faire sortir.

Un cri aigu et un bruit sourd se succédèrent très rapidement. Puis le silence. Je m'approchai très progressivement jusqu'à voir les deux hommes à travers les arbres. Ils se trouvaient dans la cour latérale. Sandford, accroupi à terre, saignait par le nez et la bouche. Nast attendait à deux mètres de lui.

— S'il vous plaît, Kris, soyez raisonnable, dit l'avocat en se mettant en position assise mais sans faire mine de se relever. Vous me demandez de risquer ma vie pour une sorcière.

— Je vous demande d'aider ma *fille*.

— On se connaît depuis combien de temps ? Vous m'avez demandé d'accepter cette mission comme un service, et je l'ai fait. Maintenant, tout est parti en vrille, mais je suis toujours à vos côtés, non ?

— Vous serez bien récompensé de votre loyauté, Gabriel. Faites sortir Savannah de cette maison et vous recevrez une prime à six zéros.

Sandford passa une main ensanglantée sur sa chemise. Puis il leva les yeux vers Nast.

— Un bonus plus la vice-présidence. Avec un bureau au douzième étage.

— Au dixième étage… et j'oublierai qui était censé surveiller la sorcière quand elle a disparu.

Sandford se redressa et hocha la tête.

— Adjugé.

— Je veux qu'il ne lui soit fait aucun mal. Pas une égratignure. Compris ?

Sandford acquiesça de nouveau et se dirigea vers la porte d'entrée. J'attendis qu'il ait disparu puis filai vers les bois et contournai la maison pour rejoindre l'autre côté.

Leçon de respect

La porte latérale était ouverte. Je traversai la cour et m'engouffrai dans la maison au pas de course.

Quand j'entrai, j'aperçus tout d'abord le corps de Shaw, la nécromancienne. Elle était effondrée au pied d'un étroit escalier. Je vérifiai toutes les issues avant de progresser. Au-dessus de moi, j'entendis les pas d'une, voire de deux personnes. Je m'approchai du corps de Shaw. À en juger par la position de sa tête, elle avait dû se briser le cou en tombant dans l'escalier.

Que s'était-il passé ici ? Je n'étais partie que depuis une heure environ. Et maintenant, Shaw était morte, Nast faisait le pied de grue dehors et Sandford partait à contrecœur chercher Savannah. D'après les propos de Sandford, elle devait être à l'origine de tout ça. Mais comment ? Quelle qu'en soit l'explication, je devais la trouver avant les autres.

Alors que je dépassais Shaw, son expression m'arrêta net. Ses yeux étaient écarquillés au point de laisser les blancs entièrement apparents autour des iris. Ses lèvres étaient retroussées sur ses dents. Et son expression – de la terreur pure. Peut-être, à l'instant de sa mort, une image lui avait-elle traversé l'esprit, celle d'un autre nécromancien arrachant son âme à l'éternité pour la rejeter dans son corps brisé. Comme c'était approprié.

Je l'enjambai et entrepris de gravir les marches. Elles étaient fermées des deux côtés, formant un passage si étroit que je m'étonnais que Shaw soit tombée jusqu'en bas au lieu de rester coincée en plein milieu. Il devait s'agir d'un escalier secondaire menant à la cuisine.

Il débouchait sur une porte ouverte au deuxième étage. Quand je fus montée assez haut pour voir au-delà de cette porte, je m'arrêtai pour mieux regarder. La porte se trouvait à l'extrémité du vestibule de l'étage. À l'autre bout, l'escalier principal, celui que j'utilisais pendant mon séjour. Des six portes donnant sur des chambres, l'une était grande ouverte, deux entrebâillées et les trois autres fermées.

— Savannah ? appela quelqu'un.

Je sursautai puis reconnus cette voix. Sandford.

— Savannah… Allez, viens, ma chérie. Personne ne va te faire de mal. Tu peux sortir maintenant. Ton papa n'est pas en colère.

Ah ouais, comme si c'était *ça* qui pouvait l'inquiéter. Quel âge croyait-il qu'elle avait ? Cinq ans ? L'âge de se cacher dans un coin en tremblant à l'idée de recevoir une fessée ?

Je guettai une réaction mais n'entendis rien. En dehors de la voix de Sandford et du crissement de ses chaussures, la maison était silencieuse.

Tandis que je me glissais dans le vestibule, j'entendis un bruissement au-dessus de ma tête. Les chaussures de Sandford craquèrent lorsqu'il s'arrêta pour tendre l'oreille. Des bruits de pas résonnèrent au-dessus de moi. Je fermai les yeux pour les suivre à la trace, puis secouai la tête. Ils étaient trop lourds pour appartenir à Savannah. Anton ou l'une des sorcières devait sans doute fouiller le grenier à sa recherche.

L'ombre de Sandford saillait d'une porte ouverte près du bout du couloir. Je me réfugiai dans une autre chambre dont je fermai la porte tandis qu'il passait. Une autre porte s'ouvrit puis se referma. Des bruits de pas s'éloignèrent.

Je regardai autour de moi et compris que je me trouvais dans la chambre de Greta et d'Olivia. Le dessus de la commode était nu, le placard ouvert et vide à l'exception d'un pull tombé par terre et qu'on avait oublié là. Tout donnait l'impression que les deux sorcières étaient parties en urgence. S'étaient-elles enfuies en comprenant que Nast soupçonnait leurs motivations lorsqu'elles avaient tué ce jeune homme ? À moins qu'autre chose les ait effrayées ?

Je regardai de nouveau autour de moi, puis regagnai le vestibule et fermai à moitié la porte de la chambre, telle que je l'avais trouvée. Alors que je me retournais, j'entendis un déclic et les lumières du couloir s'éteignirent.

Je me mis à courir mais des mains me saisirent, dont l'une se plaqua sur ma bouche. Suivit une exclamation de dégoût, puis on me poussa sur le côté.

— Qu'est-ce que vous trafiquez ici ? demanda Sandford. Où est…

— Qu'est-ce qui s'est passé ? Qu'est-ce que Savannah a fait ?

Sandford se contenta de ricaner. Il se détourna de la chambre qu'il venait d'inspecter et se dirigea vers la porte fermée la plus proche.

— Hé, dis-je en le rattrapant, dites-moi ce qui se passe. Je peux vous aider.

— Je n'ai pas besoin de l'aide d'une sorcière. Dégagez de mon chemin.

Afin de souligner ses propos, il agita les doigts et m'envoya valser contre le mur d'en face. Lorsque ses mains se refermèrent sur la poignée de la porte, je lançai un sort de verrouillage.

— Soit je vous aide, soit je vous retarde, dis-je en me relevant. Maintenant, quel…

La porte s'ouvrit à toute volée. L'espace d'une seconde, je crus qu'il avait rompu le sort. Puis je vis un homme descendre de la dernière marche de l'escalier du grenier.

— Anton, s'exclama Sandford. Vous n'avez rien. Parfait.

Anton braqua sur lui des yeux d'un vert bien plus vif que dans mon souvenir.

— Est-ce vous qui m'avez appelé ? demanda-t-il.

Sa voix de ténor, d'une beauté à couper le souffle, résonna dans le couloir.

Sandford fronça les sourcils, comme si cette voix l'intriguait, et secoua vivement la tête.

— Je suppose que vous n'avez pas trouvé la gamine, hein ? Alors suivez-moi. Redescendons.

— Je vous ai posé une question, mage, dit Anton en fixant Sandford droit dans les yeux. Est-ce vous qui m'avez appelé ?

— Non, mais je vais avoir besoin de vous. On va…

Anton se retourna vers moi. Sous cette faible lumière, sa peau semblait dégager un halo.

— Ignorez-la, dit Sandford. Il faut…

— Est-ce vous qui m'avez appelé, sorcière ?

Lorsque Anton s'avança vers moi, je reculai par réflexe et heurtai le mur. Sa main se tendit comme pour me saisir à la gorge, au lieu de quoi elle entoura mon menton et inclina mon visage vers le sien. Je sursautai au contact de ses doigts. Sa peau était brûlante.

— Est-ce vous qui m'avez invoqué ?

Même si j'avais su quoi répondre, sa main serrait trop fort ma mâchoire pour que je puisse parler. Sa poigne était de fer, solide mais pas douloureuse. Ses yeux scrutaient les miens comme s'ils y cherchaient réponse à sa question.

— La fillette ? murmura-t-il. Une erreur. Oui, de toute évidence. Pardonnable, j'imagine. Pour cette fois.

Je compris alors ce qui avait pris le contrôle du corps d'Anton.

Un démon, et de haut rang, l'un de ceux qu'il ne fallait surtout pas – et qu'on ne *pouvait* généralement pas – invoquer.

Je baissai les yeux. Le démon desserra sa prise sur mon menton et caressa ma joue du bout de l'index.

— Quelle sorcière intelligente, murmura-t-il. Ne vous en faites pas, c'était une erreur.

Derrière lui, les lèvres de Sandford remuaient pour réciter une incantation. Aucun son n'atteignit mes oreilles mais le démon pivota, me lâcha et se tourna vers Sandford.

— Que faites-vous ? demanda-t-il d'une voix autoritaire.

Les lèvres de Sandford remuaient toujours mais il reculait tandis que le démon avançait vers lui.

— Pour quoi me prenez-vous ?! rugit le démon en collant son visage à celui de Sandford. Vous osez tenter de me renvoyer ? Avec un sort destiné à de petits esprits minables ?

La voix de Sandford gagna en volume à mesure que les mots jaillissaient de sa bouche.

— Un peu de respect envers moi, mage !

Le démon saisit Sandford par les épaules. Sandford ferma très fort les yeux et poursuivit son incantation.

— Idiot ! Idiot irrévérencieux !

Avec un rugissement, le démon recula la main et l'enfonça violemment dans la poitrine de Sandford – *à travers* sa poitrine, plutôt, jusqu'à ce que ses doigts disparaissent dans son torse. Les muscles de son bras se contractèrent comme s'il serrait quelque chose. La bouche de Sandford s'ouvrit sur un hurlement muet. Le démon retira sa main, sans la moindre trace de sang, et laissa le corps de Sandford retomber à terre. Puis il se tourna vers moi.

Un sort protecteur me monta aux lèvres mais je le ravalai et m'obligeai à me redresser pour soutenir son regard, fermement mais sans le défier.

Il s'approcha de moi et sa main m'entoura de nouveau le menton, levant mon visage vers le sien. Ses yeux fouillèrent les miens. Je luttai contre l'impulsion de détourner le regard. L'espace d'une longue minute, il se contenta de me scruter… de regarder en moi. Puis ses lèvres esquissèrent un sourire et il me relâcha.

Il resta un moment planté à m'observer, puis s'avança dans le couloir. Au bout de quelques pas, il leva les mains et le corps d'Anton s'effondra à terre. Un vent violent, brûlant comme une fournaise, tourna autour de moi et disparut.

J'entourai mon corps de mes deux bras, tremblant malgré la chaleur. Baissant les yeux vers Sandford, je vis que sa chemise n'était ni déchirée ni maculée de sang, comme si j'avais seulement imaginé la scène. J'enjambai son corps inerte en frissonnant.

Celui d'Anton, à deux mètres de là, bloquait également le couloir. Il reposait sur le ventre, visage tourné vers le mur, yeux clos. Alors que je levais le pied pour l'enjamber, il se convulsa. Je reculai vivement et trébuchai sur Sandford. Le corps d'Anton tremblait, se convulsait, se soulevait du sol. Puis il s'immobilisa.

Je luttai pour maîtriser mon cœur qui s'emballait. Je levai lentement le pied. De la magie de pacotille, me dis-je. Mais ce mantra ne fonctionnait plus, désormais privé de vérité. Il y avait ici des choses qui pouvaient me faire du mal, des choses que mon cerveau parvenait à peine à concevoir.

Alors que mon pied passait au-dessus de la tête d'Anton, ses yeux s'ouvrirent et je retombai en arrière avec un cri aigu. La tête d'Anton se leva et s'agita de gauche à droite. Puis elle décrivit un cercle presque complet et j'entendis les os céder. Son regard croisa le mien. Ses iris d'un vert vif avaient disparu, remplacés par des disques fades et jaunâtres aux immenses pupilles. Ces yeux reptiliens, écarquillés, fixèrent les miens sans ciller. Sa bouche s'ouvrit et laissa échapper un flot de charabia aigu. Puis la créature qui avait été Anton se hissa sur la pointe des pieds et le bout des doigts, à quelques centimètres au-dessus du sol, et fila dans la pièce ouverte la plus proche. Du charabia en surgit, puis le grattement d'ongles qui se déplaçaient très vite sur le sol.

Je me précipitai de l'autre côté de la porte ouverte et me ruai vers l'escalier de devant que je descendis quatre à quatre. À mi-parcours, l'une des marches se fendit sous mes pieds. Je perdis l'équilibre et agrippai la rampe. La marche suivante se fendit à son tour, puis les deux suivantes dont des fragments retombèrent dans le trou vide en dessous. Je remontai l'escalier en courant et entendis d'autres marches se briser dans mon sillage.

Je fonçai vers l'escalier de derrière, regard braqué sur la porte située au-delà. Quelque chose siffla sur mon chemin et je m'arrêtai net. Anton – ou ce qui avait été lui – était accroupi par-dessus le corps de Sandford. La créature siffla à mon approche mais garda le visage tout contre le torse de Sandford comme si elle le reniflait.

Je jetai un nouveau coup d'œil à l'escalier de devant, dont il ne restait plus qu'une brusque dénivellation de plus de trois mètres. Puis je me retournai vers la créature. Elle n'avait toujours pas levé la tête et ne semblait même pas consciente de ma présence. Si je pouvais simplement passer par-dessus – *oh mon Dieu, tu n'es pas sérieuse !* Je ravalai ma répulsion et m'armai de courage. Une brève course, un bond et je me retrouverais au bas des marches. Tant que je ne pensais pas à ce que j'étais en train d'enjamber.

Alors que je m'apprêtais à prendre mon élan, je changeai d'avis. À l'école, j'étais nulle en athlétisme, incapable de franchir même les haies les plus basses. Si je sautais par-dessus la créature, je risquais de lui donner un coup de pied et de l'énerver. Je choisis plutôt de raser le mur et entrepris de marcher lentement en biais vers le corps de Sandford. Son bras lui couvrait le visage. Je l'enjambai prudemment, puis continuai à avancer très lentement de biais, dépassant sa tête et longeant son torse. La créature était toujours tapie sur son ventre, les pieds appuyés contre le mur.

Je levai la jambe pour passer par-dessus. Sa tête se redressa brusquement et se tortilla de sorte que ses yeux reptiliens croisent les miens. Des filaments de la chair de Sandford pendaient de sa bouche et de ses dents. Elle siffla, m'aspergeant de sang. Je hurlai alors à pleins poumons et pivotai, me dirigeant instinctivement vers les marches de devant. Je n'allai que jusqu'au bras tendu de Sandford, trébuchai dessus et basculai à terre. Quelque chose se déplaça le long de mes jambes et je reculai, hurlant et donnant des coups de pied dans les airs. Je criais sans pouvoir m'arrêter. Même en sachant que je gaspillais mon énergie – et que j'attirais sans doute d'autres atrocités –, je ne pouvais plus m'arrêter.

La créature qui avait été Anton se tortilla au-dessus de moi et me cloua au sol. J'eus beau le rouer de coups de poing, il ne broncha pas. Il remonta vers ma poitrine jusqu'à ce que son visage touche le mien et que des fragments de chair ensanglantée dégoulinent sur ma bouche et mes joues.

Je fermai alors la bouche, très vite. Mais dans ma tête, je hurlais toujours, incapable de me concentrer ou de réfléchir, ne voyant que ces yeux jaunes qui approchaient des miens. La créature ouvrit la bouche et laissa échapper un flot sonore de charabia strident qui me vrilla le crâne.

Elle baissa les yeux vers les miens. Je glissai les mains entre ses épaules et les miennes et poussai de toutes mes forces. Elle montra les dents et siffla de plus belle, m'aspergeant de salive et de sang, mais je continuai à pousser et réussis enfin à me dégager de sous son corps en me tortillant.

Je me relevai tant bien que mal et lui balançai un coup de pied à la tête. Elle poussa un cri aigu assorti de charabia. Je me détournai pour courir mais une femme me bloqua le chemin. Je reconnus la cuisinière chaman.

— Attention ! lui criai-je. Courez !

Elle se contenta de se pencher et d'agiter les mains vers la créature, comme si elle faisait fuir un chat. Celle-ci siffla et montra les dents. Quand je me retournai vers elle, elle se souleva sur les doigts et les orteils et fila par une autre porte ouverte.

— Oh ! mon Dieu, merci, lui dis-je. Maintenant, foutons-le…

La femme me saisit par le bras.

— Il est venu ici.

— Oui, beaucoup de choses sont passées par ici. Maintenant…

Elle vint se placer devant moi, me bloquant de nouveau la voie. Je la regardai bien en face pour la première fois. Ses yeux étaient blancs – d'un blanc pur, sans iris ni pupilles. Avant que je puisse m'enfuir dans l'autre sens, elle m'attira vers elle.

— Il est venu ici, répéta-t-elle d'une voix réduite à un murmure essoufflé. Je perçois son odeur. Vous aussi ?

Je luttai pour me dégager. Elle ne parut même pas remarquer mes efforts. Elle se lécha les lèvres.

— Oui, oui, je sens son odeur. C'est l'un des maîtres. Ici. Ici ! (Elle approcha le visage du mien, narines dilatées.) Je sens son odeur sur vous. (Sa voix et son corps tremblaient d'excitation.) Il vous a parlé. Il vous a touchée. Oh, vous avez été bénie ! Bénie !

Sa langue jaillit pour venir me lécher la joue. Je m'écartai avec un cri aigu. Elle voulut me rattraper mais je continuai à courir.

Je remontai le couloir et descendis les marches à toute allure, bondissant par-dessus Sandford puis Shaw sans trébucher. Arrivée au bas des marches, je ne m'arrêtai pas pour regarder autour de moi. Je me précipitai par la première porte ouverte, la claquai derrière moi et m'y appuyai, aspirant l'air à grandes goulées. Je tremblais tellement que la porte vibrait derrière moi.

Je finis par comprendre que ce n'était pas moi qui faisais trembler la porte. La maison tout entière était agitée de secousses.

Sous mes pieds, le sol trépidait en gémissant. Je regardai autour de moi, paniquée. Le plancher se déforma, puis céda dans une gerbe d'échardes tandis qu'une vague d'esprits flottait à travers la pièce, rayons de lumière informe pareils à ceux du cimetière. Leur force me projeta dans les airs. Tandis que je fonçais à travers la pièce, une immense gueule béante apparut devant moi. Avant même de pouvoir hurler, je traversai l'apparition et heurtai le sol.

Tout autour de moi, des esprits s'élevaient dans les airs à une telle vitesse que je les sentais passer. L'étoffe même de la maison geignait et se transformait, menaçant d'éclater. Je m'efforçai de bouger mais la pression du passage des esprits évoquait une tempête qui me clouait sur place et me privait de mon oxygène.

Tout s'arrêta très soudainement. Les esprits avaient traversé le plafond et disparu.

Je pris une minute pour respirer, simplement respirer, puis regardai autour de moi. Entre la porte et moi, le sol avait disparu, cédant la place à un trou béant qui donnait sur le sous-sol. Je jetai un coup d'œil à la fenêtre mais elle ne mesurait que quarante-cinq centimètres sur quarante-cinq. Aucune partie de mon corps ne faisait cette taille-là.

Après avoir pris quelques profondes inspirations supplémentaires, je m'approchai de ce trou dans le sol. J'entendis un son venu d'en bas qui fit bondir mon cœur. La voix de Savannah. Elle récitait une incantation au sous-sol.

Je tombai à genoux, agrippai le bord du trou et m'y penchai.

— Savannah ? C'est moi, ma puce. C'est Paige.

Elle continuait à incanter, la voix réduite à un lointain murmure. Je m'éclaircis la voix.

— Savannah ? Tu pourrais…

La maison s'ébranla soudain comme un bateau libéré de ses amarres. Je tombai tête la première dans le trou puis atterris violemment sur le sol de terre. L'espace d'un instant, je me retrouvai incapable de bouger ; les ordres de mon cerveau n'atteignaient plus mes muscles. La panique m'envahit. Puis, comme avec un temps de décalage, tous mes membres se convulsèrent et je m'effondrai lamentablement. Je me redressai péniblement, ignorant les vagues de douleur.

La voix de Savannah me parvenait faiblement d'un peu plus loin. Regardant autour de moi, je vis que je me trouvais dans une cave à charbon vide. Je me dirigeai vers la seule porte et l'ouvris. La voix de Savannah se précisa. Je reconnus quelques mots grecs qui suffirent à m'apprendre, si je ne l'avais déjà deviné, qu'elle récitait une invocation. Quant à la nature de ce qu'elle invoquait, je l'ignorais. Je me précipitai vers elle et le découvris alors.

Démonstration

Alors que je suivais la voix de Savannah, j'en entendis une autre. Celle de Nast.

— Il faut que tu arrêtes, ma chérie, lui disait-il. Tu ne peux pas faire ça. Ce n'est pas possible.

Savannah continuait à réciter.

— Je sais que tu es en colère. Je ne sais pas ce qui s'est passé…

Savannah s'arrêta en pleine incantation et hurla :

— Vous l'avez tuée !

— Je n'ai tué personne, princesse. Si tu parles de ce garçon…

— Je parle de Paige ! Vous l'avez tuée. Vous leur avez dit de la tuer.

— Je n'ai jamais…

— J'ai vu son corps ! Leah me l'a montré ! Je les ai vus la transporter jusqu'à la camionnette. Vous avez promis qu'elle serait en sécurité mais vous l'avez tuée !

J'entrai dans une pièce où brûlait une gigantesque chaudière à bois que je contournai pour la voir de l'autre côté, face au mur du fond.

— Je suis ici, Savannah, annonçai-je. Personne ne m'a tuée.

— Oh, Dieu merci, dit Nast. Tu vois, ma chérie ? Paige va très bien.

— Vous l'avez tuée ! Vous l'avez tuée !

— Non, ma puce, je suis…

— Vous l'avez tuée ! hurla Savannah. Vous l'avez tuée ! Vous aviez promis ! Vous aviez promis et vous avez menti !

Des larmes ruisselaient sur ses joues. Nast s'avança vers elle, bras grands ouverts pour l'étreindre. Je voulus le retenir mais le ratai.

— Non, ne… ! m'écriai-je.

Savannah leva brusquement les mains et Nast se retrouva projeté en arrière. Sa tête heurta le mur de béton. Ses yeux s'écarquillèrent puis se fermèrent tandis que son corps s'effondrait à terre, la tête tombant en avant.

Je me précipitai pour prendre son pouls, mais il n'y en avait pas. Du sang coulait de l'arrière de son crâne défoncé, courant le long de sa nuque jusqu'à mes doigts.

— Oh ! mon Dieu. Oh ! mon Dieu. (J'aspirai une grande goulée d'air, m'efforçant de garder mon calme.) Tout va bien, Savannah. Tout ira bien. Tu ne voulais pas faire ça. Je le sais.

Elle se remit à incanter. Elle levait ses poings crispés, baissait la tête, fermait très fort les yeux. Je tentai de déchiffrer le sort mais les mots jaillissaient si vite qu'ils étaient presque inintelligibles. Je comprenais qu'elle invoquait quelque chose, mais quoi… ?

Puis je reconnus un mot, un seul, qui me révéla tout. *Mère.* Savannah essayait d'invoquer l'esprit de sa mère.

— Savannah, dis-je d'une voix que je conservai très calme. Savannah, ma puce ? C'est moi. C'est Paige.

Elle continua à lancer son sort, répétant les mots encore et encore en une boucle infinie. Mon regard se posa sur ses mains et y perçut quelque chose de rouge. Du sang lui coulait le long des poignets tandis que ses ongles s'enfonçaient dans ses paumes.

— Oh, Savannah, murmurai-je.

Je m'avançai vers elle, mains tendues. Mes doigts ne se trouvaient plus qu'à quelques centimètres d'elle quand elle ouvrit brutalement les yeux. Ils étaient aussi inexpressifs que s'ils ne voyaient qu'une silhouette ou une étrangère. Elle cria quelque chose et claqua les deux mains contre ses flancs. Mes jambes cédèrent sous moi et j'allai heurter le mur d'en face.

Je restai à terre jusqu'à ce qu'elle reprenne son incantation. Puis je me mis à genoux.

Depuis ce nouvel angle, la lumière provenant du vestibule éclairait le visage de Savannah, faisait scintiller les larmes qui allaient tremper l'avant de son tee-shirt. Les mots jaillissaient de ses lèvres, expulsés davantage que prononcés, enchaînant sorts et langues sans transition, cherchant désespérément la bonne manière d'appeler l'esprit de sa mère.

— Oh, mon bébé, chuchotai-je tandis que mes propres yeux se remplissaient de larmes. Ma pauvre petite.

Elle avait fait de tels efforts pour s'adapter à ce changement de vie, s'intégrer à un nouveau monde peuplé d'étrangers qui ne pouvaient pas la comprendre et n'essayaient même pas. À présent, ce monde-là s'effondrait à son tour. Trahie et abandonnée par tous, elle essayait désespérément d'invoquer la seule personne qui ne l'ait jamais laissé tomber. Et c'était la seule chose dont elle soit incapable.

Savannah pouvait invoquer tous les démons de l'univers sans jamais atteindre sa propre mère. Elle avait peut-être réveillé par accident les esprits de la famille du cimetière mais elle ne pouvait pas invoquer sa mère, enterrée dans une tombe inconnue à des centaines de kilomètres de là. Si la chose était possible, j'aurais contacté ma propre mère, malgré tous les scrupules moraux qui me l'interdisaient. Combien de fois, au cours de l'année écoulée, avais-je regretté de ne pouvoir l'appeler, lui demander conseil, lui demander de me guider – simplement pour lui parler ?

Ma propre douleur m'envahit alors et mes larmes jaillirent en un flot entrecoupé de sanglots, submergeant la digue que j'avais si soigneusement dressée. Comme les choses auraient été différentes si ma mère avait été là. Elle aurait pu m'indiquer comment traiter avec le Convent, intercéder en ma faveur. Elle aurait pu me sortir de prison, me réconforter après cet après-midi infernal au funérarium. Si elle avait été là, les choses ne se seraient jamais passées ainsi. Je n'aurais jamais *provoqué un tel gâchis* !

Je n'étais pas prête – ni à recueillir Savannah, ni à diriger le Convent, ni à gérer tout ce qui m'était tombé dessus depuis sa mort. Et je me trouvais là, dans cet étrange sous-sol, à écouter Savannah hurler sa douleur en une psalmodie furieuse, consciente de devoir l'arrêter avant qu'elle invoque quelque chose d'incontrôlable qui nous détruirait toutes les deux.

Je le savais, mais je ne pouvais rien faire. J'ignorais comment agir. Tandis que je l'écoutais crier le nom de sa mère en un crescendo dément, je fis la seule chose qui me traversa l'esprit : j'appelai ma propre mère au secours. Je fermai les yeux et l'invoquai depuis les profondeurs de ma mémoire en la suppliant de m'aider. Quand Savannah s'arrêta pour reprendre son souffle, j'entendis quelqu'un m'appeler par mon nom. L'espace d'une seconde, mon cœur bondit car je crus avoir réussi. Puis la voix se précisa.

— Paige ?! Savannah ?! Paige ?!

C'était Cortez, à l'étage. D'un murmure, je remerciai ma mère, ou la providence, ou ce qui avait bien pu me l'envoyer, puis longeai la chaudière en courant pour remonter les marches. Quand j'arrivai tout en haut, je vis Cortez accourir de l'autre bout du couloir.

— Ici ! m'écriai-je. Je suis ici !

La maison trembla. Je m'armai de courage sur le pas de la porte, raidie dans l'attente de la prochaine manifestation, mais rien ne se produisit. Quand la maison s'ébranla puis s'immobilisa, je me précipitai dans le couloir et rejoignis Cortez au milieu. Il m'étreignit violemment.

— Dieu merci, dit-il. Où est Savannah ? Il faut qu'on sorte d'ici. Il se passe quelque chose.

— C'est Savannah. Elle…

— Eh bien, voyez-vous ça, dit la voix de Leah derrière nous. Le blanc chevalier en armure arrive juste à temps. Quelle chance vous avez, Paige. Moi, tous mes chevaliers meurent et me laissent terminer leurs batailles.

On s'écarta pour se tourner vers elle.

— Vous avez eu ce que vous vouliez, Leah, dit Cortez. Nous n'avons pas de temps à perdre avec vous. Je vais parler à mon père. Vous serez protégée de toutes répercussions.

— Répercussions ? dit Leah en riant. Quelles répercussions ? Je suis sur le point de risquer ma vie pour sauver celles du fils de Thomas Nast et de sa petite-fille. Il me nommera vice-présidente pour me remercier.

— Ça ne risque pas, répondis-je. Il n'y a pas de fils à sauver. Kristof Nast est mort.

Cortez cligna des yeux mais se reprit aussitôt.

— Vous comprenez ce que ça signifie, Leah, dit-il. Si vous sortez d'ici indemne, vous serez la seule survivante du drame de la Cabale – une catastrophe qui aura tué l'héritier des Nast. Thomas Nast ne vous récompensera pas. Vous aurez déjà bien de la chance s'il ne vous tue pas.

— Il le fera quand il découvrira que vous êtes à l'origine de cette tragédie, ajoutai-je. Vous avez dit à Savannah que j'étais morte, que son père m'avait tuée. C'est vous qui l'avez mise dans cet état. Quel qu'ait pu être votre plan, il s'est retourné contre vous. Acceptez notre offre et filez avant que nous changions d'avis.

Un pot d'argile vola depuis l'escalier de devant. Cortez me poussa hors de son chemin et voulut s'écarter mais le reçut en plein ventre, assez violemment pour se retrouver projeté contre le mur. Il glissa à terre et se plia en deux, le souffle coupé. Je voulus me précipiter vers lui mais Leah me repoussa.

— S'il y a une chose que je sais faire, dit-elle en enjambant Cortez agité de haut-le-cœur et de quintes de toux, c'est comment tirer parti des pires situations. Quand un projet de la Cabale tourne aussi mal – avec un héritier mort – pourquoi ne pas le retourner à mon avantage ? Et récolter une prime coquette par la même occasion ? Dans une maison remplie de cadavres, personne ne s'interrogera sur deux de plus.

Je lançai le sort d'asphyxie, mais il échoua. Quand elle se pencha, je lui jetai une boule de feu, mon seul sort offensif infaillible. Il l'atteignit à la nuque. Lorsqu'elle pivota, une table à bibelots vola dans les airs et vint me heurter le flanc, étouffant le sort suivant sur mes lèvres.

Leah avança vers moi. Derrière elle, Cortez s'efforçait de s'asseoir, toussant et crachant des mucosités cramoisies.

Les yeux écarquillés, il leva brusquement la main droite dont il agita les doigts. Le sort me fit basculer de côté. Alors que je trébuchais, un pied de table brisé alla percuter le mur à l'emplacement exact où je me tenais l'instant d'avant.

Elle s'avança vers Cortez, qui avait réussi à s'asseoir. Elle lui empoigna le visage et le repoussa au sol. Cortez se débattit mais un éclat de douleur brûlait dans ses yeux.

Je tentai de nouveau le sort d'asphyxie. Cette fois, il fonctionna. Leah s'étrangla, relâcha Cortez et se tourna vers moi. Quelque chose m'atteignit à la tempe et je tombai, ce qui rompit le sort. Quand Cortez bougea, elle renvoya le même pot d'argile le heurter en plein ventre. Il retomba en arrière, les yeux écarquillés, le visage déformé.

Je relançai mon sort. Là encore, avec succès. De nouveau, Leah le rompit, cette fois en me heurtant à la nuque avec un bibelot de céramique qui me fit tomber à genoux. Elle s'avança, me dominant de toute sa taille.

— On dirait que vous avez appris un nouveau sort depuis que vous avez tué Isaac, dit-elle. Mais il ne marche pas beaucoup mieux que les boules de feu, hein ? Encore un sort de sorcière inutile. Ou plutôt : encore une sorcière inutile ?

Je m'abaissai à terre et roulai hors de sa portée. Quand je me redressai, Leah fonça sur moi. Derrière elle, Cortez leva la main gauche, serra le poing, l'ouvrit puis répéta rapidement cette séquence, remuant les lèvres en silence. Un sortilège ?

Je vis Leah imiter ce geste, serrant le poing gauche. Cortez heurta le sol de la main et me fit signe de m'abaisser. Je plongeai tandis qu'un autre bibelot volait au-dessus de ma tête pour aller se fracasser contre le mur.

Son signe annonciateur ! C'était ça. Ce geste de la main, c'était le signe de Leah.

Je me redressai vivement et jetai mon sort d'asphyxie. Quand elle eut le souffle coupé, elle serra la main gauche. Je me baissai et roulai sans interrompre ma concentration. Le pot d'argile vola près de moi. Elle serra de nouveau la main et je bondis sur le côté, esquivant de peu une ottomane projetée depuis le salon.

— Plus d'objets à jeter ? lui dis-je. On devrait peut-être passer à la cuisine. Ce ne sont pas les casseroles qui manquent là-bas. Il y a peut-être même un ou deux couteaux.

Son visage se tordit de rage tandis qu'elle cherchait son souffle. Sa main se crispa mais rien ne se produisit cette fois.

— Oooh, l'impuissance ! m'exclamai-je. Ce n'est jamais marrant.

Elle serra de nouveau le poing. Là encore, rien ne se produisit. Le visage de Leah s'empourprait à présent tandis qu'elle cherchait en vain à respirer. Elle se jeta sur moi et me frappa en pleine poitrine, roulant à terre en même temps que moi. Son poing m'atteignit à la joue et le sort fut rompu. Je le relançai, faillis trébucher sur les mots dans ma hâte, et elle n'eut que le temps d'inspirer une goulée d'air avant que je la prive de nouveau d'oxygène.

Leah commença à s'étouffer. Je la saisis par les épaules et la jetai loin de moi, la clouant au sol. Ses yeux s'écarquillèrent, sortirent de leurs orbites. À présent, elle suffoquait pour de bon, elle agonisait.

J'hésitai un instant. Est-ce que je pouvais vraiment faire ça ? Il le fallait. Autour de nous, la maison gémissait ; des fragments de plâtre tombaient des murs. Tout recommençait et je devais faire sortir Cortez et Savannah d'ici. Nous avions laissé à Leah une chance de s'en aller mais elle avait refusé. Elle ne nous laisserait jamais sortir d'ici vivants. Je devais la tuer. Mais je ne pouvais pas la fixer dans les yeux et la regarder mourir – vraiment pas. Je fermai donc les paupières, me concentrai de toutes mes forces et attendis que son corps s'immobilise. Quand ce fut fait, je patientai trente secondes de plus, m'écartai d'elle sans un coup d'œil par-dessus mon épaule et me laissai tomber aux côtés de Cortez.

Il s'était remis à quatre pattes. J'ouvris la bouche mais la maison trembla de nouveau et un hurlement assourdissant couvrit ma voix. Cortez désigna la porte d'entrée. Je secouai la tête mais il se releva, me saisit par le bras et m'entraîna. Quand on atteignit le porche, la maison se mit à gronder. La poutre qui soutenait le porche se brisa et l'on plongea dans l'herbe à l'instant même où le porche s'effondrait sur lui-même. Puis le silence retomba dans la maison et le hurlement se réduisit à un bourdonnement.

Eve invoquée

— C'est Savannah, lâchai-je à toute vitesse. Elle essaie d'invoquer l'esprit de sa mère.

— Elle ne peut pas.

— Je sais, mais elle refuse de s'arrêter. Elle n'a même pas l'air consciente de ma présence. Je n'arrive pas à m'approcher d'elle.

La maison gémit et trembla. Quand je fis mine de vouloir me précipiter à l'intérieur, Cortez me saisit par le bras, puis se mit à tousser sans pouvoir s'arrêter, crachant des expectorations ensanglantées.

— Je dois l'arrêter, dis-je. Avant qu'elle invoque autre chose ou qu'elle fasse s'effondrer la maison.

— Je connais un sort… (La toux effaça les mots suivants.)… l'apparence d'Eve.

— Quoi ?

— Un sort qui te donnera l'apparence d'Eve. Il n'est pas parfait. Son succès dépend de la volonté qu'a le spectateur de croire à cette illusion. Et Savannah, visiblement, veut y croire.

— Incarner sa mère ? (Je secouai vivement la tête.) C'est… c'est… je ne peux pas. Je refuse de la trahir comme ça. Ce serait mal.

— Il le faut. Cette maison va s'effondrer d'une minute à l'autre. Est-ce qu'Eve préférerait que tu laisses sa fille mourir là-dedans ? Oui, c'est mal, mais justifié. Savannah ne saura jamais la vérité. Tu vas lui accorder un dernier moment avec sa mère, Paige. Je sais que tu comprends ce que ça représente pour elle.

— Oh ! mon Dieu. (Je me passai les mains sur le visage.) D… d'accord. Fais-le. Vite, s'il te plaît.

Cortez jeta le sort. Ce qui sembla lui prendre une éternité. Quand je le vis à deux reprises saisi d'une quinte de toux, mon cœur se serra. Quelle était l'étendue de ses blessures ? Et s'il… Non, je ne pouvais pas penser à ça. Pas maintenant.

Puis il en eut enfin terminé. Quand j'ouvris les yeux et les baissai, je vis mes propres doigts courts, mes propres bagues d'argent.

— Ça a…, demandai-je en levant les yeux vers lui. Ça a marché ?

— Si tu as besoin de poser la question, alors tu ne verras rien. L'illusion dépend de la foi qu'y prête le spectateur.

Je fermai les yeux et m'obligeai à chasser mes doutes. Il fallait que ça marche. Il fallait que je devienne Eve.

Quand je regardai de nouveau, je vis mes doigts miroiter puis s'allonger, mes ongles devenir longs et manucurés, mes bagues disparaître. Je crus que j'allais me sentir désorientée en me levant, mais ce ne fut pas le cas. Mon corps bougeait comme avant. Comme me l'avait dit Cortez, l'illusion se trouvait dans l'œil du spectateur.

La porte d'entrée étant toujours inaccessible, je contournai la maison au pas de course pour rejoindre l'entrée latérale. Alors que je la franchissais, je vis Cortez me suivre en boitant, s'appuyant aux murs de la maison pour se soutenir.

— Vas-y, dit-il. Je te retrouve en bas.

— Non. Tu dois rester ici.

— Je ne laisserai pas Savannah me voir, Paige. L'illusion sera totale. Je ne viens que te fournir des renforts, en cas d'urgence.

Je me précipitai vers lui et posai la main contre sa poitrine pour l'empêcher d'avancer.

— S'il te plaît. Reste dehors. Tu es blessé.

— Je peux encore lancer…

— Non, s'il te plaît, répondis-je en croisant son regard. Si quelque chose tourne mal, tu ne t'en sortiras jamais à temps. J'ai besoin de savoir que tu vas bien. Je vais m'en tirer.

La maison grinça. Des bardeaux glissèrent à terre et l'un d'entre eux m'atteignit à l'épaule. Cortez me poussa doucement vers la maison. L'allusion me suffit. Après un dernier coup d'œil en arrière, je disparus.

Je me précipitai vers le sous-sol. Dans la pièce abritant la chaudière, Savannah poursuivait ses prières d'une voix que j'entendais monter puis faiblir tour à tour. J'appuyai les mains contre mon visage et inspirai profondément, m'efforçant de maîtriser mon cœur battant à tout rompre. Il fallait que j'y croie. Qu'*elle* y croie.

Quand j'entrai dans la pièce, Savannah s'arrêta. Elle s'immobilisa totalement comme si elle sentait ma présence mais hésitait à se retourner par peur d'être déçue.

— Savannah ? l'appelai-je.

J'entendais toujours ma propre voix, si bien que je faillis m'enfuir quand elle se retourna. Au lieu de quoi je retins mon souffle et attendis. Son regard croisa le mien. Elle cligna des yeux, puis se frotta les paupières.

— Maman ?

— Je t'ai entendue m'appeler.

— Maman ! (Elle se redressa d'un bond et se rua vers moi, jetant les bras autour de ma poitrine. Elle enfouit la tête contre mon épaule et se mit à sangloter.) Oh, maman, c'est une catastrophe. J'ai… j'ai tout fait de travers.

Par réflexe, je tendis la main pour lui caresser les cheveux, oubliant qui j'étais censée incarner et parlant en mon propre nom.

— Tu n'as rien fait de travers. Rien du tout.

— Mais si. J'ai obligé Paige à rester ici avec moi, et maintenant elle n'est plus là. (Sa voix se brisa sur un sanglot). Je… je crois qu'elle est morte, maman. C'est ma faute. Je l'ai forcée à rester et ils l'ont tuée.

— Non, dis-je fermement, plaçant la main sous son menton. Paige va très bien. Tu dois sortir d'ici, Savannah, avant que tout s'effondre.

Comme pour souligner mes propos, la maison se mit à trembler. Des éclats se détachèrent des poutres au-dessus de nous.

— Je… je ne voulais pas faire ça. J'ai juste lancé des sorts sans m'arrêter et j'ai fait apparaître plein de choses mais ce n'était jamais toi. C'est toi que je voulais.

— Je suis ici, maintenant. (Je l'embrassai sur le front.) Mais tu dois partir, Savannah. Je t'aime beaucoup, mais je ne peux pas rester. Tu le sais.

— Oh, maman. Tu me manques tellement.

Ma voix se brisa.

— Je sais. Toi aussi, tu me manques. Énormément.

Une poutre se brisa au-dessus de la chaudière, suivie d'une autre. Des fragments du plafond tombèrent.

— Tu dois partir, Savannah, lui dis-je. S'il te plaît.

Je la serrai très fort, si fort que ses côtes craquèrent en signe de protestation. Elle eut un rire hoquetant puis m'embrassa sur la joue.

— Je pourrai te revoir ? demanda-t-elle.

Je secouai la tête.

— Je suis désolée, ma chérie, ça ne marche qu'une fois. Mais je serai à tes côtés. Même si tu ne me vois pas. Tu le sais.

Je l'étreignis de nouveau et lui chuchotai à l'oreille des mots qui jaillirent de leur propre volonté, comme si quelqu'un d'autre lui parlait.

— Tu étais tout mon univers, Savannah. La meilleure chose que j'aie jamais faite.

Elle me serra assez fort pour m'étouffer, puis recula. Le plafond gémit.

— Va-t'en, lui dis-je. Je reste ici et je te regarde. Va-t'en.

Elle sortit à reculons sans jamais détacher ses yeux des miens. Au-dessus de nous, les poutres commencèrent à se briser comme des allumettes.

— Dépêche-toi ! lui criai-je. Monte l'escalier. Cours !

— Je t'aime, maman.

— Moi aussi, ma grande.

Elle me lança un baiser, puis se détourna et se mit à courir. J'attendis, guettant le bruit de ses pas car je devais m'assurer de son départ avant de foncer. J'entendis crier Cortez. Savannah lui répondit.

Puis le plafond s'affaissa.

Le huitième jour

Je n'ai jamais vraiment su comment je m'en étais sortie. Un gros coup de chance, j'imagine. Sans doute avais-je droit à un miracle. Je parvins à me faufiler dans un vide sanitaire lorsque la maison s'effondra autour de moi. Après quoi, eh bien, mes souvenirs sont un peu flous, mais je m'en tirai avec à peine quelques coupures et égratignures.

Savannah ne comprit jamais que j'avais joué le rôle de sa mère. Elle croyait que je m'étais retrouvée prise au piège dans la maison en partant à sa recherche. Comme l'avait dit Cortez, nous ne lui en parlerions jamais. Elle méritait cette illusion, que je lui enviais – ses dernières minutes avec la personne qui comptait plus pour elle que tout au monde.

Il nous restait à accomplir la cérémonie de Savannah d'ici quelques jours, mais personne ne nous en empêcherait à présent que Nast et Leah étaient morts. Tout était donc terminé. *Terminé.* Cette idée aurait dû me soulager mais je ne pouvais pas, car c'était réellement *terminé.* La vie que j'avais toujours connue avait pris fin.

Je n'eus pas droit à un dénouement heureux. Peut-être ai-je vu trop de films hollywoodiens, mais je croyais sincèrement que tout s'arrangerait. Que si je survivais, si je sauvais Savannah, j'aurais droit à une récompense karmique. Ma vie en lambeaux se raccommoderait par miracle. Les médias m'oublieraient du jour au lendemain. La ville me pardonnerait et m'accueillerait de nouveau. Le Convent renverserait Victoria et me rétablirait dans mes fonctions. Je rentrerais chez moi pour découvrir que ma maison n'avait pas du tout été détruite par le feu, juste un peu noircie, et que toutes mes affaires étaient intactes.

Mais il ne restait de ma maison qu'une coquille vide. Tout ce qui n'avait pas brûlé, des vautours humains l'avaient pillé. Quand on retourna estimer les dégâts, les journalistes nous assaillirent. Les journaux à scandale hurlaient : « Justice populaire : des citoyens tentent de brûler la sorcière du Massachusetts. » Certains affirmaient que j'avais volontairement provoqué l'incendie la nuit précédente à cause d'un rite satanique pour lequel j'avais utilisé des morceaux de cadavres prélevés la veille dans le cimetière. Des hordes d'étrangers hurlants cognaient aux vitres des taxis et nous poursuivaient dans la rue. L'incendie et les « efforts renouvelés » des gens de la ville pour débarrasser East Falls de ma présence faisaient la une de tous les journaux de Boston. En moins de vingt-quatre heures, les journalistes les plus tenaces établirent des liens entre moi et la destruction « abominable » d'une ferme à une quarantaine de kilomètres de là.

J'appelai les membres du Convent un par un pour leur assurer que Nast était bel et bien sorti de nos vies. Je leur appris ce qu'avait fait Victoria. Mais ça n'avait aucune importance. J'avais souillé le Convent. Seule une poignée d'entre elles pourrait envisager de me réintégrer.

On ne s'attarda dans le Massachusetts que le temps de faire une déclaration de sinistre. Entre l'argent de l'assurance et celui que m'avait laissé ma mère, j'avais assez pour déménager là où je le voulais et commencer une nouvelle vie. Pour la plupart des femmes de mon âge, ç'aurait été un rêve devenu réalité. Ce n'était pas le mien, mais je ferais en sorte qu'il le devienne. Je me jurai d'y parvenir.

Quand on quitta Boston trois jours plus tard, je regardai les lumières de la ville s'estomper derrière moi, peut-être pour la dernière fois, et une bouffée de tristesse m'envahit. Mais je ne pleurai pas. J'avais versé étonnamment peu de larmes ces derniers jours. Alors même que je contemplais les ruines de mon existence, je comprenais qu'il me restait exactement ce pour quoi je m'étais battue.

Il me restait Savannah.

Je me rappelai Cortez m'avertissant que je risquais de perdre tout ce que je possédais en essayant de la protéger. J'avais répondu que ça n'avait aucune importance. J'imagine que c'est sans doute ce qui se produit quand on conclut un pacte avec les Parques ; elles vous prennent au mot. Malgré tout, elles m'avaient laissé deux lots de consolation qui m'étaient plus précieux que je ne l'avais imaginé.

Premièrement, les grimoires. Quand les pompiers avaient sorti Cortez de ma maison en flammes, il portait toujours les deux sacs, contenant respectivement les grimoires et les outils et ingrédients nécessaires pour la cérémonie de Savannah.

Ma deuxième récompense bonus ? Cortez allait bien et il restait avec nous. Grâce à son réseau de contacts, il avait trouvé à Boston un médecin qui avait accepté de l'examiner sans poser de questions. Il avait trois côtes fêlées, des hématomes internes et peut-être une commotion. Le médecin lui avait conseillé un séjour à l'hôpital mais Cortez avait préféré des analgésiques et un bandage des côtes, suite à quoi nous avions pris la route.

Je ne lui avais pas dit que son frère avait voulu me tuer. À quoi bon ? Il savait déjà que ses frères le détestaient. Si je lui en parlais, il déciderait peut-être qu'il mettait ma vie en danger et partirait, un risque que je ne voulais pas courir.

Nous roulions depuis deux jours à présent. Je ne savais toujours pas où nous allions nous installer. Pour l'instant, c'étaient des vacances d'été à travers le pays. Savannah trouvait ça très classe. Mais elle s'en lasserait vite. J'espérais trouver un endroit où nous établir avant que ça se produise.

Nous nous étions arrêtés ce matin-là – quelque part en Virginie. Ou du moins, je pensais que c'était toujours la Virginie, quoique nous ayons peut-être traversé la frontière du Kentucky. C'était aujourd'hui le grand jour. Le huitième.

Depuis l'aube, nous nous préparions à la cérémonie. À présent qu'il faisait noir, nous avions roulé jusqu'à un parc naturel, nous étions faufilés au-delà des portes verrouillées et dirigés vers la forêt. J'avais presque aussitôt trouvé un emplacement, une clairière de bonne taille bordée d'arbres, comme l'exigeait la cérémonie. Mais puisqu'il était encore tôt, Savannah s'était emparée d'une lampe torche pour aller voir si elle trouvait mieux. Mon choix convenait très bien, mais je la soupçonnais d'être trop surexcitée pour rester tranquillement assise.

Je m'étais installée sur un rondin pour réviser mes notes. Je les relisais pour la troisième fois quand une main se posa entre mes omoplates, massant du bout des doigts le nœud qu'y créait la tension.

— Comment ça va ? demanda Cortez en s'asseyant près de moi.

Je parvins à lui renvoyer un sourire hésitant.

— J'ai l'impression de passer mon concours d'entrée à la fac, mon permis de conduire et ma soutenance de thèse en une seule fois.

Il me serra la main.

— Tu vas très bien t'en sortir.

Je me penchai contre lui et il m'entoura les épaules d'un bras.

— Ça te dirait qu'on se dirige vers la côte ? dit-il. Vers l'Oregon ou l'État de Washington. Ça te plairait peut-être. Pas mal de grands espaces, et puis il y a l'océan. Ce n'est pas la côte Est, mais…

— J'ai visité Portland une fois. Ça m'a bien plu.

— Alors on ira là-bas.

— Donc tu vas… Enfin je veux dire, on n'a pas encore parlé… (J'inspirai profondément et me jetai à l'eau.) Tu nous accompagnes ? Pour l'instant, je veux dire ?

— Pour l'instant… et aussi longtemps que vous voudrez bien de moi. (Il me glissa un quart de sourire.) Le problème, comme tu l'as indubitablement déjà deviné, ne consistera pas à me garder dans les parages mais à se débarrasser de moi.

— Je peux vivre avec.

Je me penchai pour l'embrasser. Quand on se sépara, il ajusta ses lunettes et me regarda.

— Quand je, hum, quand je mentionnais le nord-ouest, ce n'était pas par hasard. Maintenant que Kristof Nast est mort, dans le cadre d'une affaire où j'étais impliqué, je risque de devoir me tenir à carreau quelque temps.

— Que va-t-il se passer ?

— Je n'en sais rien. Je peux affirmer avec certitude que ma présence ne vous mettra pas en danger, Savannah et toi. Je ne ferais jamais ça. La question de la mort de Kristof sera traitée par les voies appropriées au sein des Cabales. Si je suis en danger, j'en entendrai parler bien avant qu'on vienne me chercher. Mon père devrait pouvoir s'en occuper. (Il secoua la tête.) J'ai beau m'enfuir le plus loin et le plus vite possible, on dirait que je finis toujours par compter sur mon père pour… (Il s'interrompit.) Désolé.

— Raconte-moi tout.

Il noua ses doigts aux miens et sourit.

— Plus tard. Je voulais seulement que tu saches que je ne te mettais pas en danger, mais qu'il serait plus prudent que je me cache quelque temps. Mon père va peut-être… sans doute me rappeler à Miami. Je préférerais me trouver le plus loin possible quand ça se produira.

Savannah surgit de la forêt.

— Il est l'heure ?

Je hochai la tête.

— Attends ici. Je vais lancer un sort de périmètre autour du site.

— Tout sera prêt à ton retour, dit Cortez en laissant tomber le sac à dos de son épaule.

— Non, je vais… (Je me mordis la lèvre.) D'accord. Merci.

Je marchai jusqu'à ne plus entendre leurs murmures, puis avançai de trois mètres supplémentaires avant de lancer le sort de périmètre. Me frayant un chemin à travers les bois épais, je fis le tour du site tout en lançant mon sort. Puis je décrivis un nouveau cercle, par sécurité. Quand je regagnai la clairière, Cortez et Savannah étaient agenouillés à terre pour disposer les derniers objets.

Cortez s'accroupit.

— Est-ce correct ?

Je lui pris les notes et contournai la scène pour l'inspecter sous tous les angles. Le long des côtés nord et sud du tissu, ils avaient disposé un quatuor d'outils : un pot de petite taille, un athamé, une bougie ainsi qu'un calice. La bougie placée au nord était violette, symbole de pouvoir ; celle du sud était bleue, pour la sagesse et la vérité. À l'écart du tissu, ils avaient posé les deux sacs de terre, le genièvre ainsi qu'une bouteille d'eau.

Savannah me tendit un collier, une magnétite attachée à une lanière de cuir brut, identique à celui qu'elle portait autour du cou. Je l'enfilai, inspectant de nouveau la scène, et me penchai pour déplacer la bougie de deux centimètres sur la gauche et faire pivoter l'athamé du nord d'environ vingt degrés à l'est. Ils étaient sans doute très bien tels quels mais je me sentais mieux après les avoir ajustés. Quand on a la manie de tout contrôler, on n'y renonce pas du jour au lendemain.

— D'accord, on est presque prêts. Savannah, tu as enterré le tissu ?

Elle hocha la tête.

— Parfait, alors tu dois t'agenouiller du côté nord, devant la bougie violette.

— Est-ce que je dois me placer ailleurs ? demanda Cortez.

— Seulement si tu en as envie.

— Je vais retourner m'asseoir sur le rondin et vous regarder. Si ça vous dérange, dites-le-moi et j'irai quelque part où vous ne me verrez pas.

— Merci.

Lorsqu'il alla s'installer, je lançai un sort protecteur autour de nous. Puis je me tournai vers Savannah.

— Avant de commencer, je tiens à ce que tu saches que je veux vraiment que ça fonctionne. Mais il se peut que je n'aie pas le pouvoir ou l'expérience nécessaires pour le faire correctement. Si ça fait mine d'échouer, je continuerai à essayer, mais…

— Pas de souci, répondit-elle. Je saurai que tu as fait de ton mieux. Merci, Paige – de faire ça, je veux dire. Je sais que ce n'est pas ce que tu avais en tête pour moi.

— C'est ce que voulait ta mère. Ça me suffit. (Je disposai mes notes devant moi.) Bon, d'abord les éléments. Si quelque chose te paraît à côté de la plaque, arrête-moi. Même si tu n'es pas sûre, n'aie pas peur de me le dire. Il vaut mieux recommencer en cours de route que devoir tout reprendre ensuite depuis le début.

Elle hocha la tête.

— Alors on y va. L'air.

Je décrivis un geste dans le vide à l'aide des deux athamés.

— La terre.

Dans chacun des pots d'argile, je versai le contenu des sacs, la terre provenant des tombes.

— L'eau.

Je débouchai la bouteille d'Évian et remplis les deux coupes.

— Le feu.

J'allumai les bougies à l'aide d'une allumette.

Puis je marquai une pause, fermai les yeux et me vidai l'esprit. Quand je les rouvris, je me concentrai droit devant moi, sans rien voir. À l'aide d'une brève invocation en latin, j'appelai la puissance des éléments à se plier à ma volonté. Puis je clignai des yeux, m'autorisai à retrouver la vue et fis signe à Savannah de regarder attentivement car elle allait devoir répéter les prochaines étapes.

— L'air au nord, dis-je en prenant mon athamé que je plaçai devant moi.

— La terre à l'est.

Je posai mon pot d'argile à ma droite.

— L'eau à l'ouest.

Je déplaçai mon calice sur ma gauche.

— Le feu au sud.

Je pris la bougie bleue, me tortillai en prenant soin de ne pas tomber et la posai devant moi.

Je les touchai tour à tour – l'athamé, la terre, l'eau et la flamme. Quand j'atteignis cette dernière, la panique m'envahit et j'hésitai, puis je serrai les dents et plaçai mon doigt dans la flamme.

— Air, terre, eau, feu. En leur centre, je repose en équilibre. Toute la nature en harmonie.

Je me tournai vers Savannah et lui fis signe de m'imiter. Elle s'exécuta en récitant chaque phrase sans hésiter. Quand elle en eut fini, on répéta ensemble la dernière partie.

Puis Savannah s'agenouilla pour allumer les bougies tandis que je reprenais ma place. Les doigts tremblants, je tins la branche de genièvre par-dessus la flamme de ma bougie.

— Par cette offrande, je demande protection, dis-je en latin. Hécate, Séléné, Artémis, triple déesse, écoutez ma prière. Nous demandons ceci en votre nom. Accordez à cette enfant, votre enfant, tous les pouvoirs en votre possession. (Je regardai Savannah droit dans les yeux, élevant les mains comme la voix.) Accordez-lui un pouvoir sans limites. Celui d'assouvir sa vengeance contre ses ennemis.

Le sol gronda en dessous de moi, mais je soutins le regard de Savannah et poursuivis.

— Le pouvoir de vaincre et la sagesse d'exercer le bien. Accordez-lui tout ce qu'il vous est possible de lui offrir.

La terre trembla, renversant les bougies et enflammant le tissu. Je levai les mains au ciel et me redressai, yeux fermés, déversant toute ma volonté dans ces derniers mots.

— Hécate, Séléné, Artémis ! Entendez ma prière !

L'espace d'une fraction de seconde, un calme surnaturel retomba, ainsi que le silence. Je n'entendais rien, ne ressentais rien. Non, j'éprouvais bel et bien quelque chose. La paix. Une paix absolue.

— Ça a marché ! s'écria Savannah, qui accourut vers moi pour me tomber dans les bras. Tu le sens aussi, Paige ? Ça a marché ! Tu as réussi !

— Oui, répondis-je en souriant. On a réussi.

BRAGELONNE – MILADY, C'EST AUSSI LE CLUB :

Pour recevoir le magazine *Neverland* annonçant les parutions de Bragelonne & Milady et participer à des concours et des rencontres exclusives avec les auteurs et les illustrateurs, rien de plus facile !

Faites-nous parvenir vos noms et coordonnées complètes (adresse postale indispensable), ainsi que votre date de naissance, à l'adresse suivante :

Bragelonne
35, rue de la Bienfaisance
75008 Paris

club@bragelonne.fr

Venez aussi visiter nos sites Internet :
www.bragelonne.fr
www.milady.fr
graphics.milady.fr

Vous y trouverez toutes les nouveautés, les couvertures, les biographies des auteurs et des illustrateurs, et même des textes inédits, des interviews, un forum, des blogs et bien d'autres surprises !

Achevé d'imprimer en février 2010 par CPI Hérissey à Évreux (Eure)

N° d'impression : 113464 - Dépôt légal : mars 2010

Imprimé en France

81120278-1